報導文學

風塵
天涯路

張天國 著

中國鐵路建設過程的
辛酸與血淚

松燁文化

風塵天涯路　目錄

目錄

序言 天涯無涯 ... 9

用責任詮釋忠誠 ... 15
　在危局中再造管理流程 ... 16
　在逆境中重塑經營格局 ... 17
　在管理中提升核心競爭力 ... 18
　在泥潭中提升經濟運行質量 ... 20
　在發展中讓職工共享發展成果 ... 21

締造深圳新速度 ... 23
　傲立潮頭：群策群力克時艱 ... 24
　揚眉吐氣：鵬城會戰領風騷 ... 26
　可圈可點：熱血鐫刻英雄譜 ... 29

青春譜寫折桂曲 ... 33
　超前謀劃，以快制勝搶先機 ... 34
　攻堅克難，突破重圍展實力 ... 37
　人才培養，天生我材必有用 ... 39
　平安優質，嚴把過程管控關 ... 40
　優化方案，多措並舉控成本 ... 41

跌宕起伏對門山 ... 45
　王樹宇——我沒有理由幹不好 ... 47
　夏斯偉——和大家一起成長 ... 49
　王政——感謝雲桂這五年 ... 51
　郝志剛——往前衝是為了後面有人跟 ... 53
　張超——退縮是對自己不負責任 ... 54
　蘇彥喜——大家好才是真的好 ... 55

才泳——安全質量的底線就是不出事 56
　　侯代影——遵循規律不盲目冒進 56
　　郝汝忠——不問前途吉凶，但求今生無悔 57

先鋒兵團 61
　　文化引領：先聲奪人爭第一 61
　　鏖戰攻堅：眾志成城領風騷 63
　　精細運作：揚眉吐氣譜華章 65
　　科學施工：傲立潮頭扛大旗 67

風雪交加繪彩虹 71
　　「我們無法改變高原氣候，但可以改變自己的心態。」 72
　　「我們跑不過時間，但我們可以贏得時間。」 73
　　「不是我們足夠堅強，而是我們別無選擇。」 76

虹起阿蓬江 79
　　力排萬難謀開篇 80
　　全面攻克攔路虎 82
　　細緻入微抓安全 86
　　分毫必爭控成本 87

攻堅克難繪新篇 93
　　積小勝為大勝　敢問路在何方 94
　　遵循客觀規律　兵分八路突擊 96
　　營造內外環境　塑造鐵軍形象 99

塞北飛虹 101
　　理念先行依靠科學解維艱 102
　　方案優先依靠科學破難題 107
　　平安優質依靠科學樹品牌 111

名聲大噪雅礱江 —— 115
　　力排萬難，於無聲處響驚雷 —— 115
　　以人為本，江山代有才人出 —— 117
　　展示風采，獨領風騷近十年 —— 120

天路通達烏蒙山 —— 125
　　布局超前，先聲奪人樹形象 —— 127
　　路地共建，和諧共處建天路 —— 130
　　方案優先，降龍伏虎成大道 —— 132
　　鐵軍雄風，誓將天塹變通途 —— 134

成本管理無極限 —— 139
　　把成本管控關進制度執行的鐵籠子 —— 140
　　把成本管控關進創新管理的鐵籠子 —— 144
　　把成本管控關進規範用工的鐵籠子 —— 148
　　把成本管控關進方案優化的鐵籠子 —— 149

穿山越嶺新鐵軍 —— 153
　　先天不足 困難重重 —— 153
　　「魔」去「妖」來，衝突不斷 —— 156
　　斬「妖」除「魔」保安全 —— 159
　　管控到位，凝心聚力 —— 162

鵲橋在子夜旋轉 —— 165
　　排萬難——發揚鐵軍精神 —— 166
　　強管理——彰顯鐵建形象 —— 168
　　重科技——打造精品工程 —— 171

松花江畔飛彩虹 —— 173
　　世上無難事 只怕有心人 —— 174
　　困難一座山 翻過一片天 —— 176

5

責任在管理 形像在現場 178
　　錚錚鐵建人 滿腔奉獻情 179

超越時間的賽跑 181
　　困難重重，步履維艱 182
　　有效管理 創造奇蹟 183
　　團結一心 各展風采 186

責任詮釋歲月驪歌 189
　　風凸嶺上的讚歌 192
　　勇擔重責 砥礪奮進 194

峰迴路轉現真章 197
　　依靠理念先行 實現扭虧增盈 199
　　依靠快速施工 實現扭虧增盈 200
　　依靠勞務管理 實現扭虧增盈 202
　　依靠方案優化 實現扭虧增盈 203
　　依靠聚沙成塔 實現扭虧增盈 206

創效才是硬道理 209
　　看重責任，依靠精細管控創效 210
　　先難後易，突破瓶頸，以工期確保創效 212
　　敢於競爭，善於競爭，以勞動競賽創效 212
　　整合優勢，育才用才，以資源配置創效 214
　　擇優選用，嚴管善待，以社會資源創效 215
　　確保底線，平安施工，依靠安全管控創效 216
　　率先垂範，奉獻為本，依靠主動作為創效 218

粵西大地樹標竿 223
　　突破重圍立潮頭 223
　　運籌帷幄顯智慧 225

締造萬古速度 ... 231

兩江飛巨龍　天塹變通途 ... 239
- 重抓責任落實 力保險中折桂 ... 239
- 強化細節管理 有效化解風險 ... 241
- 全面創優創譽 追求精品工程 ... 242

雄師勁旅譜新篇 ... 245
- 謀略篇：金剛鑽攬下瓷器活 ... 246
- 和諧篇：人文關懷融洽路地 ... 247
- 創效篇：開源節流力降成本 ... 249
- 攻堅篇：運籌帷幄滿載榮譽 ... 250

在逆境中華麗轉身 ... 253
- 重重束縛難推進 ... 253
- 後來居上顯實力 ... 255
- 科學管理促和諧 ... 257

我在橋上 ... 259
- 臨危受命 年近花甲挑重擔 ... 260
- 科學管理，重組資源一盤棋 ... 261
- 設備鏗鏘 夢伴節奏好入眠 ... 264

決戰在紅岩 ... 269
- 苦心人——臥薪嘗膽顫紅岩 ... 269
- 有志者——刀刃之上奏樂章 ... 272
- 天不負——百二秦關終屬楚 ... 275

後記 抒寫有擔當的文字 ... 277

序言 天涯無涯

張 華

四川大竹，因人傑而地靈，只緣走出了那一個張天國。

中國重慶，因人傑而地靈，只緣走來了這一個張天國。

張天國，半輩子，路漫漫，怎一個「苦」字了得！

在鄉村，缺衣少食是他的家常便飯，肩挑背磨就是他的竟日功課。在工地，扁擔木杠不離肩，風鎬鐵鍬常在手。飯是有的吃了，可一天三斤白米乾飯止不住飢，解不了餓。務農時，備嘗辛苦；司職鐵道兵，轉而兵改工，艱苦卓絕。苦命張天國，真個如阿·托爾斯泰所言：在清水裡泡三次，在血水裡浴三次，在鹼水裡煮三次。

歪打正著，因禍得福，天國始料未及，一不留神，便讀完了一所大學，一所沒有圍牆的大學。

因為苦難，唯有苦難，實乃人生真正之大學。

披星星，戴月亮，逢山開路，遇水搭橋，群山腹內闢長廊，萬里江山繪錦繡。扎根人民，扎得何其深入；深入生活，入得何其深邃。於是，天國開始手癢，當然，始於手癢之前是心癢。他總想寫點什麼，總想表達點什麼。作為實誠人，他起步於記成語，起步於做筆記，起步於改病句，起步於一筆一畫地撰寫豆腐乾新聞。至27歲，寫成了工程段團委書記。至33歲，寫成了中鐵十七局四公司黨委宣傳部宣傳幹事。最終寫成了中鐵十七局四公司黨委宣傳部部長，那是後話。

有了辦公室，有了辦公桌，有了伏案疾書的空間與時間，張天國總算登上了一個寫作者的第一級臺階。

不知是何時開始的，也不知是怎樣開始的，天國對千篇一律的豆腐乾新聞的寫作興味漸漸索然起來，兼具新聞性、文學性、政論性的報告文學激起了他無窮無盡的興趣，「情動於中而形於言，言之不足，故嗟嘆之；嗟嘆之

不足，故詠歌之；詠歌之不足，不知手之舞之足之蹈之也」的詩歌生發了他無休無止的激情。他轉而寫詩，他轉而寫報告文學，由是，一發而不可收。他相繼推出了詩集《天國之歌》《流動的水墨》，他連續出版了報告文學集《大路神韻》（上、下集）、《時代足跡》、《行走在沒有路的路上》。

　　張天國 2014 年加入中國作家協會，同年破格進入魯迅文學院第二十四屆中青年作家高研班深造。2016 年，他相繼榮獲了重慶新詩學會第二屆「銀河之星」詩歌獎、《重慶晚報》文學獎特等獎，並成功舉行了由重慶市作家協會、《重慶晚報》、中鐵十七局聯合主辦，重慶市話劇團承辦的「張天國詩歌朗誦會」。

　　足踏實地，張天國攀登著寫作者一個又一個臺階。

　　當是時也，我欣喜地讀到了張天國最近完成的報告文學集《風塵天涯路》。

　　這是天國的第五部報告文學集。看得出來，天國的報告文學創作，已然漸入佳境，構思堪稱綿密，文字也日益圓熟。

　　眾所周知，天國自然更能心領神會：報告文學作為一種介於通訊與小說之間的文體，具有新聞性、文學性、政論性三大特點。

　　新聞性是報告文學最基本的特點。報告文學反映和推動現實的功能建立在真實的基礎上，天國的報告文學素材，無一不是取自當下，取自現場，無一不是取自現場點點滴滴的深入採訪。請讀《塞北飛虹》：「只見一段段路基規整流暢，與一座現代化設計的大橋渾然天成。大橋兩跨不對稱斜拱形成新穎獨特的橋梁造型，給前來參觀的人們留下自然流暢的視覺感受，舒緩大氣，剛柔並濟，橫跨古城御河重達 8300 噸的鋼橋像一條躍躍欲試、蓄勢待發的飛龍，在晨光中，在有著 600 餘年的古城牆旁顯得熠熠生輝，它如穿梭時空連接現代文明的使者，以銳意進取、向上的精神和開放的姿態，彰顯出古都新的生機與活力。」在這裡，場景是真實的，創造這一場景的人物是真實的，如此真實的場景連同如此真實的人物對讀者產生的親切感、參與感和衝擊力，是重視虛構的作品遠遠無法比擬的。

文學性是報告文學最顯著的特點。報告文學寓報告於文學，多種表達方式並用，敘述和描寫並重。天國的報告文學，便是在對浩如煙海的素材實施「由此及彼，由表及裡，去粗取精，去偽存真」的梳理的基礎上，運用精巧的結構、曲折的情節以及活潑生動的語言，甚至還調動了環境渲染、細節鋪陳、心理描寫、性格刻畫等屬於虛構文學的種種手段。在《超越時間的賽跑》中，我們見識了一個叫林睿的項目經理：「『80後』的林睿剛過而立之年，身材高大，不僅渾身充滿了活力，而且超越了同齡人的成熟。房建專業出身的他，功底扎實，在擔任昆明保障房項目總工期間，就以專業嫻熟、工作出色而得到各方認可，積累了豐富的施工經驗和管理經驗。初始擔任項目經理，加上超級告急的工期，他知道這是一場硬仗。企業的信譽、領導的信任和這個少數民族自治縣60多萬人口和3000多名師生的期盼和夢想，重重責任和使命，使林睿不敢有絲毫懈怠。」在這裡，天國運用外在的肖像描寫與內在的心理刻畫以及人物經歷梳理相結合的方式，使一個活脫脫的林睿躍然紙上，讓我們眼前一亮，如見其人。

　　新聞性固然重要，文學性固然重要，然而，政論性卻更加重要。作為央企基層黨委的宣傳部長，作為高級政工師，天國比許多人都清楚得多。不容置疑，政論性是報告文學的靈魂，是報告文學水平和價值的決定性因素。同樣不容置疑，作為時代產物的報告文學，是以明顯的社會作用為目的，應當強烈地體現時代精神，把形形色色人、林林總總事置放於全中國全世界的大格局中去衡量去評判，以反映當代人民的意志、願望和要求。

　　如此這般來讀天國的報告文學，我們便會耳目一新起來，我們便會茅塞頓開起來：天國的報告文學《風塵天涯路》，有深情存焉，有厚意存焉。

　　在《風雪交加繪彩虹》中，又一個項目經理向我們大踏步走來。我們聽到何偉在說：「我們無法改變高原氣候，但可以改變自己的心態。」「我們跑不過時間，但我們可以贏得時間。」聞之怎能不讓人心潮澎湃，熱血沸騰？同時，書記謝甲軍也向我們大踏步走來。我們看到了謝甲軍的故事：「由於連日來的勞累加上輕微感冒，謝甲軍感覺有些喘不過氣來，有時必須大喘幾口氣才能緩解缺氧帶來的頭疼。考慮到項目正在24小時搶工期，他悄悄到

醫院做了檢查，結果是肺積水。謝甲軍知道，肺積水是高原感冒引起的併發症，嚴重時可能奪去生命！他不敢懈怠，立刻住院做了肺部抽水手術。由於工地事情太多，手術後三天他就匆匆出院，直奔工地。直到診斷書落到工地上被工友撿到，大家才知道此事。當筆者向謝書記提起這件事時，他卻輕描淡寫地說：『這不是什麼大事，工期這麼急，弟兄們那麼苦，我哪能在醫院待得住。』」

或者，以改變自己的心態努力適應高原氣候，以主觀的進取趕超如白駒過隙的時間；或者，發揚戰爭年代的優良作風——輕傷不下火線，和平年代——重傷依舊在火線！在此，天國給我們注入的是一種「我們要壓倒一切敵人（包括敵對的人與自然），而絕不為敵人所屈服！」的精神力量。

在《塞北飛虹》中，一直保持鐵道兵敢於奮鬥也善於奮鬥的優良作風的特級項目經理楊友成的所思所為，同樣給人留下了深刻印象。承接大同北環橋工程之初，楊友成就毫無保留地向業主鄭重承諾了五個一流：「以一流的管理，保一流的安全，創一流的質量，爭一流的進度，樹一流的形象。」為將五個一流落到實處，楊友成及其同仁精心制訂了《項目內部管理制度彙編》，涵蓋了安全、質量、環保、成本、合約、勞務、財務、計劃、物資、設備，以及風險控制、內業資料、勞動競賽、企務公開、崗位職責、人才培訓，甚至包括糾紛調解、路地建設、徵地拆遷、對外接待和與制度相對應的考核細則、執行標準、過程追蹤等在內的 40 項項目的管理大全。這些「先說斷」的章法，就成了楊友成「後不亂」的理論依據。同時，楊友成還堅持一個用人原則：「高才中才低才，只要適用就是人才。不管來自哪裡，不管資歷深淺，只要能為項目出力，只要能在崗位上獨當一面，都是可用之才。大才大用，小才小用，有才無德堅絕不用。」

好一個制度管人，制度管事，這是人治徹底讓位於法治，法治完全取代人治。好一個大才大用，小才小用，這分明是人盡其用，才盡其用。好一個有才無德堅絕不用，這分明是德重於才，德先於才。有才無德，堅決棄用。德才兼備，絕對重用。在這裡，天國給我們注入的是一種思想的力量。

同樣在《塞北飛虹》裡，我們還讀到了這樣兩則動人心魄的故事。一則故事說：「正在主持討論方案的總工竇新生一連掛斷了母親從老家打來的三個電話，不一會兒，第四個電話又緊接著打來了。母親在電話裡已泣不成聲：『兒啊！你快回來吧！你爸在家裡突發腦溢血，現在正在醫院搶救，醫院已下病危通知書，讓我簽字！』聽到消息的竇新生無疑像遇到晴天霹靂，拿著電話愣了許久。旁邊的楊友成隱約聽到電話裡的哭聲，便碰了一下竇新生，他這才緩過神來。這時的竇新生如坐針氈，額頭的汗順著臉頰滴了下來，手裡的筆被他攥得吱吱作響……散會後，楊友成看到竇新生臉色蒼白，便問他是不是家裡出了什麼事。『沒有！』說完竇新生就轉身向自己宿舍走去。」另一則故事說，歷廣飛還是用手機買了一張從太原到大同的大巴車票。臨行前，他悄悄透過門窗，看到躺在床上的妻子忍受著產前的陣痛，再三思量口難開。他跑到樓下買了兩大袋水果，並交代父母代替自己照顧妻子……坐上返程汽車的歷廣飛懷著愧疚的心，給妻子發了一條簡訊：「青兒，對不起，請原諒在你最需要我的時候，我卻不辭而別，因為工地有急事，你接到這條簡訊的時候我已經在回工地的路上了……我知道欠你的太多太多，我會用自己的一生補償你。」

而《我在橋上》裡關於史洪濤父子鬧彆扭的故事，則讓人倍感酸楚：「因為屈產河特大橋，史洪濤的兒子意見特別大。春節前後辦婚事是史洪濤山東老家的傳統。當兒子把 2012 年年底結婚的決定告訴他時，剛剛接手屈產河特大橋施工任務的史洪濤哪有時間給兒子操辦婚事，只好推遲到 2013 年『五一』。到了五月又是大橋突擊階段，又推遲到 2013 年年底。史洪濤剛回到家，還沒來得及給孩子舉行婚禮，業主就把電話打到公司主管那裡去了。兒子說：『到你的橋上去吧，你不要這個家，我要。』史洪濤無言以對，只能含淚離家，又回到了他牽腸掛肚的橋上。」

父子情深，代代相傳；夫妻情深，相濡以沫。這是中華民族得以生生不息的傳統美德。父子情縱然可貴，夫妻情縱然可貴，然而，當其愛其情同國家的大事大情、同民族的大情大事相悖之時，父子情、夫妻情別無選擇，當然須讓位於國家的、民族的大情大事、大事大情。小家為大家，大家為國家，這才是最高的道德！在這裡，天國給我們注入的是一種道德的力量。

天國的報告文學集《風塵天涯路》，妙就妙在這裡，高就高在這裡。

20世紀最為偉大的國學大師當推浙江海寧的王國維。

王國維在《人間詞話》有言，古今之成大事業、大學問者，必經過三種之境界：「昨夜西風凋碧樹。獨上高樓，望盡天涯路」，此第一境也。「衣帶漸寬終不悔，為伊消得人憔悴」，此第二境也。「眾裡尋他千百度，驀然回首，那人卻在，燈火闌珊處」，此第三境也。

王國維形容成功人士三部曲的古人成句，之於天國，可謂知音。

童年時代，天國求溫飽於窮鄉僻壤，可謂「昨夜西風凋碧樹。獨上高樓，望盡天涯路」。青年時代，天國圖發展於險山惡水，可謂「衣帶漸寬終不悔，為伊消得人憔悴」。

進入年富力強的盛年時代，天國採擷纍纍碩果於不經意之間，正是「眾裡尋他千百度，驀然回首，那人卻在，燈火闌珊處。」

事業的路，屬於天國；文學的路，也屬於天國。那路通向遠方，遠方通向天涯。

天涯無涯……

張華：重慶市作家協會全委會委員，高級編輯，曾任《紅岩》編輯，《重慶文學》編輯部主任，《重慶與世界》副主編；現任《作家視野》編輯部主任，出版有詩集、報告文學集等。

用責任詮釋忠誠

——記中鐵十七局集團四公司執行董事、黨委書記王應權

　　還是四年前那俊朗的面孔和匆忙的腳步，還是四年前的利落和幹練。如果走近端詳，剛過不惑之年的他，昔日濃密漆黑的頭髮，已日漸稀疏，透過一絲絲摻雜其中的銀髮，頭皮清晰可見，傳神的雙目常常布滿血絲。他就是中鐵十七局集團四公司執行董事、黨委書記王應權。

　　在這四年來一千多個日日夜夜裡，他殫精竭慮，勵精圖治，用責任詮釋了對公司的忠誠，把一個陷入危機的公司連續兩年引領到了「中國鐵建20強」。2011年公司被重慶市委、市政府授予「文明單位標兵」；2012年榮獲「重慶市AAA誠信建築企業」「重慶市先進企業」「全國文明單位」；2013年被中國公路建設行業協會評為「公路建設百家誠信企業」。

　　幾年來，王應權深一腳淺一腳走遍了公司分布在全國各地的幾十個項目工程，走過了公司重新崛起的每一個日子。隧道掌子面上和大橋的基坑裡，都留下了他沾滿混凝土、粉塵和泥水的身影。經營承攬，工期告急和質量、成本風險管控，以及資金、資源調配和對各方的溝通協調，他都要親力親為。終年奔波，他經常疲憊不堪。好不容易回到機關，來不及把行李帶回家就直奔辦公室，迎接他的卻是等待請示和簽字的長隊。節假日裡，他不是在來去工地的途中，就是在辦公室。緩解疲勞最好的方式就是在車上或飛機上小憩。不喜煙酒的他，不得不借之以抵抗疲勞，過早地透支了自己的健康。不少同事多次勸他，不要如此拚命，否則身體會出問題的。

　　他卻說，時間不等人，企業等不起，要解決的問題太多，一個點的引爆就可能給企業帶來滅頂之災。王應權背負著責任，為企業走出困局負重爬坡。

在危局中再造管理流程

2010年12月，王應權接任公司執行董事兼總經理後，呈現在他面前的局面是：人心渙散，職工怨言滿腹；在建工程的安全質量問題此起彼伏；施工項目大面積虧損，成本居高不下；融資負債大，歷史遺留問題嚴重。雖經幾任管理者的潛心治理有所好轉，但是，近十年的業績下滑，企業已積重難返。雖已人心渙散，但人心思變的願望依然強烈。他們不願看到這個從抗美援朝走過來、曾經在集團公司領跑過多年的企業就此一蹶不振，渴望有一個人能夠帶領企業從低谷中崛起，重塑四公司昔日輝煌。經過組織考察和職工無記名投票，王應權被推上了力挽狂瀾的風口浪尖。

1992年離開校門走進這家公司的王應權，深受鐵道兵「逢山鑿路，遇水架橋，鐵道兵前無險阻；風餐露宿，沐雨櫛風，鐵道兵前無困難」精神的影響。近二十年來，他從工程項目部一名普通的技術員出發，一路走上過項目總工程師、項目副經理、公司安質部長、項目經理、公司副總經理、公司常務副總經理等崗位，每一個崗位上都精彩不斷，每一步都扎實生輝。

他在公司發展歷程上具有代表性的武廣、南廣高鐵項目擔任項目經理期間，創造了安全、質量、進度、技術創新等多項全線的標杆，並取得了良好的經濟效益。帶著這些輝煌，主管一個瀕臨危局的公司，不知道他需要多大的勇氣。

上任伊始，為了創造一個風清氣正、幹事成事的良好環境，王應權對公司當下面臨的歷史遺留問題和各類資源狀況、企業管理短板以及經營布局，進行了仔細梳理，他要對症下藥。針對管理中存在的問題，王應權與團隊成員一道，對各類管理制度進行了論證。有益的制度保留，對過時或與生產關係不相匹配的制度進行了添平補齊。如項目經理競聘上崗制度、末次計價公司審核簽認、項目上場組織管理制度、綜合考核獎懲制度等，明確強調了以制度為核心的管理理念。經過四年多時間的運行，在制度的框架下，達到了團隊成員和諧共事、公司上下風清氣正、項目經理團隊積極創業、大面積虧損有效扼制、融資負債成本逐年減少、在建項目安全質量事故受控和涉訴涉法事件大幅減少的效果。特別是那些來自經營管理、市場風險、管理體制和

管理者個體因素造成的大量歷史遺留問題，處理起來極為棘手，稍不留意就會牽一髮而動全身。有的需要大量資金和調集各方資源才能解決。儘管前任領導為此付出了大量心血，遏制了持續惡化的趨勢，但依然難以扭轉乾坤。王應權經過深思熟慮，根據輕重緩急，用盡了渾身解數輾轉騰挪，一年之中終於得以解決。經過初期的內外治理，管理信心在治理中得以重建，人心再次凝聚，一個瀕臨散架的公司，終於重現生機，為公司走出持續多年的低谷創造了條件。至此，王應權主導公司在危局中完成了管理流程再造的目標。

在逆境中重塑經營格局

彌補資質缺陷，重塑經營格局，為公司再次騰飛插上翅膀。20世紀末，集團公司進行企業改制時，作為集團公司領頭雁的四公司，被劃為分公司，這就意味著四公司所有的業績、資質都歸集團公司所有，市場經營必須使用集團公司的資質，沒有獨立經營市場的資格。2005年企業再次改制，四公司與另一分公司重組搬遷至重慶，把四公司劃為具有獨立法人資格的子公司後，四公司又面臨著大量經營資質缺失、業績嚴重不足的局面，從而在很大程度上喪失了市場參與權與話語權，嚴重缺乏經營自信，先天不足給市場經營布局帶來了明顯的硬傷。

怎麼辦？「加快補齊短板！爭取主動！」王應權的話語擲地有聲。於是，公司迅速調集各方力量進行搶救性彌補。經過不到兩年的努力，公司新增了鐵路工程施工總承包三級、礦山施工總承包三級、地質災害治理工程施工和測繪乙級資質；公司試驗室2011年取得了交通部公路工程綜合乙級檢測機構等級證書，2012年透過了國家計量認證複查評審，2014年接受國家計量認證擴項評審，增加試驗檢測參數120多個，2011年至2014年試驗室增加檢測面積120多平方公尺，增加了60餘套價值130多萬元的試驗檢測儀器設備，增強了公司在試驗檢測方面的競爭優勢。由此，公司補齊了資質缺陷的短板。與此同時，以集團公司資質經營中標的工程項目，公司與相關業主進行協商溝通，對中標資質進行了部分更改，工程業績得到了迅速積累。資質的完善和業績的積累，增強了企業對外市場的參與權和話語權。

施工企業沒有經營，就沒有了存在的理由。有了市場名片，觸角該伸向哪裡？如何重塑經營格局？2005年，公司重組改為子公司後落戶西南重鎮重慶。根據集團公司的整體布局和公司所處的西南地理位置以及西南地區未來建築市場發展態勢，王應權確立了「立足西南，面向全國」的經營布局。

合理布局全國經營網點，資源向重點區域傾斜。精選經營人才，重點片區專職經營，在建片區以該片區擅長經營的項目經理兼職經營。並確立了「幹好在建，以幹促攬，不斷拓展優勢地域，實現滾動發展」的經營思路，以品牌贏得市場，奠定既有區域的優勢地位，把雪球越滾越大。為調動經營工作者的積極性，王應權帶領主管領導、經營人員親臨在建項目，調動一切積極因素，動員一切力量，嚴格落實經營業績考核獎懲制度。與此同時，積極參與股份公司、集團公司牽頭的BT項目，努力向產業鏈的上游邁進，增加工程項目的含金量。透過一系列經營措施的建立和實施，企業新簽合約額從2011年的30.18億元增長到2014的79.05億元，經營業績和質量不斷提升，多元化經營格局更趨均衡合理。至此，王應權主導企業在逆境中完成了經營格局重塑的目標。

▌在管理中提升核心競爭力

如果說王應權從規整企業管理制度、重塑經營格局入手，創造了從低谷中崛起的先決條件，那麼，企業最終靠什麼打造騰飛的核心競爭力？顯然，他把整合優勢資源、選準優勢方向、提升科技實力、打造品牌工程、建設平安企業，作為管理的發力點。

由於多年來各類資源沒有得到最佳整合，與生產力發展不同步，導致部分資源閒置浪費。「資源的優化重組，就是讓生產關係與生產力更加契合匹配，讓資源發揮出最大效能，催生生產力的發展。」王應權如此闡述。他以項目管理為抓手，對項目源頭的人員配備、設備配置、方案優化、勞務隊伍選擇、施工組織和物資招標採購以及對外關係協調等所需的相關資源進行了全盤優化。優化項目結構，指導項目編制、優化實施性施工組織設計，將各種資源進行合理調配，嚴格要求項目從上場伊始就步入標準化、規範化的管

理軌道，使得公司的施工生產能力顯著增強，四年來，累計完成產值207.54億元。針對安全風險高、質量要求嚴、工期緊張等業主緊盯的項目，王應權實行統籌兼顧，有針對性地採取措施，抓大不放小，由公司主管或分管領導分片管控，分別到重難點項目現場辦公，疏通內外關係，解決實際問題。對一時遇到困難、出現告急的項目，採取加大協調力度、積極調配資源等措施，為扭轉被動局面、建造核心競爭力造成了重要作用。

為進一步打造企業核心競爭力，王應權選擇了以隧道施工見長的發展方向，使得公司在長大隧道、陡坡斜井隧道、大湧水反坡排水隧道、軟弱大變形隧道等施工方面繼續保持了領先優勢。在雲桂鐵路、廣大鐵路和大廣高速公路長大隧道施工中，進度、安全、質量等各項指標均遙遙領先，為全線樹立了標竿，實現了品牌形象、技術開發和人才培養、經驗積累四大目標。與此同時，王應權還注重多領域經營擴展。近幾年承建的重慶公租房項目（獲得重慶「三峽杯」質量獎）、昆明保障房項目和重慶龍門大橋項目（獲得2014年重慶市政工程金盃和全國市政工程金盃示範工程獎）以及廣西貴港西南大橋的建設，都取得了令人矚目的成績，在房建和橋梁領域實現了突破性跨越。

安全質量是事關施工企業生死存亡的大事。一次重大安全質量事故的發生，經過輿論媒體發聲往往會有被無限放大的效應，甚至給企業帶來滅頂之災。要建立企業核心競爭力，安全質量是不可忽視的一個重要環節。對此，王應權從上任那一天就繃著這根弦，甚至把它提升到了政治的高度加以重視。除了做好常規性的安全質量管理外，還特別注重推行標準化管理。

尤其是針對隧道和高墩大跨的大橋施工，以施工技術為主分別建立了一套安全質量管控標準體系，提出創優規劃。所有施工程序都有規範、有標準，做到嚴要求、抓過程、勤檢查、重實效、兌獎懲。同時加大安全管理投入，建立投入臺帳，改善員工勞動條件和作業環境，及時處理事故隱患。為落實安全質量責任，王應權把安全質量作為一項重要指標，列為年終考核兌現和項目經理是否繼續連任的標準之一，實現了安全質量零事故、零風險的目標。

科技就是生產力，更是核心競爭力的集中體現，做過多年技術工作的王應權對此深信不疑。王應權深深體會到，安全、質量、進度、效益等硬性指標，透過常規手段不能實現的，依靠科技卻能迎刃而解。因此，近幾年來王應權大力倡導打造公司的科技實力。四年來，公司獲國家發明專利4項，實用新型專利35項。公司完成的中寧黃河大橋大跨鋼桁梁快速懸拼施工技術等15項科技成果透過省級技術鑑定，其中達國際先進水平的2項，國內領先水平的9項，國內先進水平的4項。同時，還獲得省部級工法16項，廣東省科技進步一等獎1項，中國公路學會特等獎1項，三等獎1項，中國施工企業管理協會科學技術二等獎1項，中國鐵道建築總公司科學技術獎8項，公司被評審為省級技術中心。一大批科技成果的獲得，不僅降低了施工成本，加快了施工進度，提升了工程質量，而且提升了企業生產的科技水平。至此，王應權主導企業在管理中完成了核心競爭力提升的目標。

在泥潭中提升經濟運行質量

毫無疑問，任何企業的任何行為都幾乎和追求利潤最大化有關，這也是企業主管領導的首要職責。但在經歷多年持續下滑之後，一些項目經理相互攀比的不是上繳多少利潤，而是相互比較虧損的多少，虧損多的毫無愧色，虧損少的沾沾自喜。對於這種扭曲的「政績觀」，王應權感到極為震驚。看來，虧損的根子首先出在項目經理這一關鍵崗位的人事制度上。他主導迅速頒布了以《項目經理任免制度》為主的一系列配套制度。制度規定，一旦項目中標上馬，公司派出評估小組進行評估，準確測算出材料、設備、人工、管理、利潤等各項經濟指標。經理人選不再由公司領導直接指派，而是自由競爭上崗，並根據項目投資大小和利潤高低按比例繳納風險抵押金，競爭者在機關職工大會上公開競爭，勝出者當眾承諾，完不成評估指標，將自行隱退，免退風險抵押金，並承擔審計責任。在項目運行過程中，公司審計部門將不定期進行跟蹤審計，一旦發現項目經濟運行異常，將立即進行整改，或易崗換人。制度還規定，項目經理在項目結束後必須承擔工程餘款清欠責任，以確保項目運行的連續性。四年多來，先後5人因為管理不善被就地免職。由此徹底打破了項目經理任職的指派制和終身制，從制度上把「虧損有理、少虧

有功」的怪象堵在了門外。從此，虧損項目數量迅速下降，企業迅速向利好方向發展。

降本增效是施工企業的一項中心工作，所牽涉的管控環節方方面面，所有活動都必須圍繞這個中心展開。善於抓主要矛盾的王應權，牢牢抓住了責任成本這個「牛鼻子」不放。王應權上任伊始，雖然責任成本已經被提上議事日程，但由於積弊太深，還沒有真正落在實處。他下決心徹底扭轉這種被動局面。他提出了「抓兩頭、控中間、全過程、嚴監管」和「成本領先、效益至上」的管控原則，全面推行工程項目責任成本管理流程。一是為全面摸清企業「家底」，準確掌握經濟現狀，組織公司相關部門對在建項目進行經濟運行質量檢查。二是抓好新上項目「雙目標」測評工作，對主體工程成本、大小臨建工程成本、周轉材料使用費、設備使用費、間接費用等進行細化測評。對所有新上項目全部完成測評並下發勞務指導限價，嚴格執行物資設備集中採購管理、外部勞務公開招標制度，想方設法做好以變更索賠、材料調差為主體的「二次經營」工作，加大考核獎懲力度。同時透過強化資金集中管控，加大清收減貸力度，全面預算剛性管控，同步推進審計監督與效能監察，對收尾項目及時撤戶並帳，大力縮減管理費和非生產性開支等手段，減少了資金沉澱，盤活了存量，用好了增量，做大了資金池，有效控制了項目成本。在集團公司 2013 年開展的「五比五杯」活動中，十多年來，公司首次榮獲「經濟效益杯」。至此，王應權主導公司在泥潭中完成了經濟運行質量不斷提升的目標。

在發展中讓職工共享發展成果

「發展依靠職工，發展為了職工，任何時候都不要忘記，職工是我們企業的主體，是我們千方百計謀發展的落腳點。企業發展後，一定要讓職工享受到發展成果！」這是王應權在上任後的第一次職工代表大會上做出的承諾。經過幾年的苦心經營治理，公司已連續兩年擠進股份公司「中國鐵建 20 強」之列，並呈逐年上升趨勢。言必信，行必果。幾年來，不僅確保了職工工資逐年成梯次上升，而且「五險兩金」足額繳納，職工福利得到了保障。先後

完成了基本醫療保險和大病統籌醫療保險在山西、重慶兩省市屬地化管理的參保銜接工作，統一了繳費標準、待遇水平和報銷比例。為2868名職工辦理了公積金聯名卡，使職工查詢、提取住房公積金更加便捷，確保了職工公積金的安全性。隨著職工子弟參工和新進大學生的不斷增加，職工住房成了大家關注的熱點問題。醞釀了幾年的修建職工住房工程一直沒有得到落實，職工意見很大。如果讓職工購買商品房，必然會增加其經濟負擔。王應權上任後，經過與地方省市多個部門協商溝通，決定集資建房。經過兩年多的艱苦工作，252套職工集資房如期完工，2014年5月實現了接房入住，有效緩解了職工的住房壓力。一系列惠民工程的實施，實現了職工老有所養、病有所醫、住有所居，職工的切身利益得到了保障，職工的生活質量得到了提升，職工真正享受到了公司的發展成果。至此，王應權主導公司在發展中實現了與職工共享公司發展成果的目標。

締造深圳新速度

——中鐵十七局集團四公司廈深鐵路惠深段 11 標段施工紀實

深圳，改革開放的試驗田，中國第一個經濟特區，具有一定影響力的國際化城市，創造了舉世矚目的「深圳速度」。或許是因為家喻戶曉的歌曲《春天的故事》，抑或是聽聞了中鐵十七局集團四公司建設者們酣戰廈深鐵路惠深段 11 標段的感人故事，在得知要去深圳採訪的消息後，我激動不已。

惠深項目負責人、四公司最年輕的副總經理張濤那清新俊逸、風度翩翩、沉著穩重的形象，瞬間便映入腦海，他身披紅花，接受公司表彰的情景彷彿就發生在昨天。從 2008 年進入廣東市場以來，張濤帶領團隊，克服了城市施工干擾大、資金短缺、外部環境協調艱難等諸多不利因素，取得了令人難以企及的諸多榮譽。

2009 年至今，連續六次信譽評價名列全線前茅，創下最高日產值 600 多萬元的新紀錄。深圳城市交通樞紐建設中心的領導感慨地說：「十七局集團四公司用三個月完成了兩年多的工程量，這才是真正的『深圳速度』。」

2010 年，榮獲「火車頭獎盃」和「廈深鐵路廣東有限公司先進集體」稱號。

2011 年，榮獲「股份公司勞動競賽綜合優勝單位」「中國鐵建『工人先鋒號』」「五好黨支部」；項目經理張濤獲得「勞動競賽優秀組織者」稱號。

2013 年，中國鐵路總公司副總經理盧春房視察了深圳新城站高架橋施工現場，他稱讚項目的架子隊建設和標準化建設非常成功，值得借鑑。看到施工好的橋墩、蓋梁線條順直，表面光滑美觀，他豎起了大拇指說：「十七局幹這個活絕對不在話下。」

兩個小時的行程很快過去，飛機著陸深圳寶安國際機場已是深夜。五光十色的霓虹燈裝點著這個不夜城，聽項目書記魏慶倫說，此刻的工地上，張濤還在帶領數百名工人攻堅決戰。明天，四公司的建設者會給我們怎樣的期待呢？

傲立潮頭：群策群力克時艱

廈深鐵路東起廈門樞紐廈門西站，西至深圳樞紐深圳北站，規劃里程約550公里，惠深段全長約34公里，總投資15億元，設計時速250公里，是中國鐵路「四縱四橫」快速客運通道中的重要組成部分。建成後，將直接拉近海峽西岸經濟區與珠江三角洲地區的聯繫，屆時乘火車從廈門到深圳不到3個小時。

2009年10月，十七局集團中標惠深段站前工程11標段全長33.433公里的施工合約，合約金額15.76億元，工期17.5個月。四公司主要承擔其中21.549公里的施工任務，合約價款9.8億元。管段內分布著橋梁6座13154.8公尺，隧道7座6018公尺；車站1座，路基土石方81萬方，另外還有製梁、架梁、燃氣管道和高壓電力線遷改等工程。工程複雜，橋梁特殊結構較多，隧道多為V級偏壓淺埋，安全風險大。

簽約儀式上，廈深公司總經理趙利民說過，十七局集團在廈深鐵路的施工實踐，證明他們是一支能打硬仗、善打大仗的隊伍，他堅信他們在惠深段站前工程施工中定是「排頭兵」。

張濤在廈深鐵路的精彩領跑，讓業主無不折服，讓集團滿意，彰顯了其獨特的管理藝術，展示了公司良好的社會形象和綜合施工實力。就地轉場接力惠深段施工，人們相信，張濤將與書記魏慶倫、常務副經理兼總工程師郭稱龍、副經理易中華、桑鵬，在特區創造出新的「深圳速度」。

在魏慶倫的帶領下，我們走遍了管段所有的工程。此時，風景如畫的鵬城，一座座神工意匠的標誌性建築已在青山綠水中拔地而起。已經交付完工的丹梓大道特大橋、南粵大橋在朝陽的映射中，熠熠生輝。

「在寸土寸金的特區施工，你們克服了哪些常人難以想像的困難？」在前往車站工點的途中，我們開始了當天的採訪。」

「徵地拆遷量大，施工干擾大，特殊結構物多，我們11標段是全線施工條件最為艱難的標段，最難啃的硬骨頭，90%的重難點工程，均由我們承建。管段地處坪山和龍崗兩個區，拆遷協調工作更是難上加難。僅派出所就

有 10 多家，交警大隊 2 個，中隊 7 個，還有環保局、燃氣公司、國土局、城市管理局等。其中 7.6 公里的丹梓大道特大橋位於龍崗和坪山交界處，與主幹道平行施工，軍用線、通訊電纜、大亞灣核電站線路、自來水等各種管線縱橫交錯，卻沒有明確標識具體位置的作業圖紙，真可謂天羅地網。」

「為了打開局面，辦理相關手續，我們早出晚歸，常年的老胃病讓身體根本吃不消，晚上就在小診所打點滴。」魏慶倫提起各種艱辛，頓時一把辛酸淚，打開了話匣子，「由於特區文明施工要求嚴格，整個城市只有一個棄土場，倒一車土來回要跑 100 多公里，僅佔地費每車就要 150 元。而材料運輸更是一大難題。2011 年 8 月，『史上最嚴』交通法規頒布，車牌被泥水遮擋、超重等均要接受嚴厲處罰。一輛車違章罰款 3.5 萬元，且扣車一個月。交警、派出所人員長期蹲守。我們只能深更半夜踩點，一輛車一輛車護送進來。為了不汙染路面，工人一直在不停地掃、沖、洗。城市施工，協調方面要多投入 80% 的精力。拆一間屋、平一分地都要經過 9 道程序審批，整個批覆過程長達兩個月之久。」

衝過難關就是康莊大道。面對種種困局，項目領導團隊並沒有坐以待斃，而是採用游擊戰術，郭稱龍負責方案制訂，圖紙核對，其他團隊成員分成兩批專門負責拆遷。實現化整為零各個擊破，先後過五關斬六將，才使得對外協調、臨時用地徵用工作有了好轉。

「惠深鐵路就是『三邊』工程，邊徵拆、邊設計、邊施工。2009 年 10 月進場以來，圖紙遲遲不到位，2010 年 4 月樁基圖紙才到，深圳新城站更是到 2012 年年底才有了電子版設計圖紙，而 6 月底鋪軌的工期是不可改變的，這不僅是一場攻堅戰，更是一場突擊戰。2011 年，世界經濟形勢複雜多變，國內物價持續上漲，國家不斷運用上調存款準備金率、加息等一系列金融工具，收緊流動性，業主資金緊張。項目大小隊伍七八十家，高峰期民工 3000 多人，工期緊逼，資金困難，工程推進舉步維艱。全線缺水斷糧，我們硬是節衣縮食，咬牙堅持了七個半月，將隧道工程全部完工。」在一線指揮部，我們終於看見了項目經理張濤，他穿著一件深色的被汗水濕透的 T 恤，人顯得消瘦了不少。還沒有聊上幾句，他接到電話便要開車去施工現場。

「面對10多個億的工程,您是如何謀劃全局、統籌協調的?」我們只能見縫插針,繼續採訪。

「積極推行標準化管理,實現管理制度標準化、現場管理標準化、人員配備標準化、過程控制標準化。上場之初,組織各部門編制了計劃財務管理類、工程管理類等五大類80項管理辦法,並按照六位一體管理要求,將過程控制工作具體化、定量化。結合管段工程實際,編制詳細的作業指導書和過程檢查管理辦法等,使各作業隊明確質量、安全、工期、環境、成本和技術創新的控制要點和控制方法,使工程施工實現全過程標準化。」張濤如數家珍地談起了項目管理思路。

當被問及工期緊、任務重、點多線長,怎樣才能有條不紊施工時,他說:「溝通、協調、服務、監督四點都很重要。首先,項目領導和職能部門要深入施工現場,靠前指揮,以科學的管理制度為抓手,做好各項管理工作。一切以現場為重點,協調處理施工過程中的各種問題,為施工生產創造良好的條件。其次,適時調整優化施工方案,合理安排階段推進計劃,逐級落實包保責任,逐項落實重點控制工程施工計劃,人員設備配量,工程材料供應等,統籌安排好全線各項工作。再者就是對重點過程進行重點部署和重點控制,採取針對性措施,分片分區,責任到人,獎懲兌現,保證工程有序進行,確保工期節點目標的實現。」

儘管困難重重,但難不倒這支敢打硬仗的隊伍。項目領導團隊以先進的管理理念和超前的管理意識,加緊部署,拓寬思路,科學組織,精心布局,高標準建設,高要求管理,科學合理配置資源,大力加強制度體系構建,為拉開大會戰奠定基礎。

▋揚眉吐氣:鵬城會戰領風騷

四公司承建的廈深鐵路惠深段11標段重點工程——深圳新城站新增投資2.5億元,要將站內高架橋原設計的5孔7線高架橋,變更為17孔8線橋,建設成「50年不落後」的現代化的集火車、輕軌等於一體的大型綜合交通樞

紐站。2012年6月27日，此項提案才獲得原鐵道部正式批覆。但業主關死了工期後門，要求與全線同步完工。

工程量大，方案確定晚，施工圖紙嚴重滯後，徵地拆遷難度大，又牽涉燃氣管道遷改，高壓電遷改。要在如此短時間內完成如此艱巨的任務，即使在正常施工條件下都很艱難，更何況還有雨季施工等多種不利因素的制約。工程難度之大，安全壓力之大，工期壓力之大，超乎常人想像。

2013年3月3日，集團公司董事長段東明召開緊急推進會，做出確保7月鋪軌，年底開通的重大決定。

「工期這樣緊，任務這樣重，面對重重壓力，擺在我們面前的就只有一個字：拼！沒有退路就只能前進！而且要把工程建設成經得起時間檢驗，經得起歷史評判的優質工程、精品工程、樣板工程和業主放心工程。」張濤連夜在車站施工現場組織召開動員會議，明確領導團隊分工，重新調配各種優勢資源，調整施工方案，要求施工人員必須以最快的速度到達現場。短短三天，13支樁基施工隊伍，1100多名「士兵」集結在了一線戰場，吹響了突擊的衝鋒號。

「前期，我比較著急！開工以後，樁打到一半，因為圖紙滯後，打不下去了。好不容易等了20多天把圖紙盼到了，又因為燃氣管道改線，遲遲開不了工。改設計客觀上嚴重加大了工期壓力。要是施工外部環境順暢，早就勝券在握了！」張濤面對諸多難題，帶領項目領導團隊成員主動與地方政府、設計單位、業主聯繫溝通，上下齊心協力，積極創造開工條件。

「丟人不能丟在廈深線。再多的困難項目自己解決，絕不讓公司施以援手！」參加工作至今，張濤沒有服輸過。從雲南江召項目到廈深鐵路二工區，安全質量、進度效益、職工工資等，都是走在四公司的最前列。他骨子裡流著剛毅的血，韌勁極強。為率先垂範，張濤帶頭吃住在現場，領導團隊安排了夜間值班表，輪流值通宵，並提出了「保鋪軌、保開通、決勝深圳新城站」和「脫一層皮，掉一身肉，力保節點工期」的口號，開展了「大幹一百天」的勞動競賽。不等不靠，主動出擊，加大協調力度，強化各環節管理，確保了工程大的節點按期完工。

施工過程中，張濤根據每天各工點的工程進度，不斷優化資源配置，加強現場技術指導，多開工作面，實行24小時人機不停連續施工。同時，逐級落實節點工期目標責任制，把每項分部工程完工時間細化到小時，科學制訂獎懲措施，極大地調動了員工的施工積極性和創造力。高架橋箱梁混凝土澆築施工，經過技術攻關，密切工序銜接，由最初10天澆築1片，提升到每天可澆築4片，大大加快了施工進度。

「現場燈火通明，猶如白晝，到處都是臨時居住的集裝箱，11臺混凝土地泵車，100多臺混凝土運輸罐車，燒油、用電的大小設備200多臺，一個晚上澆築混凝土6000多方。運輸周轉材料的隊伍排隊進場。200多個工人同時搭設腳手架，如同奏響了一首動聽的交響曲。偏偏老天不給面子，頻繁的暴雨讓我們雪上加霜。整個車站都是在雨水中搶出來的。傾盆大雨，即使穿了雨衣還是渾身濕透。剛澆築的混凝土不馬上找平就會被沖成一個個小坑。儘管如此，高架橋箱梁混凝土澆築仍是一派大幹快上的施工景象。員工們為確保按期鋪軌，冒雨掀起剩餘工程施工攻堅戰。不要說下雨，就算下刀子也要幹。」聽了副經理易中華的敘述，我們簡直無法想像當時令人震撼的場景。採訪他時，雖然已是晚上10點多，但他的電話沒有片刻消停，幾次談話都被打斷。從他口中得知，還有一項嚴峻工程在考驗他們。

2012年春節，深圳市委決定規劃全長2483.744公尺丹梓西道路工程，作為新城站綜合樞紐的重要交通疏解道路，下穿已建好的鐵路段，需增建龍坪立交（6孔）、丹梓西路（5孔）兩個框架涵。市交委和廈深公司前後召開會議10餘次商討施工方案，直至2013年元月才正式敲定。

為了準確瞭解來龍去脈，我們找到了全面負責該工程施工技術的項目副總工程師兼工程部長翟恆杰。這個不善言談的年輕人，當被問及施工具體情況時，頓時來了精神。

「為了樹立良好信譽，叫響企業品牌，集團將這個臨時增加的1.2億元工程壓在了四公司的肩上。兩個框架涵相距400公尺，挖方總量高達40萬方。2月底圖紙下來，5月15日要求鋪軌。這簡直就是天方夜譚。新城站的壓力已是空前絕後。兩條攔路虎前後夾擊，再優秀的管理者也要崩潰。工期繃緊

了每個人的神經。張總將曾是項目經理但已退休的父親張永升請了過來，全面負責這部分工程的管理協調工作。」

張永升，我們並不陌生，其現場施工管理經驗極其豐富，參建的工程也是赫赫有名。他倆是四公司家喻戶曉的父子兵。老將出馬，一個頂倆。

雖然已經過了花甲之年，但一走到施工一線，他馬上意氣風發。

工期超常規，設備人員投入超常規。2013 年 3 月 6 日，框架涵的每個基坑 10 臺挖掘機開始轟鳴啟動，20 多臺自卸車整裝齊發，兩臺塔吊伸出臂膀等待命令。為了啃掉這塊硬骨頭，張永升吃住在一線，要求各種機械設備人員雙重配置，現場協調指揮。澆築混凝土之前，他總要檢查支架、模板加固是否到位。施工關係理不順，他絕不離開現場，每天睡眠不足 5 個小時，熬通宵是常有的事情。一個月跑爛了兩雙鞋。60 多歲的高齡，超負荷的勞動強度，有時候他實在扛不住了，就在車上打會兒盹兒。

框架涵地質都是花崗岩，必須爆破處理。該工點距離萬科新樓盤只有 30 公尺，只能採用控制性爆破施工。兩臺潛孔鑽輪番作業，一天僅消耗炸藥就需要 10 餘噸。為了不擾民，張永升要求在做足圍擋防護的前提下，爆破時覆上麻袋片，防止飛石四濺。科學合理的施工組織和突擊，加快了工程推進速度。框架涵基礎施工用了 23 天，相當於正常施工效率的三倍，比計劃工期提前了 5 天，為公司贏得了榮譽，再一次向特區人民展示了公司超強的施工能力和良好的精神風貌。2013 年 6 月 8 日，廣鐵集團董事長李文星視察四公司工程進度時感慨地說：「這簡直就是奇蹟，如此艱巨的施工任務，恐怕只有十七局才能拿得下來。」

可圈可點：熱血鐫刻英雄譜

2013 年 7 月 8 日，深圳新城站最後一片梁澆築完成，標誌由四公司擔負施工的廈深鐵路（惠深段）的主體工程完工，所有分項工程，一次性質量驗收合格，全部達到設計標準。張濤帶領著全體參建者克服了種種意想不到的

風塵天涯路　締造深圳新速度

困難，以每週「五加二」、每天「白加黑」的連續突擊，終於換來了碩果纍纍。回想起汗水浸泡的每一個日日夜夜，職工們有說不完的故事。

項目經理張濤，搶工期期間，直接調運了兩節集裝箱放在現場，作為搶險指揮所。他每天在工地上的工作時間超過 18 個小時，只有拿換洗衣服的時候才回項目部，一日三餐都在現場解決。

「問題絕不過夜，所有工作必須日清日結。」張濤雷厲風行，率先垂範，經常晚上八九點組織項目領導團隊在現場開會。他的臨時辦公桌上「深圳東站高架橋平面示意圖」上面沾滿了汗漬和菜漬，白色的紙張已經泛黃。6 月 18 日、6 月 21 日的圖紙上的每一片樑都清晰地標著計劃完成時間。水鞋、雨傘、礦泉水、安全帽，指揮所裡無處不顯示出隨時戰鬥拚搏的氣息。

剛過而立之年的他由於常年勞累過度，患上了老人病——動脈硬化。

儘管醫生再三要求他住院治療，但他除了第一次去檢查之外，再也沒有踏進醫院的大門，取藥、熬藥都是司機代勞。

年輕的副經理桑鵬，負責全線的物資設備管理以及部分管段施工管理任務。在建設資金短缺的情況下，這個後勤總長當得是異常艱辛。沒有足夠的真金白銀作為後盾，他便以企業品牌作為「啟動資金」，相繼將所需設備物資調運進來，保證施工正常推進。

「再苦再難，企業信譽不能丟。」桑鵬負責的南粵大橋，由於兄弟單位交付場地較晚，業主要求兩天內必須完成 1.3 公里橋面系施工。橋面鋪裝、防撞護欄、伸縮縫及輔助設施安裝等多項工序，要在暴雨如注的環境下，48 小時以內完成，猶如登天。他合理調整施工工序，科學安排作業人員，生活服務保障到位，白天黑夜跟班作業。為了安撫冒雨作業的工人，他連夜敲開數十家商店的門，為他們準備乾爽的衣服。還把車子開到工點，讓工人輪流坐在裡面休息，而他自己卻一直堅守在現場。電焊工眼睛紅腫還在堅持，工人們換了身干淨的衣服依舊作業。在他們共同努力下，終於創下了建設新速度，如期交付橋面系工程。

宋正義，有著豐富施工經驗的施工隊長。採訪他時，他話未開口已是淚眼婆娑。他說：「這是工作以來幹得最難的一項工程。」

「剛來時感覺深圳挺好，是個大城市，但幹起工作就不是那麼回事。覺得特別費勁，要場地沒有場地，處處是難題。軍用電纜、高壓線、燃氣管道，天羅地網，腦袋都是別在褲腰帶上幹活。我不僅要管100多號人，還分管4個勞務隊伍。下達的施工任務，必須追著走才行。這些日子，累得走路都打晃兒。」

在現場會議室，我們見到了這個馳騁沙場多年的老鐵道兵戰士——項目橋一隊隊長。他頭髮花白，皮膚曬得紫黑。小到配一個鐵錘，大到協調幾個隊伍，瑣碎的事情每天都成千上萬，一個月光電話費就要1800多元。

當丹梓大道特大橋橋面系和車站同時搶工時，他晚上蹲守大橋，白天堅守車站。7公里的大橋來回走四次，膝蓋疼得直不起來，自己拔了火罐後，就又忙碌起來。突擊工程3個月，他暴瘦近30斤。由於勞累過度，小腿肌肉收縮，陷進去一個雞蛋大的坑。長期的睡眠不足讓他的精神有時候有些恍惚，先後4次無意識地掉進了集水坑，冰冷的污水漫過胸口才讓他回過神來。兩個女兒得知情況後心疼地哭了好幾回，打電話說：「爸爸，不要幹了，我們養你。」「參加工作30多年，怎麼能遇到困難就撒手不管？」為企業奉獻了一輩子的老宋，永遠割捨不掉鐵道兵那份情結。

「不能坐，一坐就起不來了，必須各個工點來回跑。我是真心體會到走路都打瞌睡是什麼感覺了。」機械隊長劉鵬，肝上多處囊腫，醫生建議他定期檢查，注意療養。可是，他把睡眠時間都獻給了工地。兩個框架涵是全線的咽喉工程，而40萬土方施工重任交給了機械隊。為了與時間賽跑，他實行換人不停機的輪番戰術，通宵達旦，交叉作業，相互配合，對工程發起強攻。工期緊，任務重，管理人員緊缺，還要配合其他工點施工作業，劉鵬幾乎是24小時在施工現場。手機信號不好，他就換上對講機，一天喊下來嗓子都嘶啞了。由於勞動強度大，外聘司機先後走了20多人。他提出，要走可以，必須提前20天通知，其最根本的目的在於留人一天就能多幹一天的活。2012年11月，女兒被檢查出有心臟病。劉鵬心裡陣陣酸楚，這麼多年

他虧欠孩子太多太多。但是他明白女兒的病還能緩一緩，可工期已經火燒眉毛。他最大的心願就是完工後帶女兒去治病。

　　為期四天的採訪結束了，我們的心情久久不能平靜。為了拆遷差點丟了半條命的書記魏慶倫，以過硬的科技攻關能力解決諸多技術難題的常務副經理兼總工程師郭稱龍，以超強組織協調施工能力著稱的副經理易中華，頑強拚搏力保工期的橋梁隊長李斌……由於篇幅限制，許許多多感人肺腑的人和事無法一一道來。但他們為了締造新的「深圳速度」，在特區留下的疲憊的笑容、嘶啞的嗓音，踉蹌的步履，將在人們心中永遠揮之不去。

青春譜寫折桂曲

——中鐵十七局集團四公司大廣高速公路 S04 標施工紀實

在蒼茫的贛粵交界處的九連山間，承載著生機與活力、正在建設中的大（慶）廣（州）高速公路穿越而過。大廣高速公路系國家公路網南北縱線，其中粵境連平至從化段是國家和廣東省高速公路網的重要組成部分，是廣東省北出口的主要通道之一。一旦建成通車，對進一步發揮珠江三角洲地區的經濟輻射作用，改善區域交通條件，完善高速公路網路，加強廣州中心區與粵北山區以及江西等地的交通聯繫，推動廣東、江西兩省經濟社會發展，具有十分重要的作用。

大廣高速粵境段自開工以來，承建 S04 標施工任務的中鐵十七局集團四公司的建設者們，與各家「國字號」施工建築企業在連綿的大山中展開了激烈的角逐。這是一支繼承鐵軍優良傳統的隊伍，也是一支員工平均年齡不超過 40 歲的充滿青春活力、生機勃勃的隊伍。他們在公司副總經理兼項目經理張濤的帶領下，團結協作，攻堅克難，各項工作屢屢奪魁。

全線第一座隧道進洞施工，全線第一個樁基開挖，全線第一根橋墩澆築，全線第一片蓋梁完成，全線第一片 T 梁預製和架設……

2013 年三季度綜合考評中，獲施工進度獎，獎金 54 萬元，獲綜合考評二等獎，獎金 60 萬元。

2013 年四季度綜合考評中，獲施工進度獎，獎金 94 萬元。

2013 年「大干 150 天」勞動競賽中，獲得獎金 85 萬元。

2013 年業主舉行的「雙標管理」評選活動中，獲得第一名。

2014 年一季度目標管理綜合考核表彰大會上，大廣高速公路 S04 標項目在全線 30 多個標段中總分第一名，獲綜合考評獎，獎金 80 萬元，獲施工進度單項獎，獎金 45 萬元。

2014 年二季度，榮獲進度獎，獎金 54.2 萬元。

2014 年二季度綜合評比榮獲第一名，獎金 80 萬元。

2014 年上半年百日大戰中斬獲大獎，獎金 223 萬元。

進場以來，榮獲各種獎金達到 770.2 萬元，可謂一路榮譽不斷，一路獲獎多多，實現了名利雙收。

在業主路基施工質量專項檢查中和鋼筋加工質量專項檢查中分別獲得全線通報表揚，在業主每月安全檢查中多次獲得第一名。項目常務副經理高曉忠、總工程師高學華在各項評比中數次獲得「優秀項目經理」和「優秀項目總工」榮譽稱號。種種令人難以企及的榮譽，使 S04 標在粵境段大廣高速公路全線 30 多個單位中脫穎而出，成為施工進度最快、施工質量最優的項目，為企業贏得了良好聲譽，展示了項目管理人員的魅力，展露了隊伍實力，展現了企業風采，用智慧和青春譜寫了一曲昂揚的折桂之歌。

▍超前謀劃，以快制勝搶先機

「在如今建築市場資金不到位的大環境下，速度就是標準，進度就是資金，拿到手的錢才是自己的。要想贏得主動，就要謀劃在前，竭盡所能創造各種機會搶占先機，先入為主。」張濤的管理思路非常明了。2012 年 9 月，時任廈深鐵路惠深項目經理的他，還在處理後續收尾工作時，又接到重任，匆匆從深圳趕往河源市，走馬上任兼任大廣高速公路 S04 標項目經理。

30 多歲的他是四公司最年輕的副總經理。這位接近 1.9 公尺的山東大漢，不僅濃眉大眼，彪悍俊逸，而且項目管理經驗豐富，先後獨自管理的雲南江召公路、廈深鐵路、惠深鐵路等項目，實現了社會效益和經濟效益的雙豐收。

無論他走到哪裡，碰到哪方業主，都能以他那瀟灑的外表，謙和的品格，果斷的作風，睿智的管理，贏得業主的高度信賴。來到大廣高速公路 S04 標，在廣東這個商業氣息十分濃郁的區域，他依然深受業主欣賞，面對複雜的社會環境和嚴苛的管理模式，依然遊刃有餘。項目剛剛啟動，開篇謀局便快人一步，贏得先機。再次證明了他獨特的人格魅力和管理能力。

「廣東省實行的標準化管理和標竿管理的『雙標管理』模式，要求『幹有標準、比有標竿、獎優罰差』，因此對工程安全質量以及標準化施工要求非常嚴格，無形之中為工程施工增加了一定的投入和難度。」張濤介紹。

他大處落筆，投入到位，看到了「雙標管理」的重要性，在項目建設之初就做好了總體規劃：適應業主管理要求，結合項目自身特點，走標準化、精細化管理施工之路。

不謀全局者，不足以謀一役。確立了大局思路，各項工作便隨之展開。在項目梁場和鋼筋加工棚籌建中，項目管理人員提出建設規劃不宜過大，盡量減小，避免成本過高。張濤卻要求按「雙標管理」的標準要求加大投入建設，一開始並不被各方理解，大家擔心投入過大，效益受損，但他篤定堅持，一次投入到位，避免二次投入損失。隨後在業主的檢查驗收中，項目標準化臨建獲得一致好評，一次性透過驗收，而其他標段由於前期對「雙標管理」認識不足，不得不雙倍投入進行二次建設，成本增加。此時大家方才明白張濤的先見之明，不得不佩服他的超前思維。由於梁場和鋼筋加工場配置了自動化的機械設備，精度高、速度快，鋼筋加工場使用彎弧機、數控機、鋼筋自動成形機等自動化設備進行加工，提高了機械化程度，提高了鋼筋半成品加工的精度和速度，不僅節約了人力成本，還保證了鋼筋混凝土的規範美觀，一舉多得。自動化設備的投入使用，贏得業主多次觀摩學習並獲得推廣使用，得到了縣市媒體的採訪報導。

在便道的修建維護中，項目也嚴格執行「雙標管理」規範，注重形象和環保，採取多種措施。如在道路兩邊建圍牆，設彩條布隔汙牆防泥，配備兩臺灑水車防揚塵汙染路邊果園等，真正實現了「雨天不泥濘，晴天不揚塵」。針對施工汙水的處理問題，項目自建三個沉澱池和一個沙池過濾帶，使汙水變成了清水。各種環保措施，受到業主的多次表揚，樹立了良好的企業形象。

良好的成績離不開和諧的團隊，由項目常務副經理高曉忠和項目總工程師高學華組成的「二高」組合，揚名全線，業主、監理、質檢等人盡皆知。從惠深項目調入大廣高速公路 S04 標段任常務副經理的高曉忠，是張濤的老搭檔，1996 年參加工作的他，正值壯年，從基層一線的崗位一路成長起來，

踏實敬業，話不多說，活不少幹。而項目總工高學華則是另一番特色，踩著「80後」尾巴的他，2004年畢業於吉林北華大學後進入四公司。10年來，從技術員、工程部長到安全總監再到總工，他一步一個腳印，積累了豐富的技術管理經驗。活潑幽默的他，有著比實際年齡顯小的外貌，但工作起來卻是一絲不苟，大家都親切地稱他「小胖」。

2012年9月14日凌晨，項目進場，張濤安排高曉忠和高學華組成先遣隊。兩人白天爬山跑工地進行選址，晚上與各方溝通協調，最多的時候一天應酬五六次，他們開玩笑說，就像串臺一樣，應酬不暇。高曉忠主管地方協調和現場生產，儼然一個項目「大內總管」。為做好前期工作，加快徵地拆遷速度，他主動與村、高速辦以及縣政府溝通。2012年臘月，臨近春節，項目路基紅線內仍有100多座墳塋未遷，若年前未處理則會因為春節放假而耽誤工期近20天。當地有正月十五不遷墳的風俗，為確保一週時間內將120座墳遷完，項目負責人透過與地方政府、村裡族長以及高速辦多次溝通，最終達成協定，由村民守在現場，項目管理者免費出動人力、機械，按照村民要求進行拆遷，搶回了春節這個時間點。

「要確保速度和進度，現場管理是關鍵。我們堅持管理貼近現場，面對面管理。」高曉忠介紹道。項目管理人員明確責任分工，跟蹤現場，技術人員駐守現場，將辦公場地前移現場，一切以現場為中心。作為主抓現場的常務副經理，高曉忠每天都在管段內來回奔跑，發現整改問題，時常忘了吃飯。2013年10月，雨季剛過，屬於施工黃金季節，項目趕工期要求人員24小時輪流值班，確保機械不閒置。一天晚上，高曉忠突擊查看工地，發現有機械停工，立即找到相關人員進行溝通。在他的監督管理下，路基施工速度明顯加快。

透過前期的超前謀劃和充分的準備工作，該項目幾乎包攬了所有的第一：隧道第一個進洞，橋第一個挖樁，第一個建橋墩，第一個建梁場出梁，第一個拌和站驗收，等等，進度和質量位於全線之首。以快制勝的管理理念，為項目一路領先贏得了先機。

▌攻堅克難，突破重圍展實力

　　開局步步領先，在張濤的超前謀劃下，本來工期緊、任務重的大廣高速公路 S04 標段似乎一帆風順，遠遠走在前列，但上天彷彿有意要讓項目歷經困難。

　　項目管段長 5.5 公里，包括一座隧道、兩座橋和 1 公里路基的施工任務，其中上坪隧道長 3.5 公里，是全線重難點控制性工程，安全壓力大，其順利與否關係到項目的整體工期與成敗。隧道為三車道，右洞出口處是五級圍岩，主要由坡積粉質黏土、泥質粉砂岩、砂岩等組成，強度較低，遇水易軟化。偏巧 2013 年 3 月上坪隧道開工進洞不到三個月的時候，廣東省便進入雨季，一直持續到九月，期間累計晴天不超過 3 天。5 月 12 日，一場 200 年不遇的傾盆大雨入夜而至，出行道路全部被淹，無疑使隧道施工雪上加霜。經過前期兩個月來的雨水浸透，隧道整個山體已處於飽水狀態，圍岩軟化，自穩性差，右洞出口處發生山體滑移。大家擔心的事情最終還是出現了：初期支護所用的工字鋼瞬間被扭成了麻花。

　　「如果山體滑移不控制住，那麼雨季持續，拱頂下沉，再加上偏壓導致右洞不斷變形，隧道最終坍塌，後果不堪設想。」總工高學華告訴我們。為此，項目負責人迅速行動，將這個緊急情況報送給業主和設計院，他們給出了使用行架工字鋼支撐的方案，但支護措施明顯偏軟變形，無法滿足需求。

　　項目部在等待方案的同時，群策群力，積極想辦法。「多少個雨夜研究方案，最終還是張總結合惠深項目的雨季施工經驗，提出了一個總體思路，我們制訂了採用混凝土牆置換拱架的方案。在隧道內建 2 公尺寬、18 公尺長的混凝土牆頂住初支面，待強度滿足要求後，再進行換拱施工。透過與業主、監理、設計等多方溝通，迅速報送實施措施，最終得到了他們的認可和支持，方案得以實施。」於是項目部連夜從深圳調入 400 毫米輪管支撐。經過 50 多個小時突擊搶險建牆，同步進行外部打管注漿，有效控制住了山體滑移，防止了地表水繼續滲入。

搶險期間，項目部成立搶險小組，分工細緻，責任明確到人。以項目領導和各部門負責人、安全員、技術員為一個班組，24小時輪流值班。「業主、監理緊張關注著進展情況，跟我們一起蹲守工地，每餐都是送盒飯到現場，就地解決。」高曉忠回憶道。為保證搶險人員安全，項目部利用測量設備全時觀察山體滑移動態，並安排兩名觀察員在山頂觀察，洞口安排技術員觀察，一有動靜，立刻警報。此外，每晚派技術員、安全員各一名值班，為他們配備擴音喇叭，以便一旦有事能及時通知工人撤出。前後經過80多天驚心動魄的搶險，終於順利度過了搶險期，上坪隧道施工繼續走入了正軌。

「張總還兼著惠深項目經理，山體滑移那段時間，正好趕上惠深項目搶工期，張總白天在大廣項目搶險，晚上連夜跑惠深項目搶工期，兩頭搶，兩頭急，兩頭都要顧，來回一趟7個小時，下雨堵路就不知道要多久了，常常顧不上吃飯睡覺，困了就在車上瞇會兒，那段時間風度翩翩的他熬得又黑又瘦。」謙虛的張濤總是把成績歸給大家，從高學華的口中，我們才瞭解到他的艱辛付出。

「在施工過程中，我們還積極進行工藝改進和創新，以便更好地推進施工。」愛研究的高學華介紹，「我們針對隧道圍岩承載力不夠的問題，改進了錨桿連接裝置，制訂了鎖腳錨桿連接器，有效保障了穩固性。此項工藝改進報送給公司科技開發部，得到其認可。此外，針對爆破工人水平有限，掌握不好炮眼的角度和位置的問題，我們發明了鑽孔輔助器，有效幫助工人選準炮眼角度，間距和方向，提高了爆破質量，節約了時間和成本。」

除了隧道搶險，雨季也為本就緊張的工期帶來壓力。為了搶抓工期，項目部見縫插針，並採取多種措施確保雨季施工。給勞務隊下達施工計劃，並制訂相應的獎罰措施。為保證人力到位，加大資金投入，確保人員隨叫隨到。多種措施的實施，終於使雨季未對施工進度產生影響。

項目全體人員團結協作，攻堅克難，突破了隧道和雨季施工的困難，依然保持強勁勢頭，展示了項目的實力和風采。現項目路基已全部完成，分水坳大橋製梁架梁全部完成，豐樹坑大橋截至目前剩餘50片梁未製，隧道還

剩 1250 公尺，各項工程總計完成總工程量的 70%，依然是全線唯一一家工期比例和完成產值相匹配的單位。

人才培養，天生我材必有用

「在現有的項目管理人員中，再配置一套項目管理人員完全沒問題。我們的管理人才和技術人才十分富足。」幾名被採訪的項目領導，幾乎都談到了令他們滿意的人才管理。這是一個年輕的項目，除書記配備的是老同志外，其他成員全都是年輕人，尤其是各部室人員，全都是清一色的「80 後」，甚至「90 後」，一張張年輕的面孔，一顆顆熾熱的心，個個朝氣蓬勃，生龍活虎。

在這裡，沒有好壞之分，只有成才與否。項目部制訂了一套完善的人才培養體系，為每名員工都提供成長道路。「我們嚴格執行導師帶徒制度，為每人配備經驗豐富的老師，並一對一簽訂培養協議，隨時跟蹤動態，不僅傳授知識，還關心思想和生活，使員工更好更快地融入集體。一個成功的人，能力很重要，素質更重要，項目部常教導年輕人做人做事都是一樣的，要虛心學習，做好本職工作的同時，全面發展，注重培養他們的綜合素質。」以工程人員培養為例，項目工程、安質、試驗、測量共 14 個部門，大家自己製作課件，互相講課、學習。其中分管隧道、橋樑、路基的工程部技術人員之間也互相學習，循環輪崗，一旦新的工程上馬，立馬就能上手。

還鼓勵他們跟現場工人們交流探討，學習經驗，從而與自己的理論知識相結合，更好地掌握技術。項目部也盡量給他們創造學習交流的機會，只要有技術討論會，所有人員集體參加，隨時提出自己的想法，並發揮技術人員的調和劑作用，著力培養其與各方的溝通協調能力。一系列人才培養綜合措施的實施，加快了他們的成才速度，半年以後，大都能獨當一面。

張濤告訴我們說，項目培養人才的標準是能說、能寫、能幹、幹好，注重高標準培養。部員按部長的標準培養，部長按項目領導的標準培養，確保每個業務部門至少有一個稱職的後備人員。2009 年畢業的劉晏甫，原隧道出口技術主管，後調入項目部參與溝通協調，編寫方案，現已獨當一面。2010 年參加工作的朱峰峰，畢業於甘肅理工大學，主要負責內業，項目部有意給

他壓擔子，培養鍛鍊其溝通協調能力，現已成長成才，項目內業由他一人全部負責，他跟業主、監理溝通協調起來也得心應手。1986年出生的譚宇，參加工作3年，已擔任財務副部長，人品好，業務精，得到各方稱讚。物資部的楊振華，27歲的他工作認真細緻，責任心強。還有工程部的施洋、計劃部的於昊等，都成了項目管理的中堅力量。

平安優質，嚴把過程管控關

「一個成功的項目，不僅要有領先的進度，還要有優質的工程和良好的形象。」張濤對項目管理總是有著更高要求。在此思路指導下，項目部在加大安全、質量設備投入，高起點、高標準、嚴要求的同時，十分注重過程管控，以此確保現場平安，工程優質。

主管項目安質工作的安全總監張俊躍，1999年畢業於長沙鐵道學院，30多歲的他，從事安質工作多年，有著非常豐富的經驗。「我們在建立健全各項安全質量管理規定的基礎上，完善組織體系，加強學習培訓，加大各種安全設備的投入，從而實現安全零事故，質量零缺陷。」項目實行三級交底管理，作業人員上崗前均實行崗前安全培訓。每道新的工序開工之初，技術口都要將危險源一一列出，以書面形式告知現場的每位職工。隧道和橋梁都屬於A級風險工程，且隧道地質不好，圍岩差，有斷層和溶洞，淨空達16.75公尺，存在較高的塌方危險。項目部投入40多萬元安裝了人員定位系統，在洞外的電腦操作平臺就可隨時掌握洞內操作人員的施工動態。同時，為預防意外，在逃生洞內安裝了360度監控視頻，設置了逃生管道。此外還在初支臺車上設置了應急救援箱，包括視頻設備、應急藥品、手電筒等。隧道洞口建立應急物資儲備庫，配置救生衣、救生圈、安全繩等應急用品。每個洞口設危險源告知牌，根據工程不斷更新危險源公示，隨時提醒工作人員安全操作規程等注意事項。施工過程中的安全防範措施更是規範到位。種種以人為本、安全為大的理念貫穿施工全過程，杜絕了安全隱患發生的可能性，為職工支起了安全保護傘。

針對勞務隊施工的安全質量問題，項目部實行零容忍，嚴抓重懲。「幹工程要幹良心工程，不留隱患，過程中必須嚴格控制質量。」張濤強調道。對待發現的問題，他毫不手軟。一次，一支勞務隊的二襯雙層鋼筋綁扎不規範，偷工減料，間距超出設計要求，存在安全質量隱患，張濤要求其必須返工，即刻整改。又一次在查看現場時，發現一座涵洞八字牆外觀線形不理想，現場決定返工，要求勞務隊推倒重來。為加大監督力度，項目部還安排兩名專職安全員每天巡視工地，尤其是隧道進出口，及時發現問題，反映問題，解決問題。在一系列嚴格措施的實施下，各施工隊伍安全質量意識不斷加強，項目工程質量也規範到位，在業主組織的季度安全考核中，一直名列前茅，且路基建設被評為全線標竿工程，業主多次組織參觀學習，好評如潮。

優化方案，多措並舉控成本

成本管控必須形成環形閉合體系，一旦出現漏洞，必定導致效益流失。為了掌握成本管理的主動權，該項目建立健全了管理機制和考核辦法，成立了以項目經理為責任成本管理第一責任人的責任成本管理領導小組，各職能部門分工協作，責任成本細化到崗位、工序，每月對個人進行考核並兌現獎懲，依照項目部責任成本考核及獎懲辦法進行考核兌現，激發了廣大員工的責任成本管理熱情。

為了防止項目效益流失，項目部制訂了驗工計價管理制度，嚴格按制度和程序進行計價。在結算過程中，每一次的計價均建立臺帳，清楚明了。對下計價嚴格按每月現場實際工程量給予計價，經項目經理、總工審核後計劃部門按照合約約定單價計價，各相關部門嚴格把關，杜絕了超計價現象發生。

「勞務成本的穩步管控，是成本管理關鍵所在。」「80後」的項目計劃部長蔡加偉思路清晰，重點明確，「我們嚴格執行公司招標制度，根據勞務隊的資質、業績、施工能力、信譽、經驗等多方考核進行公開招標選取，並對原來所在單位進行摸底瞭解情況。勞務單價在限價的範圍內制訂，合約由各業務部門開會評審，最終議定。對勞務隊利潤實行『雞肋』式管理，透過細緻的綜合預算，根據各工程類別利潤點的高低來平衡勞務隊施工任務的分

配。巧妙取值，高利潤沒有，盈利空間不大，但管理好了也有微利可圖。施工環境、工程單價、安全質量風險是明確的陽光條款，使之食之無肉，棄之可惜。由此，就避免了從勞務承包環節流失效益的風險。」

材料管理是施工企業項目成本管理的重中之重，是堵塞效益流失的主要關口，更是企業產生利潤的主要源泉，一旦管控失誤，將給項目帶來滅頂之災。項目部將此工作作為緊控嚴管的主要方向，捂好了成本管控的錢袋子。為確保價格最優，項目部充分調查市場，貨比三家，瞭解各類材料最優價格，在公司物資、紀委現場監管情況下，透過招投標方式確定供應商，進行集中招標採購。材料使用的過程管控，直接決定著成本管理的優劣。項目部增加現場材料人員的配置，嚴格實行定額定量發料，計劃、工程、物資、測量、安質等部門全部參與現場收方，多方卡控，杜絕超量。每月實行成本分析，為每個隊伍每月制訂詳細計劃，每月盤點庫存。大廣高速公路全線開工後，供應商多次漲價，為規避漲價風險導致成本增加，張濤提前適當備料。對於甲供材料年底提前儲備，避免停工。

「方案決定成本，成本決定效益。方案優化，是實現降本增效的有效途徑。」張濤如是說。原設計施工便道要在隧道進口半山腰2.8公里處盤山而建，因為山下全是百姓農田，易發生安全及賠償事故，且開山修便道至少需花5個月時間。項目人員經過實地踏勘調查後，決定將渣場位置選在隧道進口，另外自己修建一條700公尺的便道至上坪隧道進口，同時拓寬村民便道有償使用，此舉不僅節約時間，也避免了安全風險，還節約了幾百萬元的成本。上坪隧道兩頭各有一座橋和一段路基，路基土方用量大，根據設計需要到12公里遠的地方拉方填方，項目部根據實地調查，制訂了棄土場優化方案，決定在渣場位置徵一座山，此方法既擴大了棄土場，又有了回填路基的土方，同時避免了遠距離填方，大大節約了成本。

優化梁場位置，實現降本增效。由於雨季長，累計晴天少，梁場的建設找不到合適的位置，一推再推，項目部跟業主多次協調，決定在路基上建梁場，不但避免了重複徵地，還縮短了與拌和站的距離。各種方案的科學優化，為項目降本增效打造了優勢。

毫無疑問，大廣高速公路 S04 標段的成功，離不開團隊的積極作為，更離不開主要管理者的超前理念。當問及張濤的管理理念時，他一語道破玄機：「其實管項目就是管人，要善於抓住這個主要矛盾。對內抓主要管理人員，給其權利空間；對外抓勞務隊，做好溝通服務。此外要論功行賞，獎優罰劣，做到相對公平。同時協調好外圍關係，創造和諧的氛圍。」

　　在張濤的帶領下，透過其睿智的管理，這支充滿活力的隊伍戰勝了重重困難，屢屢折桂，展示出青春的風采，為企業撐起了一片嶄新的發展天空。

鳳慶 天涯路　　跌宕起伏對門山

跌宕起伏對門山

——中鐵十七局集團四公司決勝雲桂鐵路站前 5 標對門山隧道紀實

張天國 吳曉煒

　　遙望夜空裡起伏的山脈／一如我隆起的胸肌／不見一粒星光醒來／只有工棚和隧道口的燈光／在心裡闌珊／／我按住風槍般跳動的心／呼喚岩石解體的節奏／撞擊山野的寂靜／我在等待，和我的兄弟們／一起等待掌子面傳來最後一排炮聲／猶如等待／產房兒子降生的第一聲啼哭／這瞇眼的時刻／在長夜的秒針上甜蜜得暈頭轉向／可曾經的苦難又讓我眉頭不展／／如果讓我行走十公里／兩小時便可到達／可穿越 9587 公尺的關山阻隔／一千多雙如飛的健步／卻行走了一千多個日日夜夜／／十九個斷層／十五個向背／一晝夜三萬五千立方逆天奔湧的水／折斷了兄弟們一千多雙春夢的翅膀／能見度不到一公尺的時空裡／我看不到兄弟的眼睛／粉塵、硝煙和水霧凝結的日子／在泥石流的飛奔中連接／四十多度的高溫裡／兄弟赤裸的臂膀／在塌陷的空間裡躲閃／吸進去的是塌方的兇猛／吐出去的是指尖摳出的光明／／小導管，鎖腳錨管／鋼拱架和我的骨架／手挽手撐起山體的平衡／一寸光明一寸血／一寸進尺一寸膽／洞內揮手劈魔／洞外春暖花開／／歲月在壓縮的坍塌裡／被擠壓成無數個不眠之夜／今夜又將無眠／我要和兄弟們在一起／一起擁抱這個炮響的時刻／親吻我和兄弟們／同頻共振的瞬間／迎接洞穿黑暗的黎明

　　這是 2015 年 3 月 6 日筆者在中鐵十七局集團四公司雲桂鐵路站前 5 標對門山隧道採訪時，與公司副總經理兼項目經理郝汝忠一起等待隧道貫通最後一排炮響寫下的題為《今夜無眠》的一首詩。郝汝忠說，一千多個日日夜夜的煎熬終將結束，為了這一刻，他和弟兄們歷盡了磨難。他說，今夜無法入睡，必須和弟兄們一起，共享這個幸福時刻。他希望我能夠以詩的形式表達他和弟兄們此刻的心情。

　　三年前，筆者曾對雲桂鐵路站前 5 標進行過專題採訪，深知這個標段建設的艱難。雲桂鐵路是雲南省境內第一條時速 200 公里的鐵路，起於廣西南

寧，止於雲南昆明的昆明南站，全長 715.8 公里，其中雲南省境內長 434 公里，為國鐵一級電氣化雙線鐵路，是國家中長期鐵路網規劃當中的幹線鐵路，也是雲南鐵路「八入滇、四出境」發展戰略的重要工程之一。建成後，南寧到昆明耗時 4 小時左右，將成為雲南和廣西之間的一條鐵路快速通道，對提高西南地區出海通道的運輸能力，實現區域間優勢互補和資源優化配置，促進西南地區經濟社會發展意義重大。四公司擔負雲桂鐵路站前 5 標段的施工任務，地跨丘北、硯山兩縣，正線全長 59.219 公里，總投資 31.48 億元。橋隧相連，位於深山溝壑之間，地形、地質條件複雜，對外交通困難，安全風險高，施工難度大。一個超過 30 億元的大型鐵路項目交給一個工程公司全面管理是史無前例的。四公司以一個公司的實力，與全線 7 個標段每個標段以集中一個集團的優勢資源在同一個平臺上對決，在資源配置上明顯處於劣勢。可這支從解放戰爭、朝鮮戰場走過來的新鐵軍，在文山這片溝壑縱橫的土地上，以雷厲風行之勢跑步進場，全面落實建設新理念，精心組織，科學施工。克服了水電資源匱乏、資金緊張、要求嚴格、結構物多、點多面廣、地材匱乏等重重困難，贏得了主動權。雲桂公司先後組織全線參建單位在 5 標舉辦了臨建標準化建設、仰拱標準化施工工藝、現場施工標準化管理等大型觀摩活動，5 標先後成為雲桂鐵路全線的樣板工地和窗口工程，信譽評價名列前茅。四公司以小博大，手臂硬是擰過了大腿。

表面看，5 標似乎就此應該一路春風得意，實則不然。特別是標段內全長 14090 公尺的六郎隧道和全長 9578 公尺的對門山隧道，兩座長大隧道都是全線的控制性工程。令人詫異的是，比對門山隧道長出 4512 公尺、晚開工一個月的六郎隧道，在 2014 年 12 月 6 日就貫通了，竟然比對門山隧道提前了整整 15 個月。

到底是什麼原因導致了如此的懸殊？當我們再次來到雲桂項目採訪時，答案竟然驚人的一致——對門山隧道地質超乎想像的複雜，複雜到一再突破人們的心理承受底線，以至於貫通當夜員工們徹夜不眠，項目經理郝汝忠要用詩歌的形式來表達他和弟兄們的心情。

對門山隧道位於丘北縣境內，設計為 10.5% 單面下坡，最大埋深約 680 公尺。地質結構複雜，圍岩破碎多變，共穿越 33 條構造帶。地下水豐富，旱季每天湧水量達 3.5 萬方，雨季每天湧水量達 5.3 萬方。隧道自 2010 年 9 月底開工，歷經 6 年，解決了通風供電困難、斜井反坡排水、岩層軟弱、斷層較多等問題，再加上突水、突泥、塌方等不利條件，在如此複雜困難的條件下，依然能實現提前 19 天貫通，不得不說創造了一個奇蹟。「種種挑戰擺在眼前，我們別無選擇，只有迎難而上！」公司副總經理兼項目經理郝汝忠擲地有聲。正是他堅定的信念和背水一戰的勇氣，激發了項目全體員工的鬥志，他們依靠智慧和汗水，在彩雲之南將新鐵軍精神、將築路人的風采演繹得精彩絕倫。

▎王樹宇——我沒有理由幹不好

早聽聞郝汝忠介紹，雲桂項目臥虎藏龍，五工區和六工區就有兩員驍將，是他的左膀右臂，對門山隧道的貫通，他們功不可沒。兩個工區，是決定對門山隧道能否如期順利貫通的關鍵。五工區經理王樹宇，從而立之年到如今已近不惑之年，七個年頭，人生美好的年華都留在了雲桂。

戴著一副眼鏡，看起來嚴謹斯文的王樹宇，眼神裡透著一股堅毅。在雲桂項目中，他可謂「哪裡需要哪裡搬」。雲桂項目上場之時，正當青年的他，一紙調令來到雲桂一工區擔任計劃部長。2011 年 7 月到 9 月，任五工區副經理。此時，對門山隧道由於地質複雜，塌方頻發，成為制約工期的關鍵點。項目領導將這項艱巨的任務交給了這個隧道施工的「生手」。

「我雖然經驗不足，但是計劃工作和技術工作也有相通之處，我想挑戰自己，而且只有從事技術工作才能懂得更多。」追求進步的王樹宇，抓住了這個鍛鍊自己的機會。

對門山隧道線路長，管理困難，加上地質複雜易坍塌，王樹宇一上任就確立了「寧慢勿停」的原則，他介紹說：「隧道多為四級、五級圍岩，軟弱富水，極易塌方，任何一個安全質量小問題，就足以毀了一切。」王樹宇每一天都如履薄冰，小心翼翼。寧慢勿停，穩中求進，是他為自己確定的施工

管理思想。根據隧道實際情況，先解決湧水問題，然後採取雙液注漿法，短進尺，超前支護跟上，做好工序交接，寫實記錄，加強溝通，及時解決施工過程中出現的任何問題。種種措施的實施，大大減少了塌方事故的發生，使每月進度平穩保持在 60 公尺左右。但儘管如此，隧道進度還是滯後，離預期節點工期相距甚遠。

「圍岩每天都在變化，而且設計圖紙指導不準確，100% 四級和五級圍岩。複雜地質帶來的質量安全壓力以及工期壓力猶如兩把時刻懸在頭頂上的利劍，容不得絲毫疏忽，神經時刻緊繃著。」王樹宇說道，「其實巨大壓力之下，我曾質疑過自己，但是項目領導給了我這次機會，又有郝總的支持和信任，我沒有理由幹不好！」重拾信心的王樹宇，將壓力轉為動力，心中只有一個信念，那就是堅持，再堅持，平安度過每一天，都是一種勝利。

2014 年 5 月，根據對門山隧道的建設情況，項目部決定加快進度，搶抓工期。王樹宇介紹：「我們實行兩班制，15 天一輪流，現場工班和技術員都明確責任分工，我 24 小時隨時待命，發現問題，立即解決。」長期的睡眠不足，使王樹宇養成了一個異於常人的習慣，無論在什麼環境下，都能見縫插針，馬上入睡。

如此艱苦的施工條件和緊張的工期，只是王樹宇面臨的眾多困難的一部分，現場的管理協調也時刻考驗著他。「物資是現場進度的第一保證，我幾乎 60% 的精力都花在保證現場物資供應上。」王樹宇說道。位置偏遠，交通困難，是物資供應的一大難題，他不僅要協調項目各部門和施工隊，同時還要協調人員、設備、物資。由於道路不便，大型車輛跑一趟就得 4 個小時左右，司機都不願意跑，工區只好自己安排小型車輛一車一車運送。王樹宇說道：「一旦到雨季，物資運送更加困難，每年 3 月到 11 月都是雨季，地勢複雜，道路泥濘，長達 12 公里的便道難以通行，哪怕多年的老司機也不敢跑。為此，我們安排裝載機和挖機配合開路，保證道路日夜暢通，耗費了我們的大半精力。」

如今，對門山隧道終於貫通了，過程中的一切困難也都隨著貫通帶來的喜悅而顯得不那麼重要了。王樹宇一直喜歡用一個故事來比喻自己：「兔子

被獵人打傷，並被獵狗追趕，卻沒被追上，為什麼？因為兔子是為了生命而奔跑，牠拚盡全力，而狗是為了命令而跑，這就是區別。而我，就是這隻全力以赴奔跑的兔子！」

夏斯偉——和大家一起成長

雲桂項目是一個年輕的團隊，優秀者眾多，「80後」的夏斯偉就是其中之一。身為家中獨子的他，無論條件多麼艱苦，都能堅守一線，盡職盡責，實屬不易。

經過幾年雲桂高原的洗禮，夏斯偉皮膚黝黑，採訪期間，他的電話不斷。詢問起，他告訴我這是常態，一天最多可接電話100多個。現在隧道貫通了，他笑著告訴我：「最大的願望就是能拋開手機，好好睡上一覺。」

頭天加班到深夜的夏斯偉，稍作休息後就接受了我們的採訪。睡眼惺忪的他，一談起對門山隧道，馬上神采奕奕：「對門山隧道是我們積累隧道施工經驗最好的老師，這麼複雜困難的隧道幹下來，幹其他隧道基本都沒什麼問題！」長約上萬公尺的隧道，幾乎是地質博物館，圍岩軟弱，構造多，突泥、突水、塌方頻繁，每天循環進尺只有一兩榀，2到3公尺的進尺，遇到塌方變形，幾天才能進一個循環，進度非常慢。他接著說：「儘管如此，我們還是在確保安全的前提下，爭分奪秒搶進度。大幹期間，隧道最快進度正洞達到97公尺，平導135公尺。」這樣的進度在三級圍岩只是小兒科，但如此複雜的地質條件，已經令許多隧道施工企業難以企及了。

夏斯偉介紹說：「2011年6月，平導發生塌方，圍岩都是碎塊狀，一開挖就塌方，看不到頂，至少有20多公尺深，我們透過掌子面回填、注漿的方式才得以解決。」讓人頭痛的是，解決塌方的速度卻跟不上塌方發生的頻率。2011年到2013年，塌方變形發生頻率非常高，幾乎每月都能碰到，處理起來最多得一個月，最少也得花兩三天的時間，耽誤了大量工期。

2014年9月，隧道收斂發生大變形，五級圍岩鬆散破碎，加上平均每小時200方的湧水量，圍岩遇水軟化，增加了支護難度。項目部採取注漿、補

打鎖腳等措施，加強支護。在連續的監測中發現，兩個月內變形達到52公分，局部侵限。項目部採取換拱方式，加快二襯施工，但變形依然繼續，致使部分圓弧形的鋼架逐漸變為菱形，並伴隨著掉塊，安全風險非常高。

「我們根據監測收集到的拱頂下沉數據，採取打超前小導管、注漿加固、打洩水孔和每個鋼架單元補打鎖腳等措施，同時派專人盯控，要求各班組發現異常立即處理。經過一個月的緊張『作戰』，終於制伏了這個攔路虎！」夏斯偉緊張地描述著，彷彿場景就在眼前。

在施工過程中，攔路虎接二連三地出現，但建設者們沒有放棄。夏斯偉如數家珍說道：「在仰拱施工過程中，我們結合國內其他隧道施工經驗，改進實施了仰拱背模施工工藝和仰拱鋼筋預彎施工工藝，保證仰拱混凝土得到有效振搗，提升混凝土質量，仰拱線形得到很大提升，更加美觀，業主組織全線前來觀摩學習。此外，根據隧道圍岩差的實際情況，我們進行創新總結，自主設計製作出背模行走機構，使仰拱立模打混凝土由6人減到4人，立模時間減少了3到5個小時，不僅節約了人力物力，也提升了施工效率。這是在『三臺階、七步法』基礎上的優化，開挖和支護同時進行，有效控制了掌子面圍岩溜塌和變形，保證了安全，同時有效控制了步距，穩定了施工進度，無論圍岩多差，都能保證每天至少推進3公尺。同樣受到了業主的稱讚，並組織全線觀摩學習推廣。」

說起技術人員，夏斯偉無奈地嘆息：「人才緊缺也是我們面臨的一大問題，由於條件艱苦，上場至今，已有20多個技術員離開，目前技術人員都是近三年參加工作的，而且80%都是2015年才參加工作的，技術力量非常薄弱。」據瞭解，工地距離最近的城鎮都有兩個小時的車程，除了每個月定期出去理髮以及購買生活用品，大家幾乎都待在工地。很多年輕人由於各方面的原因，離開了雲桂。為了盡量留住人才，身為總工，夏斯偉對他們關懷有加，用他的話說，在對門山這個特殊的戰場，他在和弟兄們一起成長。由於年齡相差不大，他從不端架子，和技術員們打成一片，以大哥的身份與他們聊天、談心、一起玩，以此瞭解他們的思想動態，並毫無保留地把專業知識和現場經驗傳授給他們。他說，自己在與他人共事、交流的同時，自己也

得到了鍛鍊和成長。像親兄弟一樣融洽相處的他們，在工作中配合默契，在艱辛中一路砥礪前行。

可是說起自己的家人，這個30多歲的男子漢情緒卻低落起來。身為獨生子的他，父母年邁，他卻不能留在身邊照顧，心裡滿是愧疚。2012年，夏斯偉的父親突生眼疾，輾轉多個醫院一直治不好，醫生說可能要換角膜。

他多方打聽，終於找到一個當眼科醫生的老同學，這才藥到病除。這讓他一直自責，因為父親這病就是拖出來的，如果他能在身邊，早點陪父親去看病，可能不會這麼嚴重。他自己的身體也因工作太累而出現狀況。2013年，有次看到老同志在測血壓，夏斯偉也順便測了一下，結果這一測出問題了，高壓達170！「平日裡有些不舒服，也沒往心裡去，而且工期太緊張了根本不允許多想，這次血壓檢測出來了，大家都說有問題，讓我去檢查，結果是腎上腺長了良性腫瘤，必須做手術。我回南京診斷，做完手術一週後就出院回項目部了。」「醫生同意了？」我問。「醫生說至少要休養半年，可是工期不等人啊。」他平靜地回答。

王政——感謝雲桂這五年

五工區副經理王政，也是一位「80後」，而且還是「鐵二代」。2012年2月進入雲桂項目。他主要負責對門山隧道日常施工組織。王政參工以來的第三個項目就碰到了雲桂這個大項目，他以前沒幹過隧道，施工經驗不足，但他不認輸，每天進洞和現場工人交流溝通，不斷學習進步，並自學理論知識，踏踏實實，幾年下來，他已經能獨當一面。「我很感謝在對門山最艱難的這五年，這是我人生最寶貴的經驗和財富，我學到了很多，在知識和心態上有了質的改變。」剛過而立之年的王政，眼神裡流露出滿足和堅定。

日常施工組織管理，細緻嚴謹而又瑣碎，王政做起來得心應手，問起他的祕訣，他告訴我：「主動作為，敢於擔當。這也是雲桂精神，是我們能拿下這項巨大的工程，能攻克對門山隧道的精神。」他身體力行著這份精神，眼裡有活，肩有責任。每天進隧道，如果看到洞內路上有石頭和鋼筋，他就撿起來放到邊上，防止車輛爆胎等各種隱患發生；電線皮破了，用隨身帶的

膠布黏好；風水管漏水，就動手撐一下。這些舉手之勞，已經成為習慣，而且他也常常告訴工人們要主動作為，只要每個人都盡心盡責，充分發揮自己的力量，工作就一定能做好。

「對門山隧道的施工管理，難點在於工作面多，施工組織困難，車輛交通、人員安排協調難度大。由於前期布置不足，高壓供電、隧道通風、高壓風水管有欠缺，為後期搶工期帶來困難。」王政介紹道，「我們積極採取措施，增設空壓機設備，提高水泵功率，洞內合理布置變壓器位置，盡可能地改善條件，保證施工。同時加大機械設備投入，配齊配套資源，還派專人保證飲食，供應礦泉水，到點送飯。現場提出的問題第一時間解決，力所能及地提供便利條件。」此外，明確責任分工，加快工序銜接，工區經理、副經理、總工24小時分工值班，專人監督洞口，保證工序銜接到位。3個掌子面6個帶班人員，4個技術員，每道工序現場盯控，領導洞外協調保證，雙重盯控，節約時間。在工區的努力和施工隊伍的配合下，現場和諧運轉，各工班配合到位，最大限度節約了時間，保證了進度。

「時間我們都是計算到分秒，絕不因為主觀原因耽誤工期，有條件要上，沒有條件創造條件也要上！」王政說。2015年11月22日，深夜兩點多，由於運沙車出現故障，在便道上拋錨，需要兩三個小時才能修好，狹窄的便道無法錯車，不一會兒堵住的車隊長達500公尺，隧道等著放炮開挖，炸藥車卻被堵在了車流之後。大家知道後，一拍即合，王樹宇、王政、夏斯偉帶著3個年輕人，馬上前往便道，肩扛炸藥箱奔走500公尺，將炸藥轉運到小車上。一箱炸藥24公斤，6人扛了兩個來回，終於在半個小時之後送到了現場。工區還為現場值班人員每人配備一套常用工具，包括手鉗、螺絲刀、扳手等，作為備用，一旦現場需要，立即提供，節約了出洞來回的半個小時。

作為「鐵二代」，王政無怨無悔地走上了父輩之路，沒給父輩丟臉，家人也都能理解他的工作。只是當兩歲的兒子記住了視頻中他因工作忙碌而經常鬍子拉碴的形象，只要看到電視上長滿鬍子的籃球運動員就喊爸爸時，他依然心酸不已。王政的妻子，也是五工區唯一的一位女職工，無怨無悔陪伴

著他，雖然結婚倉促，休假短暫，孩子出生時丈夫也沒能在身邊，但她懂他，懂他的那份責任和擔當，懂他的那份精神與傳承。

郝志剛——往前衝是為了後面有人跟

越野車一路前往雲桂項目六工區，本想好好採訪一下四公司的專屬「救火員」、雲桂項目六工區的工區經理郝志剛，不想卻撲了個空。對門山隧道一貫通，項目領導就給他放了個假，讓他回家好好休整一下那疲憊不堪的身體。40多歲的郝志剛，身材精瘦，能量無窮，拚命三郎，重情重義，四公司各類棘手的突擊任務中都少不了他。從祿大公路到寧西鐵路，再到如今的雲桂鐵路，哪裡救急去哪裡。常年的高壓和勞累，給他身體帶來了傷害。

2015年9月3日，郝志剛臨危受命，剛剛結束寧西項目的突擊任務，還未來得及歇一口氣，就被急調至雲桂項目，火速成立了六工區，兼任六工區經理。作為「救火員」，巨大的壓力時刻伴隨著他，但身經百戰的他，總是能化壓力為動力，戰勝一個個困難。

剛到雲桂，面對臨時抽調的人員和隧道圍岩複雜的地質狀況，高度緊張的工期，以及低落的士氣，郝志剛沒有時間適應和調整，立刻投入工作，他決心打勝這場事關企業榮譽之戰。新官上任三把火，一是要提升士氣，加強團結，郝志剛明確責任分工，定人定崗，不斷和勞務隊溝通。第一個月施工進度就大幅提升，員工們頓時信心倍增。二是對工法進行改進，針對對門山特殊的圍岩，郝志剛和大家商議，確立了短進尺、快循環的施工方法，避免了因人為因素而造成的坍塌。三是採取了一系列保障措施，幹部帶班，24小時無空檔現場值守，工序無縫鏈接，把單個循環控制在了8小時之內，增加了必要的人員、車輛、水泵等設備。種種措施實施後，斜井施工進度讓人驚訝，最快達160公尺！

都說郝志剛在工作中是個拚命三郎，他整天穿著一身迷彩服守在隧道裡。為了確保隧道順利貫通，半年來，他沒睡過一個安穩覺，沒吃過一頓安穩飯，突擊這半年多來，幾乎每天只休息兩三個小時。

遇到塌方、湧水等情況，他和工人們一起，連續幾天幾夜盯在現場。有一次，對門山隧道穿越富水段時，水如瀑布一般從拱頂傾斜而下，工人們都不敢下去，郝志剛親自帶頭，帶領工區幹部跳入冰冷的水中，接水泵，搭導流架，淋得眼睛都睜不開，只能摸索著接水管。他還親自帶人維修便道，搬石頭，和工人們一起修機器，解決難題，他身先士卒，和大家同甘共苦的精神深深打動了大家。有時候遇到危險情況，大家都拉著他不讓靠前，他卻又衝在最前面。他說，自己往前衝，是為了後面有人跟。

臨近隧道貫通前的兩個月，是最艱難的時候，洞內湧水、溜塌等狀況頻發，郝志剛總是衝在最前面。頭髮長了從來不去理髮店，去城鎮來回4個小時太耽誤時間，他總是找工人用推子給他理髮。一個來工地幾次的監理，跟郝志剛開玩笑說：「老郝，你要不介紹你自己是工區經理，不知道的人肯定以為你是農民工呢。」由於高強度的勞動，加上飲食不規律，血壓低，他幾次暈倒在隧道裡，抬出來甦醒後又進入了隧道。

▌張超——退縮是對自己不負責任

年輕，恐怕是所有人對六工區總工張超的第一印象了。作為一名2013年才參加工作的「90後」，張超工作認真，能力強，得到領導們的一致認可。這個來自重慶的帥小夥，用他的一言一行改變了人們認為「90後」怕吃苦的印象。

剛到雲桂時，張超被分配到斜井當技術員，在同年或後面參工的學生們陸陸續續離開雲桂時，他依然堅守這裡。六工區成立後，在大家的認可和推薦下，他被提為工區總工。初見張超時，他剛從斜井出來，滿臉黑乎乎的，一身是水。他跟我們輕描淡寫地說道：「長大隧道通風困難，機械尾氣無法排出洞外，導致油煙大，能見度只有兩三公尺，每次進洞出來都會這樣，痰都是黑的。而且掌子面溫度高達43度，洞內湧水大，加上斜井是反坡排水，一般衣服鞋子都會淋濕或者汗濕，這些都習以為常了。」

聊起工作，張超條理清晰：「斜井最大的難點就是圍岩複雜和斜井反坡排水困難。2015年年底，洞內湧水，伴隨著碎石泥土，水泵被堵壞了，郝志

郝經理帶著我們幾個技術人員馬上下水搶修,結果半小時洞內積水就達1公尺多深,我們4個人在冰冷的水裡搶修了兩個小時才修好。衣服都濕透了,郝經理感冒了好幾天。」說起郝志剛,張超忍不住欽佩道:「郝經理的吃苦精神和責任心,非常值得我們學習,是我們年輕人的榜樣!」

採訪中得知,張超初為人父,聊起才出生幾個月的女兒,他露出幸福的笑容:「可惜女兒出生才3天我就來工地了,不能每天陪她,很想念她,也很想念家人,但這是我的工作,是我的責任,既然選擇了這份工作,那就應該把它做好,沒做出成績就退縮,是對自己不負責。大家都同樣在這樣的環境裡工作,沒有什麼好抱怨的,我必須認真對待,全力做好。而且這裡就像一個大家庭,大家對我們年輕人非常好,把我們當小兄弟,我感到很溫暖,也很開心。」

匆忙中,張超又要去工地了。每天早上七點進隧道,晚上十一二點才回來,半夜還要時常去現場,忙碌的時候每天睡眠只有兩三個小時,但他從不言苦。讓我們為這個新生代「90後」的年輕人點個讚吧!

▌蘇彥喜──大家好才是真的好

在工地間隙,好不容易逮著項目副經理蘇彥喜這個大忙人,卻趕上他有急事要走。低調謙虛的他,獲獎無數,其中包括2013年獲得中國鐵路總公司火車頭獎章。

項目大,管段長,工程類型多樣,包括7座隧道,14座橋梁,18公里路基,其中橋梁涵蓋了移動模架橋、支架現澆橋、連續梁橋,同時高墩、低墩都有,導致安全風險高,質量控制難,管理協調起來更是不易,光跑一趟各個工點,就得花幾天時間,難怪每天忙得見不著人。

項目本就資源緊張,交通不便,尤其是對門山隧道搶工期階段,協調工作更加困難,但是再大的難題,只要蘇彥喜一出馬,大家總是非常配合,不僅因為他的協調溝通能力強,更因為他的人格魅力。蘇彥喜對大家都非常親切,設身處地為他人考慮。有一次他乘車準備去隧道,在半路上碰到技術員

从隧道出来往工区走，十几分钟的路程，苏彦喜看到后，趕緊招呼技術員上車，讓司機把技術員送回工區，自己卻下車步行進隧道。用他的話說，大家好才是真的好。

▌才泳——安全質量的底線就是不出事

「確保安全紅線不可觸碰，質量規範達到標準。安全質量的底線就是不出事。」身為項目副經理兼安全總監的才泳，給自己制訂了目標。見證了雲桂項目 7 年歷史的人不多，他算其中之一。

「在安全方面，我們以『細實』結合為原則，規章制度細，執行落實實。」才泳介紹道。項目部加大學習培訓力度，提升安全觀念和意識。每周定期對風險源進行分析，進洞風險告知牌每天更新；實行「一帶班，兩跟班」制度，盯控各個程序；實行進洞登記制度；做到更細緻，更認真。項目推廣運用隧道訊息化監控系統，在隧道配備救生通道，推行逃生管等措施，獲得了業主的認可，並在全線得到推廣。

「實行首件制是我們保證質量的重要做法，每項新工藝都實行首件制，製作一個樣品，確定後再優化參數，全線推廣，如此一來不僅保證了工程實體的質量，加快了進度，也避免了浪費。」才泳給我們介紹首件制的優勢。

此外，該項目對所有工程物件實行工廠化生產，每個工區配套鋼筋加工場和拌和站，保證質量可控的同時，還有效降低了成本。

▌侯代影——遵循規律不盲目冒進

「攻克複雜的對門山隧道是一個漫長而又曲折的過程，我們雖然吃了不少苦頭，但樂在其中。」項目總工侯代影說。

為解決斜井「高溫」問題，改善通風和交通條件，侯代影想盡辦法，透過向集團公司通風專家電話諮詢、組織技術人員在洞內調查和量測斷面、網上查詢類似的通風方案和結合斜井的實際情況等措施，經過幾天的摸索研究，

終於透過在洞內增加「過渡風室」的措施解決了難題，洞內溫度明顯下降，保障了作業環境。

「如何提高軟弱圍岩隧道施工水平，預防變形和坍方，確保施工安全？其核心是抓住軟弱圍岩隧道工程特點。『三超前、四到位、一強化』是施工技術的關鍵環節。」侯代影向我們娓娓道來。

三超前：超前支護、超前加固、超前預報。四到位：工法選擇到位、支護措施到位、快速封閉到位、襯砌跟進到位。一強化：強化量測。侯代影說，細化施工組織，嚴控施工工序，是加快施工進度的關鍵。對門山隧道施工狠抓工序管理，縮短工序時間，工序銜接緊湊。工區及架子隊嚴格執行工序寫實的相關要求，值班人員全過程旁站，瞭解和掌握工序進展情況及存在問題，並一一記錄，每天召開換班會，對每天各工序施工中存在的問題進行分析，找出應對策略。用侯代影的話說，就是遵循規律不盲目冒進。

▍郝汝忠——不問前途吉凶，但求今生無悔

管理者是龍頭，猶如高明的棋手，只有精心謀劃，科學排兵布陣，才能正確引領全盤。雲桂項目經理郝汝忠是整個項目的龍頭。多思寡言的他，酷愛研讀兵法，各類兵法熟稔於心，同時能精妙地運用到項目管理中。

2012 年，由於原項目經理職務升遷，郝汝忠在出色完成祿大公路的修建任務後，臨危受命，二進雲桂，擔任項目經理。他知道，以一個項目部的力量管理雲桂這個 30 多億的大項目，與其他集中一個集團公司的優勢資源的對手在雲桂這個平臺上競爭，劣勢十分明顯，壓力前所未有。但郝汝忠說，一切都不是一成不變的，只要思路正確，措施得當，全員發力，優劣是可以轉換的。這是一次挑戰，同樣也是一次以小博大、敢於取勝的機會。他告訴自己：不問前途吉凶，但求今生無悔。

雲桂項目正線長度 59.219 公里，管理跨度大，標頭到標尾檢查一遍都得花 3 天時間。標段分為六個工區和一個機械隊，而且每個工區各種工程類型齊全，協調難度大。不僅郝汝忠沒有這種大項目的管理經驗，整個項目中的

各個管理人員都沒有，甚至整個公司都沒有現成的經驗可借鑑，只能摸著石頭過河。而且大項目管理帶來的問題很多，尤其是成本控制方面。比如一顆螺絲釘，若購入價格相差3分錢，整體下來則會相差五六百萬元，任何細小的疏忽，都可能帶來災難性結果，郝汝忠如履薄冰。

為了管理好雲桂項目，郝汝忠真正做到了殫精竭慮，堅韌不拔。二進雲桂，面臨隊伍士氣低落、技術員大批辭職、隊伍復工等重重困難，郝汝忠堅持以點帶面的原則，釐清了四點思路：一是隊伍復工，用半年時間進行撤場談判，完成復工；二是安全管控，要堅守底線；三是整體施工組織，要分工負責，主動作為；四是拼搶工期，既要保安全又要保進度，魚和熊掌必須兼得。在管理思路方面，郝汝忠堅持三大原則：人員管理主打感情牌，工作姿態倡導主動作為，勞務管理堅持服務理念。這位熟讀兵法的「儒將」，一出手就體現出了高明之處。幾招下來，項目逐漸步入正軌。

他始終向職工們強調：「對待勞務隊，我們的功能是服務、協調、監督、管理，要用服務的態度獲得勞務隊的認可與合作，讓他們聽從指揮，實現雙方共贏。」在他的理念的引領下，多年來，雲桂項目的勞務管理風平浪靜。

在解決了一個又一個難題之後，對門山隧道成為制約項目的關鍵點。

「『傷其十指，不如斷其一指』，要集中優勢兵力打攻堅戰。」郝汝忠分析道。調兵遣將，排兵布陣，他率先垂範，駐守工地，每天進洞，和大家摸爬滾打、吃住在一起，大家士氣高漲。搶工期階段，為實現工序無縫銜接，加快進度，深夜兩點還在隧道內觀察，及時調整工序，壓縮無效環節。

為調動大家的積極性，項目部加大了獎罰力度，及時在現場兌現獎罰，不拖泥帶水，也不秋後算帳。大家的積極性得到極大的調動。

「對門山隧道三級圍岩100%變更為四級、五級圍岩，設計四級圍岩50%變更為五級圍岩，安全風險非常高，加之項目管段點多線長，山高路遠，管理非常難，在如此困難的施工環境下，不出安全質量事故，就是勝利。」郝汝忠說。他堅持「沒有安全就沒有一切」的理念，同時抓好質量、進度和成本。近三年來，項目的信用評價一直保持全線前三。和全線其他標準相比，

工程任務量相差不大，但人力資源配置只有他們的三分之一，人力成本支出也是他們的三分之一，進度卻不落後甚至還領先。業主中一位領導開玩笑說：「郝汝忠用了什麼招數管項目？簡直會洗腦。」其實他們知道，這是他個人魅力衍生出的強大的凝聚力。

　　經過7年的壓抑和煎熬，終於迎來了隧道貫通的這一刻，郝汝忠動情地感嘆：「真的很累，但值得！我要感謝我的這幫受苦受難的弟兄們！」蹲守工地那段時間，郝汝忠壓力太大，無處排解，常常失眠，每天看到工地上大家忙碌而又辛苦的身影，這位「儒將」深有感懷，於是作詩一首，贈給全體將士們：「地踞南盤，疆定彩南，重任高壓肩頭。山多斷層，隧通絕壁，憂思縈滯心頭。揮鐵血舊部，誓破雲桂對門，霜氣冷秋，千軍嚴陣，五更風槍月如鉤。陰風曉入陋室，嘆韓信索齊，劉邦奈何！風華兒郎，三朝老將，七尺長纓在手。山外極目遙，淚斷男兒情，誰解歸舟？只等豪氣換酒，羯鼓醉文州。」

　　如今，這位過關斬將的「儒將」，已從跌宕起伏的對門山隧道出發，策馬玉磨鐵路，馬不停蹄揮師趕往了下一個戰場。人們有理由相信，一場新的戰役在不久的將來，又將傳來報捷。

先鋒兵團

——中鐵十七局集團四公司決戰大西鐵路管理紀實

全線標準化項目部、標準化工地；路基邊坡防護、無砟軌道為業主樣板工程；第一個完成製梁任務的施工單位；工程實體檢測全線第一名；累計獲得各類獎勵 300 萬元……一連串的榮譽，為參與大西鐵路施工的中鐵十七局集團四公司罩上了一層層耀眼的光環。四公司副總經理兼大西項目經理翟秋柱，帶領他的「先鋒兵團」，以標準化管理為抓手，以精品工程為目標，將企業管理推上了一個新的高度，在 14 家央企激烈逐鹿中摘金奪銀，成了全線的標竿。

▌文化引領：先聲奪人爭第一

大西鐵路是貫穿山西和陝西的一條客運專線通道，正線全長 859 公里。建成後，山西大同到陝西西安，運行時間將由 16 個小時縮短至 3 小時，大幅縮短區域中心城市的時空距離，對促進地方經濟發展具有十分重要的意義。

十七局集團四公司擔負施工大西鐵路 10 標中的 14.373 公里，位於陝西省運城市境內。其中，橋梁 8.08 公里，路基 6.288 公里，永濟北站站場 1 座，19 座橫向結構物，無砟軌道工程，以及大型臨時設施和配輔工程，包括 533 孔的箱梁製、運、架工程，總投資 13 億元。

凡事預則立，不預則廢。翟秋柱和他的建設兵團深刻意識到，要想打贏這場攻堅戰，必須超前思維，主動作為，以優秀的管理手段取勝。管理這門藝術涵蓋了管理理念、文化建設、工程質量、施工進度、安全監控、文明施工、水保環保等方方面面，而卓有成效的文化建設實踐能夠在無形中贏得競爭優勢。

文化建設折射企業魅力。項目部組建之初，就成立了由項目黨工委書記趙寶貴任組長的文化建設領導小組，高標準定位，高標準建設。項目領導團隊集體把關定向、親自審定標識使用、企業理念上牆、公共場所圖板內容、

圖板使用材質等，統一製作，統一時間安裝，確保項目文化建設高質量、高品位。

項目部還將視覺識別文化落地與建家設營、項目管理和標準化工地建設「同步規劃、同步實施、同步落實」，完善餐飲、住宿、醫療等配套設施，建起了全線最精美的模範職工之家，為職工創造了一個舒適的生活環境，體現出了以人為本的人本理念。同時將「誠信、創新永恆，精品、人品同在」的企業核心價值觀，「不畏艱險，勇攀高峰，領先行業，創譽中外」的企業精神，「國內一流，國際優秀」的企業目標，以及多位黨和國家領導人、省部領導視察圖片等，以圖文並茂的方式集中展示，彰顯了企業獨特的風采和魅力，成為大西鐵路線上一道亮麗的風景。

以文化人，項目管理才有活力。他們在打造和培育特色項目文化上下功夫：如「用鐵的心腸管安全，鐵的系統管質量，精打細算管成本，只爭朝夕管進度」的項目管理文化；針對降本增效，堵塞效益流失黑洞，提煉了「沒有虧損的項目，只有虧損的管理」的成本管控文化；為了確保質量、規範施工，提出了「誰主管誰負責」的責任追究文化；強化堅守標準化管理規範和質量至上意識，熔煉了「不留遺憾，不當罪人」的安全質量文化理念，並透過不同環節不同方式進行融貫和實踐，企業文化建設在現場的落地開花，促進了文化理念在員工中入腦入心。

只要制度健全、執行有力、責任明確、賞罰分明，實行責權利連鎖，才能管好項目。以翟秋柱為主的項目領導團隊在管理文化上獨具匠心，他們把制度融入文化建設中。項目部以精細管理為途徑，集思廣益，群策群力，明確責任劃分，優化管理流程。在制度建設中，他們以大西公司的《標準化項目部》《標準化工地》《標準化作業》等系列書籍作為核心，制訂了項目管理相關實施細則，精心細化了安全環境、技術質量、計劃合約、物資設備、財務管理、徵遷協調、獎懲評優、行政後勤、黨群建設等10大類78項管理制度；並編制與標準化體系文件配套的作業指導書和作業要點卡片。透過學習標準、掌握標準、執行標準，切實把標準化管理理念和要求落實到日常工

作中，以標準化程序和標準化作業來規範職工的行為，夯實各項管理工作基礎，提升項目管理的整體水平。

文化建設輻射職工日常生活。項目部建了籃球場地兩處，活動室 6 間，還購買了乒乓球桌、羽毛球等娛樂器材，經常組織職工和農民工兄弟開展籃球、象棋等比賽，豐富了員工的業餘文化生活，成為大西客專的一大亮點。項目部被業主評為標準化項目部，無砟軌道一隊和路基防護隊被評為標準化工地，並連續兩年被集團公司評為「企業文化建設先進單位」。

▍鏖戰攻堅：眾志成城領風騷

2011 年 4 月 20 日，三跨懸灌梁澆築完畢，打破了全線快速施工的紀錄。

2011 年 11 月 29 日，製梁場在大西全線率先完成了製梁任務。

2012 年 9 月 20 日，歷經 22 個月的艱苦奮戰，克服種種困難和不利因素，圓滿完成工程主體施工任務，比其他標段領先 6 個多月。

2012 年 11 月 13 日，京福高鐵組團參觀學習無砟軌道施工工藝。

2012 年 12 月 6 日，項目部作為無砟軌道施工樣板單位，迎來了全線 400 多人的觀摩團。大西公司總經理李貴祥對工程質量讚不絕口：「全線 15 個標段，21 個施工單位，十七局集團四公司工程實體質量全線第一，無論是底座板、凹槽還是混凝土道床板的平整度和寬度檢測均以零缺陷領跑大西客專……」

在項目部大事記上，記錄著一連串值得大書特書的日子，一項項榮譽頻頻奪人眼球，令人目不暇接。在大西客專施工中，四公司參建員工們用付出收穫希望，用勤奮踐行承諾，他們以不甘人後、奮勇爭先的進取精神，完成了一系列令業主滿意、各兄弟單位稱羨的精品優質工程，以無可爭議的優勢在全線獨領風騷。

為了探究榮譽背後的制勝法寶，筆者走訪了項目常務副經理倪占成和現任總工程師姜運良，以及書記趙寶貴。

「管理是企業永恆的主題，是取得成功的保證。翟總主導項目以標準化施工為抓手，以安全、質量、進度為重點，抓細節、抓落實，確保執行標準不走樣，不留空當。項目部根據工程實際，認真編制詳細的施工組織設計、施工方案和施工作業指導書，制訂了切實可行的創優目標和創優規劃，並強化整個過程的控制。」分管施工生產的倪占成說起項目管控來如數家珍。

　　「翟總抓管理特別注重工序研究和資源配置，尊重客觀規律，著力理順內外管理邏輯關係。上場之初便組織相關管理人員和作業人員，對每道工序、分段工程量、施工週期進行了深入研究，對每道工序的細節進行仔細推敲。從工程規模、人員配備、機械投入、節點工期等方面入手，通盤考慮各工點的施工次序，以減少相互間的干擾，以進度創效益。」

　　現項目總工程師姜運良補充說道：「翟總抓管理善於抓主要矛盾，以先難後易為原則，然後通盤推開。跨臨風高速公路的懸灌梁就是我們施工的重難點。作業面最寬只有12公尺，要是拚搶工期，多上人和機械設備肯定不行，而其他分項工程即使到了工期節點，也可以採用人海戰術。因此2010年11月，項目部便開始主攻懸灌梁，先解決這個卡脖子工程。2011年4月，當別的標段還沒有任何反應時，我們的懸灌梁已經澆築完成了。」

　　「進度就是效益，時間就是金錢。項目部頒布了以工班為單位的勞動競賽辦法，逐時段下達施工計劃，一月一評比，兌現獎罰。哪一道工序拖延時間，他不僅要承擔自己的延時費用，還要為下一道工序損失買單，極大地調動了職工的創造熱情和工作積極性，施工進度一路領先。項目部還確立了進度日報制度，不管主管領導在不在現場，每天上報進度簡訊雷打不動。從而形成了保質保量的激烈生產競爭態勢，為整體工程工期目標的實現提供了強有力的保障。」

　　「在永濟北站施工中，電力照明、管線、出入口梯道以及排水相關專業圖紙不到位，對進度造成了一定的影響。今年一拿到圖紙，我們便組織勞動競賽展開突擊，結構物施工和路基填築作業齊頭並進，實現了優質高效推進。位於站場中心的旅客地道，原本需要3個月的施工時間，而從樁基到上部結構施工，我們僅用了20天時間。進度的拚搶實現了設備的良性循環，項目

部多臺新設備已轉入了廣大客專鐵路項目的施工現場。」倪占成為筆者舉了一個簡單的例子。

在採訪趙寶貴的過程中筆者感受到，在大西鐵路客運專線取得的成績與 43 名黨員幹部的先鋒模範作用是分不開的。深化黨內主題實踐活動，全面提高黨組織的凝聚力、號召力和感染力，是項目取得成效的因素之一。以創先爭優、黨員先鋒崗、青年突擊隊等活動為載體，促進施工目標的實現，促進團隊精神的凝聚，促進項目工程質量的提升，促進技術創新和工期推進。他們在徵地拆遷難度大，圖紙不到位，橋隧施工進入重點階段等重重困難面前，做到關鍵崗位有黨員把著，關鍵時刻有黨員頂著，「一個黨員一面旗幟」，有效地促進了項目施工安全、優質、高效的開展。

▌精細運作：揚眉吐氣譜華章

「責任成本是項目經理必須時刻扛在肩上的大事。」在採訪中翟秋柱說了這樣一句話。大西項目不僅在安全、質量、進度、項目建設等方面各項指標全線領先，而且取得了良好的經濟效益，超額完成了各項上繳指標。因此，翟秋柱本人先後獲得了全國建築企業優秀項目經理、中華全國總工會「火車頭」獎章、重慶市「五一」勞動獎章等多項榮譽稱號。這些成績和榮譽，與他殫精竭慮、緊控嚴管抓成本息息相關。

有的施工隊伍滿足不了大規模生產施工需要，如果大量依靠成建制的外部施工力量，稍有不慎就可能造成受制於人，形成經濟黑洞。為此，翟秋柱按照「管理有效，監控有力，運作高效」的原則，從組建架子隊入手，探索勞務用工新模式，規範了項目用工行為。同時，實行扁平化管理，不設工區，一竿子到底，項目部直接管到施工隊。

為確保作業隊月生產計劃考核指標的實現，翟秋柱和相關業務部門主管對公司下發的《勞務管理辦法》進行針對性細化。從滿足施工生產需要考慮，對架子隊結構、工費單價、人員配置等要素進行精心策劃，並將測算後的單價公布於眾，再公開招標勞務隊。工、料、機、運、管等各項費用必須控制在公司下發的指導價範圍內。同等性質的工程單價統一、招標條款統一，不

僅增加了勞務管理透明度，而且有效控制了勞務價格，為企業截取了更多的利潤流。

對架子隊的管理關鍵在於過程監管，一旦造成事實上的虧損再追究責任就成了馬後砲。每個月月底，他都要組織各施工班組人員共同對各類原材料進行盤點，及時核算，分析各項材料節超原因。對超額用料造成的成本開支，必須按照合約約定在勞務費中及時扣除。

「抓大不放小，小帳細算出效益。」為降低成本，翟秋柱和項目物資採購部門創新思路，加強物資採購管理，實行有計劃的採購、供應、保管、輸送，及時建立分工限額發料臺帳、物資總控臺帳；並與項目部領導和職能部門討論，定期召開市場分析會，推行比價採購、質優價廉的原則，嚴格把控採購物資質量關，一旦發現質量問題，及時更換或退貨。他按照「減少庫存、保障供應、防止積壓」的原則，減少了浪費，降低了消耗。除甲供材料外，大到砂石料，小到電焊條，他都要進行嚴格卡控。現場過磅收料必須是三人同崗，互相監督，砂石料所含水分也必須按比例扣除。就連一座橋的承臺、墩身有多少鋼筋接頭，他都要算得一清二楚，在技術交底中逐一註明。只要超出規定數量，隊長、技術員工資就要相應縮水，極大限度提高了材料使用率。巨型箱梁預製，砂石料需求量巨大，稍有鬆懈就可能造成成本漏洞。而為了防止供應商一頭獨大哄抬單價的現象發生，翟秋柱同時招標多個廠家，讓其相互牽制，以達到單價不超標的目的。

「小投入大回報，是我們每一個管理者都追求的效果。特別是設備管理，管不好幾百萬不知不覺就沒了。」翟秋柱抓住了箱梁預製生產設備管理這個關鍵。巨型箱梁生產所需的設備種類繁多、價格昂貴，有的配件一個就要幾十萬，甚至上百萬。除了根據工程量算好設備租、買兩本帳外，保證設備完好率，是翟秋柱提高設備使用實現率、降本增效的第三本經濟帳。梁場的大型設備他安排專人定期進行維護和保養。他還經常查看設備維修保養記錄。潤滑油、機油如果沒有達到規定使用量，機械隊隊長第一個要被追究責任。表面上看增加了維修保養成本，實際因為提高了設備使用率大大降低了成本。

實踐證明，從武廣客專英德梁場、京滬高鐵轉場到現在的大西鐵路項目，所有大型設備依然完好無損，絕不亞於相鄰標段的新設備所發揮的作用。設備的正常運轉不僅加快了工程進度，而且避免了意外的發生，幾年來，項目部沒有為任何一起因設備故障導致的安全事故買單。

正是因為精打細算，巧婦才不被無米之炊為難。2011年，國家宏觀調控，鐵路投資急剎車，在各單位紛紛亮起紅燈抱團過冬的情況下，翟秋柱帶領的大西項目卻獨善其身，平穩過冬。員工三金足額交納，工資按月發放，施工總產值超過6億元，超額完成各項經濟指標，項目部被公司評為「先進集體」，並捧回了突出貢獻大獎。

科學施工：傲立潮頭扛大旗

工程質量是施工企業管理水平的綜合體現，是企業生存的關鍵所在，也是企業參與競爭和謀求發展的根本。為創優質工程，項目部堅持「高標準起步、高強度推進、高質量達標」的管理要求，施工技術精益求精，施工工藝精雕細刻，施工質量爭創精品。

翟秋柱主導建立完善了安全質量保證體系運行機制，形成逐級分工、責任到人的質量管理機制，對作業班組進行垂直管理，強化現場監控，並執行重要工序實名制。他要求培訓無死角，管理人員現場指導操作工熟悉新技術、掌握新工藝、運用新設備，逐步提高各參建人員的業務水平，全員培訓考試合格率達到100%。作為技術出身的管理幹部，翟秋柱將技術支持與組織管理並重，從抓施工工序質量嚴控入手，實行工程質量行政領導責任制，強化了管理層的責任意識，從而保證了質量目標的實現。

在業主、監理的各項檢測評比中，各項工程質量優良，橋梁一類樁達到100%，單位工程一次驗收合格率達到100%，實現了主體工程質量零缺陷的目標。在業主組織的信用評價中，取得了兩次第一名和一次第二名的優異成績。

施工安全是項目管理的重要環節，也是施工企業的「生命」所在。項目部堅持把安全質量放在一切工作的首位，從全員安全培訓、頒布安全預警機制、落實安全責任追究、加強安全防範措施、工序安全交接、安全設施完善、排查安全風險源等環節入手，堅持「抓現場，現場抓」的理念，規範作業，強化全員的安全質量意識，提高技術素質和預防事故的能力。以「事前預防、事中控制、事後糾正、複查驗收」的原則，實現了施工過程的「閉合管理」。

工地作業面多，安全隱患也多：高空作業、地下樁基、車輛運輸等，安全管理是全方位的。項目部將大型設備、跨路施工等列為安全控制的重點，落實安全防護措施和安全施工方案，做到防患於未然。現場作業前，進行安全換班、崗位描述，明確工作目標任務，強調安全注意事項。作業中堅持上標準崗，干標準活，嚴格落實安全措施，使生產過程安全、科學、有序、高效。

全長 6952.4 米的臨風公路特大橋，在臨猗縣皮士村上跨越臨風公路。為確保連續梁跨線施工期間的交通安全和施工安全，項目部成立了專項安全領導小組，切實做到分工負責，層層把關。在懸臂澆築施工時，採用布設安全網、防滑走道板、防護圍欄等措施杜絕物體墜落。並派專人對掛籃、軌道錨固和走行進行檢查監控，防止掛籃失穩傾覆。

透過「縱向到底，橫向到邊，組織到位，工作到點，責任到人，事前預警，過程嚴控，梯度推進，縱深發展」的安全生產網路格局，有效地預防了各類安全事故的發生。開工以來，四公司管段未發生一起安全責任事故，實現了「安全零事故」的目標，受到了各級組織和領導的肯定。

管理決定盈虧，方案決定成敗。以翟秋柱和原總工程師蘇志英、張明龍為首的 QC 課題和科技攻關小組，不斷總結施工規律，以成熟工藝指導施工，以工序進度確保施工總體進度，同時堅持產、學、研相結合，注重吸納、發揮社會科技資源作用，先後與長安大學、鐵一院等科學研究院「聯姻」，廣泛調動現場人員技術創新的積極性，為優化施工方案、挖掘生產潛力、提高生產效率，造成了較好的推動作用。

在製梁臺座基礎施工中，他們根據地質鑽探資料數據，組織相關業務部門從技術和經濟角度對鑽孔灌注樁和 CFG 樁兩種施工方案進行了分析比較。

鑽孔灌注樁基施工屬於水下灌注混凝土，樁底沉渣厚度和泥漿比重控制困難，且需要設置泥漿池，還要考慮泥漿的外運和處理，施工速度慢。鑽孔過程中噪音大，加上梁場鄰近村莊，施工中不可避免造成擾民問題。如果採用 CFG 樁基施工方案不僅能避免以上弊端，而且成樁速度快，施工質量容易得到控制。經過不斷比選，他們選擇了後者。結果顯示，這樣不僅有效掌控了環保、質量、進度，而且最終實現了降低成本 117 萬元的良好效果。

項目管段大部分地基主要為濕陷性黃土、鬆軟土，必須進行地基處理。

水泥改良土作為部分路基基床底層填料極易產生裂紋，會影響路基整體質量評估和上層填料的填築。為此，他們展開技術攻關，找根源，定措施，出方案。透過不斷努力，大大減少了裂紋現象發生，避免了返工情況造成的改良土和機械、人工浪費，節約了成本，保證了路基實體質量與工後穩定性，為日後大面積路基填築施工積累了豐富的技術經驗。由於施工時間被有效利用，進度得到大大提高，僅 45 天就完成改良土填築 51282 方，在全標段獨樹一幟，受到了建設單位及監理單位的好評，為公司贏得了良好的社會聲響。

三年來，翟秋柱和歷任總工程師以及大批技術骨幹，堅持從實際出發、科學施工、環保施工的原則，先後優化地基處理水泥土柱錘衝擴樁施工、客運專線濕陷性黃土地基綜合處理施工、無砟軌道沉降控制等技術革新 20 多項，成功自主運用了「CRTS I 型雙塊式無砟軌道線路精調」等具有國內先進水平的施工技術，直接節約成本近千萬元。其中，雙塊式無砟軌道底座板凹槽成型質量控制技術榮獲了全國 QC 二等獎。減少水泥改良土填築後產生的裂紋技術還獲了重慶市工程建設優秀質量管理小組一等獎，2012 年全國工程建設優秀質量管理小組獎。

翟秋柱帶領他的先鋒兵團，在廣袤的黃土地上經過近三年的艱辛奮戰，收穫了纍纍碩果，令人振奮。建設者們嘔心瀝血，用責任、智慧和汗水，贏得了驚人的施工進度，贏得了一流的工程質量，贏得了滿倉效益果實，贏得了良好的社會聲響。如今，這個先鋒兵團已經轉戰廣大高速鐵路，一場新的會戰在雲南大理即將打響。

風塵天涯路　　風雪交加繪彩虹

風雪交加繪彩虹

——中鐵十七局集團四公司拉薩雅江特大橋施工紀實

為什麼總有那麼多人想去西藏？有人說，想去看看世界最高的宮殿布達拉宮，傾聽喇嘛吟誦藏經，洗滌心靈！也有人說，為了徒步跟著朝聖的信徒們，去大昭寺前親自為「公主柳」獻上潔白的哈達，抑或走進瑪吉阿米小酒館，靜讀倉央嘉措禪意十足的愛情詩。不管為何，都是奔著這個高遠聖潔的地方，去瞭望高原的大美和尋找心靈的依託。

可是，這裡也並非人間天堂，那惡劣的自然環境就令無數追隨者望而卻步，即使是一千多年前的文成公主，也是一路坎坷，一路風雪，歷經艱險。想當年文成公主的車輦從長安出發，向西沿河西走廊古「絲綢之路」至鄯城，一路伴隨酷熱嚴寒、冰雹雷電。「上無飛鳥，下無走獸，遍望極目，欲求度處，則莫知所擬」；「路無居民，涉行艱難，所經之苦，則莫知所擬。」只有以死人枯骨為標誌，方能前行。穿山越嶺近三年，才抵達拉薩這片中華民族最為遙遠的世界之巔的文成公主，可謂九死一生。想必一千多年前的拉薩，和現在的拉薩氣候條件大同小異，同樣高寒缺氧吧。且不必回憶歷史而擔憂古人，單說當今正在拉薩市郊貢嘎機場附近修建雅江特大橋的中鐵十七局集團四公司的建設者們，他們從內地到高原，背井離鄉，千里迢迢。在那飛沙走石、天寒地凍的遙遠地方脫皮流汗。強烈的高原反應，讓他們頭疼欲裂，感到天旋地轉。可是，他們依然在雅魯藏布江兩岸揮汗如雨，用缺氧的呼吸和堅定的意志，迎風冒雪架起了一道飛越雅魯藏布江的彩虹，猶如建設者的脊梁橫臥在碧水滔滔的江面上，熠熠生輝。

當筆者從天空向下俯瞰之時，只見那雄性十足醬褐色的山脊連綿起伏。正是春末夏初時節，竟然有一撮綠色鑲嵌其中，如此壯美的景色裡，竟也蘊藏著希望。走下飛機旋梯，瞬間感到心跳加速，有些窒息。我們強忍著初到高原的身體不適，想想長期堅守在這裡的建設者們，還有什麼不能忍？

風塵天涯路　　風雪交加繪彩虹

▌「我們無法改變高原氣候，但可以改變自己的心態。」

「我們無法改變高原氣候，但可以改變自己的心態。」項目經理何偉，道出了自己在高原工作、生活數年的態度。是的，境由心生，無法改變現實環境，只有改變自己的態度，何偉深諳此中道理。

「給你！唇膏、補水露、防曬霜、紅景天！」剛走出海拔 3600 公尺的貢嘎機場，一個五大三粗、面色紫紅、操著一口道地湖北口音的大漢把一包東西遞了過來，他就是雅江項目黨工委書記謝甲軍。

「你們一定很納悶，剛見面就送起了化妝品。我們這裡有四怪：三個蚊子一盤菜；女人的化妝品男人隨身帶；橋墩要用棉被蓋；打火機沒有火柴賣得快。」謝書記一邊開車一邊告訴筆者。貢嘎機場至澤當專用公路雅江特大橋擴建工程 B 標段全長 5.151 公里，設計時速 80 公里。項目管區位於西藏雅魯藏布江兩岸，南面屬於喜馬拉雅山系，北面屬於岡底斯山脈，中部為雅魯藏布江河谷地帶。由於受雅魯藏布江大斷裂和念青唐古拉斷陷山控制，地貌主要有河谷平原、低高山區、山麓斜坡堆積和風積沙地等四大類型。氣候條件惡劣，日照時間長，太陽輻射強，高寒缺氧，生態脆弱。四到九月份是高原施工最佳季節，滿打滿算只有半年有效施工時間。由於受惡劣複雜地理環境和氣候條件的影響，人員與機械的施工效率大打折扣，與平原施工環境相比，同樣規模的工程需要投入比內地更多更優的人力、設備資源。加上藏族同胞特有的價值取向、思維特點、道德標準、行為方式、信仰崇拜和生活習慣等觀念與漢族文化有著明顯區別，民族團結和路地關係的處理尤為重要，稍不注意就會釀成政治事故。所以，公司領導特別要求項目部成員不僅要盡快適應特殊的高原氣候條件，也要全面掌握屬地民風民俗和法律法規，加強路地建設，抓好文明施工。

驅車不到 20 分鐘，便到了項目駐地。放眼望去，只見大橋南岸風化的石山，危峰兀立，怪石嶙峋，猶如久經風雨侵蝕的千年古堡。尚未收割的青稞在一片荒蕪中顯得尤為青蔥，昭示著這裡尚有生機可循。

到了項目部，並未見到項目經理何偉，據說他又銜接新的項目去了。到了下午，汽車的喘氣聲由遠及近，謝書記說：「何偉回來了。」

「喂！喂！上次我們要的施工材料你多久才能運到？時間緊迫……」未見其人，先聞其聲。何偉打開車門，一邊和我們握手，一邊繼續打電話。

「在哪裡搞工程都有壓力，只不過高原特殊一些。只要因地制宜、方案合理、措施可行、認真負責，沒有幹不好的工程！」正是基於這種認識，何偉在雅魯藏布江的謀劃才顯得周密精到。針對高寒缺氧的氣候特點，何偉根據上一個項目施工得出的經驗制訂了五大措施：一是制訂完善的冬、雨季施工方案與措施，對施工中的各個環節進行周密統籌，盡可能減少惡劣自然條件對施工的影響；二是以成都為中轉習服基地，對職工進行體檢和高原健康保護培訓，並進行適應性鍛鍊；三是建立工地醫務所，對農民工，尤其是從低海拔地區到來的農民工進行高原病防治知識教育，定期或不定期對他們進行巡診，配發高原病防治藥品；四是發揮機械化施工優勢，合理配套施工設備，建立設備保養維修體系，備足各種設備易損、易耗件，保證施工機械的完好率，提高出勤率；五是積極推廣先進經驗和先進技術，提高勞動生產率。隨著後來發生的工期突變，何偉又增加了一條：整合優勢施工資源，展開冬季施工。依靠這六條管理思路，項目搞得風生水起。

▍「我們跑不過時間，但我們可以贏得時間。」

「我們跑不過時間，但我們可以贏得時間。」何偉說這話的底氣，來自他對高原施工的瞭解和制訂方案的科學，更來自他對企業責任的擔當。

已在高原待了 3 年的何偉，原本清秀白皙的面孔，已然黑裡透紅，凡是暴露在外的皮膚都已黝黑發亮，風沙侵染過的頭髮，毫無光澤。2013 年，公司首次擔負拉薩教育城施工任務時，筆者曾訪問過他。首次擔任項目經理的何偉怎麼也沒想到，業主為了盡快投入使用，把 548 天的工期壓縮成了 8 個月。初到藏區的何偉壓力之大，不言而喻。但何偉並未躊躇不前，他帶領大家使出渾身解數，硬是提前完工，受到業主大加讚賞。就在教育城項目突飛猛進、即將完工之際，業主又果斷將拉薩市文化創意園部分道路工程建設任

務交給了四公司。至此，何偉帶領項目就地實現了首次滾動發展。兩個項目剛剛完工，四公司又梅開三度，中標了貢嘎機場至澤當專用公路雅江特大橋擴建工程 B 標段的施工任務，實現了第二次就地滾動發展。不到 3 年連續幹了 3 個項目，也許壓力過大，透支過多，剛剛 40 歲出頭的何偉，零星白髮在陽光下特別扎眼，昔日的帥小夥儼然成了一個地道的「老藏民」。更讓他想不到的是，雅江特大橋原定工期兩年，在開工 5 個月後又接到西藏自治區政府提前一年完工的通知，這就是說，半年要完成一年半的工程量。不要說在高原，即使在內地也是天方夜譚。這突如其來的變化，讓何偉如坐針氈。他說，我們改變不了業主，也跑不過時間，但我們可以贏得時間，以一流的業績回報業主。被逼無奈的何偉意識到，要利用這不屬於施工的時間展開冬季施工，以此贏得時間。可在這冰天雪地、缺氧更加嚴峻的冬季展開施工，無異於與嚴酷的大自然展開肉搏。被逼急了的何偉已經顧不上身體，一門心思謀劃冬季施工。

11 月的貢嘎，沒完沒了的雪風猶如一把把利刃，刺骨而寒冷。管段地處兩座大山之間，冬季空氣更加乾燥，風沙肆虐，高原空氣含氧量只有內地的 64%。有人曾做過試驗，在鐵筒裡裝上 2.5 公尺深的水，一年內水就能全部蒸發乾，毒辣的陽光、強烈的紫外線一天之內能剝掉人的一層皮膚。調整後的工期令項目部上下措手不及。有一些想來「掙大錢」的外地打工者，聽說要冬季施工大多打起了退堂鼓。說吃飯都喘不過氣來，撒尿就差用棍子敲了，給再多的錢也不幹，更有甚者乾脆不聲不響溜之大吉。現有人員都難以留住，還能到哪裡去招兵買馬？這著實難為了何偉。要想在減半的工期內完成加倍的工程量，必須增加人力、技術和設備資源。

「給你 50 名技術骨幹夠嗎？」公司執行董事、黨委書記王應權在電話裡問何偉。「夠了！夠了！謝謝領導雪中送炭！」何偉顯得異常興奮。技術人員的事解決了，可施工隊伍呢？何偉決定聯繫與公司有多年合作的隊伍入藏。為了吸引有技術的農民工，他不僅提高了工資待遇，還主動報銷了他們的機票費。與此同時，項目部經過計算，又配套租賃了一批適合高原施工的機械設備。

「我們跑不過時間，但我們可以贏得時間。」

「好在我們前期在路基施工中進行了突擊，無意中為冬季施工創造了條件。」何偉管項目有個特點，趕早不趕晚，與其被動挨打，不如早幹寬鬆。具有先見之明的何偉，在工期未曾調整之前，就集中力量對路基工程進行了分段突擊，為冬季施工騰出了相對寬鬆的時間。

然而，路基並不是項目的控制工程，橋梁工程才是制約施工的瓶頸。

隨著工期變化帶來的冬季施工，意味著施工方案也必須發生相應的變化。

有道是，方案決定勝負。何偉抓住了這個關鍵。為突破橋梁施工瓶頸，何偉見招拆招，快速修建施工便道和梁體預製場；採用旋挖鑽機、泥漿護壁進行樁基成孔施工，並加強監測樁基所穿越的地層，確保成孔質量；結合橋梁墩臺所處位置的水流深度、流速情況，採用草袋圍堰、築島、鋼板樁圍堰等施工輔助措施，確保水中墩施工快速展開；加大橋梁工程的資源配置，科學安排各橋墩的施工順序，按照架梁順序在各橋之間展開工序流水作業，各道工序按照方案有序推進。

2014年11月23日，零下29度的惡劣氣候下，萬物蕭條，雅魯藏布江兩岸已是冰天雪地，只有風雪在肆無忌憚地狂飛亂舞。可在這冰天雪地裡，一場冬季突擊戰悄然打響。高寒地區冬季施工，橋墩灌注混凝土過程和灌注後保證凝固質量，成了不可踰越的難題，大橋施工為此一度陷入停滯。

「方案必須調整，施工不能停止！」何偉在召開技術人員會議時，口氣異常堅定。

面對技術難題，項目部迅速成立了技術攻關小組，經過反覆實驗，發明了一種採用模板內通蒸汽保溫、模板外生火爐、外罩棉被、篷布的施工方法，硬是在冰天雪地裡創造了一個相對溫暖的施工小環境。經過幾次試驗性施工，混凝土凝結達到了最佳狀態。冬季的青藏高原何止冰凍三尺？普通機械在凍土層進行樁基開挖時，堅硬的土層猶如頑石，即使加足馬力也只能鑽下一道道冰印，根本無可奈何。為此，項目部租賃了動力更為強勁的旋挖鑽機，作業效率提高了10倍。

▎「不是我們足夠堅強，而是我們別無選擇。」

「不是我們足夠堅強，而是我們別無選擇。」謝甲軍說這話時，雖有些無奈，但也道出了實情。不得不進行的冬季施工，來自精神和自然條件的雙重壓力，幾乎讓項目部每一個人都喘不過氣來。

2015年1月15日21點，星空萬里，瞬間狂風怒吼，暴雪紛紛。這是警告冬季施工的人們，高原的冬季本應是寂靜的，若一味逆天而行，可能會付出代價。工作了一天的謝甲軍拖著疲憊的身體回到宿舍，剛躺下就接到項目副經理郭松堅的電話：「謝書記，不好了！梁場側壁的擋風牆被大風吹倒了！」謝書記一驚，他突然想起白天剛打好的一片梁，正處於保溫防凍的關鍵時刻，一旦受凍就會報廢。謝甲軍翻身起床，立刻組織項目部工作人員緊急搶險。燈光下，大如席的雪片在呼嘯的寒風中張牙舞爪，雪風像刀子一般割著他們的面頰。不少人因著急搶險來不及穿更多的衣服，在風雪中凍得牙齒打戰，瑟瑟發抖。暴雪越下越緊，狂風越刮越猛，被颳倒的擋板剛剛扶起又被颳倒。他們反覆數次與風雪搏鬥，終於將擋板重新加固。經過一夜奮戰，挽回直接經濟損失27萬元。

由於連日來的勞累加上輕微感冒，謝甲軍感覺有些喘不過氣來，有時必須大喘幾口氣才能緩解缺氧帶來的頭疼。考慮到項目正在24小時搶工期，他悄悄到醫院做了檢查，結果是肺積水。謝甲軍知道，肺積水是高原感冒引起的併發症，嚴重時可能奪去生命！他不敢懈怠，立刻住院做了肺部抽水手術。由於工地事情太多，手術後三天他就匆匆出院，直奔工地。直到診斷書落到工地上被工友撿到，大家才知道此事。當筆者向謝書記提起這件事時，他卻輕描淡寫地說：「這不是什麼大事，工期這麼急，弟兄們那麼苦，我哪能在醫院待得住。」

筆者來到施工現場，抬眼遠望，一對紅色信號旗在一名五十開外的老職工手裡伴隨著哨聲時起時落，標準的軍姿正在指揮著施工車輛緊張有序作業，他就是參加過青藏、侯月、西康和南同蒲等鐵路建設的鐵道兵老戰士程德友。今年52歲的老程，已是多年的機械隊長了。再次來到青藏高原，他明顯感到不如年少氣壯之時了。身為隊長的他，在低溫缺氧、大風肆虐、零下幾十

「不是我們足夠堅強，而是我們別無選擇。」

度的作業面上一站就是十幾個小時，手上的幾處凍瘡又疼又癢。項目領導考慮到老程的身體狀況，想把他調整到內地項目，卻遭到了強烈反對。他依然每天攜帶《車輛鑰匙登記本》《機械使用時間登記表》《車輛維修時間表》，吃力地奔波在現場。據項目部統計，在老程的細緻管理下，僅項目機械使用費就節省了240多萬元。

是啊，還有為搶工期夜間施工被電焊弧光多次燒傷了眼，卻還在堅守崗位的橋梁技術主管楊建偉；身為母親，兒子訂婚卻因工地忙而不回了家的王延英……

因為冬季嚴酷的施工環境，工人們每天起早貪黑忙碌在現場，大都吃不下飯，嘔吐、失眠折磨著這些遠離家鄉、親人的鐵建員工。項目部不僅規定施工隊每名員工每天都要喝鮮牛奶，還從社會上招聘廚師，實行末位淘汰制，每盤菜上標上廚師的工號，誰燒的菜職工愛吃，就獎勵誰，每月排在最後一名的廚師將被淘汰。特殊環境下，項目黨工委提出了一條令人啼笑皆非的口號：「黨員幹部帶頭吃飯。」一些黨員幹部，為了喚起大家的食慾，故意「吧嗒」嘴，一個勁地說「真香，真好吃」，也許是心理作用，不少員工果然胃口好了很多。

感冒在內地是個小病，可在青藏高原卻可能引發急性腦水腫、肺水腫，不僅影響施工還危及生命。項目安質部部長邵翔，除了每天在施工現場檢查和排除安全隱患以外，還對施工隊中經常出現感冒的情況做了一番調查，他發現工友們夜間從密封保溫的房間裡出戶「方便」時被凍得瑟瑟發抖，不少職工因此感冒，非戰鬥性減員大幅增加。邵翔向項目部建議建流動廁所，幾天之後，這種獨特設計的流動廁所運到了營區，白天推走，晚上再推到職工宿舍門口，職工感冒發病率大大減少。

春節臨近，由於趕工期，項目部上下沒有一名職工提出回家過年。當西藏自治區主席洛桑江村到現場檢查工作看到正在風雪中搏鬥的員工時，對隨行的市交通廳領導成員一行說：「十七局這支鐵軍隊伍如此能吃苦奉獻，戰鬥力如此之強，西藏的交通事業需要這樣的有實力、負責任的央企，你們要留住他們為西藏的交通事業做貢獻啊，後續工程要跟得上啊！」

風雪交加繪彩虹

歷經千辛萬苦，迎來格桑花開。5月27日，雅江特大橋終於按市交通廳調整後工期提前4天、比合約工期提前一年順利貫通。當西藏自治區領導步行在縱貫兩岸的雅江特大橋時，交通運輸廳廳長扎西江措緊緊握住何偉的手說：「你們創造了西藏建設史上的奇蹟！西藏人民感謝你們，祝願十七局，扎西德勒！」

就在筆者採訪即將結束時，何偉又帶來好消息，公司中標了西藏國道562線那曲地區申扎縣至克古拉埡口段A1標24公里改建工程，項目已經進場開工。公司依託前三個項目贏得的信譽，在雪域高原就地實現了第三次滾動發展。

迎著寒風暴雪，何偉帶領鐵建員工又送走了一個嚴冬。經過182個日夜風雪交加的艱苦鏖戰，6月1日，橫跨雅魯藏布江的雅江特大橋，如一道彩虹飛越在碧波蕩漾的江面上，一如建設者的風骨，接受雪域高原的洗禮！接受哈達虔誠的祝福！鐵建員工，扎西德勒！

「不是我們足夠堅強，而是我們別無選擇。」

虹起阿蓬江

——中鐵十七局集團四公司黔恩高速公路阿蓬江特大橋施工紀實

中鐵十七局集團四公司郭俊勇領頭經營管理的四個項目，其中兩個項目中途救火，兩個項目取得了良好的社會效益和經濟效益。近日，從重慶黔江又傳來好消息，由四公司負責施工的黔恩高速公路咽喉控制工程阿蓬江特大橋成功合龍。受命前往採訪的我們，在阿蓬江畔，見到了面目清秀的郭俊勇。

青山環繞，碧水相連，步入重慶黔江區境內，一股清新的氣息撲面而來，峽谷之城在用她的清涼迎接遠方的來客。中鐵十七局集團四公司黔恩高速公路的建設者們，在這片充滿生機的土地上，用他們的堅韌，為這片美麗的土地注入了新的活力。

黔恩高速公路，由湖北恩施至重慶黔江，全長約128公里，是滬渝高速、包茂高速的連接線。目前，是從黔江到湖北最「豪華」的道路，也是僅有的一條202省道。該省道為山區道路，路況較差，以前驅車跨越兩地，要花約4個半小時，黔恩高速通車後，僅需1個小時，為當地百姓和兩省經濟發展帶來巨大利好。

阿蓬，土家語，意為秀美、雄奇。阿蓬江，烏江第一大支流，穿越利川、黔江、酉陽，蜿蜒流淌，沿河兩岸，是土家族、苗族、漢族等多民族共生的家園。本文的故事，便發生在這美麗的阿蓬江上。雄偉的阿蓬江特大橋，映襯著綠瑩瑩的江水，彷彿一條飛跨江面的彩虹，展示著壯麗動人的美，也講述著建造者們的艱辛付出。

這是一個命運多舛的項目，2011年年底上場開工，由於各方面客觀原因，經歷種種挫折，工程始終無法推進。2013年元宵節，此時正在成渝複線高速擔任項目經理的郭俊勇，臨危受命，來到了這片綠色的土地。他做好成渝複線各項工作的安排和交接後，匆匆回家補過了個春節，二月初便來到黔恩項目。剛入不惑之年的他，這是第三次擔任項目的經理，也是第二次中途接手項目。之前在漢宜和成渝複線項目，他帶領員工克服重重困難，讓項目

起死回生，連續實現了扭虧增盈的奇蹟，一度被傳為佳話。那麼，這次再度中途接手黔恩項目阿蓬江特大橋，他是否能再續傳奇呢？外貌清秀俊逸，內心勇敢堅定的郭俊勇，正如他的名字一般，再次向我們證明了他的實力。

▎力排萬難謀開篇

四公司黔恩項目施工路段位於靈秀美麗的阿蓬江邊，項目施工的黔恩高速 A 標段四工區，位於黔江區舟白鎮，線路全長 6.44 公里，主要工程量為黔江北互通式立交一處，土石方工程 230 萬方，阿蓬江特大橋一座，余家田大橋一座，涵洞 12 座，仰頭山隧道左線出口單洞一座。全線按四車道高速公路標準建設，設計時速 80 公里。而項目最大難點，便是高墩、大跨、懸灌梁的阿蓬江特大橋。

郭俊勇無心欣賞山清水秀的美麗景色，他知道，還有無數問題等著他去處理。他不能辜負公司領導對他的信任，哪怕是個燙手的山芋，他也要拼盡全力幹好，因為這是公司在家門口的項目，只能幹好，沒有回頭路。他孤身一人，匆忙趕到項目部，陌生的環境，陌生的面孔，一切從零開始，人員磨合成了郭俊勇首先要面對的問題。由於前期領導團隊及部分人員的調動，項目部成員間相對生疏，沒有很好的溝通融合期。善謀事者必先謀其勢，抓好排兵布陣是第一步。郭俊勇到任後，首先對現場情況、項目人員進行瞭解，明確分工，責任到人，互相協作。著重強調英雄不論出處，以工作質量來體現價值，任何人都要貼近現場。濃濃的年味還未散去，在他的帶動和管理下，項目部已重整一新，士氣高漲。

說起上任之初，郭俊勇回想起來還是眉頭緊皺。用一個字來形容：「難！」徵地難、施工難、資金難、技術難……怎一個「難」字了得！每一步推進，都耗費無數心血和努力。項目地處山地丘陵區，地勢起伏大，四面環山，地形複雜，無既有道路，全部需要新開便道。在這種高差大的地形下，只能盤山開路。坡陡彎急，普通汽車開起來都能感覺到「山路十八彎」，更別說重型機械了。

說起徵地拆遷，征遷辦主任何家孝苦不堪言。這個面色黝黑、58歲的老鐵道兵絲毫不服老。作為項目先遣隊成員之一，他2011年年底來到項目部。由於地形複雜，植被覆蓋率高，地表水系豐富，而且沿線人口相對稠密，徵地拆遷面臨著非常大的挑戰。為了選出合適的地點，何家孝每天翻山越嶺，坡陡沒路就人工砍樹開道，足跡遍布阿蓬江特大橋周邊的山山嶺嶺。

「拌和站好不容易選好點，但村民嫌徵地單價低，始終不配合，這是當地政府定的價，我只好三番五次地做工作。」這裡是少數民族區域，土地批覆手續複雜，為了盡快給項目安家開路，何家孝一次次跑相關部門，順利辦下了手續。「這里民風相對淳樸，但有時候因不太瞭解政策，不好溝通，經常出現阻工堵路的情況。」有一次項目A匝道施工放炮，因放炮聲音大，附近村民房屋受到震動，全村村民紛紛前來阻工，要求項目賠償損失。項目分幾個小組，配置蹲點協調人員一家一戶做工作，情況嚴重時甚至不得不報警。最終在當地政府的幫助配合下才得到平息。徵拆工作伴隨著施工全過程，成為影響施工進度的制約因素，必須時刻警惕。盤旋於坡陡彎急的施工便道，受雨水的沖刷經常垮塌，不僅維修頻繁，還需要協調賠償被垮塌土石掩埋的土地。為了給順利施工保駕護航，何家孝每天早出晚歸，不是找地方政府，就是到村民家，碰到不講理的村民，一把年紀的他常常被罵得狗血淋頭。

由於前期多方原因，開工一年，施工條件相對好的工程都已開工建設，但最大的難點卻未動工。工期迫在眉睫，郭俊勇知道，檢驗四公司的時候到了。本地雨季長，一年有半年為雨季，如何綜合各方面因素，制訂出合理高效的施工方案，郭俊勇目標清晰。為了追趕進度，他提出了「抓重點，抓關鍵」的工作思路。阿蓬江特大橋是全線控制性工程，是項目能否順利完成的決定性因素，成敗在此一舉。為了攻克這個難關，郭俊勇做了充分的準備工作，以隧道施工見長的他，面對陌生的大橋施工，郭俊勇沒有退縮。在致力於專業學習的同時，由總工程師利用工餘時間開展的技術培訓，他一次也沒落下。同時邀請專家到現場傳經授道，科學統籌安排，對施工方案進行預選和論證，並編制各種專項施工方案，為迅速展開全面施工做好了充分準備。

▋全面攻克攔路虎

　　阿蓬江特大橋，左右幅各16跨，全長1750公尺，主橋屬高墩、大跨、懸灌梁橋，施工技術難度大、施工工藝複雜、施工工期緊張。由於施工自然環境較差，面臨的施工技術難度也是全線最大的。主橋為連續剛構橋，主要控制點在跨越阿蓬江兩岸的3號、4號主墩，江邊施工場地狹窄，給施工造成了極大難度。其中3號墩高75公尺，4號墩高95公尺，3號、4號承臺之間為主跨，長170公尺，接近全國大跨設計最長標準180公尺，屬全國少數大跨橋之列。

　　「幹好這個項目，必須勤學多問，我經驗不足，就多諮詢專家和聽取經驗豐富的人的意見。3號、4號主墩樁基均位於陡坡上，場地整平困難，導致施工場地狹小，無法停放鑽機等設備，只能採用人工挖樁的方式成孔。」郭俊勇告訴筆者，「尤其是4號墩樁底裂隙發育，樁底標高比江內水面標高低7.8公尺，人工開挖至剩餘10公尺左右時，孔內水量很大，四個水泵同時抽水，也是杯水車薪，成孔速度進展緩慢。」業主的催促聲就在耳邊，工期的警鐘時刻敲響，這樣下去進度太慢。經過諮詢專家、討論驗證，最後決定採用向孔底四周鑽孔注漿提前封堵裂隙湧水的方法進行剩餘樁基的施工，取得了良好效果。「灌水樁，也是我到這項目時才接觸到的。」郭俊勇接著說，「以前聽說灌樁過程中控制不好容易斷樁，因此每根樁灌注我都在現場值守，和技術人員一起計算樁底混凝土方量，一起量測導管埋深，一起計算導管拔出長度等。因場地限制，混凝土罐車無法開至樁基位置，我們採用地泵泵送樁基混凝土、50噸履帶式吊車提送封底混凝土和提拔導管，為了這幾十根樁我們可吃盡了苦頭，好在最終樁基檢測均為一類樁，受苦受累也值了，並且我也學到了不少東西。」聽著項目經理自豪的笑聲，項目總工翟恆杰補充說：「像這種直徑2.5公尺、樁長達到50公尺的大直徑深水樁基，灌注時封底、提升導管、控制混凝土埋深等都非常關鍵，技術人員計算要精確，管理人員指揮要到位，混凝土必須連續供應，機械設備配合不能出現故障，工人操作不能失誤，否則出現斷樁，損失就大了。我們取得目前的成績確實不容易。」

最終 3 號、4 號主墩樁基在大家的共同努力下，順利在節點工期內完成灌樁，得到業主的表揚。

2013 年 7 月，項目部開始了主墩 3 號、4 號墩承臺搶工。每個承臺混凝土達到 2500 方，屬於典型的大體積混凝土施工。大體積混凝土施工一方面會因水化熱引起的溫度應力和溫度變形產生裂縫，另一方面因混凝土澆築時間長導致出現施工縫，因此防止裂縫出現成為大體積承臺澆築是否成功的關鍵。那時正是天氣燥熱的時候，拌和站到現場有六七公里遠，為了確保質量，防止混凝土裂縫出現，項目部全方位著手，步步防控，召開 4 次專題會議，明確項目各部門及施工班組的分工和職責，並編制了大體積承臺混凝土澆築專項方案，經專家評審後上報批覆，然後針對大體積混凝土易開裂問題分別從原材料選擇和確定、技術保證措施、施工機械設備保證、現場管控等方面進行控制。如水泥選用普通矽酸鹽水泥，細度模數相對較小，放熱速度較快，便於監控；用粉煤灰替代部分水泥降低水化熱，減少裂縫出現，並按級配要求選用粗、細骨料和中粗砂，以及符合要求的外加劑。為了綜合實施降低水化熱施工方案，項目部還在拌和混凝土時，特意抽取阿蓬江底部的涼水。為確保水化熱控制方案落在實處，項目部從技術交底、技術培訓著手，每一個程序都嚴格按照設計施工。他們在承臺底部、四周設置了帶肋防裂鋼筋網，改進冷卻管入水口位置，使冷卻水從溫度最高的中心進入，確保冷卻效果，並增長通水時間，嚴格控制每層混凝土澆築厚度，縮短上下層澆築時間，防止施工縫出現，並及時加強養護。「每一次大體積混凝土施工，項目部都如臨大敵，全員參與。現場值班、設備運轉、道路疏通等每一個環節都卡控到位。最終兩個承臺都實現了內實外美，沒有產生一絲溫度裂縫和施工縫隙，得到了監理、設計和業主的認可。」談起這一點，翟恆杰感到十分欣慰。

「項目經理應該是工地訊息的第一手掌握者，而不是被動接收者，只有這樣，才能真正瞭解工地的問題所在。」郭俊勇每天都忙碌在現場，對工地的一切瞭如指掌。阿蓬江特大橋的每一個墩在什麼位置，是方形的還是圓形的，高矮是多少，混凝土方量有多大，哪一個進度如何，問題是什麼……

他都爛熟於心，如數家珍。

阿蓬江特大橋橋墩屬於空心薄壁墩，平均墩高 66 公尺。墩身搶工期的時候，正值九月黔江的雨季，一個月有 20 多天都在下雨，無法施工。項目部只好打游擊，加夜班，下雨就綁紮鋼筋，雨停就抓緊灌注。由於墩柱太高，雙肢墩斷面只有 20 多平方公尺，而施工空間非常狹小，只能運用延伸出一公尺的活動平臺，為確保安全，控制墩身垂直度，項目部想出了三節模板循環施工的方法。每 4.5 公尺翻一次模板，打一次混凝土，每次打 7 個小時，三套模板每套 2.25 公尺高，每循環一次拆除下面兩套 4.5 公尺模板，翻至上方以上方模板為底模平臺，每個工序循環包括綁鋼筋、立模、打混凝土、拆模。

隨著墩身的增高，泵送的距離不斷增長，最高超過 90 公尺，任何一點小問題就會導致混凝土堵管報廢，浪費時間和成本。為保證施工，項目部專程向公司申請購入了一臺 130 多萬元的車載泵，並調用了 6 臺塔吊，還在各個循環推進中，安排專人現場指揮協調，保證安全。

2014 年 1 月 3 日，4 號墩封頂，項目進入剛構箱梁施工階段。連續剛構採用掛籃施工，掛籃主要包括六部分，分別是走行系統、錨固系統、懸吊繫統、內外模板系統、主桁架承重系統、底模系統。掛籃施工安全隱患多，工人不好管理，因此日常跟班作業必不可少，項目部在掛籃推移和混凝土澆築時均安排項目領導帶隊值班。

「大橋左右幅 4 個 T 構，8 副掛籃同時施工，我要求現場人員每次都要檢查好，跟班作業，即使這樣，每移動一次掛籃，我的心就要提到嗓子眼一次。現在掛籃施工順利完成了，所有橋墩高空作業都平安無事，得到了監理和業主的褒獎，這顆懸著的心總算落地了。」郭俊勇心有餘悸地說道。

「預應力張拉和線型控制是連續剛構施工的兩個重要環節，張拉必須做到兩個『雙控』，一方面是梁段張拉時混凝土強度達到 85%，彈性模量達到 90%。另一方面是張拉時對伸長量和張拉應力的控制，這樣才能確保張拉後的梁體質量。同時在掛籃推移、張拉和混凝土澆築前後，要及時和監控單位對已施工梁段標高進行測量，根據監控單位提供的立模標高準確立模，確保連續剛構箱梁的線型。目前阿蓬江特大橋已全部合龍，6 個合龍段誤差沒有

超過 2 毫米。左幅中跨合龍前，建設單位曾邀請中國橋梁專家、重慶交通大學瞿光義教授現場指導，他對我們左幅中跨合龍誤差僅為 0.9 毫米感到十分滿意。」翟恆杰自豪地介紹道。

一套掛籃系統 104 噸，成本 50 餘萬元，本身在行走過程中就危險重重，掛籃每澆築一次混凝土，就要往前移動相應的距離，掛籃一頭懸空，一頭錨固在上一梁段上，依次循環。「這個行走的過程風險非常大，一旦出現任何問題，便是重大安全事故，因此，容不得一絲一毫掉以輕心。」翟恆杰說，「我和技術、安全人員一起制訂了掛籃推移和錨固安全卡控檢查表，每次都要嚴格按照表格內容逐項檢查，有一項達不到標準都不能開工。」由於阿蓬江特大橋有 2.76% 的縱坡，掛籃下推時速度較快，可能會導致翻至橋下的嚴重安全事故發生。為防止事故發生，項目技術人員就在掛籃下移兩端的末端設置了一個限位裝置，每次掛籃向前行走時，在其後方末端的倒鏈就顯示出其重要性。每次前移，倒鏈就會隨時在後方拉住，控制下滑速度。「到目前為止，我們的掛籃一共推了 84 個下坡段，沒發生任何安全事故。」

阿蓬江特大橋是全線控制性工程，它的高風險、高難度讓大家把目光都聚焦在了這裡。其實仰頭山隧道也是項目的重難點，帶來了一系列挑戰。仰頭山隧道全長 5412 公尺，項目擔負左幅出口 2706 公尺的施工任務。隧道地質條件複雜，褶皺、斷裂十分發育，出現湧水、塌方等地質災害。施工中，項目部採用水平鑽機超前鑽探、地質雷達探測等手段進行地質超前預報，及時按地質變化情況制定施工方案。同時加強隧道施工資源配置，穩中求快，全力保證工期目標的實現。剛進洞時，項目部就碰到了攔路虎，洞口出現溶洞，800 多公尺的溶洞斜穿隧道，深不見底，水量非常大。項目部採用埋設混凝土圓管涵後打蓋板的方式，兩個月時間才徹底解決問題。在之後的開挖過程中遇到兩處近 60 公尺的斷層，施工驟然收住。項目部透過打超前導管，讓鬆散面形成一個整體，加強支護參數，加密拱架，進度一點一點往前「摳」，最慢時一天才掘進 1 公尺。經過不懈努力，終於順利透過斷層。在隧道開工時，其他標段已完成 300 餘公尺的前提下，施工過程中又狀況連連，項目部依然在 5 個月後實現後來居上，順利在節點工期實現貫通。

▍細緻入微抓安全

「安全質量工作不僅事關人身安全問題，也事關企業信譽，更事關施工成本，牽一髮而動全身，必須重視。」郭俊勇說起他的安全理念，一再強調其重要性，「我們項目的施工屬於高風險施工，尤其是阿蓬江特大橋，每一步都容不得絲毫鬆懈。」現在還帶著黑眼圈的郭俊勇告訴我們，阿蓬江特大橋整個施工過程中，他沒有睡過一天好覺，時刻擔心安全問題，電話一響就驚醒。雖然安全防範措施已做得全面細緻到位，但依然擔心意外發生。

經過專家論證評估，阿蓬江特大橋屬於極高風險工程，而項目上場至今，未發生任何安全質量事故，得到各方一致稱讚。那麼，在這個高墩大跨懸灌梁的施工中，郭俊勇是如何做到「安全質量零事故」的呢？

上場之初，項目部就建立了完善的安全保證體系，制訂了詳細的安全操作規程。成立安全領導小組，設專職安全員，明確分工，責任到人，充分發揮安全員的作用，形成安全管理網路。為提高參建人員安全意識，項目部重視安全教育培訓，對新進場工人及時進行崗前教育。為每位員工發放橋梁施工安全手冊、安全操作規範等，並結合案例分析，讓工人學習相關操作知識，每位新員工只有透過試卷考試合格後方能上崗。每年春節過後，項目部都對所有工人進行統一安全培訓，擰緊安全閥。對於特種作業人員，一律要求持證上崗，並出資組織高空作業人員參加培訓。

「為確保制度的執行到位，我們採用定期和突擊兩種方式對現場進行安全檢查。」安質部長王梁，這個來自阿膠之鄉山東聊城的小夥子告訴我們。項目由安質部、物資部、設備部、工程部幾個部門合作，總工帶頭，每週不少於兩次對現場進行安全檢查。一旦發現不規範行為，當場進行口頭教育，問題較嚴重的，發安全整改通知書告知整改措施，限期整改，並要求隊伍負責人簽收，確保問題及時解決。「嚴格執行安全交底，也是我們保證安全的一個重要舉措。」現場施工的每一個環節和工序，安質部都做好安全交底，針對施工存在的風險制訂實際對策和風險要求，確保每一項注意事項都落實到位。項目部每月召開工程例會，由施工隊負責人帶班，隊長、技術員全部參加，將現場存在的問題在會上進行交流溝通，以便更好地協調各項工作。

「對於我們安質部門提出的要求，項目領導非常支持，在會上要求各隊伍嚴格執行，及時整改落實。」對於重大危險源，項目部都會提前制訂應急預案，並針對需要，組織工人和項目員工參加安全應急演練。

掛籃施工是項目高風險施工環節，一旦出現問題，將是重大安全質量事故，必須高度重視，確保萬無一失。為此，項目部編印專門的安全培訓資料，保證參培率 100%。掛籃施工的每一道工序，都由安質、技術、監理人員核查情況，確定符合要求後，才進行下一步施工。王梁告訴我們：「為確保安全，我們在標準要求的基礎上，自己會實行一些加強措施，儘管費時費力，成本增加，但是安全第一的目的達到了。例如，三角掛籃後錨精軋螺紋鋼時，我們根據現場情況，為加強安全性，要求所有的都要上雙螺帽。」

掛籃施工最高達 140 公尺，我們問王梁，上去時有什麼感覺。他輕鬆地笑著說：「這沒什麼，雖然確實很高，但是習慣了，每天至少上去一次，在上面一待就是大半天，根本不覺得高，感覺和地面上沒什麼區別。」他就像一個施工人員的守護者，每天陪著他們風吹日曬，對他們千叮萬囑，就連安全帽的規範佩戴，安全帶的使用方法，他都一一叮囑。想來是每天不厭其煩重複說了太多次，看似穩重的他，說起話來像機關槍似的，語速非常快，但清晰有力，聲音洪亮。他那曬得黝黑的皮膚告訴我們，高處的陽光，似乎要更強烈一些。

▍分毫必爭控成本

成本管控貫穿項目的方方面面，是項目施工的終極目標。接手項目時，施工難點、工期矛盾是擺在眼前的主要矛盾，究其根源，終極矛盾最終都要轉化到成本上。作為成本管理的一把好手，郭俊勇深諳此理，因此除了抓好工程施工外，成本控制也是他的主抓手，分毫必爭。

「物資是成本控制的主要關口，把好這一關，成本控制就堵住了關鍵漏洞。」郭俊勇從物資管理入手，嚴格控制材料單價、數量，確保以最優價格供應物資。對於施工隊的物資供應，項目部嚴格執行合約；對於機械設備，項目部根據每種機械型號計算出每小時定額標準，考核油量的使用情況。項

目設備使用量大，高峰期時，機械設備最多十幾臺，租賃費用每月高達40多萬。透過調查發現，原來由於機械設備採取包月方式計價，在協調使用過程中，存在較大浪費，項目部以工期和工程量為標準，計算出參考值後進行包幹計價，做到及時租、及時結算、及時退，不僅避免了閒置浪費，還提高了設備的出勤率，降低了設備使用成本。

2008年參加工作的項目物資部長張永崗，也是中途接手黔恩項目物資部長工作。謙虛腼腆的他，努力好學，自學物資以及工程圖紙等相關知識。「自從接手物資工作後，我的性格開朗活潑了不少。」他笑著告訴筆者。

由於項目工程種類齊全，橋梁、隧道、涵洞、路基一應俱全，所需物資也相應全面。為了做好物資採購工作，張永崗每天跑市場，做調查，在保證質量的前提下，找出市場價格最優的物資材料。隨著與人溝通的不斷增多，腼腆的他也漸漸活潑起來。「剛接手時，我對所有物資材料進行梳理，發現減水劑的供應價格比市場高，於是聯繫廠家商議，最終每噸降了500多元。

砂石料也存在同樣問題，我們透過詢價、招標，換供應商，為項目節約了56萬資金。」說起自己的工作，張永崗滔滔不絕。跟他一接觸，就會感受到他的踏實和真誠，他告訴我們：「笨人有笨人的好處，我對人以誠相待，不搞歪心眼，所有供應商都非常信任我。」他的真誠，換來了對方的信任。一旦項目有資金緊缺而又需要物資應急的時候，他總能迎刃而解。

「為全面瞭解成本情況，項目部定期召開成本分析會，重點分析當月盈虧情況，從中吸取經驗，發現問題。」項目成本副經理鄧躍全介紹。對下計價，項目部做到嚴把關，細算帳。每次收方除計劃部人員外，現場技術員、工程部、安質部、物資部以及總工必須在場，對比各項數據，互相監督。項目防護工程的計價，由現場技術員監督，每完成一個階段性工程，便通知計劃人員前去丈量，一公尺量一次，精細到位。在鄧躍全的嚴格控制下，施工隊人員送了他一個外號──「鄧老摳」。「我不在意，這挺好的，你幹你該干的工程，我計我應計的價，互不占便宜，公平合理，問心無愧。」

身為老鐵道兵的他，如今快退休了，依然在一線發揮餘熱。這份認真和熱愛，激勵和影響著他的徒弟李炳亮。

李炳亮是項目計劃部長,是鄧躍全一手帶出來的好徒弟,工作認真負責,得到大家的一致認可和稱讚。2009年參加工作時,就和鄧躍全成了師徒,黔恩項目上場後,鄧躍全便向項目領導推薦了李炳亮。面對大家的一致誇讚,謙虛的李炳亮說:「我只是做好了本職工作而已,我一直堅信,凡事就怕『認真』二字,認真做好每一件事才會心安,才對得起領導同事的信任。」剛上場時,項目部要排計劃,建立零號臺帳,時間非常緊迫。那時李炳亮還是計劃部員,他和鄧躍全師徒二人天天加班加點,甚至還熬了幾個通宵,終於在半個月內清理完畢,絲毫不耽誤後續工作。說起內業資料,李炳亮絕對值得稱讚,他建立的臺帳數據庫,內容詳細全面,格式規範整齊,細緻到每個里程、每個樁號。這是一個巨大的工作量,僅懸灌梁一項,就工序多,數量大,計價清單複雜,但李炳亮告訴筆者:「越是複雜,越是要分得清清楚楚,一個不落,這樣才能保證計劃更準確。」為了更好地幹好計劃工作,李炳亮自學看圖製圖,一本圖紙都被他翻爛了,好學的他,目前已能熟練製圖。他的認真負責,得到業主、監理的一致表揚,在業主的年度評審中,業主領導點名要評他為「全線年度崗位標兵」。為控製成本,做到分毫必爭,每次計價前,李炳亮都要先去全線走一遍,做到心中有數。有一次A匝道左側現場計價時,監理給出的拱形骨架平方量與李炳亮計量的有出入,他據理力爭,要求到現場拉平方,最終發現是設計圖的平方與現場平方有出入,為項目挽回了損失。項目計價流程多,程序複雜,每次計價都要12個人簽字,為了在更短的時間內簽完字,「等」成了李炳亮的家常便飯。經常等到晚上十一二點,有時一早過去沒碰上人,甚至要等一整天。「無論如何,只要是項目的錢,一分一毫我都要計回來。」正是在這種強烈的責任心和不怕苦的精神下,李炳亮把好了他的成本管控的計價關。

　　「項目成本控制的一大難點就是變更標準非常嚴苛,業主對各項成本都制訂了單價清單,有的和實際發生成本嚴重不符,但無法變更,因此給項目帶來了巨大的成本壓力。」郭俊勇無奈地說道。

　　業主規定,工程施工過程中,滿足可調整合約價格的變更範圍僅限於以下六點:路基施工遇地下重要文物古蹟保護而變更的;政府或發包人要求調整設計技術標準和規模的;政府或發包人要求增減功能的(如通道、互通立

交的增減等）；有利於運營管理並經發包人批准而導致費用變化的；隧道突泥、湧水、溶洞、暗河、瓦斯的地質情況變化；發生不可抗力。除此六點之外，其他任何原因引起的變更，均不調整合約價格，因此項目二次經營工作實施起來困難重重。而項目部在具體施工過程中，實際支出要遠遠高出業主清單價格。例如，臨建費用（包括便道、電力安裝、駐地和炸藥庫建設、拌和站、臨時徵地）清單費為 458.66 萬元，而實際發生費用為 1761.49 萬元，其中僅僅電力安裝一項，按照地方規定承包給電力公司就花費 328.6 萬元。因此，僅臨建一項跟清單費用相比，就虧損 1300 多萬元。而在施工過程中，為保證安全質量，很多材料以及施工方案不得不進行更改，這些費用一律不能進入變更，只能項目自行支出，成本壓力不斷擴大。為控製成本，針對項目運行情況，郭俊勇提出了變更管理的中心思路：在確保工程質量及安全的前提下，適時做出負變更，同時，將正變更向上述六點可計價原則靠攏。經過項目部成員一致努力，積極探索，最終取得了一些成效。

　　阿蓬江特大橋主橋主墩墩身為截面空心薄壁墩，原設計骨架為兩層，設置後空間較小，施工極為不便，且對主筋干擾較大，致使主筋無法按照設計綁紮安裝。針對上述情況，項目部提出優化建議，透過設計核查，並經業主組織專家論證評審，確定了優化方案。最終將墩身內側的勁性骨架取消而設置為臨時可移動骨架，骨架由雙層變為單層，節約型鋼 170.5 噸，優化投資約 117 萬元，在有利於施工的同時創造了可觀收益。項目路基線路長，挖方段多採用漿砌片石骨架防護，由於護坡中標單價嚴重偏低，若按設計施工勢必造成虧損。項目部透過綜合考慮，發現挖方段邊坡多數岩體穩定，項目部組織業主、設計、監理單位多次實地探勘後，形成邊坡優化意見，最終採用噴播植草等生態護坡防護，加快工期的同時有效節約了資源，已實現累計優化 150 萬元。該項目共有涵洞 12 座，優化了 5 座，其中涉及地方改路及人行方便抬高的 2 座，涉及水系補償進行調整的 3 座，此項共優化 86 萬元。還有樁基、隧道等優化方案，透過項目部的不懈努力，目前已累計優化節約投資 526 萬元。

　　成本管控需要全方位著手，日常管理也是重要管控方面。說起管理，郭俊勇自有他的一套管理經：「資金支出是成本，安全質量和勞務管理同樣是

成本。」對待勞務隊，郭俊勇秉承了「嚴管善待」的理念。「我們項目部就是為勞務隊服務的，要創造條件幫他們抓進度，不怕他們賺錢，就怕他們進度慢，若工程出現問題，最終還是自己兜底，這其實是一個雙贏。」郭俊勇一語道破個中道理。他要求項目人員樹立服務意識，常駐施工隊，及時發現問題，第一時間處理解決，為施工隊創造良好的施工條件。他自己每天去工地，隨時掌握現場情況，經常跟勞務隊人員溝通，有什麼要解決的問題及時提出來，只要是合理的，一定及時解決。對於合約外的臨時工程，及時按照合約單價處理，形成書面材料，盡快結算。要辯證地看待成本支出。他要求特定崗位一定要找有經驗的施工人員，哪怕成本費用高一些，為保證工程質量和進度，也是值得的，因為一旦發生事故，損失將無法計量。

　　郭俊勇帶領全體員工一路坎坎坷坷，一路殫精竭慮，終於苦盡甘來。2015年7月11日，備受業主和沿線居民關注的全線咽喉控制性工程——阿蓬江特大橋終於順利合龍！在藍天白雲下如一道彩虹飛架兩岸，倒映在碧波蕩漾的江水裡，顯得特別壯麗雄偉。

攻堅克難繪新篇

——中鐵十七局集團四公司渝黔鐵路1標施工紀實

進入新世紀,重慶這座古老而充滿魅力的山城,正在高速發展。中鐵十七局集團四公司這支具有光榮傳統的英雄鐵軍,近幾年來在山城先後參建的沿江高速公路新屋基隧道、成渝第三通道雲霧山隧道、成渝客專新紅岩隧道和兩江新區龍門大橋、水土公租房等重點工程,無不捷報頻傳。2013年6月,渝(重慶)黔(貴州)鐵路開工後,四公司的建設者們再度攻難克險,為這座繁華的西南大都市增添了新的魅力。

歷史上的渝黔鐵路,曾留下許多輝煌的建設記錄:穿越大婁山脈、全長4270公尺的涼風埡隧道,是當時中國鐵路最長的隧道,白沙沱長江大橋是繼武漢長江大橋之後長江上的第二座大橋,烏江大橋是烏江天塹上第一座鐵路橋。隨著經濟建設腳步的加快,渝黔鐵路已經成為西南鐵路網中運輸最為繁忙的單線鐵路,每天透過的列車已經超過75列,日運輸旅客達到4萬多人,貨物8萬多噸,已經不堪重負。為了緩解運輸壓力,作為國家「十二五」綜合交通運輸體系規劃重點項目的渝黔鐵路擴能改造工程,自然受到山城人民熱切期盼和重慶市各級政府的關注。十七局承建的渝黔鐵路1標,四公司作為第五分部承建的管段橫跨沙坪壩、北碚兩個主城區。區間包含童西正線、K141線路所至歌樂山聯絡右線、井口至歌樂山聯絡右線,三條主線路以及K141線路所、井口站、歌樂山站三項車站工程。由於施工區域既有的8條鐵路線交叉和橫跨兩區居民、工廠聚集區,施工環境十分複雜,牽一髮而動全身,徵地拆遷舉步維艱。2015年6月30號的工期後門已經關死。特別是,四公司在比其他標段晚進場5年的情況下,要求完成產值同步,工期同步,這幾乎是天方夜譚。但這支從抗美援朝戰場上衍生而來的鐵軍,歷經千難萬險,為了這個奇蹟的誕生,以項目經理張衛鋒和項目書記毛福壽為主的團隊成員,帶領項目全體員工迎接了一個又一個挑戰,化解了一個又一個風險,付出了令人難以想像的艱辛。

▍積小勝為大勝 敢問路在何方

「我當了10年的項目經理，就這個項目讓我睡不著覺。徵拆難，協調難，工期難，施工難，一個字，難！」上場不到一年，房屋拆遷量只完成拆遷總量的0.03%，接踵而至的挑戰，讓張衛鋒這個管理經驗豐富的項目經理寢食難安。

位於重慶市沙坪壩區老年活動中心的項目部，紅牆碧瓦，樹木蔥蘢，幽靜雅緻，韻味十足。老人悠閒的步態與項目員工行色匆匆的身影形成鮮明對比。

得知筆者來訪，項目副經理畢建平首先帶著我們上了工地。

「這圖紙我幾乎每天都隨身攜帶。全線31座橋梁、7座隧道、36段路基、11座涵洞，另外還有8條既有鐵路線，再算上我們自己施工的3條鐵路線，11條線路互相交錯，工點分散，布局複雜，沒有圖紙就會一頭霧水。」負責沙坪壩區工程的施工生產和徵地拆遷工作的畢建平在現場一邊說，一邊展開一捲圖紙。

「既有線施工千難萬難，徵地拆遷最難。我們項目需徵拆的800畝地跨越兩區中的兩鎮4村13社，徵拆數量上1000戶。」畢建平手指遍布的村落、田地和交錯的鐵路線向我們介紹。只見一列列動車、客車、貨車呼嘯而過，一座座高壓鐵塔，成排的電線，在這裡三線並行，在那裡兩線交叉，即使是對照著圖紙，全程看下來也讓人暈頭轉向。

雖然項目管段只有幾公里，但童西線、K歌線、井歌線三線疊加卻達到了20.52公里，像一個傾斜變體的「干」字貫穿管段。再加上既有線渝懷鐵路、遂渝一線，遂渝二線，襄渝一線，襄渝二線、井歌左線、K歌左線、蘭渝客運線，8條鐵路線，一個錯綜複雜的鐵路網令人眼花繚亂。

「從2002年開始，在這裡已經修建了8條進入重慶的鐵路，存在很多遺留問題。百姓經歷了多次拆遷，對政策非常精通，知道如何打擦邊球，如何在關鍵時刻刁難獲利，徵拆難度非常大。」負責北碚區生產和徵拆工作的副經理姚瑞介紹說。為打開徵拆瓶頸，項目部成立了以張衛鋒和毛福壽分別

掛帥的6人徵拆小組，主攻沙坪壩區、北碚區的徵拆難題。當前國家徵拆政策正處於新舊交替階段，賠償標準尚不明朗，給徵拆增加了難度。童家溪鎮是第一批實行新政策的區域，項目部只能邊學習研究政策，邊加強對百姓的宣傳力度，同時積極與地方各級政府交流配合，切實做到依法徵拆，和諧徵拆。即便如此，依然是三天一大堵，兩天一小堵，最多的時候堵路人數達80餘人。石頭滾到田地裡，渣料落在了門口，都成了堵路的理由。

由於出入工地只有一條路可走，一旦堵上，設備無法進出，物資無法供應。

儘管任務和工期像大山一樣向他們壓來，他們也只能抓耳撓腮，忍耐忍耐再忍耐。

覆蓋層只有13公尺、全長210公尺的新打虎峽隧道緊靠居民聚集區，爆破施工影響大，百姓要求整體搬遷，並多次組織全社人員進行阻工，提出停止爆破，採用機械開挖方式作業。根據施工實際，項目部無法滿足居民要求，透過與鎮、村村民代表的多次協商，最終商定出措施。項目在施工前對所有房屋裂縫及受損情況進行錄像取證並登記造冊，待隧道貫通後，挨家挨戶查看，嚴格按標準進行補償，對受損嚴重的房屋，進行修繕，保證百姓滿意。至此，持續不斷的幾次大阻工才算告一段落。

城區拆遷不比農村，城區空中有高低壓電線，地上有密集的民房、廠房，底下有天然氣管、自來水管、汙水管和軍、民用光纜等，可謂天羅地網，縱橫交錯。涉及的拆遷部門繁多，程序複雜。管段內有一條720毫米的城區天然氣主管道，這讓改遷工作異常複雜危險，一旦因為施工造成停止供氣，影響範圍之大不可預知。由於遵循後建服從先建的原則，與相關部門幾經溝通商量後，一個令各方滿意的解決方案已經達成。

「急事急辦，重事重辦，先用後徵的套路在這裡根本行不通，不然畢建平也不會得了『光頭司令』的稱號。」張衛鋒笑著說。和北碚區相比，沙坪壩區徵拆量占整個項目總量的80%，徵拆難度更大。「不幹不知道，幹了才知道有多難，壓力有多大，頭髮掉得厲害，乾脆剃光頭省事兒。」這個1981年出生的「80後」告訴我們。白天跑工地，晚上學法律，每天都凌晨2點以

後才睡得著覺。由於每天光著頭走家串戶做工作，居民很快和他熟絡起來，並給他起了個「光頭司令」的外號。

「北碚區只剩 8 畝地未丈量，雖然現在房屋拆遷影響施工進度，但我們有信心！」姚瑞自信地說。經過項目人員長期的細緻工作和不斷努力，已有 93% 的土地完成了徵收，結束了丈量程序。但是，丈量了土地卻不能施工，土地上的附著物、地上地下的天羅地網依然還在羈絆著他們的腳步。

面臨如此艱難的施工環境，項目一班人沒有氣餒，而是積極創造條件展開施工，哪怕有一個橋墩具備施工條件也絕不放過。他們採取先易後難、逐步蠶食、積小勝為大勝的策略進行推進，收到了良好效果。

遵循客觀規律 兵分八路突擊

「我們管段就是個大鍋燴。只有理清思路，尋找規律，把握住整體布局這個關鍵，才能有序推進！」張衛鋒本著因地制宜、合理適用、可操作性強的原則進行資源配置。進場之初，項目部就確立了「以施工生產為中心、徵地拆遷為重點、安全質量為根本、確保工期為底線、創譽增效為宗旨」的指導思想。同時還建立了「細分工、密協作、重實效」的項目管理原則。

凡事預則立，不預則廢。確立工作思路後，項目部便兵分八路出擊。一路主動拜訪各級政府相關部門，以贏得政府的支持幫助；一路深入小區、村社瞭解地方風土民情，拉家常，交朋友，強化露地建設，以贏得市民、村民理解支持；一路深入相關部門瞭解地理水文特點，以獲得天時地利訊息；一路踏勘現場，瞭解道路、土地歸屬，以便施工便道、場地規劃選址；一路深入市場調查地材地料來源、價格、儲量，以獲取物資供應訊息；一路深入勞務隊伍核查，以獲取勞務資源配置優勢；一路深入機械設備市場調查，以獲取設備資源配置優勢；一路研讀圖紙、踏勘地質，以獲取技術指導優勢。張衛鋒根據彙集的各路訊息進行梳理歸納，從中篩選出利弊後，為制訂相關管理規定、應對措施和施工方案提供了關鍵性的基礎資料，也為項目管理整體布局贏得了先機。

众所周知，各种管理程序要求特别严格精细，是城市和既有线施工的特点，即使火烧眉毛，依然要走程序。在这集两大特点于一体的施工区域，更是举步维艰。临时电力建设和火工品的手续办理程序周期特别长。电力建设要求高配置，20公尺水泥杆，箱式变压器，包括各类零件都要求高端永久性配置，尽管成本成倍增加，项目部也不得不无奈投入。火工品储藏不仅要求建立高等级炸药库，而且运输特别麻烦。按规定，火工品运输不能走国道，为了找一条进出项目部的道路，项目部相关人员踏过了管段内的满山遍野，最终找到一条经过修缮才勉强符合要求的路径。

山城的满眼绿色，对测量队长王忠来说，不是美景而成了障碍。「植被厚，不通视，测量出来的精度达不到要求，晚上没有雾和太阳虚光的干扰，测量精度相对较高，我们只能在晚上进行。」王队带着他的徒弟们晚上打着手电测量，他们用辛苦和汗水换来了一组组高精度的测量数据，为项目施工奠定了良好的基础。

「三条主线工期各不相同，井歌线目前工期最紧，要求与成渝客专同时开通，确保成渝线的车能够进入重庆火车北站，容不得半点耽搁。」如何在征地拆迁艰难的前提下保证施工进度和安全质量，成了横亘在项目面前的一道难题。

「我们现在不是见缝插针，而是找缝插针。凡是具备开工条件的已经全部开工，所开工作面已经100多个，技术人员全部驻守工地，每人分管好几个点。」工程部长王安介绍说，「在如此紧张的工期和复杂的施工环境下，我们将施工图纸进行简化，各条线路分开画图，并对井歌线实行动态管理，工程图三天一更新、一汇报，随时掌握施工进度。」

要加快施工进度，队伍管理是关键之一。张卫锋对管段进行了分区管理，往各劳务队派送管理人员，明确管理职能，以强化劳务管控。为确保施工队伍稳定，项目部建立了由项目直接管控的架子队，一旦出现劳务队扯皮或要挟的危机，架子队立马顶上。用张卫锋的话说，架子队就是项目的「皇家卫队」，就是悬在劳务队头上的一把剑，悬而不落，造成了威慑作用，所有劳务队都处于受控状态。说起架子队，不得不说正值壮年的队长范玉亮。这名

具有豐富施工經驗的老隊長，帶領一幫弟兄挖樁基、挖填方，嚴格卡控各個環節，千方百計搶時間。在重慶這個「火爐」施工，只能避開中午高溫時段，每天早出晚歸，晚上12點休息是家常便飯。為確保隧道年初能夠順利施工，2014年春節期間，范隊長帶著隊伍展開了五斗灣隧道進口和七龍隧道出口的「涵洞突擊戰」。每逢佳節倍思親，誰都想回家團圓，但范玉亮卻帶頭留下，組建了一個11人的春節突擊隊，23天就完成了涵洞施工突擊任務，為節後展開隧道突擊施工掃清了障礙。

安全、質量不僅關係到工期、效益，也直接反映出企業的形象。正是基於這樣的認識，張衛鋒對此特別關注，緊抓不放，一切按照客觀規律有序推進。

「隧道施工，地質的優劣往往決定進度的快慢。但我們管段的7座隧道幾乎全是五級弱圍岩，石質破碎，稍有擾動就可能造成坍塌。儘管工期緊張，但如果冒進，不僅可能威脅到員工安全，影響工程質量、工期，而且直接影響項目效益和企業形象，正所謂，欲速則不達。」張衛鋒對此有十分清醒的認識。為此，他和項目總工程師郭松堅與項目技術人員反覆優化施工方案，最終決定採取「穩中求快」的策略，所有五級圍岩全部遵循「短開挖、弱爆破、強支護、緊襯砌」的原則組織施工，絕不冒進搶進度，嚴格按照地質規律組織施工。木廠溝隧道洞口80公尺處上方有高壓鐵塔、民房，如果採取爆破作業可能帶來不可預知的風險。項目部決定放慢施工進度，放棄鑽爆作業，採用機械開挖。三角丘特大橋2號墩樁基施工過程中遇到流沙，項目部經過反覆試驗，最終確立採取每20公分封閉成環填充混凝土的改進方案，雖然花了足足4個月的時間，是平時一根樁基施工時間的4倍，卻避免了流沙導致的塌孔的安全質量事故。五斗灣隧道出口，開挖時出現網狀裂紋，並呈現雨後變大的趨勢，項目部迅速採取洞內加鋼支撐的辦法，形成鋼架結構，洞底用彩膠布施蓋防水，洞外建矮腳牆防護，同時增加錨桿，有效避免了一次塌方事故。一系列看似緩慢的措施實施，不僅使安全質量得到了保證，總體進度也迎頭趕上，與其他先進場的管段不分伯仲，確保了節點工期，得到了業主和集團公司指揮部的高度讚賞和認可。

▋營造內外環境 塑造鐵軍形象

「企業今天的形象就是明天的市場。項目的形象就是企業形象的縮影。內外環境的營造和現場工程形象都缺一不可，必須兩手抓，兩手都要硬！」愛企如家的張衛鋒，總是站在更高的高度著力企業形象的建設。項目實行標準化管理，現場「五牌一圖」大氣美觀，施工現場設專人清掃，機械設備在指定的位置排列整齊；項目部規劃合理，衛生整潔，辦公區、生活區、餐飲區、接待區一應俱全，各種提示語、崗位職責牌、訊息展示牌等在項目部合理布局。無論走到現場，還是到項目部，一股濃厚的企業文化氣息都撲面而來，使人感到祥和溫馨。然而這些都是表面的，企業形象更多地要在管理中和施工中顯現出來。

「我們不需要高精尖的人，我們只需要有道德、敢負責的人。」在張衛鋒看來，能力是可以培養鍛鍊的，但是道德和責任心卻不能一蹴而就迅速養成。從項目各部門負責人、主要部門與業務員，到施工現場負責人，項目部無不精心挑選配置。對於進入職場的新員工，項目部按照公司要求，一律實行「一對一導師帶徒」的培養模式，去年剛出校園的 10 名大學生，不到半年都能獨當一面。

「用好獎勵這個經濟槓桿能造成四兩撥千斤的人才管理效果。」由於現場人員工作環境和條件相對較苦，項目部設置了 500 元以內的各級補貼標準，根據各項綜合考評，由工程部長和安質部長打分，對現場人員實行獎勵，有效提高了現場人員的工作積極性。

「項目領導非常關心我們，工作雖然辛苦，但我們感到舒心滿足，我們沒有理由不好好幹！」幾乎每個受訪人員都表現出對這個集體的喜愛和對領導團隊的滿意，如此強的向心力和凝聚力，與張衛鋒「設身處地為對方著想」的換位思考離不開。領導關心職工，噓寒問暖，經常召開座談會瞭解職工困難。夏季高溫，安排食堂每天熬綠豆湯為職工降暑。為了讓職工睡個安穩覺，為每間宿舍配備空調，並自行發電防止電力不穩影響職工睡眠。為豐富職工的業餘生活，還購置了羽毛球、籃球、乒乓球等運動器材，項目部內氛圍和諧活躍。一系列「暖心工程」的建設，增強了項目內聚力。

「內和固然重要,外部關係順暢也至關重要!同樣關係到企業形象的好壞!」張衛鋒在理順內部關係、強化項目建設的同時,把著力點放在外部關係的建立上,確保內和外順。

「地方政府人員經驗豐富,瞭解地理民情,我們主動溝通,獲取他們的理解和支持。」項目部始終堅持依靠政府,務實於民,配合局指,爭取支持,力求實現共贏。俗話說,與人方便,自己方便。項目部竭盡所能不斷為居民排難解憂。主動為他們修水溝、平路面、修繕房屋。井口村四坪丘社的孤寡老人羅老漢一直以來都是個釘子戶,不理解政策,不配合工作,項目部成員發現他家的豬圈破爛不堪,即將坍塌,就不計前嫌主動派人前去幫忙維修。一次暴雨過後,村裡路邊的一堵危牆被沖刷傾斜,威脅到了學生上學安全,項目部得知消息後,迅速推倒重建。南溪村舉辦第三屆趣味運動會,項目部提供贊助並受邀參加活動。一樁樁、一件件看得見、摸得著的實事,讓老百姓記在了心裡,工程建設自然得到了他們的支持。

採訪結束,伴著山城璀璨迷人的夜景,筆者踏上返程的路途。回望高速發展的美麗山城,景色如此動人。相信中鐵十七局集團四公司的建設者們在不久的將來,必將為這座西南名城譜寫出新的篇章。

塞北飛虹

——中鐵十七局集團四公司山西大同北環橋施工紀實

十月深秋，塞北大地一片金黃，樹上果實纍纍。在湛藍的蒼穹下，遠山霜葉，分外壯美。古城御河，叢林密布，片片紅葉靜靜地堅挺枝頭守護著即將騰飛的古城鋼鐵巨龍。

2015年10月26日，從山西大同市傳來喜報：由中鐵十七局集團四公司承建的國內首創連續內傾式空間異形雙索面不對稱三角形斜拉拱橋——北環主拱勝利合龍，至此，大橋進入橋面全面施工階段，成為國內非常規鋼結構橋施工用時最短的建設單位。筆者迎著徐徐清風，滿懷激情來到塞北古城四公司大同北環橋建設工地，採訪建設者們，見證他們在18個月施工中不斷創造輝煌的奇蹟。只見一段段路基規整流暢，與一座現代化設計的大橋渾然天成。大橋兩跨不對稱斜拱形成新穎獨特的橋梁造型，給前來參觀的人們留下自然流暢的視覺感受，舒緩大氣，剛柔並濟，橫跨古城御河重達8300噸的鋼橋像一條躍躍欲試、蓄勢待發的飛龍，在晨光中，在有著600餘年的古城牆旁顯得熠熠生輝，它如穿梭時空連接現代文明的使者，以銳意進取、向上的精神和開放的姿態，彰顯出古都新的生機與活力。

自2014年4月進場以來，建設者們就以他們前衛的管理理念、周密的施工準備、科學的現場布局、規範的項目管理、一流的工程質量，領跑國內鋼橋施工領域，持續奪人眼球。同年5月，大同市市民自發在百度貼吧建群，多方關注大橋施工進展情況，並在網上發文、發各種施工照片500篇（幅），關注人數達32萬人，網上留言留言數量達2000多萬條。6月，在業主大同市住房和城鄉建設委員會舉行綜合信譽評價中名列前茅，2014年上半年被大同市總工會授予「工人先鋒號」稱號。項目集體和個人在短短18個月中，獲得集團公司、大同局指揮部、中國鐵建總公司、山西省、大同市、交通部等各種榮譽20多項。工程質量一路創優，在大同市質監站的質量專項檢查中，均無任何質量瑕疵。大同市政專家們多次組成聯合考查組對大橋隨意選

點抽檢，獲得了業主「工程主體經得起任何時間的任何檢驗！工程質量無可挑剔！」的評價。

這支由鐵道兵衍生的建築隊伍，在中國橋梁建設史上建橋造型發生里程碑式變革之際，參建員工在施工中排除重重艱難困苦，義無反顧地投入到大同市劃時代建設的變革之中。他們雖然經歷了科技管理理念的蛻變、施工工藝制約的陣痛，卻也收穫了突破技術瓶頸和建造成功的喜悅。

大同市北環橋工程管段總長 3700 公尺，呈東西走向，西起武定北路，東至文興路北延，採用城市主幹道設計標準。北環橋位於大同市北環路中段，全長 576 公尺，主橋長 256 公尺，採用四跨拱梁協作體系，主跨為連續二跨內傾式不對稱三角斜拉拱橋，主梁為雙邊鋼箱梁結構，主副拱為六邊形變截面鋼箱構造形式，主拱高度 54.8 公尺。是大同市新城與老城連接的咽喉要道，也是展示城市現代化建設的形象窗口，具有重要的戰略意義。2016 年年底建成通車後，從新城到老城將壓縮 5 分鐘車程，可形成多功能快捷車道，對提升整個大同市的交通輸送能力和促進城市的經濟發展具有十分重要的意義。

但是，大同市北環鋼橋是國內前所未有的設計造型，錯綜複雜的組裝結構，精湛的銲接施工工藝，對已經習慣了幾十年傳統橋梁施工的國內每一家以橋梁施工見長的國有大型企業來說，無異於一場摒棄傳統施工理念、管理理念的革命，他們將面臨脫胎換骨的嚴峻考驗。人常言，雁陣高飛頭雁領。2014 年 4 月，四公司特級項目經理楊友成如同天空遠行的頭雁，頂著各方面的阻力帶領他的管理方陣，面對紛至沓來的困難與前所未有的挑戰，勇闖管理與技術的風口浪尖，他依靠多年積累的施工經驗和群體智慧的結晶，創造了國內非常規鋼結構建橋史上的一大奇蹟，把一場高標準的項目管理革命演繹得精彩絕倫。

▎理念先行依靠科學解維艱

「現場就是戰場，管理就是針對性制訂戰略。管理布局的關鍵在於對現場情況和建設標準的透徹瞭解和前瞻性思維。」楊友成深知，這是做決策、布大局必不可少的基本條件。儘管他對各種困難早有思想準備，但透過現場

踏勘和對有關鋼架橋建設訊息的初步研究與探索，他還是感到了空前的壓力和挑戰。

巨大的用鋼量，挑戰大幅壓縮的施工工期。鋼材的加工與購買成重中之重，材料價格的高低直接影響著工程的成本大小和企業盈餘效益的多少。

僅主梁用鋼量就達到 5800 噸，拱肋用鋼 2500 噸。這麼巨大的用鋼量要在 30 個月的總工期內完成，有人說這是聞所未聞。由於天氣條件與施工條件的限制，每年有效工期又被銳減了 6 個月。在剩餘的近 18 個月時間裡要完成鋼材定製、運輸、組裝、銲接工作，幾乎就是天方夜譚。其實，挑戰工期的因素遠遠不止這些。項目部不僅要研究設計圖紙，還要額外鑽研生產鋼材廠家給出的鋼結構拼裝圖紙，這無疑又增加了大量的額外工作量。

上場之時資金高度緊張。資金是工程建設的必備條件，一旦資金短缺，工程進度將直接受阻。可是在項目剛上場期間，每月到帳的資金總量只能完成計劃投資的一半。在國內投資環境收緊的情況下，業主的效益觀念、市場觀念和資金觀念就可想而知了。初期常常因為資金短缺不足造成材料供應困難，施工所需要的地材、地料不僅價格昂貴，而且必須貨款兩清，否則只能停工待料。施工中使用的數百名勞務工中多數是技術工種，一旦工資不能按時支付就立即停工，或上訪或投訴，不僅延誤工期，而且影響企業的社會形象。

複雜的銲接工藝，挑戰參建職工的堅定意志。由於交通運輸的限制，廠家只能在廠裡加工零部件，從上海走陸路運到施工現場，再由現場組裝銲接，這無疑加大了現場的組裝銲接量，每一次銲接都需要兩次不同的銲接方法，首先在兩個鋼板之間留有 6～10 毫米施工縫，底下用陶瓷墊片抵住施工縫，用 CO_2 藥芯氣體保護焊銲接，等到表面冷卻還要進行銲接蓋面，使用先進的埋弧焊機平行推進銲接。如果遇到鋼板厚超過 20 毫米，還要把表面溫度加熱到 120 度，同時向邊外延展 10 毫米，用測溫槍實時監測，焊完正面要馬上對反面的焊縫進行「清根」。更讓人想不到的是，銲接時條件極其苛刻：下雨天不能焊，溫度低於 5 度不能焊，風大不能焊，否則就會產生氣孔。1 毫米的氣孔在 1 公尺銲接段超過 3 個就要用炭刨消除重新銲接。在銲接完成

後，對每條一級焊縫和二級焊縫還要進行超聲波探傷，就是透過超聲波來檢測兩個構件之間的焊縫是不是 100% 達到了施工要求，所以，楊友成要求銲接質量必須一次成優。據筆者從工程部瞭解，到目前為止，僅焊條就用了 60 餘噸。因此，當筆者在施工現場看到一條條光滑、平整、漂亮的焊縫時也就不足為奇了。

施工地段處於鬧市區，這就挑戰了敏感高危的施工安全。據項目書記辛樹清講述，施工地點靠近現有車道，人流量大，市民對大型施工機械很是好奇，經常圍觀，對現場施工安全造成不小衝擊。因此，項目部對施工區域實行兩層柵欄防護，設立大門出入門卡制度。楊友成為了減少施工對附近居民生活的影響，還規定晚上 10 點以後不準大型施工；定時指派灑水車做揚塵處理；並在大同市建委沒有要求的情況下，在周邊的綠化帶上種花草，截至筆者發稿前夕，大同市政府沒有接到一起因大橋施工帶來的投訴。

超高的建設標準，挑戰相對薄弱的技術資源。北環橋是國內鋼橋建築史上從未接觸過的新領域，不算施工時遇到的難點就有四大類，從鋼結構加工製作精度，到拱腳節段安裝、橋面構件的銲接變形控制，再到施工安裝監測監控，每個環節都需要先進技術和人才做支撐。就拿最基礎的拱腳階段安裝來說，鋼橋主墩沒有傳統設計的主承臺，主墩支撐由鋼拱腳替代，一個鋼拱腳需 84 根直徑 125 毫米、長 4200 毫米、重 400 多公斤的螺栓錨固，拱腳不是平放在地面上，而是斜放在地面上，與地面呈 16.16 度的夾角，這麼精確的夾角本身就給拱腳吊裝帶來了難度，再加上拱腳下部的兩層鋼板上的螺栓孔，要準確地對準錨固螺栓，不僅要穿進去還不能破壞螺栓上的螺紋，吊裝難度可想而知。

隨著企業經營規模的急劇擴張，儘管每年都在大量引進各類技術人才，但仍然難以滿足規模發展的需要。據楊友成和項目總工程師竇新生介紹，開工初期，儘管舉全公司之力精挑細選了 10 名技術鋼橋施工的人才聚集大同市政，但平均到每一個施工環節還不到一人，能夠熟練操作各種特種設備的特殊工種技工更是寥寥無幾。加上整個技術隊伍年輕化，缺乏現場實作經驗，

高標準施工的現實需要與現實擁有的技術資源形成了強烈的反差。凡此種種不可迴避的施工中的硬傷，挑戰著每一位建設者的智慧和意志。

任何一場漂亮的攻堅戰都必須經過精心布陣，而北環橋展現在建設者面前的各種設計、技術、質量、工期、安全等建設指標和施工工藝、科技含量、設備配置都是聞所未聞的嶄新課題。現實條件來不及讓他們先徒而後師，來不及讓他們熟練掌握各種陌生的高、精、專、特的施工工藝、技術標準就得躍馬上陣。

面對接踵而至的各種挑戰，楊友成和他的戰友們沒有退縮。

在公司上下以生活儉樸、思考縝密而著稱的楊友成，在充分掌握了來自各方的挑戰後，他將諸如人力資源調度、機械設備配置、資源短缺彌補、難點工程突破、地材地料儲備、工程地質特點、業主管理模式、內外關係協調和混凝土拌和站選址等各種生產管理要素進行反覆排列調整、縱橫比較優化。經過翔實的現場踏勘和幾天的周密思考、項目團隊集體討論，一張決勝全局的藍圖逐漸形成。

「北環橋是一場檢驗我們管理水平和施工水平的素質仗！更是一場彰顯企業社會形象的榮譽仗！」一直保持鐵道兵軍人作風的楊友成慷慨激昂地向筆者介紹說，「進場之初，業主就提出北環橋要建成大同市形象工程。」楊友成一連向業主提出了五個一流：「以一流的管理，保一流的安全，創一流的質量，爭一流的進度，樹一流的形象。」因為工期緊、科技含量大、技術專業水平高，要實現目標並非易事，項目部不少人為他捏了一把汗。楊友成卻胸有成竹地說：「咱老楊有辦法，不信咱們走著看。」

管項目要有章法，「先說斷，後不亂」，這是楊友成管項目的口頭禪。項目辦公室主任陳雪榮給了筆者一本沉甸甸的《項目內部管理制度彙編》（以下簡稱《彙編》）。這本涵蓋了安全、質量、環保、成本、合約、勞務、財務、計劃、物資、設備，以及風險控制、內業資料、勞動競賽、企務公開、崗位職責、人才培養，甚至包括糾紛調解、路地建設、徵地拆遷、對外接待和與制度相對應的考核細則、執行標準、過程追蹤，等等，40項項目管理大全，可謂洋洋灑灑。這些「先說斷」的章法，就成了楊友成管理項目「後不亂」

的法典和依據。用他的話說，經大家討論定下的制度擺在那裡，包括他在內，誰違規誰受罰，不能自己打自己的嘴巴。

管項目首先要自己硬得起來，才執行得下去，要想居家過日子就得精打細算。為了把制度從牆上和《彙編》裡搬到現場，楊友成的絕招就是把自己架在制度的火爐上烤。他說，當項目經理就要把項目上的事當成自己的事情來辦，自己也是制度下的一員，不能搞特殊。上場資金緊張，要把每一分錢都花在北環橋上。錢是用來修橋的，不是用來個人享受的。作為項目經理更應該嚴於律己，公私分明。否則，別人不服你，制度就執行不下去，項目自然管不好。原本以為他只是說說，後來筆者從辛書記那裡瞭解到，楊友成從2002年10月自攬內蒙古包頭至固陽二級公路改造工程1298萬元、自籌資金5萬元白手起家，在不到10年時間裡，獨自承攬工程7項，創造了業主好評如潮、職工隊伍穩定、市場份額近6.5億元、業主免收履約保證金、為企業積累固定資產1000多萬元滾動發展的奇蹟。他和他的項目先後獲得山西省「優秀項目經理」「橋梁樣板工程」「優勝項目經理部」「施工管理先進單位」等40多項榮譽，獲各類獎金350多萬元。2010年，楊友成還被業主泰寶投資有限公司聘為全線常務副總指揮；2011年6月被授予山西省「五一」勞動獎章。

管項目要善抓人才這個根本。職工們說，楊友成用人堅持一個原則：高才中才低才，只要適用就是人才。不管來自哪裡，不管資歷深淺，只要能為項目出力，只要能在崗位上獨當一面，都是可用之才。大才大用，小才小用，有才無德堅絕不用。近幾年，先後有3名主要崗位上的管理人員因為能力平平被易崗，也先後有10多人從這個項目走上了公司其他新上項目的經理、項目黨工委書記、總工程師、工程部長、財務部長等關鍵管理崗位。楊友成說，不管是誰，只要公司需要，只要對個人發展有利，無論何時離開都熱情相送，絕不阻攔。但有一條，各個崗位上必須留下人才種子，在關鍵崗位上不能掛空擋，不能讓項目有臺有戲沒人唱。北環橋開工之初，部分業務管理人員先後被調走，楊友成決心在實戰中培養一批技術骨幹，他根據一段時間的觀察，讓項目總工寶新生帶領新分下來的大學生主攻大橋技術難點；大膽啟用當時項目工程部長歷廣飛主攻現場技術施工管理；當時項目安質部長王

瑞龍負責施工整體安全，不到一年的時間，他們已經成為項目運作的中流砥柱，職位也變成了項目副經理和安全總監。在他看來，為企業和項目發展儲備人才，也是項目管理的職責之一，人才儲備和項目發展要同步滾動。

「凝聚產生力量，團結誕生希望。」領導團隊必須擰成一股繩，同舟共濟渡難關，這是檢驗每一個項目領導政治素質高低的準繩。在這一點上，楊友成和項目黨工委書記辛樹清思想認識上形成了高度一致，項目總工程師竇新生和副經理歷廣飛、才俊民、王瑞龍，雖然他們地域不同、學歷高低不同、年齡不同、分工不同，但共同的事業和空前的困難促使他們形成了合力。他們每天風裡來雨裡去，以自己的實際行動影響員工，以實實在在的業績回報公司。由於公司沒有銲接尖端人才，楊友成跑遍上海，花重金請來江蘇滬寧鋼結構有限公司銲接專家朱德林到現場指導，可就在銲接實驗階段，銲接縫出現蜂窩氣孔問題。為了查找原因，項目部專門成立了銲接技術攻堅小組，經過兩天兩夜的不懈努力才找到病根。原來是先進的銲接技術出現了「水土不服」，工程進度再度放緩，沒有完成預定目標。眼看施工進展不下去，工資發不出，員工情緒低落，楊友成毅然從親戚那裡借錢為施工隊發放工程款，為職工發放工資。職工們感動地說：「我們沒有理由不安心，沒有理由埋怨領導，不管有多大的困難都要克服。」員工的熱情起來了，楊友成緊接著召開職工動員大會，大戰兩個月，全力以赴搶工期，經過兩個月的日夜奮戰，順利攻破了技術難題，完成了原定目標，受到業主通報表彰與高度讚揚。

▋方案優先依靠科學破難題

「8個拱梁固結節點，次邊墩處的4個節點為拱腳騎坐於邊箱梁之上，主墩處的4個節點為拱肋穿過邊箱梁。3個拱頂節點，拱頂設置縱向中腹板，中腹板伸出下面板形成大耳板，用於集中錨固吊桿。拱肋內部設置多道環向加勁，主拱加勁間距1公尺，副拱加勁間距1.15公尺。兩個拱腳節點，主副拱相互交叉形成拱腳節點，設有豎向及水平承壓板，主副拱肋分別銲接於兩塊承壓板上，並透過承壓板將荷載傳至拱腳支架與承臺、樁基。拱腳支架起傳力及抗震作用。」光是鋼橋本身的節點工期就有13個。對於這個以高、尖、

難著稱的項目，項目總工竇新生編制了一張標準化的科學管理大網，為工程施工穩步推進保駕護航，但在不斷組裝中，他們迎來了拱梁單元件多、拱頂節點單件重、安裝失穩等施工拼裝難的殘酷考驗。技術新、標準高、難度大並沒有使建設者們自亂陣腳，他們堅定信心，用一系列卓有成效的科技攻關，破解了道道接踵而至的施工難題。

說到拱肋的安裝方案，平時默默做事、惜字如金、主抓施工技術管理的項目總工程師竇新生向筆者道出了當時的曲折緣由。2015年6月，項目解決了銲接難題，局部件組裝全部透過射線探傷機的檢驗，施工進入了組件吊裝階段，現場經驗豐富的項目副經理歷廣飛發現，原定的龍門吊施工方案雖然技術成熟，就位調整靈活，操作難度小，但現場需要的高58公尺、寬42公尺的大型龍門吊市場上沒有，必須到廠家特殊訂製，就是平常用的龍門吊軌道下的地基還要另行加固，如遇大雨、大風條件或維護不到位時就存在一定安全風險，並且等到完工後再次使用範圍小，整體初步測算約1100萬元。歷廣飛將這一情況迅速向楊友成匯報，楊友成立即組織召開拱肋安裝專項會議進行討論，會上，項目技術人員面對著臨時更換施工方案的重大調整，大家都小心發言，會議氣氛一度達到了冰點。為了盡快地解決困難，1984年出生的歷廣飛主動提出承擔尋找安裝方案擬定工作，並由竇新生做方案驗證。經過三天三夜上網查找、電話諮詢專家、數據分析、方案比對等，終於找到了經濟適用履帶吊方案。跟原來的龍門吊方案相比，履帶吊施工安全風險低，可靠性強，技術要求低，操作靈活方便，工期易保證，初步費用測算就為項目節省資金500萬元。

2007年畢業於唐山大學土木工程專業的歷廣飛，參加過青藏、洛湛、武廣、廈深等重點工程建設，在此期間還參與了《凍土技術施工方案研究》《橋梁線型控制施工方案研究》《900噸預製箱梁施工設備配套及施工技術》等重大施工技術研究，並多次獲得公司頒發的「先進標兵」「先進生產者」「先進個人」等稱號。

面對如此嚴峻的形勢，項目部把科學論證作為「祕密鑰匙」，配齊技術人員，成立攻關小組，明確了以「安全、快速、經濟」為基本原則，在明確

履帶施工吊的基礎上，綜合考慮施工進度。為了摸清鋼結構橋梁吊裝的「脾氣性格」，提高施工的可預見性，項目部和同濟大學聯姻，建立了鋼結構節點數據採集系統，透過萬能測試儀器，及時掌握鋼箱梁和鋼拱節段應力變化的訊息，為調整和優化鋼橋施工參數、制訂施工安全應急預案提供了科學依據。

注重發揮社會科技資源作用，多方詢醫問診，解決施工難題。項目部不僅把全公司的行家請到了現場，還組織了同濟大學吳沖教授、中船江南重工高級工程師丁佩良、中國鐵道科學研究院史永吉教授等數十位國內著名橋梁專家學者進行研討，現場把脈，積極尋覓最佳施工方案。同時，項目部還專門邀請了十七局集團總工程師杜嘉俊，進行現場指導。經過不斷地研究「請進來」「履帶吊施工方案」「拱腳施工方案」「主拱 4 個合龍段施工方案」等方案，最佳專項施工方案逐漸浮出了水面，為順利安裝危險節段加了一個萬無一失的巨型「金剛罩」。

科學技術是破解難題的有效良方，這已成為項目部全體職工的共識。

在現場，許多技術人員在虛心向專家請教的同時，自發鑽研施工技術，自主想辦法，找點子，學習國內外鋼橋施工要領，實時對施工安裝監測監控，掌握拱肋角度動態和鋼結構受力性狀，研究應對鋼結構受力的對策。迎難而上，鍥而不捨的拚搏精神，成就了一支掌握先進施工技術、擁有專業技術人才的「尖刀隊伍」。他們先後成功收穫了「73.84 度拱腳施工」「拱肋穿越邊箱梁施工技術」「千斤頂提拉拱頂精確定位技術」等多項科技成果。其中「北環橋主橋鋼結構施工」準備報山西省級工法做鑑定，並積極準備施工技術材料，向「雲岡杯」「汾水杯」優質工程獎項發起衝刺。

距離北環橋拱頂質量檢查不到三天，拱頂耳環也進入銲接的關鍵時刻，此時，只要技術上稍有不慎就會導致拱頂報廢，這樣不僅使項目損失上百萬元，還將造成工期延誤。在 2015 年 10 月 2 日下午的現場例行工作會上，正在主持討論方案的總工竇新生一連掛斷了母親從老家打來的三個電話，不一會兒，第四個電話又緊接著打來了。母親在電話裡已泣不成聲：「兒啊！你快回來吧！你爸在家裡突發腦溢血，現在正在醫院搶救，醫院已下病危通知

書，讓我簽字！」聽到消息的竇新生無疑像遇到晴天霹靂，拿著電話愣了許久。旁邊的楊友成隱約聽到電話裡的哭聲，便碰了一下竇新生，他這才緩過神來。這時的竇新生如坐針氈，額頭的汗順著臉頰滴了下來，手裡的筆被他攥得吱吱作響。他自己心裡知道，大橋施工進入了關鍵時刻，作為項目的總工，必須盯控在現場。是留在施工現場，還是回家？艱難的抉擇煎熬著他。散會後，楊友成看到竇新生臉色蒼白，便問他是不是家裡出了什麼事。「沒有！」說完竇新生就轉身向自己宿舍走去。竇新生是一個性格穩重、遇事不慌的人，平時開完會，怎麼也要和現場技術人員繞著施工進度討論半天。楊友成心想：「不對！肯定有事！」他立刻撥通了剛回到老家陪媳婦在醫院生產的項目副經理歷廣飛的電話，讓他連夜坐車趕回項目部接替竇新生手頭工作。

　　事有湊巧，讓楊友成想不到的是，歷廣飛此時此刻也正處於焦急的等待之中，產前陣痛的妻子已被推進產房。歷廣飛知道，一邊是竇新生的父親命垂一線，工地上火燒眉毛，一邊是妻子臨產陣痛，他糾結不已。猶豫再三，歷廣飛還是用手機買了一張從太原到大同的大巴車票。臨行前，他悄悄透過門窗，看到躺在床上的妻子忍受著產前的陣痛，再三思量口難開。他跑到樓下買了兩大袋水果，並交代父母代替自己照顧妻子，然後一步三回頭，向公交車站走去。在車上，忐忑不安的歷廣飛給妻子發了一條簡訊：「青兒，對不起，請原諒在你最需要我的時候，我卻不辭而別，因為工地有急事，你接到這條簡訊的時候我已經在回工地的路上了。我電話問過醫生，你們母子平安！我就放心了。感謝你一直以來對我工作的理解、支持和包容，作為一名四海為家的築路人，我們聚少離多，你的生日我已經有四年沒有陪你過了，我知道欠你的太多太多，我會用自己的一生補償你。」10月3號，回到工地的歷廣飛，收到了妻子發來的母子合影，歷廣飛開心地笑了。

　　見到前來替換自己的歷廣飛，竇新生說什麼也不回去。他帶領技術人員全身心投入到了一項項技術難題攻關之中，所有難題都逐一化解。期間，竇新生也接到了家人打來的父親脫險的電話，懸著的一顆心終於落地。三天後，頂拱質量檢查全部合格，竇新生這才內疚地趕到父親的病房。當他手扶著病床上虛弱的父親時，不禁淚流滿面。俗話說，自古忠孝難兩全。竇新生此時

身在醫院,但心裡卻時刻牽掛著大橋,兩天後,竇新生又回到了他魂牽夢繞的施工現場。

精誠所至金石開,破釜沉舟勇者勝。大同北環橋主拱歷經近 1 個月艱苦組裝預拼和吊裝,安全順利提升到離地面 68 公尺處。2015 年 10 月 26 日,經過 18 個月的艱苦奮戰,項目部全體參建員工終於迎來了大橋安全成功合龍的勝利。

「這種高科技含量的鋼橋交給中鐵十七局集團四公司來施工,我們心裡踏實。」大同市副市長劉振國的高度評價,無疑是對建設者們艱辛付出的最佳獎賞。

平安優質依靠科學樹品牌

「工程質量是我們企業的生命,也是我們縱橫市場的資本。在市場大環境不理想的情況下,我們不能為了追求效益而降低質量標準,只有依靠不斷改進施工工藝和運用科技手段加快施工進度、提高工程質量。」楊友成的這一安全指導思想得到了項目安全總監王瑞龍的有效執行和全體員工的大力支持。

過程監控,訊息化管理取勝。面對吊裝部件重、銲接用電量大、測量點多的特點,項目部建立了訊息化平臺進行全過程動態監控管理。在施工過程中,項目經理部與各施工作業隊均配置了能夠滿足生產管理需要的計算機設備進行網路計劃管理,並利用 HTPM 軟件繪圖、計算、調整和優化,滿足了施工現場多變和優化資源配置的需要,避免了盲目施工。項目部對各道工序進行全過程跟蹤監測,並及時將施工過程中捕捉到的各類訊息進行篩選,再反饋到設計監理部門,經處理後再反饋到項目部用來指導施工。

技術領先,規範化作業創優。技術管理是項目實現優質、高效最為主要的控制管理環節。項目部堅持以施工組織設計為綱,以施工工藝設計和施工要點為指導,以三級技術交底、操作規程和工序交接檢查為保證,依靠技術領先和規範化作業確保了大橋全面創優。

在引橋鑽孔樁施工質量控制施工中，每道工序展開前技術人員都要向施工人員及時進行技術交底，對鑽頭提升、鋼筋籠吊裝、不同地質鑽機檔位速度、混凝土澆灌導管抽拔速度等各種影響質量細節都做出了嚴格的技術交底。控制泥漿用土，嚴格檢測相對密度、含砂率，清孔後，嚴格控制相對密度參數。

在回字形承臺施工中，為有效控制大體積混凝土水化熱，施工時在混凝土澆築前布置了足量水管，並通入循環水，保證了大體積混凝土灌注質量。

在混凝土灌注施工中，項目部嚴格控制配合比、水灰比和坍落度標準，所有構造物一律採用相同廠家、相同規格的原材料，杜絕了構築物表面蜂窩、麻面、氣泡等質量通病，確保了所有構造物內實外美、色澤一致。

在吊裝施工中，為確保鋼橋組裝安全優質，安全總監王瑞龍制訂了一系列保證措施。在實施拱肋吊安裝時，採用350噸履帶吊車，利用臨時腳手架搭設操作平臺，穩固單元件，確保拱肋不失穩。結合實測數據，切割合龍段端部餘量。根據計算機CAD模擬，確定吊點位置。在合龍溫度符合正負15度時，將合龍段從拱肋外側慢慢向內移動，利用手拉葫蘆進行水平拖拉初步定位，再透過千斤頂進行微調精確定位，調節到位後透過擱排臨時固定，再將上下兩端焊縫打底焊完松鉤。

為保證引橋深孔樁基礎施工的安全性和有效性，項目部配備了先進的機械設備，並採用新技術、新工藝加強質量預控。為確保成樁的質量與安全性，王瑞龍制訂了精細嚴格的施工規範，依靠詳細的技術交底書，嚴格按規範進行鑽孔、清孔、灌注混凝土作業。為保證鑽孔過程中不出現坍孔現象，在選用適當的衝擊鑽設備的同時，採用優質泥漿護壁措施，保證了鑽孔正直，避免了縮頸、井壁坍落等質量事故，成孔率達到100%，加快了成孔速度。

隨著時代的進步，業主對大橋工程質量的要求在滿足於內在質量的同時，還要求外觀具有觀賞性。為此，項目部在不斷改進模型拼裝工藝的同時，還採用了「雙摻」技術，保證了混凝土的和易性和流動性，滿足了混凝土的緩凝、早強、高強度等性能要求，拆模後的橋墩工作縫橫平豎直，橋墩內實外光，光彩照人。

為保證銲接時施工用電安全和使用效率，項目部規定每個配電箱都設在乾燥通風的場所，周圍不得堆放任何妨礙操作、維修的物品，並與被控制的固定設備距離不得超過 3 公尺。工地配電箱使用始終採用「一機、一閘、一箱、一漏」的原則，不能同時控制兩臺或兩臺以上的設備，配電箱都標明其責任人，並做出分路標誌，加配門鎖，在現場停止作業 1 小時以上時，應將開關箱斷電上鎖，對私自接電人員罰款 1000 元。為了確保施工現場零事故，光是施工現場就配 6 名專職電工對電氣設備每月進行巡查，項目部每月對施工用電系統、漏電保護器進行一次全面系統的檢查。為了加強施工安全意識，改掉施工陋習，凡是進入現場施工人員都要經過安全員抽查背誦安全手冊選段，如果施工人員有三次背誦不合格的，項目部就不讓其繼續施工，必須重新培訓並參加考試。除了固定的培訓外，項目部還進行「加餐」培訓，每週保證 16 課時，每節課兩個小時。時間一長施工人員就主動跑到授課點學習，一是鞏固安全知識怕忘記，怕不能及時進入施工現場施工，影響自己的工資。二是為了自己的安全著想。時間一長，工人們在潛移默化中就把學到的安全知識用在了施工過程中，不僅保障了施工人員的安全，也保障了施工進度。

　　透過各項措施的綜合運用，目前已經完成的施工段，全部達到了交通部《公路工程質量檢驗評定標準》驗收標準，得到了指揮部的充分肯定，為實現山西省優質工程的目標奠定了基礎。

　　經過建設者們 18 個月的拚搏奉獻，北環橋如同橫跨古老御河的塞北飛虹，為大同市的廣大市民們呈現了一道現代化的亮麗風景。

風塵天涯路　名聲大噪雅礱江

名聲大噪雅礱江

——中鐵十七局集團四公司兩河口水電項目施工紀實

蜀道難，難於上青天。十七局集團四公司兩河口水電項目卻在艱難險阻的川西深山，以小米加步槍式的老化機械起步，先後中標工程 5 項，從 1.09 億元滾動發展至 6 億多元，享譽二灘公司雅礱江水電市場，並為後續工程的承攬奠定了良好的信譽基礎。

2012 年，項目部先後榮獲兩河口水電站工程「安全生產先進單位」「環保水保管理先進單位」「安全標準化建設三級單位」榮譽稱號，進場至今連續 4 個季度摘得「安全生產、環保水保」流動紅旗。累計獲得業主連接線治理、營地維修、交通標識安裝等工程獎勵 700 多萬元。

以項目經理楊尚德為核心的領導團隊，以創新管理為龍頭，以忠於企業為宗旨，以人本文化為槓桿，積極挖掘人的潛能，搭建人才成長平臺，克服重重困難，在 6 年的時間裡頻頻奪得頭籌，創造了 132 項全線第一，連續包攬業主所有獎項，成為 20 多家大型參建央企觀摩學習的樣板，為企業在西南水電市場豎起了一面旗幟，中鐵十七局集團四公司在雅礱江流域頓時名聲大噪。

力排萬難，於無聲處響驚雷

兩河口水電站位於四川省甘孜州雅江縣境內的雅礱江幹流上，為雅礱江中下游梯級電站的控制性水庫電站工程，地處深山峽谷，區域自然條件十分惡劣，現有交通條件極差，先期建設好電站交通幹道，形成暢通、安全、高效、迅速的交通運輸通道，是電站主體工程建設的必要條件。

四公司繼 4 號公路隧道完工之後，憑藉過硬的管理手段和良好的信譽又承建了兩河口水電站 301 號公路工程及 2 號承包商營地及警消中心工程，總造價 1.95 億元。其中，301 號公路工程包括全長 622 公尺隧道和 190 公尺臨時索道橋，以及全長 412 公尺的 4 號路右側聲屏障。2 號承包商營地及警消

中心房屋建築安裝工程包括宿舍、食堂、辦公樓16棟,共76515平方公尺。場地平整工程主要工作內容包括場地清理、挖填、邊坡處理等工程施工,面積約為71514.40平方公尺。

2012年4月,楊尚德和潘世法帶領相關人員風塵僕僕地趕到現場,特殊的自然環境等一系列困難劈頭蓋臉向建設者們壓來,迎接他們的是一場難以想像的惡戰。

項目地屬川西高原,駐紮在高山峽谷之中,交通不便,氣候惡劣且四季變化無常,環境異常艱苦。

為確保職工生命安全和施工正常進行,楊尚德和潘世法積極主動和業主、地方政府聯繫,請庫區駐紮的水電公安隊伍和武警水電部隊保駕護航。他們根據複雜的治安環境,以預防和主動保護為主,教育職工嚴格遵守項目有關規定,不准獨自外出活動,同時,每晚安排治安巡邏隊現場夜查,並聯合水電公安做好治安綜合治理和維護社會穩定以及預防犯罪工作。項目部特別加強了炸藥庫的管理,在有武警站崗的情況下,又派出3名正式職工守衛炸藥庫,每逢重大節日和國家重大活動,另行安排領導值班,以確保炸藥庫的安全。

318國道被稱為「中國最美的風景線」,但這卻無法吸引副經理婁培高的目光。這對他來說,就是一條傷心路。大部分主材均從天全、成都運過來,必須翻越二郎山,早已老舊的、不堪重負的國道,雨雪天氣材料運輸猶如登天。而雅安地震道路多處塌方、斷裂,水泥進不了場,無疑是雪上加霜。為了積極應對惡劣天氣肆掠和襲擊,夯實工程後方的物資保障供應,確保非常時期工程施工穩步推進,婁培高連同物資部,針對運輸大動脈不暢的特點,加強對外聯絡與溝通,隨時另闢蹊徑,利用有利天氣,加大關鍵性急需材料的戰略儲備。

「2號營地是兩河口水電站的門戶,是進入施工區的必經之路,必須樹立典範,叫響企業品牌。」進場伊始,項目部就高起點規劃,高標準建設,施工現場布局合理,材料堆碼整齊,安全管理到位,施工過程規範。同時,項目部安裝了LED顯示屏和文化牆,除了聘請專人在營地現場打掃外,經常

組織項目職工進行義務勞動，文明施工走在全線前列。為了搶回延誤的工期，公司派出久經沙場的老將馬作國出任施工生產副經理。抵達項目部當天，老馬就出現在 2 號營地的樓宇之間。他要求克服高原施工隊伍不穩定以及雨季影響，以隊伍為龍頭，以工班為建制，以整棟樓為單位，打破常規施工方案，突出重點，展開突擊，限期完成施工任務，提前重獎，滯後重罰。老馬吃住在現場，幾乎沒有在項目部待過完整的一天。同時，馬作國根據自己多年的施工經驗和現場實際情況，對傳統工序進行優化，施工完一層樓的框架後，立即報檢砌磚、內外牆抹灰同時推進，縮短作業循環時間。在他的科學統籌謀劃下，奇蹟誕生了：創下了 15 天完成 18 層樓，52 天完成 11 棟樓基礎開挖的驚人施工速度，11 月中旬工程主體即可完工。

開工至今，項目部沒有發生過任何安全質量事故，得到了業主、監理及二灘水電開發公司各級領導的好評，並作為一個亮點，定為兩河口施工區域的標竿。總監祁永海豎起大拇指讚嘆道：「流動紅旗到了你們這就再也不流動了，十七局事無巨細，嚴要求，嚴把關，安全、質量、環保、進度領跑全線，給我們監理都爭了光。」

以人為本，江山代有才人出

「企業依靠職工發展，職工依靠企業生存。在苦的時候更要關心職工，攜手共渡難關，共創輝煌。」楊尚德是潘世法的老領導，兩人一起共事數十年，忠於企業、以職工為本是他們共同的價值取向。

工地上條件艱苦，為職工們盡可能創造良好生活環境，是項目部的一貫做法。進場初期，老楊囑咐從事房建工程 30 餘年的項目總工程師段峰恩一定要建設一個標準化、舒適的生活辦公住房。老段便親自設計駐地建設圖紙，從板房布局、水電排水系統、洗衣房、運動場、大小衛生間的布置，統籌規劃，在有限的場地上建成了現代化氣息濃厚的四合院，並定製了統一的辦公座椅、文件資料櫃。在資金極度緊張的情況下，項目部撥付 2 萬元專款，設置了籃球場、羽毛球場，並安裝了投影儀、電視等，為職工提供了健身娛樂場所，也為職工們單調枯燥的業餘生活增添了色彩和樂趣。冬季，項目領導不忘為

每位職工增加棉被，定做禦寒冬裝，安裝取暖設備。在飲食方面，聘請了專業廚師，每餐至少四菜一湯，味香色美。生日時間表懸掛在食堂正中央，每逢職工生日，食堂管理人員會買一個蛋糕，添加幾個菜，為職工過個暖心的生日。

該項目由於地處高原，環境差，冬季風大高寒，夏季常有暴雨，距離成都10多個小時的車程，逢上堵車20個小時也不足為奇，人們出去一趟三四天都提不起精神。年輕人如走馬燈，都不願意留下來，老同志加起來有1000歲，團隊成員平均工齡30年以上，技術管理人員青黃不接。培養提拔年輕幹部成為重中之重。在生活上盡可能多給職工提供溫暖的同時，項目部還努力創造良好的人才成長環境。把有能力、有魄力、想幹事的職工放到關鍵崗位上，提供繼續深造、學習培訓的機會，形成了有效的用人機制。在以人為本的「仁愛」管理下，湧現了一大批立足崗位、勇於奉獻的優秀職工。

測量隊長魏新昌，1997年參加工作，先後參與南昆鐵路、姜眉公路、遂渝鐵路等多項工程建設。近20年的現場施工經驗積累，讓其成為測量專業的行家裡手，是項目部為數不多的中堅力量。作為先遣隊，他率先來到工地。作為唯一擁有專業測量背景的人員，他對每一根墩樁、每一個控制點都親自把關。背著30多斤重的儀器，攀爬在近乎90度垂直的懸崖峭壁上。拉著草、拽著灌木上去，幾乎屁股著地慢慢挪著下山。雖然兩河口工程是二灘水電公司投資建設，但測量控制網路構建級別高於普通鐵路。原則上只有GPS測量設備才能滿足要求。他便用現有的全站儀測6次取平均值來達到實際施工需要，這無疑加大了工作量。

在301隧道洞門量測過程中，各種數據總是對不上，嚴謹的魏新昌查看了附近的地形地貌後得知，小型塌方導致墩標發生了位移。他將實際情況反映給了業主測量中心、測量監理，並與主線施工方取得聯繫。經過多方複測發現，魏新昌的質疑是對的，但由於兄弟單位施工的主隧道已按錯誤墩標放線，高程下浮15公分，因此301隧道與其連接部分相應下調。

「冥冥之中自有安排，來兩河口就是為了讓我學會更多本領。以前都是簡單複測，現在要親自測量、繪圖、算量，雖是挑戰，但也是難得的機遇。」

談到學會根據地形地貌測量繪製斷面圖，他欣喜得像個考了滿分的孩子。場地平整一般是 50 公尺左右一個斷面，為了提高精確度，他規定 10 公尺一個斷面，雖然工作量加大了，但測算的 2 號營地場平實際方量為 14 萬方，比合約量高出 5 萬方，為項目部挽回了不必要的經濟損失。

「沒有舒部長，我肯定堅持不到現在，非常佩服他的敬業精神。」魏新昌口中的舒部長，就是 2009 年畢業於石家莊鐵道大學土木工程專業的舒拴強。從走上工作崗位的第一天起，小舒就扎根在川西的大山深處。夏季 40 多度的高溫炙烤和高強紫外線，冬季呼嘯而過的強風高寒絲毫沒有擊垮過這位年輕的工程師。攻克工作中的每個難題，完善每個細節是他最大的興趣愛好。

作為項目工程部長，舒拴強在做好正常的技術管理工作情況下，工地上哪裡有技術難題哪裡就有他的身影。白天到現場進行技術指導，晚上加班整理內業資料，他辦公室的燈總是亮到天明。有一次，他和技術員探討一個專業問題，他們又是上網查資料，又是討論，不知不覺，項目部開早飯的鈴聲已響起。他所編制的各類施工工法、方案以及內業資料，總工程師均是一次性透過，業主、監理也是豎起大拇指。在他的帶動下，以年輕人為主的技術部門都鉚足了勁。其中，他最得意的門生就是 2012 年剛分配下來的葉發明。

由於點多面廣，在技術人員緊缺的情況下，項目部把工作經歷只有半年的小葉推到了連接線整治工程的最前沿。起初，葉發明只是負責技術工作，後來負責連接線的全面工作，這期間，上至項目領導下至普通職工，無不折服於他的工作態度和吃苦精神。

川西高原天氣思索不定，時晴時雨，溫差極大，紫外線強。301 公路就在裸露的山岩上，葉發明獨自一人負責全部技術工作，常常誤了開飯時間。雨季來臨，必須與時間賽跑，在規定期限內完成每一個分項工程，才能保證工程整體推進。為了搶在汛期前完成公路硬化、索道橋橋臺混凝土澆築，他一天最長工作時間高達 20 多個小時，渾然不顧大雨打濕了衣裳，堅持站在一旁嚴把質量關。由於工作時間太長，勞動強度大，小葉出現了高原反應，嘔吐，流鼻血，四肢無力，他自行吃了藥，稍作休息，就又投入現場。頑強

的工作作風，連同那被高原太陽曬得黝黑的皮膚，大家親切稱他為「雅礱江的黑珍珠」。沒有時間和遠在成都的女朋友聊天，他便在晚上做資料時，打開視訊讓心愛的人靜靜地看著自己忙碌的身影。

2003年畢業於西南財經大學的計劃部長劉敏巾幗不讓鬚眉。她曾用兩年時間獨自蹲守貴州深山收尾工程，創下了高達1個億的變更索賠奇蹟，屢次使參建工程扭虧為盈。由於兩河口項目中標單價相對較低，作為成本考核龍頭部門的負責人，她將勞務承包單價壓縮得如同雞肋，現場方量審核精確到小數點後兩位，因為一兩萬小變更數額的更改與相關人員據理力爭。業主、監理無不佩服她執著的精神和嫻熟的業務技能。同時，為了提高項目創效創收能力，在堅持真實、合理的前提下，她不斷著力加大二次經營力度，認真翻閱圖紙，研究合約條款，及時準確收集現場實際施工資料，為變更補差工作打下良好基礎。

巨大的工作壓力，惡劣的高原環境，導致劉敏長期失眠，且體質虛弱，患上了慢性胃病。有一次，夜裡胃病發作，疼痛難忍，她奮力敲擊活動板房，叫醒了住在隔壁的書記潘世法，他們連夜趕往縣城醫院。由於醫療條件有限，更多的時候她都是吃點藥草草了事。高原晝夜溫差較大，頻繁的感冒折磨著她瘦弱的身體。纖細的手背上時常因打點滴而留下瘀青。特殊的工作性質，又導致她和身為財務部長的丈夫不得不天各一方。孩子已經8歲了，卻和父母聚少離多。「孩子怎麼辦，什麼時候該為家庭做出犧牲？」這個問題她考慮了10年，但始終對這個付出了青春、汗水、熱情的單位不離不棄。

▎展示風采，獨領風騷近十年

從2003年進入水電市場，到2007年與二灘公司握手合作至今，楊尚德為企業創造了良好的經濟效益和社會效益，是四公司著名的常勝將軍，就連業主都尊稱其為「楊老爺子」，是施工單位優秀項目經理的典範。他用10年的時間，單槍匹馬穩穩地占據了部分西南水電市場份額。在採訪中，筆者得知他的祕訣就在於一直以科學管理為法寶，以人本管理為中心，在施工管

理、成本管理、隊伍管理上不斷探索創新，用超前的工程進度、優良的工程質量、優秀的企業形象贏得業主的認可和尊重。

「管理出精品，管理出效益，管理出形象」這條真理命題在兩河口項目中被老楊運用得爐火純青。為實現「安全零事故、質量零缺陷」的目標，項目部創新頒布了《質量目標管理規定》《安全責任追究制度》等一系列保證控制措施，逐級簽訂包保責任狀，並為技術管理人員鬆綁放權，賦予現場技術員監督一票否決權。在施工中大到梁柱砼構件，小到一根焊條，他都嚴格按技術要求去規範、定期檢驗，發現問題立即整改。從原材料質量檢測、技術資源配置、過程管理監控、技術交底細化，到專用機械的配備、牆體外觀質量控制，等等，都進行細化管理，確保關鍵環節萬無一失。他說：「工程質量是人命關天的大事，我給你開了綠燈，就給我的良心和企業的信譽開了紅燈。」

針對工程特點，楊尚德構建了有效的安全管理約束機制，從思想教育、措施保證、加大投入、嚴格獎懲等方面，為職工人身安全和施工安全帶上了金剛罩。他以安全生產為龍頭，抓現場人員安全培訓。組織安全技術培訓，特邀四川省安監局執法大隊專家親臨項目授課，先後派出 5 名同志參加省安監局、公安廳、國家水利水電管理部門和二灘水電開發公司等組織的安全培訓，另外 23 名同志取得了電工、焊工、起重機械工、爆破工等特種設備崗位證書，持證上崗率達 100%。其次，將每週六定為學習日，項目領導、各部門利用晚上時間輪流授課，學習工程施工規範，安全注意事項等，由安全環保部對項目部及作業隊 500 多名員工進行安全知識學習問答測試，全體參建人員安全防範意識顯著提高。

安全不出事就是最大的經濟效益，而抓安全則須勤檢查，注重細節。項目部不定期對施工現場進行安全大檢查，從細節入手，認真查找安全隱患，嚴格按照國家有關規定和駐地公安部門的要求，加強民爆物品的安全管理。在施工現場設置了安全標示、安全警示牌，張貼了安全標語等，特別是高空作業警示和危險區域警示牌必須安裝到位，並在洞口布置了「工序循環表」「進洞人員身份卡」等標示牌，警示大家按章辦事，按標準操作。先後投入

70餘萬元添置勞動防護用品及設施，改善作業人員的勞動條件和作業環境。同時，根據參與施工的工種、人員、管理難度等特點，制訂嚴謹的文明施工方案，並逐一落到實處。多策並舉，數管齊下，杜絕了各種安全事故的發生，項目部受到了各級領導的一致好評，成為全線安全文明施工的亮點，連續4個季度奪得安全生產流動紅旗。「301工程施工連一張創可貼都沒用。」老楊自豪地說道。

「一手抓面子，一手抓票子。」2009年採訪楊尚德時，他最為經典的一句話成了家喻戶曉的管理名言。成本控制是施工企業永遠的中心話題，但在具體施工過程中，能真正落到實處的並不多。以超前測算為基礎，以科學管理為手段，把成本管理內涵發揮得淋漓盡致，是老楊在兩河口工程施工中的一大手筆。

「沒有成本管理的工程項目就談不上管理，成本得不到有效控制，就不是成功的項目管理。加氣磚從投標價每平方公尺160元漲到現在的600元，同樣一座索橋，兄弟單位造價是1170萬元，而我們只有520萬元。中標單價懸殊，是對成本管理的最大挑戰。」楊尚德一再強調成本管理的重要性。

萬事以謀為先，智慧而又果斷的老楊深諳此理。他聯合計劃部門制訂了詳細的成本管理細則，實行事前預測，預見性地控製成本。根據施工組織設計方案測算出工程成本，提前劃清擔負的成本責任，明確各單項成本發生最大值和最小值，使成本控制在實際操作中有準確的目標。例如，經過調查得知下游某單位相同臨時索道已完成使命，拆除閒置。老楊主動取得聯繫，以廢品的價格買到了索橋的所有主體結構及配件，僅這一項便節約資金100多萬元。而對於占有70%建設成本的材料，他要求必須根據設計用量定額發放，超出部分要以雙倍價錢在月底計價中扣除，還要問責相關責任人。

撿了西瓜不丟芝麻是老楊的一貫作風。他在宏觀把握項目責任成本的同時，從小處著手，細節著眼，不斷提高項目創效能力。他將澆築混凝土的時間盡量控制在白天，減少夜間工人加班費用，成立項目影印室，統一集中加印文件資料，所有業務招待均在項目食堂，又讓工人用電渣焊將短鋼筋搭接使用。據統計，已經封頂的幾棟樓加起來的廢鋼筋不到200斤。楊尚德精細

化的成本管理手段，讓兩河口項目走上了一條良性循環的發展之路，成為雅礱江水電梯級電站為數不多的集安全、質量、進度、效益為一身的大滿貫項目經理部。

2013年9月28日，四公司執行董事、總經理王應權因新中標工程相關事宜首次到項目部，兩河口水電站管理局主任范靈緊握著他的手激動地說道：「我們從來不請施工單位吃飯，但今天一定要宴請王總，感謝您派了最優秀的項目經理來這裡。」

老驥伏櫪，志在千里；烈士暮年，壯心不已。忠於企業是楊尚德數十年不變的宗旨，他希望透過大家的努力讓公司在西南水電不斷滾動發展，獨秀一枝。2013年10月，老楊接到了正式退休文件，但同時一個更為艱巨的任務在等待著他，擔任新中標的兩河口電站還建公路工程X037線普巴絨至溪工溝II標段以及道孚縣亞卓集鎮市政工程總指揮長，他將繼續帶領全體職工在川西大地，為企業在水電市場的騰飛，濃墨重彩寫上一筆，人們有理由相信，四公司定會在雅礱江流域再次名聲大噪。

風塵天涯路　　天路通達烏蒙山

天路通達烏蒙山

——中鐵十七局集團四公司麻昭高速公路 C3 標施工紀實

雲貴高原烏蒙山巒，惟餘莽莽。金沙江水，氣勢磅礴。

2015 年 4 月 11 日，雲南麻柳灣到昭通高速公路 C3 標實現單幅總長度 10000 公尺的主線路基全部一次性轉序交付，是全線第一家。「第一」對於麻昭高速公路 C3 標來說，早已不再是新鮮事。

從 2013 年 1 月 12 日跑步上場以來，擔負麻昭高速公路 C3 標的十七局集團四公司項目部，已將諸多「第一」攬獲懷中，大到份量十足的唯一一家獲得雲南省「AA」信譽評價，小到在地方籃球友誼賽中獲第一名，還獲得雲南省「平安工地」稱號，就連集團優勝單位、模範之家、先進集體、工人先鋒號都攬獲懷中，大大小小幾十個獎牌掛滿了項目部會議室的兩面牆。

「全線進度獎、質量獎、安全獎，每季度我們 C3 標至少拿兩個。」項目經理薛晉提及此，頗為自豪，「每個獎牌獎金至少 10 萬元，僅 2014 年度我們就累計獲得獎金 76 萬元。」無疑，這些明晃晃的數字背後，是十七局集團四公司每一位參建員工們智慧與汗水的結晶。

「幹項目難嗎？」有人這樣問薛晉。

「不難。」薛晉回答得十分平靜。他的眼睛如一汪湖水，波瀾不驚，無半點漣漪，很難捕捉到過去兩年多來他們所歷經的種種艱難。但事實上，所有難以言說的過往，都融化在了他和弟兄們日復一日的忙碌之中。採訪之中，我們無不為他們身處大山幾年如一日的堅守而動容。

麻昭高速公路是渝昆高速公路 G85 的重要路段，也是中國高速公路主骨架的重要組成部分，更是雲南出省通往四川及內地的交通主動脈和物資輸送的重要通道。一旦建成，將形成北接川渝通往西南腹地、南下東盟貫穿全省、東進粵桂的通江達海大通道。這對推動雲南融入成渝經濟圈、長江經濟帶和珠江三角洲經濟區、北部灣經濟區，加快西部大開發和橋頭堡建設步伐，都具有不言而喻的重大意義。雲南省委省政府對此高度重視，昭通市委市政府

更是高度關注，迫切希望早日建成，以開發滇東北地區資源，繼而帶動沿線經濟社會發展，使這裡的人民脫貧致富奔小康。

然而，自古滇東烏蒙修路難。麻昭高速公路素有「烏蒙天路」之稱，該項目不僅是目前雲南在建高速公路中自然條件最差、公里造價最高、建設難度最大的項目，就是放眼全國，其條件之差、造價之高、難度之大也十分罕見。對於身處烏蒙山深處祖祖輩輩的山民來說，他們見慣了遮天蔽日的崇山峻嶺，走慣了九曲十八彎的羊腸小道，渴望有一條路能早日帶領他們走出這溝溝嶺嶺。麻昭高速公路，無疑就是他們心中走出重重關山阻隔的通天之路。

事實上，建設者要面臨的不僅是「只許成功不許失敗」的使命和人民殷切的期盼，更為棘手的是要面臨那惡劣的自然、地理環境的挑戰。烏蒙山是金沙江和北盤江的分水嶺，位於貴州高原西北部和滇東高原北部，東北西南走向，係由斷層抬升形成的年輕山地，大部分由上古生界的石灰岩組成，長250公里，平均海拔約 2080 公尺。

管段內的上高橋立交主線 3 座現澆箱梁橋跨越灑魚河河道，橋址位於楊橋電站水庫洩洪河道下游 80 公尺處，呈 V 字深切河谷，河岸地形陡峭，地形高差最長達 34 公尺左右，雨季時受上游洪水及水庫放水影響，河水流量暴漲。而上高橋隧道洞口則直接位於峽谷半山腰，距離山頂 90 餘公尺，洞口下方 40 公尺就是滾滾河水。還有諸如圍岩破碎、常年雨季、冬季長、溫差大等一只只攔路虎在前方虎視眈眈……

「世上無難事，只怕有心人。只要相信企業，相信公司，嚴格執行貫徹公司各項管理規定，盡職盡責，並對企業抱有一顆感恩之心，發揮好群體的力量，就沒有幹不成的事。」回憶起項目建設之初，薛晉語氣依然堅定。

「我一直認為管項目關鍵在於找到主要矛盾，解決主要矛盾。複雜問題簡單化。簡單說就是突破難點，抓住重點。」對此，他十分篤定。

2013 年春節前夕，項目部安營紮寨，建家建線，熱火朝天。為早日建成烏蒙山中這條通天之路，薛晉帶領他的團隊，放棄了和家人共度新春佳節的

機會，在烏蒙山中和工友們對抗嚴寒。連綿的群山、滾滾不息的灑魚河，共同見證了原住民的夢想和建設者們奮鬥過的日日夜夜。

布局超前，先聲奪人樹形象

「良好的開局是項目成功的關鍵。春節臨近，大家務必要珍惜這遠離家人的寶貴時間。大家思路要清晰，思維要超前，布局要領先，行動要迅速，準備要充分，開局要奪人。」薛晉提出的「六要」，為項目決戰決勝烏蒙山提供了一個更高的起點。

兵貴神速。2013 年 1 月上旬，距離春節只有幾天，接到調令的項目部人員火速從四面八方趕往昭通大關縣上高橋鄉，他們要遠離親人在烏蒙山中度過春節。

「李明全負責項目部選址，要快！」

「陳嘉賓負責拌合站選址，要快！」

「楊忠杰負責兩電落實，要快！」

「桑書記負責徵地拆遷，要快！」

薛晉針對管段和人員特點，一一點將布陣。

地處烏蒙山區的麻昭高速公路 C3 標管段，地無三尺平，天無三日晴。管段周邊難找到一塊能夠建設項目部的開闊地，連綿不斷的高山，溝壑縱橫的峽谷，在茫茫煙雨中猶如一幅沒有邊框的水墨畫。散居的民房大多以低矮的土坯牆為主，難以找到適合項目部辦公條件的現成房屋可供租賃，這可難為了項目物資部長李明全。這位歷經滄桑、漂泊一生、年過半百的老鐵道兵戰士，按照薛晉交代的「項目部駐地必須靠近現場」的原則，甩開那雙丈量過中國山山水水的「鐵腳」，在管段周邊翻山越嶺尋找項目營地住址。功夫不負有心人，李明全終於發現了管段中段一處水電站空置的四層小樓獨院。看中了就立馬下手，經過艱苦談判，從每年要價 10 萬元談到了 2 萬元，一次性簽訂了 4 年合約。這處臨近施工現場占盡了地利的獨門小院，不僅滿足了項目「靠前指揮」的要求，而且占據了這個周邊的最佳據點。就在合約簽

訂完畢不到一天，其他標段聞訊趕來，試圖以年租金 11 萬的高價從李明全手中租賃，被李明全拒絕了。李明全說，比對其他標段，僅這一項至少省下了 50 萬元。薛晉告訴我們，如果新建一個項目部，至少得花費 100 多萬元。項目部第一次嘗到了先聲奪人的甜頭。

前期的排兵布陣往往能很大程度上決定全局的勝負。混凝土拌和站選址如果離現場太遠，不僅增加運輸成本，而且可能在長途運輸途中造成混凝土離析，帶來質量隱患。項目 7.7 公里管段中的 16 座橋梁、22 座涵洞、1 座隧道和單幅總長 10000 多公尺的主線路基，以及 1600 多公尺的立交匝道和改路長度，還有龐大的挖方、填方、擋牆、防護和排水等單項工程。用項目總工程師陳嘉賓的話說，除了懸灌梁，高速公路施工的各個類別的工程都湊齊全了，可謂五臟俱全，混凝土總量達到 14 萬方。因此，拌和站的選址必須滿足管段各類構造物施工集中、就近的原則。陳嘉賓經過近一個月的現場踏勘，決定選在管段內立交匝道旁，既可有效利用原有的施工便道，又相鄰各類混凝土需求量大的施工現場，並且緊鄰河道，大量施工用水可就地解決。在成功解決必須遷改的「三電」制約後，拌和站建設走上了正軌。

施工用電歷來是項目開局的關鍵。項目設備部部長兼辦公室主任楊忠杰接到這項任務時感到頭皮發麻。設備管理是他的長項，可施工用電對他來說卻是兩眼一抹黑。項目部、施工隊的生活用電和現場的施工用電，一天也不能等，沒有電一切項目行為都無從談起。

「說狗急跳牆不恰當，但人逼急了總會有辦法！」硬著頭皮接下任務的楊忠杰，為此絞盡了腦汁。他很快透過各種關係結識了項目駐地附近水電站一名師傅，經過協商，很快解決了項目部生活用電。

制約施工的大功率電源從哪裡來？煞費苦心的楊忠杰整天在周邊轉悠，四處聯繫。突然，他發現這裡的民用電竟然是 10 千伏高壓電。楊忠杰按捺不住心中的狂喜，一路飛奔找到了社長、電管員，詢問電線負荷，答覆是：「10 千伏。」原來這個大型村莊用的是農網專用電。10 千伏的負荷不正好滿足施工需求嗎？經過一場艱苦談判，在答應保證不超負荷的條件下，終於達成了臨時用電協議。

「農網電不僅便宜，而且穩定，對比架設施工用電專用線，不僅省去了開戶、架設布線的大額成本，而且電價比施工專用電便宜了一半甚至更多，至少在施工依靠專用線架通前的幾個月裡能夠展開施工，還大幅節約自發電的高額成本。」透過楊忠杰的艱苦努力，最終達成了用電協議，為在6月雨季前夕突擊完成樁基施工贏得了先機。

為保證施工全過程不斷電，楊忠杰還透過多方反覆協商，將農網專用電與後來架設的施工專用電路進行了並網，以應急突然停電停工。果不其然，2014年冬，全線施工專線因故停檢一週，別的標段漆黑一片，停工待電，C3標卻借用農網電應急，生活區和施工區燈火通明，現場施工依然熱火朝天。

項目部上下很清楚，借用民用電力施工是違規的，達成的臨時協議只能解決短期的燃眉之急。施工用電專線必須經歷一系列繁瑣的申報手續和架線施工過程才能實現。尤其是隧道施工用電負荷更大，現有的民用電網難以滿足。楊忠杰又投入到施工用電專線架設的協調之中。

楊忠杰深知，中國是個人情社會，同樣的事，熟悉的人辦起來總是事半功倍。而千里迢迢來到這裡的楊忠杰，在與電力有關部門打交道時看誰都陌生。楊忠杰採取多跑多問多溝通的方法，先混個臉熟。從2013年1月接手「通電」這一棘手任務開始，楊忠杰幾乎天天都泡在縣電力局。在溝通的同時也為他們做一些力所能及的事情，他以勤奮和誠懇贏得了電力局上上下下的認可。4個月下來，一些部門主任甚至讓他直接叫哥叫姐。上報哪些資料，資料怎麼填，報告怎麼打，哪些手續找哪個部門落實，等等，都一一告知楊忠杰，並拿出此前一些單位的申報材料當範本給楊忠杰看，為他大開方便之門。

進入專線架線環節，為了盡快為隧道施工創造條件，楊忠杰全程配合電力公司施工隊，幫助解決各種施工難題。架線進入一處三叉電路段時，主線專線連著兩路線，一路是通往C3標，另一路通往C2標往後的其他幾個標段。在楊忠杰的全程配合下，C3標已經具備了通電條件，其他標段還暫時看不到架通節點。一般情況下必須等到全線具備了通電條件，電力公司才會統一合閘通電。如果等到這一天，就等於回到了與其他標段同一起跑線，隧道提前

開工的計劃也將成為泡影，必將影響到整個標段超前布局計劃的實施。為此，楊忠杰又開始動腦筋。透過對電力公司和架線施工隊做大量艱苦細緻的工作，最後決定先把通往其他標段一條線路的連接部位斷開，給 C3 標優先通電，待其他標段滿足通電要求後再給接上。因此，C3 標成了全線施工用電專線通電的第一家，隧道施工比最晚開工的標段提前了 4 個月的寶貴時間。到 2014 年 4 月，管段紅線用地全部移交、紅線內建築物等徵拆率先完成；路基、橋涵、隧道全面開工；C3 標成為全線開工工點最多、進度最快的排頭兵，以良好的開局，實現了先聲奪人的目標。

路地共建，和諧共處建天路

「搞好路地共建，和諧路地關係，是項目有所作為的前提條件。我們在他們祖祖輩輩生活了若干年的土地上開山動土，他們甚至要另尋家園，這是傷他們感情的。我們要理解他們的故土家園情懷，徵地拆遷要講政策，更要以心換心。」薛晉的情懷，為項目徵地拆遷打開了一條思路。

徵地拆遷歷來是建築企業的硬傷之一。按常理，在下達開工令的同時，相應的徵地拆遷也應一併到位，至少應與施工進度同步推進。但從來都是由施工方自行協調解決。諸如資金不到位、標準不統一、政策不明確、高價徵拆、民風彪悍等導致的惡意阻工，嚴重影響了施工正常秩序。一旦因為徵地拆遷延誤了工期，板子總是打在施工企業一方，施工企業只能忍氣吞聲。幹了 10 年書記，也負責了 10 年徵地拆遷的項目黨工委書記桑天玉，對此更是感同身受。

「這個項目的徵地拆遷是我幹過的最難的！真難！」這位 1976 年參軍的老鐵道兵談起徵地拆遷，不停地搖頭感慨。當地為漢族、回族、苗族等多民族雜居區，民風淳樸，但情況複雜。為了瞭解少數民族宗教信仰、民風民俗和生活習慣，年近六旬的桑天玉不得不走村串戶瞭解民情，甚至戴上老花鏡熟讀《古蘭經》，希望以此走進他們的心裡。有一天，施工車輛會車時壓倒了路邊幾株莊稼。一小夥子見到急急忙忙趕到現場的桑天玉，出口就罵：「你是不是吃糧食長大的？」

受到侮辱的桑天玉還擊道：「我當然是吃糧食長大的，但我不是吃你的，小時吃爹媽的，長大吃單位的，老了吃兒子的。損壞莊稼不足一平方公尺，照價賠償不超過 200 元，如此出口傷人，誰教你的？！」沒思想準備的小夥子先是一愣，自覺理虧，哈哈一笑掩飾了過去，見好就收的桑天玉也哈哈一笑。經此一事，他們反而成了朋友。

然而，高橋聯絡線處的一位 70 歲的老人卻並未如此「一笑泯恩仇」。聯絡線原設計本來是四進三出，就因為這位老人的價值約 10 萬元的農舍在紅線內，從鄉到縣甚至市領導都親自協調，準備賠償 110 萬。無奈老頭十分倔強，漫天要價，要求賠償 500 萬。最終，政府只好上報雲南省交通廳、發改委改線，聯絡線改成了兩進兩出。

可即便改了線，項目部的護坡施工還是需要向這位老人協調。桑天玉沒少和這位老人打交道，深感頭疼。但他為了工作需要，仍舊一次次好言相勸。一次不行兩次，週而復始登門拜訪，送禮物，拉家常，酒酣之處拽手叫大哥傾訴築路人的艱辛⋯⋯精誠所至，金石為開，老人那顆「石頭心」終於軟化了，護坡施工在艱難中得到推進。

為營造一個良好的路地關係，項目部提出「路地共建，和諧一家」的口號，大打親情牌。在上高橋鄉團結清真寺籃球場最醒目的位置，立著一塊功德碑，上面寫著這樣一段話：我們要世世代代記住造福於我們穆斯林的中鐵十七局多斯提（意思是朋友、親人）！願中鐵十七局多斯提健康、平安、發達！這是清真寺阿訇為了表達對項目部捐款 20 餘萬，修建鄉里第一個現代化的籃球場的感激之情，在竣工之際立下的功德碑。老師時常教育孩子們是誰給他們修建了籃球場，一定要記住是十七局的多斯提。

2014 年 5 月，當地一位鄉村教師，其次子考上了大學，因家庭困難難以支付高額學費正在犯愁，項目部知道後，在當時資金極端困難的情況下送去了 5000 元資助金，幫助這位教師的孩子圓了大學夢，教師全家人感動得熱淚盈眶。

2014 年 1 月 15 日，距離春節只有短短 10 天，桑天玉在村支部書記、村主任的陪同下，走訪了所屬的河灣子、上街、牛舌片三個自然村的 31 戶困

難群眾，為他們送去了15500元的春節慰問金。項目部還經常為鄉親修便道，原來的小路不通任何車輛，就連牲口也很難透過，只能靠人工運輸莊稼，現在鄉親們可以用四輪平板車從便道上搬運糧食了。鄉親們見到項目部的同志就會拉著他們的手致謝。這樣的好事還有很多……項目部為村民辦的一樁樁、一件件看得見摸得著的實事，感動了這片土地上的人們，碰上徵地拆遷的難事，他們大都伸出援手，各項工程得到了順利推進。

方案優先，降龍伏虎成大道

「方案決定成敗。一個好的戰略往往勝過十萬雄兵，一個好的施工方案也是如此。任何一項工程的開工都必須方案優化在先，以最佳的施工方案解決施工中的各種困難！」薛晉「方案制勝」的項目管理祕訣，在這裡依然奏效。「能幹不算本事，會幹會算才算真本事。這是現代施工企業一線管理者必備的管理素質。合理的工程變更、方案優化，不僅有益於提高工程質量、加快施工進度、確保施工安全，而且能避免企業效益損失。我們不奢望從變更、優化中獲取多少利益，但要確保不虧損。因此，我們的整個施工過程，也是時刻圍繞安全、質量、工期、效益的變更、優化的全過程。」正是在薛晉這樣的思路指導下，項目各類優化變更一直伴隨始終。

如果說項目在徵地拆遷方面以和諧的路地關係取得了突破性進展，為項目整體推進掃清了障礙，那麼高懸於峽谷半腰上的上高橋隧道口上方Z形施工便道，就是方案優化、因地制宜與地形地勢和諧統一的鬼斧神工之作。

上高橋隧道洞口位於深切V形的峽谷半山腰，距離山頂90餘公尺，腳下40公尺是滾滾不息的灑魚河。便道怎麼修？這成了頭號難題。

正值冬季，冰天霧大，能見度低。公司總工程師張建峰來現場踏勘，一週的時間，站在河對岸只有兩次清晰看見了洞口的位置。

「地勢複雜，便道既要滿足隧道施工承載，又要考慮安全性，同時兼具運距成本，確實難以兼顧。」他先後兩次到場和項目部探討修建方案。項目管理層的「諸葛會」開了不少，方案提出一大堆，總是顧此失彼，難以定奪。

「如果採取Z形修建方案，應該比較合理。」項目副經理郝志剛提出了自己的觀點。

「直接在隧道上方破碎岩層、坡度70的峽谷修路談何容易？採取從河道搭建鋼便橋直通隧道口的方案更可行。」誰知方案一提出就遭到了總工程師陳嘉賓的質疑。

「搭建鋼便橋，不是不可行，可原本設計就是橋隧相連，橋梁最高墩達到40公尺。搭建鋼便橋將出現隧道施工與橋梁施工相互衝突，只有等到隧道施工結束拆除鋼便橋才能進行橋梁施工，不僅工期不允許，而且成本更高。」郝志剛的質疑好像更有道理。經過一番論述比對，張建峰和薛晉更傾向修建Z形便道方案。

「到底行不行？有沒有把握？」薛晉問郝志剛。

「保證行！」郝志剛的話擲地有聲。

分管橋隧現場施工的項目副經理郝志剛是一個傳奇式人物，他曾在烏東德水電站祿勸大松樹公路搶修中，4個月只以啤酒加餅乾度日，住在工地，不眠不休，體重減掉了20斤。素有「拚命三郎」綽號的郝志剛，不僅有勇，而且有謀，是一名實戰經驗豐富的技術大腕。

「只要測量數據準確，只要把便道坡度控制在8以內，就能滿足施工需求。至於安全問題，完全可以透過擴寬路面，增加防護樁、標示牌等措施來保證。」郝志剛說出了自己的設想，「百餘公尺長的便道一旦成功，不僅可以最大程度縮短隧道施工用料、棄渣運距，而且翻山後直接可以用鄉村原有便道，不必再投入成本修路，最為經濟實惠。」

「好！那就採用Z形方案！郝副經理全權負責！」薛晉一錘定音。

開始施工後，幾乎每一公尺都是他現場親自指揮。挖掘機從山頂一公尺一公尺向下挖，一點一點爆破，每一公尺都浸泡著他的心血。經過四個月的艱苦鏖戰，便道終於抵達隧道口位置，隧道施工如期開工。隧道施工全面展開後，儘管五級圍岩破碎，但項目部出動全部技術人員合力攻關，依然成為

全線長大隧道貫通的第一家。這不能不說在很大程度上取決於便道施工方案的正確選擇。

各類方案優化變更，隨著工程進展的推進而同步推進，陳嘉賓既是各類方案優化變更的組織者，也是實施者。諸如邊坡框架梁變錨鎖框格梁、路基軟基換填，以及路基填料等，每一項單項工程的方案優化，他都要根據現場實際情況和設計文件，進行反覆比對研究，尋找最佳施工方案。

有一天，陳嘉賓到業主處翻閱資料，看到一位工程師正在看設計原圖，他無意中瞟了一眼，就這一眼，給工程帶來了一個數額不小的優化變更。原來，管段內一處施工現場為多年稻田農耕區，原設計藍圖中明確標註為「非適用材料」，而現場實際上是稻田淤泥，設計時還把這種材料用於另一處挖方填方，而這種弱膨脹性土壤並不能用於填方，這樣就自相矛盾，必須另尋填方材料。但業主在下發給施工單位的圖紙中並未註明原設計中的標註。陳嘉賓的這一眼正好看到了要害，有設計藍圖，有現場實際情況，方案優化順利透過。如果不是陳嘉賓這一關鍵發現，方案優化就無從談起。這項數額可觀、看似偶然的優化變更，實則是陳嘉賓熟練的業務、負責的態度所帶來的必然結果。

項目部上下眾志成城，以各類施工方案的優化變更為手段，降服了前進路上的一隻隻攔路虎，不僅確保了各項工程的安全質量和節點工期，而且為項目帶來了良好的社會效益和經濟效益。

▎鐵軍雄風，誓將天塹變通途

「我們這是一支具有光榮歷史傳承的鐵軍隊伍，多少年來走南闖北，經歷了無數坎坷曲折，但每一次出征無不凱旋。我們雖然深處這偏遠閉塞的烏蒙山中，不能和家人共度春節，但我們不能忘記肩上的責任！鐵軍精神不能忘！奉獻精神不能忘！勇於擔當是我們新一代鐵建員工的使命！希望大家擺正位置，摒棄雜念，安心烏蒙山，拚搏烏蒙山，早日建成這條通天之路！在奉獻中找到自己的人生價值！」時間雖然過去了兩年多，項目員工回憶起工程開工之初薛晉的動員講話，依然音猶在耳。

或許受到薛晉動員令的鼓舞，或許他們已經習慣了這種顛沛流離的築路生涯，因此各種困難襲來時，他們視為家常便飯。沒有節假日，沒有探親假，有的只是不斷重複的挑燈夜戰。

左幅全長 450 公尺、右幅全長 210 公尺、最高墩 40 餘公尺，連接隧道口的大橋施工，給建設者們帶來了極大的挑戰。橋址地處河水湍急的灑魚河峽谷谷底，兩岸山峰陡峭，怪石嶙峋，一條通往河岸的小道只能行走馬匹，機械設備無法進場。雨季已經來臨，樁基正在突擊澆灌。瓢潑大雨頃刻而至，樁基施工不能停……郝志剛就站在雨中指揮著，衣服已經全部濕透，誰也勸不動他，他那句「衣服濕了可以換，樁基費了損失能挽回嗎？！」似乎至今還迴盪在山谷。每一根樁基，每一個承臺中的每一米每一寸，都是他們不眠不休的結果。

有人說肩負項目安全總監之職的「80 後」田軍強，他的頭上始終懸掛著一把達摩克利斯之劍，為了施工安全，責任心成了他的護身符。

早在項目上場之初，田軍強就與測量隊一起走遍了管段的每一個角落。

查找危險源，預估評判危險，防範化解風險，成了他每天工作的主題。每次安全培訓，他都以圖文並茂的 PPT 形式，結合國內外真實案例，給工人們敲響警鐘。

「他抓安全有個特點，總是把血淋淋的災難現場展示給大家，從不忌諱，視覺衝擊力帶來的心理震撼，讓人印象深刻！」薛晉如此評價，「他認為只有把最壞的結局告訴大家，才能警醒員工麻痹大意的神經，才能從『要我安全』轉變為『我要安全』。」事實證明，田軍強的這套教育培訓方法很奏效，規範操作、珍惜生命、安全第一的理念已深深扎牢在每一位員工心中。

上高橋邊坡由於地形限制，施工只能從上往下，上臺階開挖一級防護一級，再向下推進一級。在第一臺階施工中，地質鬆軟加上大雨侵蝕，產生了 10 到 15 公分長的一條裂縫。田軍強觀察了兩天發現裂縫有擴張跡象，他立刻上報薛晉，並下令停工。第二天，裂縫處外延邊坡全部垮塌。如果不是及時停工，後果不堪設想。

「安全沒有倒退鍵，事前控制永遠是第一位的。」這是田軍強時刻給工人們灌輸的理念。在灑魚河大橋施工時，租賃的架梁機橫梁產生了一個裂縫，他立刻要求更換橫梁。「橫梁承受約40噸，一個小裂縫足以毀掉一切。如果橫梁斷裂，將會機毀人亡。」

從挽回洩水孔上報偏項的600萬，再到發現十幾噸橋隔板鋼筋圖紙錯誤挽回萬餘元，無不昭示了計劃部長李震的步步嚴謹。覆核，再覆核，這就是他的工作。「吃透業主全部文件，認真分析各項條款，才能有的放矢。」他這樣說。

女將劉召銳自從擔任分管成本的副經理後，她操的心更多了。從財務部長到成本副經理這一步跨得並不容易。每月的成本會，她幾乎月初就開始準備了，收集整理各部室提供的資料，覆核，計劃……

「剛開始各部室資料都按各自慣例填報，但並不是我想要的。」她回憶說。用了一個月的時間，和各個部室一一溝通、協調，經過磨合，規範了所有業務程序。

1992年出生的技術員田偉東經過這個項目的錘煉，已經能獨當一面了。回憶中，他最大的感慨是在實踐中學知識，在相處中學溝通。曾因為不解一個張拉計算公式，他黯然神傷過。

「從現場回項目部經常趕不上飯點，食堂的師傅總會給我熱飯熱菜。好幾次師娘還給我下麵條。」想家的日子，他想想這些，心裡就覺得暖暖的。他說，感覺自己在項目部長大了。從前很少給父母打電話的他，現在隔兩天就會給家裡去個電話，告訴他們自己的點滴進步。

30歲的測量隊長王宇超，趁著項目收尾，回家結婚去了。作為合約工的他早已把自己當作十七局真正的一員，他和他的測量隊，幾個「80後」的大小夥都表示，還要跟著薛晉去下個項目。

千山暮雪，英雄長征未還。只有兩雙鞋的薛晉，每天早上必定穿著他的運動鞋去工地查看一遍才心安。冬天，他永遠穿著那件軍大衣。體寒怕冷的

他沒給自己安裝空調，他說要和職工們一樣。他說干項目就是要讓公司、職工滿意！

陳嘉賓還在燈下研究他的方案……他牽頭的項目課題——既有滑動體深路塹高邊坡加固防治技術已經結題，他又開始了新的研究。

郝志剛已經奔赴另外一個項目搶險去了。據說，在麻昭高速公路 C3 標時，他的體重已瘦到不足 110 斤，他自嘲說，可以寫一本減肥書了……

也許終將告別烏蒙山，告別灑魚河，但無論下一站奔赴何處，麻昭高速公路 C3 項目部的工友們一起戰鬥的日子，將永遠難忘。

距離計劃全線建成通車的日子——12 月 31 日，已經近在咫尺。然而，行百里者半九十。麻昭高速公路 C3 標項目部的同志們依舊堅守在崗位上，再沒有人比他們更期待這一天了。一條通天大道，將從他們的心裡發端，穿過層巒疊嶂的烏蒙山區，問候山外的世界。

成本管理無極限

——中鐵十七局集團四公司簡蒲高速公路 11 標施工紀實

「做項目管理就是要有智慧，動腦筋，想辦法，因地制宜，充分利用各方面資源降本增效，加快施工進度，提高工程質量。十七局在成本管理方面的經驗值得大家學習！」這是中國鐵建股份公司董事長孟鳳朝 5 月 13 日在簡蒲項目檢查工作時對負責 11 標施工任務的中鐵十七局集團的評價，也是對具體負責施工任務的該集團四公司的肯定。

鑑於四公司在簡蒲項目成本管理中的卓越表現，筆者按公司領導的安排進行專題採訪。

成本管理對施工企業來說既是老生常談，又是伴隨企業成長的永恆的管理主題。其牽涉面之廣數不勝數，投標單價、臨建準備、施工方案、安全質量、工期管控、二次經營、竣工決算、人工費、管理費和材料市場價格波動、機械設備租賃等不一而足。但在中鐵十七局集團四公司簡蒲高速公路 11 標項目經理秦美前看來就極為簡單。他說：「透過各種手段達到降本增效目的，是項目的終極目標。成本管理因素眾多，項目一旦中標，投標階段成本控制的關鍵源頭就不復存在了，進而轉化成了施工準備階段、施工階段和竣工結算階段。我們項目中標單價很低，僅借土填方這一項就要虧損 2000 餘萬元。所以，我們只能在臨建施工準備、創新管理方式、管控勞務風險和方案優化四個方面做文章，力爭實現減虧持平盈利的目標。」這一番表述算是秦美前接受採訪的一段開場白。在他看來，成本管理無極限，只有更好，沒有最好。在沒有更多有利條件可利用的情況下，僅僅依靠現有資源，能夠把一個以低標價中標的項目管理持平，就算是盈利了，更大的盈利只能是奢望。減虧、持平、盈利三部曲，減虧是手段，持平是底線，盈利是目標。也許正是基於這樣的理性思維和崗位職責要求，秦美前在管控成本時才顯得特別用心和理性。他為自己的成本管理總結了「四關」：制度執行關、創新增效關、風險管控關和方案優化關。把住了「四關」，就把所有成本因素統統關進了管理的鐵籠子。

項目上場至今，公司執行董事、黨委書記王應權多次深入現場提出要求，他希望項目上下要群策群力，精細管理，要按照集團公司董事長、黨委書記盧朋提出的「建設高品質受尊敬旗艦型企業；打造作風過硬的新鐵軍；打贏提質增效合力攻堅戰」的目標總要求，切實抓好成本管控。秦美前知道，「打贏提質增效合力攻堅戰」是實現「建設高品質受尊敬旗艦型企業」的前提條件，沒有盈利，一切都無從談起。因此，降本增效成為項目中心工作的重中之重，可謂責任重大。

▎把成本管控關進制度執行的鐵籠子

現代企業管理並不缺乏制度，而是缺乏執行力，成本管理亦然。四公司作為兵改工數十年的大型央企，經過多年持續不斷的改革實踐，建立完善了一整套適應市場特點的現代企業管理制度，其中關於項目成本管理的制度就多達 10 餘項。如何讓這些制度在現場發揮作用，秦美前可謂駕輕就熟。1996 年畢業於石家莊鐵道學院的秦美前，一直從事技術工作，僅在項目總工崗位上就摸爬滾打了 12 年，配合了 5 任項目經理，豐富的項目管理經驗和各個時期的管理制度，他都爛熟於心。他在總結那些經驗教訓時得出一個結論：凡是制度科學適用、執行有力，項目結局就一定良好，反之，則一敗塗地。有了這些底蘊做支撐，儘管這是他主管的首個項目，但他依然信心滿滿。

總投資 165 億元、全長 127 公里的簡蒲高速公路，是中國鐵建股份公司目前最大的 BOT 項目，共有 14 家單位參建。十七局集團四公司擔負施工的 11 標 7 公里管段位於眉山境內，工期一年半。據項目副經理高秀勤介紹，項目所需主材設計用量鋼材 18000 噸，水泥 50000 噸，砂石料 180000 方，混凝土 90000 方，鋼模板 600 噸左右，加上 20 餘臺套機械設備，成本占據了總成本的 70% 左右。秦美前知道，這是項目能否實現減虧持平盈利目標的關鍵環節之一。

這些材料、設備要怎麼採購，如何管理才能材盡其用？「很簡單，股份公司、集團公司和公司本級都有現成的制度，關鍵是抓好執行。」雖然秦美前說得輕鬆自如，但執行起來卻絲毫不含糊。為牢牢把住物資材料成本管控

這一關，秦美前把成本管理的重擔壓給了項目副經理高秀勤，並讓其兼任項目物資部長。

領命成本管理的高秀勤，已是幹了 9 年材料工作的年輕的老同志了，也是公司唯一一個獲得國家認證的高級採購師。多年來，無論是高速公路項目，還是高速鐵路項目，管起物資來，他得心應手。項目部讓他分管成本，他有些始料未及。按照秦美前材料成本控制要從源頭抓起的原則，項目部迅速成立了一個由項目經理和物資、計劃、財務、工程、試驗等部門組成的招標採購領導小組，既是黨工委書記，也是紀工委書記的李海為作為監督人出現。高秀勤告訴我說，大宗材料招標採購是股份公司自上而下制定的一條鐵律，意在透過網上招標降低物資採購成本。公開招標先走流程，首先要報到股份公司電子商務平臺，獲得批覆後，再在股份公司電子商務平臺發布招標公告，15 天後收到投標文件再開標。臨時抽籤成立評標委員會，每一次招標評標會都必須在公司紀委派出的專人監督下才能進行。每一個環節都必須按照規定程序辦理，公開透明，依法合規，不僅可以透過規範管理降低成本，也是對物資採購管理人員的一種保護，同時也充分體現了法人管項目的原則。

「依靠源頭控制實現降本增效」是秦美前告知高秀勤必須要把住的第一個降本增效關口。

「源頭控制不嚴，起價過高，就會給後期採購價格控制帶來被動。」高秀勤採取「嚴進、低價」的辦法進行源頭管控。他按照招標範圍，將鋼材、水泥、減水劑、粉煤灰、柴油等各類材料進行了分類，再發出招標文件。招標採購小組根據供應商報名進行初選、精選、摸底、審定四個環節甄別錄用。根據公司頒布的限價採購指導價細則規定，那些信譽好、有實力、有經驗、價格合理的供應商逐漸獲得了供料合約。由於沿線各家幾乎同時開工的施工管段相鄰，導致地材供不應求，價格談判尤為艱難，但他們還是使出渾身解數，實現了最低價格目標。相鄰標段砂子、碎石每方分別為 90 元、80 元，他們卻分別談到了 87 元、78 元。高秀勤說，不要小看兩三元，因為基數大，小帳細算，僅這兩項就降低了 40 萬元成本。

「利用市場規律實現降本增效」是秦美前告知高秀勤必須要把住的第二個降本增效關口。

「進場初期，按規定柴油採購應由中鐵物資集團西南公司來做。他們有規定，假如我們找到比他們更優惠的供應商，可以選擇兜底供應的模式進行供應，這樣，我們就有了更多的選擇空間。」高秀勤告訴我說。

去年進場時，項目需要 2000 噸左右的柴油，一開始經過調查，中石化、中石油的報價比四川省發改委公布的市場價每升優惠了 0.2 元，並且要求先款後貨。按說這已經是正常的市場價了，可是高秀勤覺得，根據市場變化規律還有降價空間可循。他找到一家中間供應商，經過艱難談判，不僅可以墊資，而且每升可優惠 0.35 元。在用量達到 100 噸左右時，高秀勤經過二次談判，每升可優惠 0.6 元。僅此一項就可節約成本近 100 萬元。高秀勤說，經過各方瞭解，目前市場上還沒有比這更低的價格。為保證質量，在將樣品油進行送檢的同時進行了試用，沒有質量問題方可大量使用。為防止全程供油出現質量問題給機械設備帶來損害，高秀勤與供應商商定，每車油都要留樣備檢，雙方在樣品封皮上簽字，一旦發現質量問題將對樣品進行倒查，堵住了以次充好的弊端。

「公司特別注重管控的材料有主要材料、油料、周轉材料三大塊，抓住了這三塊也就抓住了物資成本的關鍵。」高秀勤說。在周轉性材料的管控中，每星期高秀勤至少要到現場查看三次，讓周轉材料在現場真正周轉起來，避免在某一個環節人為積壓而增加成本。在周轉材料採購、調撥過程中，項目部主張首先採用公司其他項目下場的周轉材料，以提高材料的利用率。項目進場以來，先後從 5 個項目調來了螺旋管 800 噸，工字鋼 600 噸，總計 300 萬元的周轉材料，公司的周轉材料得到了充分利用，同時減輕了項目前期的資金壓力。

「抓住細枝末節實現降本增效」是秦美前告知高秀勤必須把住的第三個降本增效關口。

「俗話說，小洞不補，大洞吃苦。招標採購控制住了大宗材料的採購成本，但是達不到招標採購條件的，或者來不及進行招標採購現場又急需的小

型材料，控制不好也會出問題。」高秀勤所說的是那些二、三類材料和工程急需物資，對這些細枝末節的成本管控，項目部同樣按公司制度執行。他們首先向公司上報採購計劃和採購方式，經公司物資部門把關，再由公司主管領導簽發批覆後，方可組織詢比價採購。採購之前，項目採購小組要集體詢價，最終上會研究決定，每個環節都公開透明。高秀勤還告訴我說，作為招標採購的一種補償形式，還制訂了競爭性詢價制度。在開標時，商家達不到三家以上的，必須經公司同意才能進行競爭性談判。供應商的報價保密，剔除高價供應商（開工以來，先後在第一輪詢價時就剔除了 30 多家），進入第二輪報價再談。根據所談結果，做出對比表和詢價調查報告，提交採購小組研究，最終形成會議紀要。高秀勤說，不管採取哪種採購形式，都必須集體決定，沒有個人說了算的先例，項目經理也不行，這是制度。

「強化過程管控實現降本增效」是秦美前告知高秀勤必須把住的第四個降本增效關口。

來到簡蒲高速公路 11 標項目後，高秀勤發現原來的各種物資管理制度和業務表格是分散的，不僅使用時難以尋找，而且崗位新人業務培訓難度加大。他根據自己多年的管理經驗，制訂了一套嚴密規範的《物資管理辦法》，涵蓋了採購、收發、考核、節超獎罰、廢料處理、人員分工、崗位職責等過程管控環節。草案頒布後，經由各部門審核修改，最終形成一個完整的辦法。並以此又細化延伸出《鋼筋加工場管理辦法》《拌和站管理辦法》《周轉材料管理辦法》。成立了由相關部門組成的物資聯合驗收小組、廢品處置小組。所有辦法制訂完成後，又制訂了相對應的管理辦法附件。如日常管理週報、月報、季報、年報，逐一收集整理完善。高秀勤說，只要打開一個文檔，囊括所有物資管理內容的 116 個子表格，在目錄裡就一目瞭然，需要哪些表格只需輕點圖表就能找到，形成了一個全面細化的物資過程管控系統。

為讓全體物資管理人員盡快熟悉業務，高秀勤把這個系統電子版與大家共享的同時，還印刷裝訂成書，人手一冊。在這個系統中還體現了各種材料驗收的最新標準。高秀勤做了一個樣表，具體要檢哪些項目，進場初驗表、初驗項目、驗收標準、允許誤差值、實際測量值，合格的入庫，不合格的退貨，

避免了以次充好和材料驗收不嚴謹的現象，實現了成本管理物資過程管控環節的規範化。

「收料環節，特別是地材，很容易出現少收多開的漏洞。」高秀勤說。

為此，項目部規定，所有砂石料進入現場，必須經由管理方和施工方雙人收簽，既避免了雙方扯皮，又加強了監督，堵塞了漏洞。高秀勤告訴我說，在收料量方時，車輛油缸突起在車廂所占位置都是嚴格按照尺寸計算實際扣除了的。供應商多次找到他，說這也太摳門兒了，從來沒見過這麼收方的。高秀勤卻說，該是你的一點不少算，不是你的一點不會多給，公平公正，價格不合理可以再談，但必須實事求是。

材料發放同樣是成本管理過程中的一個重要環節。為把好材料發放關，項目部採取主要材料依據技術交底，按設計限額限量發料。普通材料由各施工隊先報計劃，再由工程、計劃、物資等部門共同審核發放，嚴格控制合約外物資用量。高秀勤告訴我說，內部隊伍材料管理好控制，外部勞務隊的材料控制稍有不慎就會出現漏洞。以前有的項目出現過勞務隊倒買材料，給項目部造成了極大損失。為徹底堵住漏洞，高秀勤在實行按設計限額限量發放辦法的同時，特別規定由勞務隊負責人下達委託書，指定唯一專職材料員，避免了多人領取事後不認帳的扯皮現象。

透過四個環節的嚴格管控，簡蒲高速公路項目 11 標的物資管理得到了業主和其他標段的認可。2014 年項目部被評為物資管理先進單位。2015 年元月，業主組織 14 家施工單位在 11 標召開全線物資管理現場會，高秀勤代表項目部做了與會單位唯一的經驗交流發言。至此，簡蒲項目把成本管理關進了執行制度的鐵籠子，打贏了項目提質增效合力攻堅戰的階段性戰役。

■把成本管控關進創新管理的鐵籠子

「水無常形，兵無常勢。成本管理也一樣，沒有一成不變的萬能鑰匙，只能適時變通。」這是秦美前創新成本管理的變通理論。他說，只要有利於降本增效，只要不違規違法，都可以嘗試。只有改變觀念，才能有方法、思

路的創新。項目剛進場，秦美前就將這種創新理念灌輸給了項目管理層的每一個管理者。分管成本的高秀勤，自然比別人領悟得更快，執行得更到位。

按常規來說，高秀勤只要把物資管控好，也就盡到了崗位職責。但是，成本管理沒有極限，更沒有所謂的固定模式。能否在堅持固有的有效的基礎上另闢蹊徑，把成本管理引向一個新的途徑？高秀勤根據管段施工特點，開始思索新的點子。

裝上千里眼，受控於終端。機械設備的油料管理歷來令項目管理者頭疼，原因是油料消耗總是與所完成的工作量不匹配，總是出現油耗超標。以前對油料和車輛監管幾乎處於失控狀態，司機在哪裡修了車，做了什麼，油料是否倒賣或司機的工作狀態等，完全由司機自己做主。高秀勤說，油耗標準按理是透過測定確定定額。且不論測定是否準確，單就設備情況不一樣，老舊程度不一樣，空車重車不一樣來說，就很難有一個準確的測定值，月末單機單車考核時，只能根據油庫的加油單和每臺車的派工單進行分析。但有一個缺陷，設備一到現場就算工作時間，但不一定在運轉。如果按臺班算，就難以控制臺班簽訂的人為作假，工作時間不準確，最終下來油耗也不準確。定額不準確，單機單車核算自然也不準確。以前有的項目還經常出現賣油現象，但又沒有證據，無法處罰，問起司機來，反而被人家一通諸如設備老化故障多、油箱漏油、耗時修車等說辭搪塞得無話可說。有的司機兩頭撈好處，臺班簽多了，油料就省下了，既撈臺班租賃費，又賣了油。表面上看，臺班數與油料消耗是相匹配的，但實際完成的工作量與油耗就是不相匹配，油料管控幾乎處於失控狀態。難道真的沒辦法？高秀勤開始向科技方面動腦筋。他經過網上查詢和諮詢，突發異想，可以利用互聯網建立一個遠程油料監控系統，他的想法得到了秦美前的大力支持。

針對以上這些情況，高秀勤提出採用 GPS 油耗監控系統對管段內所有施工設備和司機進行定位實時監控。在每臺設備的油箱裡安裝一個傳感器，利用無線網路傳到後臺終端，透過電腦和手機終端可實時看清設備的具體位置，並可對每一臺設備運行軌跡進行回放，查看運行動態。什麼時間在什麼位置加了多少油，都能實時在電腦、手機終端上顯示出來。高秀勤說，終端顯示

屏上有一道緩慢下降的油耗曲線，一旦出現曲線直線下滑，要麼是油箱漏油了，要麼是正在抽油賣油。直線下降 1% 到 3%，電腦就會報警，並向終端發送報警訊息。2014 年 9 月，電腦終端突然接到報警訊息，因為是後半夜，司機還在睡覺，項目部及時報警，抓住了一個流竄作案的盜油團夥。2014 年 10 月，一名司機沒有給項目部匯報獨自開車往彭山方向駛去。後臺終端突然發現車輛超出項目管區，立即打電話給他，司機說修車去了，給施工隊打電話也予以了證實。這套系統剛開始運作司機十分反感，覺得自己一舉一動都在監控之中，幾點幾分去哪裡了，連鄉村羊腸小道在谷歌地圖上都一目瞭然，時間長了，司機也接受了。高秀勤說，可透過這套遠程監控系統發現一些問題。比如說甲工點需要向乙工點調用設備，乙工點卻說設備正在用，實際上想要占住設備自己用。但監管人在監控系統裡一眼就看出那臺設備從幾點幾分到幾點幾分一直停著就沒動，強行調走讓對方無話可說，這樣就提高了設備的利用率。

「利用這套系統還便於核算和資源調配。」在高秀勤眼裡，這套設備無所不能。他說，因為 GPS 系統自動生成的數據庫，每月或任意時間可彙總加油量、行駛里程、平均油耗、行車時間等，這些都能透過自動生成的表格顯示出來。透過統計的數量，可計算臺班數，徹底卡住了人為虛簽臺班的漏洞，單車單機核算就有了準確依據。高秀勤還說，利用這套系統，還能根據實際工作時間測出設備的利用率、完好率和設備配置率是否科學合理。「我覺得有點玄乎。」他說，同樣的工作時間，同樣的設備可以進行橫向比較，如果所有設備工作時間都達不到定額，證明車輛多了，如果都超過了設定的工作時間，證明車輛設備少了，這樣，可根據定額完成情況增減設備，直到最佳配置。高秀勤最後總結說，這套千里眼系統實際上是一個現代化定位量化管理系統，利用它進行人員、設備、油耗定位終端管控，有效降低了設備使用成本。

管理工廠化，生產數控化。成本管理無極限，管控手段同樣可以多樣化。高秀勤說，現在施工標準化作業要求越來越高，如果場地設置過多，所增加的場地租賃費、人工費、管理費、技術資源等都要成倍增加。高秀勤透過測算，如果按照傳統做法將在 7 公里管段新建多個鋼筋加工場，各種資源和費

用必須加倍投入。如果只建一個鋼筋場，對所有鋼筋構件進行集中加工，集中配送，集中管理，按照工廠化模式運轉，成本將大幅下降。為此，高秀勤建議，投資購買了兩臺數控鋼筋籠滾焊機，立式、臥式數控鋼筋彎曲機各一臺和一臺數控鋼筋彎箍機。五臺設備投入80多萬元構成的鋼筋數字化加工場，不僅實現了管理現代化、生產數字流程化，而且節約了大量人力資源。所減少的50人，按一年算可節約人工費近300萬元，減去設備投入、鋼筋成品二次倒運、設備耗油等費用，可淨節約成本110萬元。

為防止鋼筋分散加工不便、管理容易丟失或倒賣事件發生，項目部還投入1.8萬元在鋼筋場環周安裝了8個聯網版的數字高清攝像頭的遠程視頻監控系統，只要上網，在全國任何地點都能清晰看到現場所發生的一切，庫存區、作業區、廢料區、人員車輛進出區等，在屏幕上一覽無餘，降低了管理者人盯人的勞動強度。高秀勤說，採用這套數控化設備進行工廠化加工，鋼筋廢料率降低了1.1%，節約鋼筋198噸，按目前市場價格，降低成本55萬元，總共節約成本160多萬元。

高秀勤說，採用數控有六大優勢：一是節約成本；二是加快進度，原來10個人，一天加工兩個9米的鋼筋籠，現在4個人一天就可加8個9公尺的鋼筋籠，功效提高了10倍，壓縮的進度成本還不在其列；三是提高了質量，因為所有程序都採用數控技術，每一個環節都在電腦裡輸入數據，避免了人工操作的手工失誤，把加工精度提高到了新的高度；四是提高了下腳料的二次利用率，以前工點多，各自為政，下腳料無法在單一工地再次利用，只能廢棄，現在各種型號的鋼筋所產生的下腳料，可以相互補充再次利用，大大降低了下腳料的廢棄率；五是集中管理，集中加工，避免了過去分散建場容易丟失的弊端；六是現場規範有序，文明施工程度高，企業形象好。目前1.8萬噸鋼筋加工配送總量已完成近4000噸。至此，簡蒲項目把成本管理關進了創新管理的鐵籠子，打贏了項目提質增效合力攻堅戰的階段性戰役。

把成本管控關進規範用工的鐵籠子

　　隨著企業經營生產規模的不斷擴大，依靠自有人力資源已經難以滿足發展需要，借助社會優秀勞務資源進行補充已是大多國有施工企業慣用做法。但是如果引進、管控不當，就會給企業帶來經濟和社會效益的雙重損失。多年來，不少外部勞務採取偷工減料、停工威脅、設置陷阱、栽贓陷害、投訴曝光、阻工漲價、敲詐勒索等方式吞噬公司利益，教訓數不勝數。見過太多不良案例的秦美前，對此保持著高度警惕。秦美前說，勞務管理歷來是風險管理的重頭戲，馬虎不得。項目工程單價本來就很低，稍微一鬆手就會虧損，但原則不會變，底線不能破。

　　如何規範勞務用工、規避用工風險？秦美前守了五條「底線原則」。

　　信譽不好一律不用的原則。面對前來報名的眾多勞務隊，秦美前按照公司外部勞務用工規定和管段工程特點，成立了一個由計劃、財務、工程、材料、安質等部門和項目經理、黨工委書記組成的領導小組，對所有勞務隊的資質、業績和社會信譽、施工能力等進行全方位甄別審查。過程中對那些雖然施工能力強，但社會信譽不好、已經進入集團公司黑名單，換件馬甲又前來的勞務隊，一律拒之門外。

　　親屬、同學一律不用的原則。對所需勞務，一律實行公開招標，凡是項目領導或管理人員的親屬、同學，或有私交的朋友勞務隊，不管多麼優秀，一律拒之門外。

　　公開透明條件平等的原則。按照公司勞務外包限價指導標準有關規定，項目部提前對各類工程進行了分類預算，只包勞務，不包材料。同類工程同類單價，絕不暗箱操作。並將外包單價公開，供外部勞務隊選擇。為避免關鍵工程、工序受制於人，凡是急、難、險、科技含量高、工期緊的工程，必須由自有隊伍承擔施工，絕不對外分包。

　　不簽合約不準進場的原則。雙方一旦達成意願，必須先簽合約後進場。目前，項目錄用的大小 22 個勞務隊，都是先簽合約後進場，避免進場後無意義的爭論糾葛發生。

特殊情況必須請示的原則。對一些地質結構特殊按照公司限價談不下來的工程，項目部不能私自做主，必須報請公司計劃部和主管領導審批。11 標管段地處沖積平原，地質複雜多變。永豐一號、二號、三號大橋地面往下 3～5 公尺是黏土層，再往下 15～18 公尺是砂卵石層，再往下 2～3 公尺是流沙層，樁基施工中經常出現塌孔，進度緩慢。如果按照限價標準必定虧損。項目在公司計劃部、工程部負責人和總工程師實地查看後才適當做了單價調整。至此，簡蒲項目把成本管理關進了規範用工的鐵籠子，打贏了提質增效合力攻堅戰的階段性戰役。

▎把成本管控關進方案優化的鐵籠子

「『方案決定成敗』的說法，在我們施工企業應該是施工方案的制訂和優化，其過程和結果直接體現管理層的智慧和責任。不管工程中標單價高低，設法降低成本都是必要、必需的。我們在這方面因地制宜做了一些努力，效果比較明顯。」秦美前談起依靠方案優化實現降本增效顯得較為自信。

「只有想在前面才能走在前面。」從臨建開始，秦美前圍繞降本增效的超前思維就伴隨著整個施工過程。

項目組建初期，選址建設項目部首當其衝。按照以往慣例，建項目部一般都得 100 多萬元。但他們首先想到的卻是租賃民房辦公，而不是徵地新建。經過實地考察，項目部在管段附近以一年 46.5 萬元的價格租賃了一棟居民樓，不算新建房屋徵地費，一年半工期就節約成本近百萬元。按照項目工程規模，新建一個包括設備在內的混凝土拌和站需要 500 餘萬元。他們透過實地走訪調查，發現管段附近有一座設備完好、料倉及場地建設齊備的地方私人企業閒置的拌和站，經過再三協商，項目部以每月 3 萬元的租金租賃到手。按兩年計算，不算徵地費就節約成本 350 萬元。小型預製構件場和機械隊駐地一共需要 60 萬元徵地 40 畝，如果租用百姓的耕地不僅困難重重，而且價格昂貴，加上場地硬化，需要 260 萬元才能打住。項目部再度派人走訪調查，發現修建成綿樂高鐵完工不久還未復耕的攪拌站已經閒置。項目部立馬與當地政府協商，以兩年 60 萬元的價格將場地和房屋租賃到手，經過比算，僅

此一項就節約成本200萬元，不僅節約了真金白銀，而且節約的臨建工期和提前兩個月進入施工的隱形效益也大為可觀。主體工程還未開工，臨建工程就為項目節約成本550多萬元。

「某一項方案優化不是事先設定好的，而是因地制宜，發現即辦。」在臨建階段已嘗到方案優化甜頭的秦美前，並未就此罷手，而是圍繞依靠方案優化實現降本增效這個中心，走過了整個施工過程。

路基拋石擠淤泥軟基處理，原設計片石只能從樂山或峨眉山拉運，每方最少120元。項目部發現地方公路「白改黑」工程廢棄了大量混泥土塊，能否以此代替片石擠淤泥呢？項目部組織技術人員審核圖紙，諮詢設計院，經過檢驗得到許可，項目部以每方80元的價格獲得了使用權，每方可節約40元，17萬方可節約成本680萬元。但秦美前卻說，這只能是減虧，因為這一項用1方片石就得虧30元，採用混凝土塊1方能賺10元。從硬虧510萬到純利170萬，都是方案優化帶來的結果。

說起借土借石填方方案的優化，秦美前掰著手指頭給我算了一筆帳。他說，取土取石填方，按原設計需從20公里外拉運，每公里每方運費1.1元，運到現場每公里1方就得22元，每方爆破費10.5元，裝車費、攤平碾壓每方8元，共每方40.5元，還不算220畝徵地費330萬元，加上這塊費用每方52.5元，而投標價格僅有46.7元，僅這一項每方就要虧5.8元。借土填方每方投標價16.98元，從20公里外拉運運費約30元，1方淨虧13.2元，226萬方土石方，就要虧2000多萬元，這是項目部難以承受的硬傷，巨大的成本壓力，逼迫使秦美前不得不另外想轍。他們經過多方尋找和協調，在8公里外選定了一處理想的取土取石場。經過測算，優化後的方案，購買每方土石9.9元，加上每方運費8.8元和裝車攤平碾壓每方8元，每方成本26.7元，比原借石借土方案每方下降了6元，230萬方土石方，還能淨賺920萬元。秦美前說，從硬虧2000多萬到賺920萬，一進一出實際賺了近3000萬，抵銷現澆梁投標性虧損850萬元，還能盈利70萬元。

李海為接過秦美前的話說，10公里臨時便道按設計需征90畝地，每畝1.5萬元，徵地費用就得135萬元。項目部採取在正線內修便道，所產生

的土石透過檢驗許可，直接就地填築路基，一舉兩得，3 萬方填方又節省了 100 萬元。

李海為繼續告訴筆者說，因為現澆梁用 1 方混凝土就得虧 350 元，項目部與設計院溝通後，優化設計減少了 3 座人行天橋，減少混凝土 1500 方，又減虧 52.5 萬元。至此，簡蒲項目把成本管理關進了方案優化的鐵籠子，打贏了提質增效合力攻堅戰的階段性戰役。

回想起項目進場以來因地制宜所開展的一系列降本增效活動，秦美前、李海為和高秀勤感慨頗多。他們說，辦法總比困難多，只要堅定為企業高度負責的信念，很多看似不可踰越的障礙總能跨過。成本管理無極限，現場在繼續，降本增效也在繼續。相信他們將會在這條路上走出自己的特色，直到徹底打贏這場提質增效的合力攻堅戰。

風塵天涯路　穿山越嶺新鐵軍

穿山越嶺新鐵軍

——中鐵十七局集團四公司廣大鐵路 7 標祥和隧道施工紀實

大理，一個美麗的名字，一個美麗的地方。有著雲貴高原高遠的藍天和熱烈的陽光，也有著蒼山洱海的浪漫和崇聖寺三塔的壯觀。然而就是這片美麗浪漫的土地，卻因其山高谷深、地質複雜而成為道路建設者們的「魔鬼之地」。儘管如此，道路依然需要建設，廣大鐵路擴能改造工程就是目前雲南省內在建的鐵路之一。它是泛亞鐵路西線和滇藏鐵路的重要組成部分，為國家一級雙線鐵路，全長 174.45 公里，設計時速 200 公里。建成後，昆明至楚雄將開通城際列車，行程僅需 1 小時，對於加強滇西地區路網運輸能力，完善泛亞鐵路網意義重大。

祥和隧道，是廣大鐵路全線最關鍵的重難點控制性工程，已被中國鐵路總公司工管中心列為重點監控項目，是全國僅有的十幾條被納入監控範圍的隧道之一，難度係數可見一斑。建設者們業內有句俗語：沒在雲南打過隧道，尤其沒在滇西打過隧道，就不能說自己打過隧道。因為只有經歷了滇西複雜地質的重重考驗，才會充分認識到隧道施工的複雜艱險程度。中鐵十七局集團四公司擔負施工的被稱為「魔鬼之地」的廣（通）大（理）鐵路 7 標中的「魔鬼隧道」——祥和隧道，自 2012 年 12 月底上場以來，四公司的建設者們就成了與「魔鬼」打交道的人。他們克服了地質複雜、工期緊張、資金壓力大等重重困難，以頑強的鬥志與凶險的地質惡魔鬥智鬥勇，展示了四公司這支新鐵軍的新風采。

▋先天不足 困難重重

位於雲南省大理市市郊全長 25.48 公里的廣大鐵路 7 標，3 座隧道、7 座橋梁和路基、車站構成的管段中，全長 10220 公尺的祥和隧道被業主定性為一級風險隧道，是全線的重難點控制性工程。祥和隧道並不祥和，接連不斷的艱難險阻讓人望而生畏。隧道最大埋深 705 公尺，地質條件複雜，共穿越九條大型斷裂破碎帶，圍岩軟弱富水，多為四級、五級圍岩，不良地質主要

有滑坡、岩溶、危岩落石、熱害、有害氣體、放射性、高地應力等，極易產生突泥、湧水、坍塌和變形等問題，稍有意外，就產生多米諾骨牌效應，有全盤皆輸的危險。無疑，這些都是項目決戰祥和隧道路上的妖魔鬼怪，可謂風險不斷，步步驚心。

四公司副總經理翟秋柱臨危受命，兼任了項目經理，接下了這個燙手的山芋。他先後在武廣高鐵、京滬高鐵、大西客專奮戰，創造了諸多效益、工期傳奇故事。來到廣大鐵路7標，首次接觸長大隧道，而且是如此艱難的「魔鬼」隧道。儘管感到壓力巨大，但翟秋柱帶領項目全體員工，使出渾身解數「降妖伏魔」，得到了業主一致好評。

上場之初，翟秋柱就確立了以祥和隧道為重中之重展開工作的思路。他與公司隧道專家、項目常務副經理李海斌的搭檔，可謂珠聯璧合，他們並肩攻堅克難。他們帶領這支從解放戰爭和抗美援朝戰場上走過來的鐵道兵構成的新鐵軍，一路艱險叢生，一路降妖伏魔，一路精彩不斷。

「我們項目是嚴重的先天不足，不僅僅是地質複雜，還包括工期緊張和資金困難。」翟秋柱介紹道。項目2012年12月底上場，根據合約工期顯示，項目施工總工期為44個月，其中祥和隧道工期為42個月，進度指標要求高，不允許過程中出現任何紕漏，如遇溶洞、突水、突泥等突發事件需要處理，必定帶來工期風險，進而影響到企業的合約履約風險。項目附近另一家擔負施工的一座3公里多的隧道，打了6年才貫通，而地質更為複雜超萬公尺的長大祥和隧道，卻只有不到四年的時間。毫無疑問，這是一場巨大的考驗。

資金更是成為制約項目的「命門」。廣大鐵路是中國第一個施工圖招標的工程，投標時使用的是鐵路隧道工程預算定額標準。2011年1月1起，國家開始執行新定額標準，而項目由於是2010年中標批覆的，只能沿用舊標準，由此帶來的預算差額達6400多萬。按照舊定額標準，人工費每人每天22元，而現在人工費200元左右，差距達到將近10倍；碎石每方28元，而如今每方120元，相差4倍多。此外，項目計價模式要求質保金預留10%，8000多萬質保金直到工程竣工驗收後才能退回，導致資金流轉十分困

難，由此引發的材料款、農民工工資支付和停工待料、隊伍穩定等一系列的連鎖反應更是比比皆是。

隧道設計為四、五級圍岩，而實際施工中幾乎都是五級圍岩，變更率高，尤其是隧道出口，變更率達100%。塌方、變形、突泥、湧水等問題頻頻出現，隔三岔五就要處理各種地質問題，小問題需要三五天或一個星期，大問題甚至要處理幾個月，對進度影響非常大。進口平導和斜井平導是制約項目工期的關鍵部位，圍岩變化非常頻繁，毫無規律可言，對地質預判要求高，必須準確判定圍岩種類和形態，才能正確地採取措施應對。同時對工法轉換要求高，幾公尺之內，圍岩就會有幾種變化，甚至一個掌子面，一邊圍岩需要採取鑽眼爆破，另一邊卻軟弱破碎到只需要使用挖掘機挖。同一個掌子面需要工法來回更換，對人員、設備以及工期影響非常大。

「項目上場時，只有我一個人打過長大隧道，技術人員都沒有相關經驗，甚至沒有幹過隧道，大多是新參工的學生，人才問題非常突出。」李海斌無奈地介紹。作為四公司隧道專家、高級工程師，並於2015年獲得中國鐵路總公司「火車頭」獎章的李海斌，隧道施工經驗較為豐富。他介紹說：「祥和隧道這種複雜地質，對技術人員的經驗和潛意識要求非常高，需要在現場摸爬滾打多年，才能對問題做出準確的判斷。」因此，他在做好二次經營的同時，跑現場手把手導師帶徒，詳細講解各類注意事項，把自己的經驗和專業知識毫無保留地傳授給他們，以提升他們的現場判斷和隨機應變能力，最大限度地避免由於人為和管理原因引起的各類技術風險和安全風險。

現場就是關鍵，安全就是底線。為了盯控現場，及時處理各種問題，翟秋柱把自己的陣地轉移到了現場，吃住在斜井。「隧道狀況連連，問題不斷，讓人身心俱疲，但我絕不放棄，開弓沒有回頭箭。祥和隧道的關注度和知名度非常高，稍有風吹草動，各個層級的目光都轉移過來了。可以說，我們的一舉一動都在各方的關注之中。所以，為了維護企業信譽，我們的每一天都如履薄冰。」在這個信念的支撐下，翟秋柱承受著重重壓力，無論外界如何評價，他告訴自己，一定要竭盡全力，對業主、對企業、對員工、對自己，都要問心無愧。

隧道前期進度緩慢，狀況頻發，與節點工期目標相差甚遠，業主、監理等各方都不看好，經常訓話，翟秋柱默默承受著這一切。不認可也好，不支持也罷，只要項目安全推進，守住底線，他就知足。他堅信，終有一天大家會瞭解情況，終有一天他會被理解，終有一天會以結果論英雄。如今，經過三年多的瞭解和溝通，隧道進展情況、整體平穩受控的形勢和安全零事故的成績逐漸得到業主和各方的認可。他們評價說，四公司在這種前提條件下，能實現這個目標非常不易。「不易」二字，包含了多少個日日夜夜的煎熬？

■「魔」去「妖」來，衝突不斷

如果你問現場人員，施工過程中什麼最難，他們的答案驚人一致：沒有什麼最難，感覺都習慣了。「難」成了一種習慣，一種常態，甚至是麻木，不難才是奇蹟。平均每月都會出現的塌方，平均每100公尺就會出現的變形，平均每公里就會出現的斷層，以及頻繁出現的突泥、湧水，使大家早已見怪不怪，什麼時候沒有問題需要處理，反而不習慣了。

「雖然設計顯示有9個大斷層，實際斷層數量遠遠不止這些。施工過程中，很多我們判定的斷層，設計院都不納入計算，如果這些斷層也算的話，那隧道幾乎全是斷層，根本無法計算和施工了。」項目總工張銀說道。「我們見到的各類狀況實在是太多了，早已習以為常。這裡的隨便一個問題放到其他普通隧道中，都算是重大問題，所以祥和隧道『不良地質博物館』絕對不是虛有其名，它簡直就是我們專業的隧道『老師』，幾乎教會了我們對隧道的所有認識。」張銀開玩笑地說。不過對他來說，還有一個特別難忘的回憶。

2015年9月11日，正是張銀的生日，他安排好各項工作，準備像所有遠離家鄉和親人的建設者們一樣，生日之時，給家人打個電話聊聊天，卻不想突然接到電話，隧道出口正洞初支發生大變形，且不斷增大。張銀迅速趕往現場，同出口技術主管蒙忠和現場技術員一起協調處理問題。不知不覺已經是第二天凌晨。這算是張銀過的最緊張、最難忘的生日了。蒙忠告訴我們：「變形發生時，我們迅速採取注漿加固方式進行處理，24小時隨時監督施工，

監控變形情況,可是依然控制不住變形,變形越來越大,最大達 90 公分,項目部透過觀測分析,判定隧道有塌方風險,我們立馬撤離人員、設備。塌方時,碎石和流渣迅速湧出,整個掌子面都被掩埋,幸好沒有造成人員傷亡。為防止進一步擴大塌方面,我們及時採取打管棚、換拱、注漿等措施,經過 75 天的艱難搶險,方才恢復正常施工。」

「祥和隧道面臨的主要風險可以分為四大:一是斷層多,規模大;二是圍岩軟弱,易坍塌;三是變形量大,段落長;四是突泥湧水頻繁。」張銀用一句話進行了概況。每種風險之間又相互聯繫,相互影響。由於隧道斷層多,設計圖紙只標明大斷層,施工過程中遇到的小斷層不計其數,水量大,可熔岩和非可熔岩遇水溶蝕,形成溶洞和空腔,極易引發突泥湧水。目前進口平導透過了上泥稍斷層,出口透過了上迎鳳斷層、柳沖箐斷層,斜井工區透過了黑土山斷層,長度共計 970 公尺。上泥稍斷層 560 公尺為活動斷層。儘管項目部採取多種預防措施,但依然風險不斷。2014 年 8 月,侵入岩在地下水的影響下導致拱頂、掌子面及側壁突泥湧水,項目部迅速拉渣反壓,施作管棚,超前注漿,對湧出體注漿固結,防止進一步湧泥。平導 560 公尺的斷層影響帶施工時間為 300 天,月平均進尺只有 56 公尺,平均一天不到 2 公尺。透過柳沖箐斷層及黑土山斷層時,平導與正洞也出現了不同程度的塌方變形、局部突泥湧水等情況,可謂寸步難行。

隧道已施工段圍岩大部分為砂岩夾頁岩及泥岩組成,褶曲嚴重,為全風化或強風化,產狀凌亂,加上地下水的作用,圍岩非常軟弱,手摳都能掉塊。由於埋深大,地應力大,在地下水的作用下,極易出現變形和坍塌。「我們還有很多五級異常段,圍岩極為破碎和軟弱,就好比一個『生雞蛋』,本來被包裹得好好的,在掘進透過時,蛋殼被打破,平衡被打破,水夾著泥和石塊就如同蛋清一般迅速流出,非常難對付。只有注漿加固,將生雞蛋做熟,才能解決問題。」李海斌做了個形象的比喻。

斜井、出口圍岩破碎,節理發育,結構鬆散富水,容易產生擠壓造成變形。此外,平導與正洞淨間距較小,為 17.3 公尺,圍岩相互擾動嚴重,自穩性下降,頻繁發生平導支護開裂變形、正洞初支變形侵限、破碎岩體溜坍等

問題。項目部採用超前局部注漿、加強支護措施等方法，並將平導與正洞的淨間距增大至 30 公尺，降低風險，減少相互之間的擾動。

大理每年 5 月到 9 月為雨季，時間長，水量大，尤其中後期，伴隨地下水滲入，加上圍岩本身富水，以及各類地質風險綜合作用，突泥湧水和坍塌，祥和隧道發生頻率居高不下。2015 年 5 月，進口斜井平導坍塌 10 公尺，耽誤工期一個月；2015 年 8 月 10 日，斜井平導發生突泥湧水，突泥 500 多方，湧水達每小時 300 多方，前後處理了 80 多天；2015 年 9 月 11 日，出口正洞坍塌，耽誤工期兩個多月；2015 年 12 月 7 日，進口平導發生湧水，耽誤工期 20 多天……僅 2015 年大小事故加起來，就多達 11 次，耽誤工期半年多。

本以為度過了艱難的 2015 年，來年會好一些，沒想到 2016 年開年時，「魔鬼」再度擋道。1 月 11 日，斜井正洞小里程發生大型突泥湧水事故。當天下午 6 點多，準備進行二襯施工時，發現洞內湧水開始變渾濁，初支發生掉塊、開裂現象，李海斌馬上判斷出問題的嚴重性，立即組織人員、設備撤離，二襯臺車來不及撤出洞外，只向後移出了 50 公尺。隨著時間的推移，初支拱頂嚴重變形，掉塊越來越大，晚上 11 點多，突泥瞬間噴湧而出，兩分鐘內湧泥 12000 多方，長度達 200 多公尺，只撤出 50 公尺遠的臺車又被湧泥推出了 50 公尺遠，洞內一片狼藉。李海斌說起這次事故，仍心有餘悸，「人員設備撤離後，我和總工張銀、斜井技術主管王寧寧以及施工隊長、技術員等 5 個人在現場觀測變化動態，正撤離時，湧泥突然猶如猛獸般在身後追趕」。

他們拚命地跑，後面拚命地追。恐怖的湧泥聲，夾雜著奔跑的腳步聲，此起彼伏。與死神的較量在狹長的隧道裡展開……當他們衝出隧道口時，回頭不見了湧泥的蹤影，一屁股癱坐在地上，臉色煞白，彼此相望，目瞪口呆。要是稍晚一點，或者被絆倒，就有被淹沒的風險。死裡逃生但仍心有餘悸的幾名員工事後總結說：「這次事故倖免，實際上來自李海斌多年對不同複雜地質隧道施工的經驗總結，來自他關鍵時刻精確的判斷和處理的果斷，否則，後果不堪設想。看來，隧道施工需要學習的知識很多。」

由於突泥量太大，連續兩天不敢進洞，直到第三天待洞內情況穩定後，項目部才組織人員對渣體進行位移監控和水量觀測，打孔探測突泥體量，檢測是否有空腔並確定空腔的大小，確定穩定後，再進行出渣和加固，整個過程複雜而漫長。王寧寧說：「照目前進度看來，至少還得處理三四個月，為盡量減少對工期的影響，我們在平導打橫通道到正洞，新開一個正洞工作面，繼續推進施工。」

有道是，屋漏偏逢連夜雨，行船又遇頂頭風。一波未平一波又起，這次湧泥事故還未平息，僅僅相隔9天後的1月20日，進口平導又發生湧水，水量每小時達380方，洞內整天水流如注。工人們只能穿雨衣幹活。項目部安排鑽機打孔洩水，過程中水量不斷加大，每小時達450方，到29號已變為每小時2000方，狀況越來越危險，項目部立刻組織人員、設備撤離，沒來得及撤出的鑽機被湧出的泥水埋了一半。隨後，湧水量逐漸減少，目前一直是每小時700方。儘管如此，依然阻擋不了項目前進的步伐。項目部採取埋洩水管排水，將線路左偏兩公尺繞過湧水口的方法，繼續向前施工，目前已艱難地推進了15米。

隧道掘進過程中，不斷與惡劣地質發生「正面衝突」，讓人應接不暇，嚴重影響施工進度。在如此艱難的施工環境下，工期成為各方高度關注的焦點。業主、監理、施工方等各方領導都神經緊繃。業主領導多次強調：十七局四公司施工的祥和隧道，是廣大鐵路的卡脖子工程，必須全力關注，對於他們的各項工作，必須全力支持，相關問題要優先考慮，絕不能耽誤工期。這份支持，讓項目部在變幻莫測的輪番高壓中，多了一份被理解的欣慰。

▎斬「妖」除「魔」保安全

祥和隧道的任何一次施工方法不當、防護措施不及時，以及出現險情的時候，每一秒耽擱都可能引發一場巨大的災難，施工人員都可能遭受滅頂之災。高風險隧道如何針對不良地質保證安全施工，加強科技應用，是項目部必須攻克的一個難題。

「任何安全事故都可能猶如千里之堤上的蟻穴，讓項目毀於一旦。在工期如此緊張、資金如此困難的情況下，我們沒有資格，更沒有資本發生安全事故，必須守住安全底線！」這是翟秋柱要破的死穴。項目部利用工程例會、教育培訓、監督檢查、宣傳欄等各種形式，加強安全知識宣傳力度和培訓工作。每月定期對施工作業人員進行現場教育，將本月工作中出現的各類問題製成幻燈片，針對性強，生動形象易接受。選取警示教育片，尤其是隧道的經驗教訓實錄，不定期播放。高強度高頻率的教育培訓，有效提高了全員的安全意識。愛學習愛思考的李海斌常常告誡大家：「只有善於總結的人才能進步，一定要將每一次出現的問題當成學習成長的機會，從中總結經驗教訓，避免再次在相同的問題面前跌倒。」在他的帶領和薰陶下，全員施工素質得到了有效提高，積累了豐富的現場管控經驗，安全管控越來越到位。此外，針對管段特點和高風險源的重點工程，項目部制訂了專項安全施工應急預案。在隧道口和斜井安裝訊息監控系統，24小時不間斷監控。

安全就是防患於未然，閉合圈是關閉安全事故閥門的有效途徑。為了構建橫向到邊、縱向到底的安全生產格局，項目部劃定了責任分工，層層簽訂安全包保責任狀，加大責任獎罰力度，用管理手段降低風險。此外，還加強超前支護、超前排水和超前地質預報，成立專門的地質預報隊、監控量測隊和專業注漿隊。重金購置了TSP203、地質雷達、紅外探水儀等專業設備，調配了進口超前水平鑽機、地質鑽機等先進設備，將超前地質預報細化到每一公尺。透過分析數據，準確揭示隧道掘進前方的地質狀況，及時調整施工方法、措施，所做預報分析與實際施工中的地質情況準確率達90%以上，有效地保證了施工安全及進度。由於地質預報工作準確到位，還承攬了相鄰標段隧道的超前地質預報工作以及超前水平鑽探工作。隧道進口、出口、斜井及橫洞區各配一個由1名測量工程師、4名測量技工組成的測量班，每個測量班配置全站儀、經緯儀、自動安平水準儀、數顯式收斂計、雷射隧道限界檢測儀等。對各級圍岩段開展洞內外觀察、拱頂下沉、淨空變化監控量測，透過監控量測反應的訊息指導施工，及時調整施工組織，確保施工安全。

注重吸納、發揮社會科技資源的作用，多方求醫問診，解決施工難題是項目部又一成功做法。項目部不僅請到了集團公司和公司技術中心的內部隧

道專家每月前來指導,還多次召開大型專家會,邀請了國內幾乎所有著名隧道專家學者進行研討,現場把脈,積極尋覓最佳施工方案。中國工程院院士、隧道及地下工程專家王夢恕,也是被邀請的專家之一。在查看和瞭解了隧道實際情況後,他評價:十七局集團四公司能在如此複雜的地質條件下,實現這樣的進度和成績,實屬不易,這是付出了非常多的努力才能實現的結果,不存在組織和技術問題。此外,項目部還和西南大學、山東大學進行科學研究合作。透過不斷請高人支高著,「三臺階七步法穿越斷層破碎帶施工方案」「突泥湧水地段施工方案」、「塌方處理預案」等最佳施工方案逐漸浮出水面,為順利透過危險地帶打造了「金剛罩」。

　　善於結合實際,勇於創新,運用科技破解難題,已成為項目全體職工的共識。施工中積極推廣應用國內外隧道施工新技術、新工藝,投入隧道施工專用機械設備,組成鑽、裝、運、支護、二襯等機械化作業線,實現機械化快速施工,以裝備的技術進步促進施工的技術進步。現場許多技術員,在不斷學習積累經驗的同時,自發鑽研施工技術,自主開動腦筋,想辦法,找點子,研究應對惡劣圍岩各種狀況的對策。先後優化編製出多個技術方案,撰寫多篇 QC 成果、科技論文和工法。

　　在複雜的隧道施工過程中,施工組織水平,最能體現項目的管理水平。現場嚴格按照施工方案組織生產,主抓現場作業循環時間,加強各工序無縫銜接,進口與斜井工區各安排一名副經理蹲點,配以有經驗的架子隊管理人員實行 24 小時值班制。根據日考核臺帳每天晚上分析各工序開展情況,每星期項目主管領導對各工區施工組織情況進行分析,解決存在的問題,進一步挖掘潛力。此外,制訂詳細的獎罰措施,加大獎罰力度,提高施工人員的積極性。爆破專家對隧道的鑽爆蹲點指導,減少隧道超挖,縮短了噴錨用時。優化資源配置,高壓提前進洞,人員、機械、設備按照施工高峰期定額配置。幾年來,春節期間沒有放過假,爭分奪秒追進度。在五級圍岩的前提下,進度最快實現了平導掘進月進度 145 公尺、斜井掘進月進度 100 公尺的重大突破。

「我們實行精細化施工組織管理，重點控制好工藝工法，確保實現成本最低但成效最高的目標。」談起施工組織，李海斌思路清晰。「工藝控制對安全、質量和進度尤為重要，主要體現在細節和規範上，一定要做到位。一個小小的螺絲釘沒有擰緊，就可能引發突泥湧水事故。」他補充道，「工法一定要相對固定，根據預案採取措施，提前預防和加固，確保順利透過危險地段。」

「我們目前的思路是各個擊破，主攻隧道。除隧道外，我們還承擔著路基和工藝複雜的關鳳大道雙線大橋的施工任務，面臨著既有線施工的難題，只有先將這些相對『簡單』的問題處理好，才能集中精力攻克隧道，從而降低管理成本。」翟秋柱分析道。雖然工管中心透過施組審查會將項目工期推遲到 2017 年 11 月 30 日，但剩下的線路圍岩更差，地質更複雜。正洞還剩的 4.3 公里、平導剩下的 3.4 公里中不良地質占了 34.7%，其中猶如「生雞蛋」的五級異常特殊圍岩達 300 公尺，工期壓力依然非常大，沒有半點喘息的機會。

▎管控到位，凝心聚力

出征廣大三年多來，項目實現安全零事故有序推進，工程進度整體受控，這離不開管理者的嘔心瀝血，也離不開職工們的團結奉獻。作為項目管理的領頭羊，翟秋柱一直以來堅持的原則就是實事求是。「廣大項目和我以往管理的項目不同，要以安全論成敗，我確立的目標就是『守住安全，進度受控，大局穩定』，無論外界怎麼看，寧慢勿錯。」過程中的艱辛，只有他自己才能體會。

上場之初，項目進度滯後，在以進度為考核的標準下，各方種種不滿，認為項目管控和施工組織不到位，不斷施壓追進度。翟秋柱默默承受著，安全、工期、資金一直是壓在他心頭的三座大山，重重的壓力逼得這個直脾氣的人無處排解。「過程真的非常煎熬，有時候都感覺自己像個神經病，非常易怒。」翟秋柱自嘲地說，這背後的無奈和苦楚，令人唏噓。

成本管控，一直是創效明星翟秋柱的管理優勢。儘管廣大項目資金如此緊張，他仍然盡心盡力，算盤掛在脖子上，杜絕任何浪費，確保顆粒全收。項目嚴格推行「兩嚴三控、雙目標管理」機制，實行「一級核算、分級管理」模式，以施工生產、安全質量為中心，以資金成本費用管理為重點，大力開展開源節流、增收節支，不斷完善內控制度，規範內部行為。

圍岩差導致施工進度慢，進度慢導致施工隊伍成本高、效益差，從而容易引起隊伍不穩定，這也成為制約項目進展的巨大隱患。為確保各施工隊忙而不亂，井然有序，翟秋柱介紹說：「我們嚴格做好隊伍的上場把關工作，及時計價付款，樹立服務觀念，為勞務隊施工盡可能地提供便利條件，同時，有效運用獎勵機制，提高工作效率。」三年來，在全線其他單位大部分都多次更換隊伍或項目經理的情況下，四公司一直保持大局穩定，這令許多相鄰標段羨慕不已，也令各方領導稱讚不已。

在祥和隧道這場持續至今的戰鬥中，接連不斷的攔路虎，沒有摧垮四公司的參建者們，反而歷練了一批人才。「技術人員由最初沒有經驗的一張白紙，到現在都能獨當一面負責隧道施工技術工作，為公司培養鍛鍊儲備了一批高風險隧道施工人才，這是公司的無形資產。」李海斌欣慰地說道。

王寧寧，斜井技術主管，28歲的他，踏實沉穩，思路清晰，溝通能力強，負責最關鍵也是最困難的斜井施工。他始終盡職盡責，堅定的眼神，顯示著他對崗位責任的執著和必勝的信念。陽宇飛，斜井技術員，2015年參加工作，走出校園的他，面對艱苦條件，從不退縮。洞內油煙大，溫度高，每次進洞出來，眼睛鼻子都是黑的。蒙忠，出口技術主管，不怕苦累，責任心強，善於學習總結。每天24小時隨時待命，半夜被電話鈴聲叫醒進洞處理問題的情況時有發生，每次他都毫無怨言，盡心解決。喬鵬輝，2013年參加工作。皮膚黝黑，開朗愛笑的他，擔任隧道出口技術員，每天風雨無阻進洞，已由最初見到突發情況時的懵懂，到現在能從容應對，一路成長。還有很多這樣默默無聞的參建者，正是他們的凝心聚力和辛苦付出，成就了項目的今天。

如今，四公司的建設者們還在大理這座風光秀美的城市的邊沿祥和隧道裡，與「魔鬼」隧道演繹著降妖伏魔的故事，與死神殊死搏鬥。真經就在「魔

鬼」的前面,「魔鬼」在繼續,降魔人在繼續,歷經九九八十一難的取經之路,在繼續。

鵲橋在子夜旋轉

——中鐵十七局集團四公司吉林霧凇高架橋施工紀實

5月23日凌晨,中央電視臺、江城日報、江城晚報、吉林市電視臺等5家媒體10餘名記者,聚焦吉林市中鐵十七局集團四公司霧凇高架橋轉體施工現場。

吉林市建委、吉林市建管中心、吉林鐵道勘察設計院、中鐵大橋勘測設計院、瀋陽鐵路局、中鐵十七局集團等單位相關領導和橋梁專家聚集現場。

無數雙眼睛仰望著被探照燈聚焦的巨型梁體。

「技術攻堅小組準備!」「安全保障小組準備!」「應急措施小組準備!」……15臺對講機此起彼伏。

零時17分,現場總指揮——中鐵十七局集團四公司霧凇高架橋項目部總工程師唐俊林一聲令下:「旋轉開始!」

只見兩組ZLD200牽引千斤頂帶動38根鋼絞線,10公尺高的橋墩將長74公尺、寬33公尺、重7260噸的巨型箱梁高高舉向夜空,自北向東逆時針緩緩旋轉,攝像機從不同角度對準平穩轉動的巨型梁體,閃光燈交叉點亮子夜的夜空。紅色指針對準轉臺角度刻度盤絲絲游動, 牽引主控臺數據在不斷變化。

「86度!」「明白,86度!」「85度!」「明白,85度!」

至此,東北地區罕見的T型箱梁整體空中轉體施工,進入了勻速牽引時刻。凌晨3時,南北朝向的巨型箱梁成功實現空中轉體90度,與東西方向相鄰的19號墩、21號墩成功連接,霧凇中路與霧凇東路遙相守望了6年的鵲橋在瞬間攜手,穿越吉林市東西方向的霧凇大道驟然連為一體,施工現場頓時歡呼雀躍,喜悅之情在夜空蕩漾……

20號T型箱梁整體旋轉的成功,標誌著霧凇高架橋關鍵節點工期的勝利。為了這一刻的到來,四公司的建設者們經歷了難以訴說的艱難困苦,他

們用智慧、責任和堅韌，迎來了勝利的喜悅，迎來了屬於中國鐵建人的光榮和自豪。

排萬難——發揚鐵軍精神

由中鐵十七局集團四公司擔負施工的全長 838.73 公尺、寬 25 公尺～33 公尺、時速 60 公里、設計使用 100 年的霧淞高架橋，位於吉林市區中部。在跨越長吉左線、長吉右線、長圖、沈吉四條正在運營的鐵路的同時，還同時跨越四川街、中興街、新興街 3 條城市道路，大橋被鐵路和道路分割成數段。大橋本該與兩端的霧淞中路、霧淞東路於 6 年前同時完工，由於地處鬧市區施工難度大，跨越既有鐵路施工安全風險高和單價偏低等諸多因素，一直沒有施工單位願意接手這個燙手的山芋。6 年來，市民們只能站在霧淞大道斷橋頭東西遙望，感嘆唏噓。大橋建成後，霧淞大道將成為吉林市規劃快速路網的重要組成部分，為改善民生、促進城市經濟發展發揮出舉足輕重的作用。6 年後再次啟動建設，自然備受各級政府和廣大市民的高度關注。可在施工過程中，接踵而至的挑戰，令項目經理黃進忠、黨工委書記梅北昌、總工程師唐俊林、安全總監劉宏建、副經理牟光均為主的項目一班人措手不及。

2012 年 8 月，黃進忠一行來到素有「江城」「霧淞之都」美稱的吉林市，然而，他們顧不上欣賞那煙波浩渺、一碧萬頃的松花湖美景，倒是那還在藍圖上的霧淞高架橋所呈現出的重重困難讓他們愁眉不展。從 2012 年 8 月 25 日開工到 2014 年 8 月 31 日竣工通車，表面上 24 個月的工期，可在奇寒無比的東北地區，減去每年長達半年的冬季高寒季節，不包括雨季在內，僅剩下 13 個月有效工期，如果遇到拆遷、管線排遷，尤其是跨鐵路要點施工，更會雪上加霜。在如此短暫的工期內，要完成 800 多公尺的霧淞高架橋和 118 公尺長的吉鋼路立交橋、760 公尺長的長春西路施工任務，無異於平地登天。

既有鐵路的安全壓力，不可迴避。鬧市區施工不能全封閉作業，保通與施工之間的矛盾難以調和。然而，這與既有鐵路線運營之間的矛盾比起來，只能是小巫見大巫。項目總工程師唐俊林介紹說，設計上霧淞高架橋的 16

號、17號墩必須跨越沈吉鐵路線，20號墩必須跨越既有的長吉左線、長吉右線、長圖和火車進站安全線四條鐵路線，其中長春到吉林的長吉鐵路線為城際高速鐵路，安全要求更苛刻，稍有不慎就可能造成不可預知的嚴重後果。因此，與鐵路部門打交道是繞不過去的。項目書記梅北昌介紹說，施工要進行，火車要運行，如何調和二者之間的矛盾成了項目上下最為頭疼的事情。高速鐵路運行對道路要求十分苛刻，施工中哪怕一小截鐵絲、一根稻草、一張廢紙都不能遺落在道床上。掛籃施工的每個循環都必須提前申請節點時間。而要點施工十分艱難，為了審批一份完整的時間計劃，來回要跑15天。得到批准後，鐵路部門派出的監管人員到現場收走所有機械設備的鑰匙，到點方才發令開工給鑰匙。面對來自既有鐵路線重重干擾的壓力，項目上下難以迴避。

舉步維艱的拆遷壓力，不可迴避。徵地拆遷艱難是城市施工的共性，牽涉面廣，關係複雜。施工現場可謂天羅地網，地面上的各種高低壓電線、地下管線還得探坑，因為政府資金不到位，拒絕拆遷成為常態，強行拆遷必定橫生事端。地面下的電力、汙水、自來水、熱力、燃氣管道和軍、民各用的光纖、光纜，等等，縱橫交錯。由於時間久遠，大多沒有了圖紙和地面標識，只能依靠人工開挖2到3公尺的探溝來確定位置。面對密密麻麻的管線，不知道先動A線，還是先動B管，所屬單位不能一起協調，往往是A家來了，B家沒來，各有各的理由，各有各的規定。面對錯綜複雜、難以推進的徵地拆遷的壓力，項目上下難以迴避。

造價偏低的成本壓力，不可迴避。從事多年計劃預算工作的黃進忠介紹說，霧淞高架橋的招標價採用的是6年前的預算價，時至今日，材料費、人工費都成倍上漲，過去的合理價現在已經成了白菜價。業主作為補貼的新增項目，因為工期原因也已經劃撥出去，從效益上說，霧淞高架橋就成了骨頭架（價）了。企業經營的目的是獲得最大經濟效益，而在霧淞高架橋項目，盡量減虧就是效益。面對來自低標價、高成本的壓力，項目上下難以迴避。

高寒酷冷的氣候壓力，不可迴避。東北地區的高寒酷冷蔓延時間之長，眾人皆知。如果在平均氣溫零下20多度長達半年的寒冷季節裡組織冬季施

工、人員、設備保溫防護和混凝土施工保溫投入，對居高不下的施工成本更是雪上加霜。如果不進行冬季施工，在 13 個月內要想完成如此巨大的工程量，更是癡人說夢。面對來自高寒酷冷的氣候壓力，項目上下難以迴避。

　　此時此刻，公司執行董事、總經理王應權帶領他們踏勘完現場、做完工程前期調查後，明確提出了「全面履約合約、培養一批人才、收穫一套經驗、樹立良好形象、實現預期效益、實現滾動發展」的六大目標，並鼓勵項目全體員工，要發揚鐵道兵「逢山鑿路，遇水架橋，鐵道兵前無險阻；風餐露宿，沐雨櫛風，鐵道兵前無困難」的鐵道兵精神，在東北這片廣袤的黑土地上充分展示中國鐵建的企業風采。

▎強管理——彰顯鐵建形象

　　壓力，層出不窮的壓力！

　　挑戰，必須應對的挑戰！

　　黃進忠深知自己已經被架在了火上，不烤出一身油，不燒掉一層皮，無法向業主、公司和集團吉林公司交代，也無法向自己交代！工期後門已經關死！沒有退路的黃進忠，決心放手一搏。他暗下決心，絕不能讓這座市民們期待了 6 年之久的空中鵲橋再次成為遺憾！絕不能讓企業形像在自己手中受損！黃進忠以工期為核心，根據各項工程的技術要求、工程量和所需材料、資金、設備、人力資源保障等因素，著手歸攏優化施工資源，進行劃片分區，開始了排兵布陣。為確保各節點工期的實現，項目組堅持以小環節服務大環節、以小目標保證大目標的原則，反覆優化各項施工方案，並以月、旬、周、日為單位進行工期倒排，以倒推之勢向工期逼近。令人「壓力山大」的霧淞高架橋，就此拉開了決戰的序幕。

　　面對既有鐵路施工安全風險大帶來的壓力，黃進忠依靠集體的力量逐一化解。既有鐵路施工，安全是焦點。安全總監劉宏建介紹說，為防止現澆箱梁結構掛籃施工對正在營運的鐵路線造成安全隱患，施工中必須嚴格按照鐵路部門安全操作規程執行。他們制訂了嚴厲的「七不」原則：施工計劃未經

批准不施工；未辦理封鎖要點手續不施工；防護措施不到位不施工；監管單位人員未到位不施工；參加人員未經考試合格不施工；機械設備運轉不正常不施工；施工負責人未下達命令不施工。與此同時，針對作業內容進行安全培訓、交底。特殊工種人員必須持證上崗，特種設備實行一人一機專人防護機制，防護人員有權制止違規操作。

箱梁掛籃施工，一般都在營運車輛稀少的零點到三點五十分。為要到一個時間點，書記梅北昌不顧門難進、臉難看、事難辦的尷尬，每次申請節點施工時間都要費時半個月跑十多個單位、部門，求神拜佛，要蓋 11 個公章，而這種折磨每個月都要重複一次。為確保來之不易的節點時間得到有效利用，項目部在下達施工計劃時必須精確，計劃必須完成，為節點時間突擊施工創造條件。時間一到，鐵路現場監管人員下達指令後，守候在現場的施工人員迅速展開突擊，在節點時間內務必完成，分秒都不能延後。否則，又得重新辦理節點手續，等到下一個循環才能彌補損失，而這一等就是一個月。由於計劃科學精準，組織得力，掛籃施工的每一個節點時間都得到了有效利用。

面對拆遷排遷帶來的壓力，黃進忠、梅北昌可謂煞費苦心，前期因為拆遷原因，造成個別工點延誤工期近 3 個月。為扭轉被動局面，項目部上下主動出擊，走家串戶講政策、做工作，力所能及為居民解決實際困難，以贏得支持，催促政府盡快到位拆遷資金。談成一家，拆遷一戶，逐步打破了拆遷僵局。面對縱橫交錯的地下管網，在採取開挖探溝弄清歸屬的基礎上，採取上門解釋協商和再度依靠政府的做法，同樣打破了地下管網排遷的僵局。無論是地上拆遷，還是地下排遷，都採取成功一家，開工一處，直到把現場開闢到家門口，以倒逼的方式艱難推進，收到了以小勝集大勝、以點動帶片動的聯動效果，扭轉了遷拆排遷的被動局面，為展開突擊施工創造了條件。

面對造價偏低的成本壓力，黃進忠和計劃部長王建麗最為明白，合約單價已成定局，唯一能夠減虧的途徑只有在精細管理上做文章。以計劃預算專業見長的黃進忠在霧淞高架橋項目發揮出了自己的優勢。為從制度上體現出精細管理的優勢，黃進忠授意王建麗牽頭、各部門配合，從施工方案優化、材料招標採購、材料現場管控、對上對下計價、勞務單價確定、勞務費用結

算程序、撥付款比例、單機單車核算和對外接待標準、管理人員工資係數等各個方面，制訂了一套嚴密、相互關聯的閉合成本管控系統。物資部長張威介紹說，項目面臨的最大問題就是單價偏低、資金緊張。商品混凝土、鋼材款大部分至今未付，導致商家拒絕供料，他們只能千般解釋，萬般承諾。在東北有個約定俗成的習慣，諸如鋼腳架、鋼構件等周轉性材料，在11月到次年3月15日期間不收租金。項目部正好利用這個時間差組織冬季施工，減少了租賃費用。除甲方供應材料外，大到鋼材、水泥、砂石料，小到一根電焊條、一顆螺絲帽和一座橋的承臺、墩身有多少鋼筋接頭，他們都算得一清二楚，在技術交底中逐一註明，甚至連工地剩餘的邊角料再利用、處理都有管控細則，抱西瓜不忘撿芝麻。材料採購除大宗材料一律實行招標採購外，二、三類材料必須兩人以上聯合採購。對勞務隊實行限額發材料，在驗工計價中一旦發現超額用料，務必從當月的勞務費中扣除，從不搞下不為例。對下計價撥款，項目建立了一個由現場負責人、技術負責人和項目計劃部、物資部、安質部、技術主管、分管領導聯合簽認和財務部審核，最後進入項目經理簽認的閉合管控程序，避免了可能出現的漏網之魚。一系列橫向到邊、縱向到底措施的頒布實施，有效緩解了低標價中標帶來的成本壓力，向公司提出的預期效益目標邁進了一步。

面對東北地區高寒氣候給工期帶來的壓力，黃進忠明白，冬季施工是唯一的選項。工期倒排表顯示，霧凇高架橋的134根鑽孔灌注樁、50個承臺的施工要穿越兩個冬季，6聯現澆、懸臂箱梁近2萬方的混凝土施工要穿越一個冬季。且不說冬季施工成倍投入的成本壓力，單就在高寒地區組織冬季施工如何保證工程質量，就成了不可小覷的挑戰。為此，項目組織技術人員展開了科技攻關。他們先後攻克了高性能混凝土耐久性、配合比、入模溫度、脫模搬運等諸多技術難題。大橋現澆梁施工混凝土平均溫度必須連續三天保持5度以上，否則，現澆梁就會報廢。但在氣溫零下20攝氏度的高寒條件下談何容易？科技攻關小組只能再度攻關。他們經過精心計算設計，提出了安裝四臺蒸汽爐、搭設保溫棚、增加熱風機、設立自動測溫系統和調整施工工藝的技術方案。施工結果表明，滿足了冬季施工現澆梁的質量要求，把不可能變為了可能。由於打破了高寒地區對混凝土施工的絕對限制，2013年

11月2日，全部樁基施工宣布結束，到2014年7月底，梁體施工即可完成，十萬火急的工期得到了緩解。

重科技——打造精品工程

毫無疑問，霧淞高架橋的設計精妙之處和亮點、難點之處，就在於20號墩箱梁的90度整體空中轉體。轉體成敗與否，直接關係到各級政府和市民的期待！關係到集團在東北地區經營戰略的成敗！關係到企業的形象！然而，這一切都必須依靠科技的力量才能實現。

全程負責轉體施工技術指導的項目總工程師唐俊林告訴我們，由於大橋橫跨既有鐵路，為確保火車運行安全，20號墩箱梁被設計成與鐵路平行方向施工，施工成型後再整體旋轉90度，與箱梁兩端的先期施工成型的19號、21號墩箱梁連為一體。要把一個墩高10公尺，箱梁臂長74公尺、寬33公尺，重達7260噸的巨型箱梁舉向空中旋轉90度，其難度令人瞠目結舌。其工藝之複雜，科技含量之高，施工難度之大，在四公司的施工史上絕無僅有，即使在國內也是鳳毛麟角。

2004年畢業於西南交大的唐俊林，先後參加過多條鐵路、公路大橋的修建，從技術員、工程部長到總工程師，積累了豐富的橋梁施工技術、管理經驗。轉體施工對他來說儘管是一項新課題，但他更多了一份自信和責任。唐俊林說，20號墩箱梁採用的是單箱四室結構，在垂直線上進行水平轉體施工，科技含量高，安全風險大，工藝十分複雜。轉體體系是決定大橋成敗的一個咽喉控制點。為確保轉體萬無一失，唐俊林與國內各大科學研究院所青睞的多名知名橋梁設計專家，對方案進行了反覆優化論證，從樁基到墩身、梁體和轉體體系等各個施工環節制訂了最為科學、安全的施工方案。

如何才能成功完成整體空中旋轉？唐俊林介紹說，主要是依靠鋼球絞與撐腳滑道兩大體系，簡單說，就是與旋轉餐桌旋轉一個道理的磨盤原理。關鍵結構是設於橋墩底部的轉動球鉸，它就像旋轉餐桌兩層桌面間的轉盤。要轉盤發生作用，必須做一個下承臺，也就是「旋轉餐桌下層面」。在橋墩建

設過程中的第一步，垂直挖掘一個用鋼筋混凝土防護樁防護的承臺基坑，建立好穩定的基面後，澆築一個下承臺，同時預留球鉸的支架和滑道位置。

再用吊車將下球鉸吊入並安裝固定在骨架上，「下層轉盤」就算成功了。接下來分塊安裝、固定滑道，鋪好支架後，再鋪上不銹鋼板和四氟板組成的滑道面。填充空隙後，在下球鉸面上塗抹黃油、聚四氟乙烯粉，然後吊裝安裝銷軸，再塗抹黃油、安裝上球鉸面。密封連接後，上、下球鉸面合二為一，一個特殊的「餐桌轉盤」系統就算告成了。當開始轉體時，透過兩臺TXLD200 型千斤頂，分別拉動上轉盤預留的兩端牽引索，像推磨一樣，讓連著橋墩和箱梁的「旋轉餐桌上層面」轉起來，整個旋轉過程都是在高度精密控制下完成的。為確保一次旋轉成功，項目部多次組織監理和國內科學研究院所的知名橋梁設計專家，對方案進行了反覆論證優化，並製作旋轉模擬動畫進行演示和現場預轉實驗，保證了整個旋轉系統各部位的受力均衡。

由於施工方案科學，過程監控嚴密，科技支撐有力，到 2013 年 11 月 4 日就完成了轉體箱梁的全部施工。一個瀕臨 4 條既有鐵路線、與霧凇高架橋成「十字架」的龐然大物浩然聳立在人們面前，人們期待已久的空中轉體時刻就要到來。

萬事俱備，不欠東風。5 月 23 日凌晨，這座矗立在吉林江城繁華都市的鵲橋，在眾人矚目和各大媒體鏡頭前，緩緩移動，以莊重巍然的姿態實現了完美的華麗轉身。

松花江畔飛彩虹

——中鐵十七局集團四公司吉林市沙河子立交橋施工紀實

5月16日，吉林市政府投資項目管理中心對承建吉林市沙河子立交橋工程的中鐵十七局集團四公司進行通報表彰。對該公司在項目管理、安全質量、文明施工、工期推進等方面取得的優異成績給予了高度評價。目前，該橋下部結構工程已經全部完工，為實現2014年10月30日節點工期贏得了時間，解除了自開工以來工期告急的黃色警報。

為加快吉林市經濟建設和改善民生，吉林市推出了系列以BT模式運作的工程項目，由中鐵十七局集團四公司擔負施工的沙河子立交橋就是其中一項。據項目黨工委書記王福柱介紹，沙河子立交橋是一項各級政府和老百姓高度關注的民生工程，建設成功後，可合理銜接城市內外交通，滿足吉林市建設綜合性特大城市的定位需要。吉林市堅持「北括、南優、東控、西調」的方針，加快「北工、中商、南居」空間結構形態的形成，引導城市重心向北部和西部延伸，進而與長春東北、東南開發建設相對接，加快長春、吉林半小時經濟圈區域對接速度，為完善快速路網體系和區域交通基礎設施建設提供基本條件。該項目也是吉林市向西發展的核心交通樞紐，將為吉林市西部經濟建設和發展提供重要支撐。一旦投入使用，在暢通吉林市西出口交通的同時，也將成為該區域的主要標誌性建築。

因此，沙河子廣場立交工程的建設對吉林市路網規劃、區域經濟發展、彰顯城市形象、優化綜合運輸體系、提高宏觀社會經濟效益都具有十分重要的意義。據相關資料顯示，中鐵十七局集團未來10年將在東北地區投資50億做BT項目，沙河子項目是集團公司在該地區BT項目試金石之一。因此，項目成敗如何，直接關係到集團公司在東北地區投資發展戰略，也會左右集團公司自主投資轉型發展的戰略決策。

這座總工期698天共分4座跨線橋的立交橋，A線900.5公尺，B線607公尺，C線287公尺，D線370公尺。最高墩15.7公尺，420根樁基共11652公尺。大橋建成後，猶如一道拔地而起的彩虹穿越城區，蔚為壯觀。

松花江畔飛彩虹

自 2012 年 9 月進場以來，由於受城市拆遷排遷影響，實際上 2013 年 5 月 3 日才正式破土建設，加之歷經了兩個長達半年之久的漫長冬季，2014 年初業主又下達了提前 60 天建成的關門工期。儘管項目經理部採取了冬季施工措施，但依然工期告急。為確保合約工期，2014 年 3 月初，四公司果斷決策，將沙河子立交橋工程從原吉林項目中分離出來，成立了新的項目部，單獨配置項目管理力量、增加配置施工資源，獨立組織施工管理。

此時此刻，剛剛被公司指派前來督導工作的潘紅衛、王福柱，突然被宣布就地擔起了項目經理和項目黨工委書記的重擔。臨危受命，他們將給人們帶來怎樣的驚喜？人們正拭目以待。

世上無難事 只怕有心人

2013 年 3 月 1 日，沙河子項目部宣布成立。

潘紅衛、王福柱兩位項目主管在新的環境裡，接踵而至的困難將他們逼進了牆角。咄咄逼人的工期，路在何方？潘紅衛敏感地意識到，工期是沙河子立交橋項目矛盾的焦點。業主在年初工作會上提出大橋提前兩個月交付使用，這對於本就十萬火急的工期來說無異於火上澆油。698 天的總工期，從 3 月 1 日到 10 月 30 日，只剩下 240 天，再刨去到 4 月 15 日東北地區冬季結束期間的 45 天，有效施工時間僅僅剩下 195 天，這還不包括雨季帶來的延誤。在不到三分之一的時間裡要完成三分之二的工程量,豈不是天方夜譚？公司執行董事、總經理王應權到現場指導工作時強調，組建項目與組織施工要實現無縫隙對接，千方百計拼搶工期，全力以赴維護企業形象。巨大的工期壓力，使項目經理潘紅衛感到沒有退路，特別是因為工期壓力連帶出的重重困難，讓他猝不及防。

極度匱乏的管理資源，如何重組？巧婦難為無米之炊。項目部組建之初，潘紅衛面臨的是既缺巧婦又缺米，即既缺少人手，又缺乏資金。經過瞭解盤點，項目管理資源、人力資源、設備資源、資金資源和巨大的周轉性材料資源等，都極度緊缺。特別是在業主資金封閉運行的情況下，資金高度緊張，項目組建之初，用於方木、鋼管架投入的 700 萬元全部外欠。各種資源即使

按照常規施工也嚴重不足，更何況因為搶工期導致的成倍投入。如何進行資源重組，需要多大的投入才能滿足拼搶工期的需要？潘紅衛陷入了深深的思考之中。

內外陌生的項目環境，如何著手？組建新的項目，一切都得從零開始。潘紅衛、王福柱面對從未合作共事的副經理、項目總工、安全總監等項目團隊成員和各部門負責人、部員，他們性格如何？責任心如何？業務能力怎麼樣？學的什麼專業？前期已經進入的施工隊伍素質如何？是否存在管理風險？面對從未謀面的業主和陌生的 BT 項目管理模式，如何溝通協調？凡此種種，他們一概不知。

寒冷漫長的冬季，如何進退？東北地區的酷寒時間之長，人盡皆知。雖然進入了 3 月初，吉林市的春天，依然是冰天雪地，貓冬的當地百姓依然在炕頭溫酒嘮嗑。可是，對於被工期逼急了的四公司的建設者們來說，卻陷入了進退兩難的境地。如果在零下 20 餘度的高寒條件下進行冬季施工，不僅會加大投入，而且人員凍傷、效率低下、混凝土保溫等問題接踵而至。如果等到解凍再展開施工，就得再減去 45 天的時間，150 天的時間裡要完成 2 個多億的工程量，豈能用天方夜譚一句話來形容？潘紅衛沒有別的選擇，組織展開「春天裡」的冬季施工，勢在必行。

縱橫交錯的地下管線，如何排遷？施工現場地處老城區，多年前深埋地下的暖氣管道、給排水管道、軍民各用的光纖電纜等各種管線，在天寒地凍的凍土下縱橫交錯。項目副經理代東成告訴我們說，由於年代久遠，大多已經沒有了圖紙和地面標識，必須依靠人工開挖 3 公尺多深的探溝來確定管線的走向，再根據管線性質尋找歸屬單位，才能協商改遷。2014 年 4 月 12 日，在探坑沒有發現的地下 8 公尺處，正在施工作業的鑽孔機，將一根熱力管道打破，滾燙的暖氣水從 80 公分管道的破口處騰空而起。頓時，白茫茫的水霧籠罩著施工現場，猶如一個巨大的露天浴場，還在貓冬的東北人，猶如忽然掉進了冰窟窿。好在項目部全力組織搶修，4 個小時後恢復了供暖。

複雜的現場環境，如何突圍？2160 公尺長的沙河子環城大橋橫穿鬧市區，城市施工場地狹窄，在有限的區域內要布置材料場、實驗室、拌和站、

員工臨時住房、車輛進出通道、施工給排水管線、機械設備停放等，都需要開闊的場地進行整體布局。但是，施工區域內的高低壓電線縱橫交錯，商家、學校、企業、加油站、新舊居民樓鱗次櫛比。按逆時針方向，吉北線、迎賓大路、沙虎路、越山路、和平路五路交叉組成的環島，在40公尺的半徑裡交叉穿梭，車輛行人川流不息。在環島不能完全封閉的情況下展開施工，安全風險居高不下，徵地拆遷異常艱難。

面對挑戰，潘紅衛該如何破局解困？雖然首次擔任項目經理，但十多年一路從技術員、工程部長、項目總工程師、項目副經理、工區經理等崗位上走過來的潘紅衛，沒有手忙腳亂。他經過反覆思考，給自己理出了這樣的管理思路：力克萬難，敢於擔當；以變應變，以不變應萬變；尊重規律，穩中求快；適時突破，快速趕超。正所謂，世上無難事，只怕有心人。人們有理由相信，雖然項目初期不順，但結尾一定驚人。

▍困難一座山 翻過一片天

「困難就像一座山，只要翻過去就是另外一片天！」這是潘紅衛激勵自己和大家的一句話。要翻過一座座大山，需要的不僅是勇氣，更需要智慧。

項目管理，資源為先。儘管加大資源配置會導致成本的急劇增加，但是如果不能按期履約，企業損失的不僅僅是延誤工期帶來的進度成本的損失，更重要的是將會給企業在東北地區的市場形象、經營格局帶來長期的負面效應，潘紅衛深知自己負不起這個責任。他根據工程實際情況，對管理資源、勞務資源、設備資源等，堅持超強配置的原則進行了周密謀劃。

初為項目經理的潘紅衛明白一個道理，那就是團隊必須團結，管理必須民主。項目組建之初，大家相互陌生，人心不齊，相互觀望，原有的勞務隊因擔心成立了新的項目而不穩定。面對陌生的內外關係，項目部採取歸心措施進行凝聚。項目主管之間、團隊成員之間和各部門之間協調配合，兩位主管首先做出表率，主動溝通交換意見，形成共識後再與團隊成員逐個溝通，在此基礎上進行分工。凡是關係到施工方案調整、資金撥付、人員工資、勞務隊使用、大宗材料採購等，都集體決策，不開個人決策的先例。

唯其如此，方才保證項目管理始終堅持正確的方向。

「尊重理解人，用對用好人」是項目盤活人才資源的首要原則。面對人力資源的不足，項目部請求公司調派一部分，自己重點培養一部分予以解決。首先逐個摸底瞭解，做到「人盡其才，才盡其用」，而後採取「老帶新，傳幫帶」的傳統做法加速人才培養。為提高大家的業務能力和理順業務配合關係，在業務培訓時所有業務人員一起參加，促使他們在熟悉自己業務的同時，瞭解對口關聯部門的工作性質，明確各自責任，找準配合切入點。各業務部門之間需要配合的事項，一律採取書面通知簽認的方式，做到責任明確、有理有據，避免了各自為政、相互扯皮的現象發生。與此同時，項目部倡導以人為本的管理理念，推行人文關懷。項目給每個員工統一定做了加長、加寬、加厚的棉被，各種生活用品，用具配置到牙膏牙刷，保證了職工在高寒地區溫暖過冬所需，溫暖了職工的心，增進了感情，消除了陌生，形成了較強的團隊凝聚力。面對陌生的外部關係，對業主、政府相關部門，項目部利用原項目和集團吉林公司前期熟悉的便利條件，主動上門溝通，以低身價、講誠信的項目集體風格，贏得了相關部門領導的認可支持。至此，項目完成了人力管理資源的整合。

原有的施工隊伍，潘紅衛採取繼續留用、所簽合約依然有效的辦法，解除了勞務隊由於項目變化重組帶來的擔憂。王福柱告訴我們，為從根本上防止勞務隊在關鍵時刻「卡脖子」，項目部成立了一個橋梁保障綜合隊，將9個勞務隊以工班的形式編入綜合隊統一管理，實行項目與施工隊面對面無縫對接。同時，項目部還成立了一個突擊隊，一是作用於重大節點工期打突擊，二是作用於預防勞務隊關鍵時刻要挾抬價，只要出現勞務隊停工，突擊隊立馬接管。用潘紅衛的話說，這是一把懸而不落的劍，造成威懾作用。果然，開工至今從未出現勞務危機，始終處於受控狀態，保持了勞動關係的和諧。至此，項目完成了勞務施工資源的整合。

工欲善其事，必先利其器。由拚搶工期帶來設備資源的急劇增加也不例外。按照倒排工期，逐月、逐日和每道工序所需要的不同設備，潘紅衛採取請求公司調撥一部分，租賃一部分進行針對性超強配置，一道工序結束不再

需要的設備立馬調離，或終止租賃合約。至此，隨著設備資源的有效整合，項目所有的管理資源整合宣告結束。

翻過一座山，又一座山橫亙在項目全體員工面前。隨著各項優勢資源相應組合到位，整體工期和節點工期按照倒排計劃有序推進，但複雜的外部環境和地下管線的排遷，同時在制約著工期目標的實現。

項目組建之初，雖已是初春，可在東北的吉林市正值零下20攝氏度的寒冬。比寒冷還要艱難的徵地拆遷卻不得不進行，否則，施工無法展開。不少拆遷戶擔心，不能及時、足額發放拆遷款，因此牴觸拆遷。王福柱不得不帶領拆遷人員在風雪之中走家串戶做協調。門難進、臉難看、話難聽都已經習慣了，整天來回奔波在拆遷戶和政府部門之間。忍氣吞聲、耐心解釋、組織座談會、與政府聯合現場辦公等措施齊頭並進。透過日夜艱苦努力，終於提前完成主線徵拆，為大橋基礎施工贏得了寶貴時間。

面對施工區域地處鬧市區不能完全封閉給施工帶來的安全隱患，項目部採取半封閉、全值守和設置人行專用通道相結合的辦法，有效地防止了市民進入施工區。面對縱橫交錯的地下管線，項目採取探溝作業進行梳理。為確保管線萬一被挖斷後能夠迅速恢復功能，項目部在當地聘請了專業管線維護專家，以便及時修復化解危機。

▎責任在管理 形像在現場

毫無疑問，打破正常規律搶工期，勢必增加投入加大成本，稍有不慎項目就會虧損，一旦如此，企業就失去了經營的目的。潘紅衛認為，現場是決定成本高低、效益優劣、落實責任的主戰場，所有的管理理念、管理目標、管理制度和方案實施，只有透過現場抓落實才能得到體現。

上場伊始，潘紅衛將責任的重錘落在了現場，落在了各個施工環節的管控上。項目本著經濟適用、滿足功能的原則，對各工點的材料需求進行了統一調撥，建立統一審批制度。在對工程數量控制中，工程部根據測量確定數量，管控對上對下計量變化，確保對上不虛報，對下不超計，有效地規避了

計量不準確的成本風險。在對主材管控中，項目始終堅持先申請、後審批，再採購的原則，所有工序一律實行限額發料，一旦出現超額用料，必須從當月勞務費中如數扣除。

如果管理人員責任心不到位，現場就會出現管理斷鏈，形成管理盲區，導致管理失控。潘紅衛經過反覆思考，決定成立綜合隊，把9個工班的後勤保障和跟蹤服務納入集中管理。為防止管理人員失職，項目部又推出了不稱職易崗易薪、輪轉頂崗議薪的績效考核機制。在各橋梁工班成立了勞務人員管理調度中心，將不稱職的管理人員派往勞務隊重新分配工作，做到人盡其才，才盡其用，責任和待遇平衡，報酬和付出掛鉤。

「工程質量不僅關係到企業形象、施工成本，同時也制約工期。」總工程師肖海龍告訴我們。為杜絕因為返工帶來工期延誤的現象，項目部要求所有工程必須一次成型，一次成優。為此，項目部與吉林市建管中心均派出專人進行過程監控，現場發現問題現場解決，避免了質量問題擴大化。為確保合約全面履約，項目部分別與各施工隊負責人簽訂了安全、質量、工期承諾書。並根據國家質量信譽評價、評分標準，建立了項目內部信譽評價機制，項目團隊成員逐月邀請集團吉林公司責任部門和業主相關部門負責人參與信譽評價考核。自從這項制度推出後，不僅強化了現場管理人員的責任心，而且在各作業隊、管理人員之間形成了一股良性的競爭態勢，工程進度一路飆升，一排排潔白如玉的橋墩猶如雨後春筍拔地而起，在人們的不經意間竄出了地面，鐵建人的形象，也在不經意間在業主和市民心中逐漸清晰高大起來。

▍錚錚鐵建人 滿腔奉獻情

「作風硬朗、幹練利落、精力旺盛、疾惡如仇」這十六個字是項目兩位主管對安全總監、項目副經理羅志強的一致評價。因為工期提前，開工初期分管現場的項目副經理幾度易人，最後重擔落在了項目安全總監羅志強的肩上。他沒有怨言，一頭扎進了現場，在零下20多度惡劣氣候下，拖著一身笨重的冬季裝備，晝夜不停地在隆隆的打樁機聲中來回穿梭。「只要你想過河，我就把你背過去。」羅志強的這句話在現場盡人皆知。這句話的背後是，

羅志強每天早晨 5 點起床，中午不休息，晚上 12 點以後才進屋。由於天氣寒冷，又沒有配備助手，大小事務他都得親力親為。他忘記了手腳被凍裂的疼痛，忘記了耳朵被凍傷的奇癢難忍，忘記了著急上火嘴唇起泡，沙啞的嗓子和打樁機的聲音一起在現場忽高忽低，一身疲憊、一身雪花、一身泥漿……以至於業主領導來檢查工作時，他不得不把安全帽藏起來裝成過路人。他說：「自己這模樣會影響企業管理者的形象。」

有人說他抓安全質量、抓進度六親不認，只要落實不到位就得挨訓。大橋有多少工點、有多少人和哪道工序進展到什麼程度、需要什麼設備、需要什麼材料、哪裡需要突擊整改等，他都一清二楚。各施工點的負責人對他有三怕，一怕接他電話「窮追猛打」，二怕見他面無情訓斥，三怕他現場罰款整治。人們背地裡都叫他「羅瘋子」，但怕也沒用，因為他就是為工作發狂的「羅瘋子」。

因為項目總體施工方案的正確，因為羅志強的鐵面堅守和全體員工的艱苦付出，5 月 30 日之前，沙河子立交橋終於全部完成了 A、B、C、D 線樁基 420 根，承臺 97 個，墩柱 117 個，6 月 30 日之前，完成現澆連續梁 11 聯 33 跨，為實現 10 月 30 日交付通車打下了堅實基礎。放眼望去，一座初見雛形的彩虹在吉林市區已經騰空而起，工期危機已經解除，人們的期待即將變成現實。

超越時間的賽跑

——中鐵十七局集團四公司重慶秀山一中施工紀實

2015年9月1日，重慶市秀山縣烏楊街道的一所校園內，人聲鼎沸，每個學生和老師的臉上都洋溢著笑容，不僅包含著對新學期的期待，更包含著對新校園的喜愛。這就是秀山一中，是秀山人民和全體師生所盼望的新校園。在所有參建者的拚搏努力下，秀山一中在有效工期不到一年的情況下，如期實現了開學交驗並投入使用。在這一場與時間的賽跑中，中鐵十七局集團四公司的建設者們以漂亮的姿態贏得了勝利，創造了令所有人都驚嘆的奇蹟。

重慶市秀山縣為土家族苗族自治縣，地處武陵山腹地，風景優美，山清水秀。秀山一中是秀山縣一所傳統老牌中學，始建於1925年，已有90年辦學歷史。老校區由一所職校改建，使用年限長，已成為老舊危房，再加上學校擴招，生源增多，校區滿足不了需求，新校園的建設迫在眉睫。秀山縣政府和秀山一中校委會在全校師生的期盼和全縣人民的關注下，決定興建新校園。中鐵十七局集團四公司作為投資聯合體中標。「重慶是四公司的大本營，秀山一中是家門口的工程，也是我們近年來承建的第一個綜合性校園工程，關注度高，意義重大，一定要幹漂亮，為企業立信創譽。」四公司執行董事、黨委書記王應權上場之初便指出其重要性。為打好這場硬仗，四公司點將上場，林睿脫穎而出，擔任了項目經理。

「80後」的林睿剛過而立之年，身材高大，不僅渾身充滿了活力，而且超越了同齡人的成熟。房建專業出身的他，功底扎實，在擔任昆明保障房項目總工期間，就以專業嫻熟、工作出色而得到各方認可，積累了豐富的施工經驗和管理經驗。初始擔任項目經理，加上超級告急的工期，他知道這是一場硬仗。企業的信譽、領導的信任和這個少數民族自治縣60多萬人口和3000多名師生的期盼和夢想，重重責任和使命，使林睿不敢有絲毫懈怠。

「不能讓公司榮譽受損！不能讓孩子們開不了學！」在這場為了夢想與時間的賽跑中，林睿做好了超越自己的準備。

▍困難重重，步履維艱

秀山一中項目建設規劃用地面積為 10 多萬平方公尺，其中包含教學樓、行政樓、食堂、教師管理用房、男生宿舍各 1 座和女生宿舍、安置房各 2 座，總建築面積 6 萬多平方公尺。

「一開始就知道這是塊難啃的骨頭，時間緊迫，老校區危房已經滿足不了學生入住要求，學校要求必須 9 月 1 日開學交驗，比合約工期提前了 3 個月。」林睿告訴筆者，2014 年 6 月從春城昆明來到山城重慶，首次擔任項目經理的他，就做好了打硬仗的準備。「技術力量年輕化，經驗欠缺，是我們面臨的首要問題，大部分為新分大學生，但是年輕人有活力，有拚勁，需要一個舞臺給予他們成長，企業也需要年輕的血液注入。」林睿說道。為讓技術人員盡快成長起來，項目部開展自主培訓，理論和實踐相結合，組織所有人員學習理論知識，從網路下載案例課件，結合項目工程實際，現場培訓，現場成才。還定期組織針對技術員的專業知識考核，以此來督促現場技術質量管理人員業務技能的快速提高。與此同時，導師帶徒活動也相繼展開，每個師傅帶一到兩個徒弟，手把手教，傳授知識和經驗，林睿自己就帶了兩個徒弟。在項目部濃厚的學習氛圍和強化學習過程中，技術人員迅速成長。

「其實上場之初，按照工期計算，我們如期完成施工任務是沒有任何問題的，我有這個信心，可是沒想到一來就給了個下馬威。」林睿說的下馬威就是起初制約施工進度的徵地拆遷。

「由於工業園區和學校徵地補償標準不同，存在地價差，導致群眾經常扯皮堵工，耽誤了大量時間。」負責徵地拆遷工作的項目黨工委書記簡春泉介紹。園區場地是挖填方相結合，一棟樓場地挖不了，另一棟樓場地就平不了，只有挖方地段和相應的填方地段都徵下來，才能進行場地平整施工，否則施工就無法展開。此時，一個小土堆或者一個小土坑就足以讓人焦頭爛額，項目就在這徵拆攻堅中一步步艱難前進。直到 2014 年 9 月 5 日，主要施工土地才正式徵下來，項目才完成部分樓棟的場地平整，展開第一根樁基施工。

喀斯特地貌為山城重慶塑造了許多美景，但在施工中遇到的卻是一大阻礙。秀山一中所在地地質複雜，石質較硬，土石交界區域裂隙較多，樁基施工過程中易發生塌孔，對施工安全技術要求高，影響成樁速度。項目部投入兩臺旋挖樁機同時施工，現場盯控，加快速度的同時確保安全質量。晚上9點以後，地面便由於土質發生返水而變潮，車輛行駛極易打滑，為確保夜晚施工進度，項目部加大投入，用碎石鋪設便道防止車輛打滑。加班加點，克服了重重困難，終於在45天之內突擊完成了531根樁基的施工。

　　施工各方的良好溝通合作，是工程順利進行的基礎。項目的業主方為秀山一中，常駐項目的監管人員包括校方、教委方、監理方合計達12人之多，僅校方委派就有6人，可見縣政府對此項目的重視程度。業主常駐現場，便於監督和開展工作，為項目各方面工作尤其是徵地拆遷及主體施工提供了較好的施工環境。為了共同的目標，雙方透過會議確定了以安全質量為基礎，進度為目標的主線原則，積極配合，高效地開展工作，使得現場施工得到有效推進。

▎有效管理 創造奇蹟

　　截至2015年春節，時間過去了一半，項目工程量才完成15%，工期逼人。業主也罷、師生也罷、百姓也罷，就連在現場的施工隊伍也都認為學校絕對不可能如期建好。工期後門已經關死，開學時間一天天逼近，可現場看到的依然是全面開花的施工現場、機械和拚搶工期的勞務人員，所有人員那顆懸著的心難以落地。

　　「抓住重點，倒排工期。從現場管理、物資供應、人員配置三方面著手，合理配置施工管理資源。」林睿抓住了掌控全局的關鍵要素。

　　「房建施工的最大特點就是工序繁瑣精細，交叉多，任何一道環節出現紕漏，便會引起多米諾骨牌效應，導致後續工序無法進行，因此現場管理便成了事關成敗的關鍵要素。」林睿的思路準確清晰。

項目部首先制訂了詳細的施工計劃，透過計算出每人每天的工程量，倒排工期，以日保週，以週保月，以月保旬，步步推進。全面開啟「5+2」「白+黑」模式，加大人員、設備投入，實行輪班制，平均每天工作18個小時。針對務工人員不足情況，項目部靈活解決。本地務工人員機動性強，工費低，但經驗相對不足，外來務工人員較少，工費高，但經驗豐富。項目部採取外地本地相結合的方式招錄務工人員，讓一個經驗豐富的帶三個經驗不足的，此舉不僅確保了質量和進度，同時節約了成本。「施工高峰期時，校園這180畝地有600多人，熱火朝天，校門外停滿了摩托車。尤其一到吃飯時間，人山人海，他們或站著、坐著、蹲著，千姿百態，幾分鐘狼吞虎嚥之後，人就散盡，很是壯觀。」主管現場的項目副經理韋素珍繪聲繪色地描述。

明確分工，責任到人，是項目部又一項管理舉措。秀山一中的房子層高不等，低樓層工序銜接快，工序之間交叉多，干擾大。韋素珍說：「我們將所有管理人員分為3個班組，每組3人，負責協調盯控，巡視安全和人員到位情況。9棟樓同時展開施工，排出詳細值班表，張貼在項目公示欄中，責任明確，確保現場時刻受控。」項目部實行例會制，全體人員和各勞務隊負責人參會。早會梳理問題，安排一天工作，晚會匯報任務完成情況，總結當天內容，現場問題得到了及時溝通解決。「項目要樹立服務觀念，想盡辦法為勞務隊施工創造條件。」林睿介紹自己的管理經驗，「我們的責任分工、現場盯控、工作例會等舉措，極大提高了發現問題、解決問題的效率，服務效果顯著。大幹期間，產值最高一個月達2900萬。」

一切以進度為中心，交叉施工是必要舉措。如何保證繁瑣工序之間的交叉和銜接不留空當，項目總工何軍剛介紹：「我們透過在不同施工階段確定重點控制對象，制訂施工細則，保證控制節點的實現。在不同專業和不同工種的任務之間，進行綜合平衡，並強調相互間的銜接配合，確定相互交接的日期，強化工期的嚴肅性，保證進度不在本工序延誤。透過對各道工序完成的質量與時間的控制，達到保證各分部工程進度的實現。」此外，項目部還根據工程量制定考核標準，實行獎罰制度，在緊湊的工序安排下，人員相對緊張，各施工隊伍形成了競爭態勢，高薪「借人」和「搶人」事件時有發生。

「點多、面廣、人雜，結構多樣，施工安全問題不容忽視，項目至今未發生任何安全質量事故。」安全總監王鑫自豪地說，「遵循細緻原則，樹立『安全人人有責』意識，每天每棟樓每道工序都要安排專人查看。除崗前培訓外，還定期進行安全教育，根據現場實際制定和印發安全資料。實行周檢、月檢相結合，發現問題立即整改。重點加強現場監管，規範人員行為，不定期對施工人員進行現場教育，並要求每個班組進行班前教育。」安全教育掛耳邊，安全規範在手中，細緻嚴謹的措施，為項目加速前進打下了基礎。

「雖然我們想盡辦法，傾盡全力，但依然不順利，物資供應就是擋在面前的一大攔路虎。」林睿大倒苦水。項目地處縣城，部分物資緊缺。其中加氣混凝土砌塊磚和玻璃都是獨家供應，供不應求。根據施工計劃，女生宿舍3月就要用加氣磚，項目部早在2月就向廠家提交材料需求計劃表，直到4月廠家才開始為本項目生產，此時食堂和男生宿舍也開始砌磚，3棟樓同時使用，磚供應不上。於是項目部將施工計劃和每天的需求量天天發給廠商，並派專人在廠內盯控生產，在縣政府及業主的協助下，本著將秀山一中的供貨單提前，其餘項目盡量推後生產的原則要求廠家，但依然滿足不了需求，磚廠一天產量300方，項目用量最多達500多方，空缺太大。直到5月20日，項目已經7棟樓同時用磚，供應問題導致隊伍被迫斷斷續續施工。若從外地運輸，每方成本將增加70元，且最近的生產地為黔江，運距太遠。期間，項目部想透過變更的辦法尋求解決方式，但是符合設計節能保溫要求的磚本地不生產。即使在如此艱難的情況下，項目部依然想盡千方百計加快施工進度，與時間賽跑。

施工過程中，項目部結合實際，透過優化方案節約時間。電力電纜溝施工需要挖溝、砌溝體再鋪線，經過實際勘測，校區部分電力施工完全可以變更為線管鋪設，不僅便捷美觀，而且速度快，成本低。樓梯扶手欄杆設計不統一，有的樓層是需要刷漆的鋼管，有的樓層為不銹鋼，為了美觀，便於加工及安裝，項目部統一變更為不銹鋼，縮短施工時間的同時降低了成本。

「壓力非常大，整天吃不下飯，睡不著覺，直到今年8月，我們依然不被看好，所有人都不相信能如期完成任務，業主甚至制訂了未完工應急預案。

期間還給公司連續發函催促，公司公開下文規定，若未如期交驗，項目領導團隊就地免職。說不擔心是假的，物資供應連連告急的時候，我也曾焦急萬分，心生懷疑。但我相信，我們最終一定會贏！」林睿信心十足。奇蹟的產生就是這樣讓人難以預料。自 2014 年 10 月 1 日樁基開始施工，到 2015 年 9 月 1 日完工，項目施工時間只有 360 多天，除去放假、各方面原因導致的停工等，真正施工時間只有 9 個月。在這短短 9 個月裡，為了兌現承諾，時間追趕得他們寢食難安。

▍團結一心 各展風采

　　成功的背後離不開優秀的管理者，更離不開優秀的團隊。秀山一中項目以「80 後」甚至「90 後」的年輕人為主，這是一個團結和諧，充滿活力的團隊，他們在這片美麗的土地上，以完美的表現，展現了鐵建人敢打必勝的拚搏風采。

　　「管理不能千人一面，更不能千篇一律，要根據每個人的性格特點和心理需求採取相適應的管理方式，才能發揮人才的最大作用。」林睿總結說。工作中，他是大家尊敬的領導；生活中，他和大家打成一片。他重視人才培養，要求年輕人要多學習，多詢問，多實踐，規定每個人去工地都要帶上三件「法寶」——筆、本、尺，三者結合，問題基本上都能解決。在他的嚴格要求下，年輕人進步非常快。趕工期時，他天天守在工地，顧不上吃飯，常常一碗泡麵就應付了，後來大家看不下去就經常幫他帶飯到工地。那段時間他壓力過大，每天看到什麼都想說，變得非常囉唆，連頭髮長了都完全沒有意識到。對於家庭，他一直心懷愧疚，覺得自己付出太少。家屬帶著孩子來工地看他，他卻抽不出時間陪他們。家屬開玩笑說：「在家和在工地都一樣見不著人影。」經歷這項工程巨大壓力的歷練後，這個已過而立之年的「80 後」，多了對人生的感悟和沉澱，因經驗的豐富而顯得更加沉穩。

　　來自甘肅定西的項目總工何軍剛，與林睿是同齡人。由於前任總工生病回家，他 2015 年 1 月才調到秀山一中，工期緊張，中途接手，考驗重重。雖是專業出身，但經驗有限，之前一直沒全面接觸房建工程。為了盡快滿足

工作要求，他每天抱著書本學習相關規範資料，上網查找課件，有不懂的就向老同志和施工人員請教。「以前接觸的公路、鐵路工程，工序簡單，而房建卻大不一樣，僅僅一棟房子就有 50 多道工序，對我來說是很大的挑戰。」何軍剛說。透過不斷的學習，他進步飛快，很快就能全面指導工作。如今學習已成為他的習慣，平時走在路上，看到特色建築，他都會停下來觀察思索。

「別看他現在塊頭比較勻稱，這可是瘦了 20 斤之後的樣子！」身兼試驗室和辦公室「雙料」主任的董海燕笑著告訴筆者。她說的就是安全總監王鑫。來自河北的王鑫，皮膚曬得黝黑，言語不多，從事安質工作多年，造就了他做事細緻周全的個性。每天頂著太陽去工地督促指導。這個「80 後」，不僅成熟穩重，而且協調溝通能力強。項目各種檢查，各類資料的申報整理都是他負責，經常是一大早出門，天黑才回來。「為項目把好安全質量關是我的責任，必須全力以赴。」王鑫堅定地說。作為項目裡唯一一個肩挑重任的女將，董海燕不負所托。之前一直從事試驗工作，首次兼任辦公室工作，對她來說任務艱巨。「房建工程材料種類繁雜，特殊檢測非常多，每次送檢我都提前做好充分準備，跟監理約好時間，送檢頭一天或者當天早晨早早把樣品準備好。」由於以每棟樓為一個單位工程，重複檢測大大增加了董海燕的送檢工作量，忙碌的她最大的感覺就是時間不夠用，恨不得一天當兩天用。既然幹就要幹好，瘦高溫和的她，體內蘊藏著極大能量，出色的工作得到大家一致認可。

項目部僅有的老同志，就是鐵道兵出身的副經理韋素珍和書記簡春泉。他們同大家一樣拚搏，用豐富的經驗和不屈的精神影響著身邊的年輕人。韋素珍主管現場，每天必去工地，一天要爬幾千級臺階。有段時間腳一落地就痛，他簡單用點藥後依然堅守在現場。

如今秀山一中已經書聲琅琅，書香滿園，建設者們辛勤奔忙的身影，已被孩子們活潑歡快的身影所替代。曾經人聲鼎沸、設備轟鳴的時空裡，正在傳遞追夢的力量……

責任詮釋歲月驪歌

——中鐵十七局集團四公司十天高速公路 H-C29 合約段施工紀實

陝西漢中北靠秦嶺、南倚巴山，漢江自西向東穿流而過。闊別三年之後，我們又來到了這座城市，從安康進勉縣，越野車在已經通車的十堰至天水高速公路上馳騁。

停靠在緊急車道上，我們用相機記錄了十七局集團四公司承建的十天高速公路 H-C29 標。大黃院白河特大橋雄壯地佇立在眼前，驛壩河橋隧相接，曲折蜿蜒伸向遠方，近 20 公尺高的護坡書寫了古人嘆謂的傳奇。四周的崇山峻嶺被晨霧籠罩，浮雲如水般浸沒了黛青色的山峰，山影若隱若現的輪廓猶如水墨畫般的美麗。白河的水將河底的卵石和溝底浸潤得清新無比。農舍的瓦檐下，純樸的山裡人辛勤勞作。公路旁邊的臨時項目部，已經被陝南移民安居工程所覆蓋，人們安然分享著通車後的富足和喜悅。

十天高速公路是陝西省高速公路網規劃三縱四橫一環的重要組成路段。該高速公路的修建進一步改善了國家高速公路網布局，是連接中國東西部地區的公路運輸大通道和西部地區重要的出海通道之一，對帶動沿線地區社會經濟發展將造成重要作用。四公司擔負的漢中至略陽 H-C29 合約段，全長約為 6.855 公里的施工任務，主要結構物有大橋 7 座，中橋 3 座，隧道 1 座，箱梁 1128 片預製架設任務。這段是陝西公路建設地質狀況最為複雜、施工難度最大、工期最緊的一項重點工程。沿途山高路險，屬典型的斷裂構造發育地質，崩塌、滑坡、泥石流、岩溶等風險頻發，導致主體工程完工後，出現了近 8 萬方的大型邊坡塌方。由於項目人事調動，我們採訪了現任項目經理梁海靈。

良禽擇木而棲。這句話在一個多小時的採訪時間裡，梁海靈說了四次。這句話的背後隱藏著太多的東西。1999 年畢業於西南交通大學橋梁工程及法律專業，擁有雙學士學位的他，歷經內昆鐵路、西河線、太佳高速公路等 14 個工程項目，參建三座跨越黃河特大橋，歷任總工程師、常務副經理、項目

經理等職務。有數家單位來挖過牆腳，面對數十萬甚至百萬年薪的誘惑，他始終沒有離開四公司。

「工作就像冬泳一樣，首先要熱身，才能慢慢適應環境。」2011年2月19日，梁海靈單槍匹馬來到十天線。項目總工程師另謀高就，黨工委書記、副經理因工作需要相繼調離，技術管理人員也相繼轉戰其他工程項目，彷彿已經曲終人散。工程合約款已撥付完畢，但還有大邊坡塌方需要治理。在國家對基建項目「減速換擋」宏觀調控的大環境下，業主資金斷鏈，項目部更是經歷了後期錢荒、地材斷供等考驗。梁海靈完全可以來了扭頭就走，但是他毅然決然地留了下來。他說：「只要公司安排的事情，絕不討價還價，挑肥揀瘦，一定要盡心盡職做好。」

說到苦，說到難，這位已近不惑之年的清瘦男人爽朗地笑了，或許14年施工一線的摸爬滾打，已經讓他充分「熱身」，能夠淡然迎接挑戰。他曾經為趕工期，帶領施工隊伍日夜奮戰，每天休息不到1個小時，創下了月完成淨產值近1億元的記錄。現在7000多萬元的滑坡治理收尾工程對他來說算什麼呢。可是對上合約計價款已經支付完畢，這部分屬於超出概算的後立項分部工程，必須等通車以後才能逐個簽字確認，再立項撥款。但這部分工程不完成，就如鴻溝一般將十天高速攔腰折斷，通車成了天方夜譚。無疑，梁海靈套進了一個悖論中，但為了維護已經建立起的良好形象，他不能讓工程虎頭蛇尾，再苦再難，只要企業要求做的，就必須做好。

沒有資金，沒有材料，沒有機械，沒有人員，施工談何容易？業主每月只能撥付20多萬元，只夠車輛消耗的油料費。這種日子連續了5個月，讓一貫堅強的堂堂七尺男兒，因資金不到位，職工工資發放不及時而捶胸頓足。梁海靈笑了，他說：「我必須樂觀積極，我要是趴下了，我的17名職工怎麼辦？」我們不禁要問，他是靠什麼完成後續工程的？「依靠的是企業的信譽和一張能說會道的嘴。」他笑道。可是那該需要多少努力才能換得各方相安無事啊。

為了與時間賽跑，不讓企業信譽在自己手上受損，他組織人員勘察地層地質，對圖紙進行仔細審核，不斷優化治理方案。4個大型滑坡，一個方案

批覆長達 4 個月之久，梁海靈鉚足的勁使不出來。在漫長的等待之後，方案透過了層層審批，他迅速組織人員實行 24 小時作業，和員工兄弟相稱，吃住在一起，在現場親力親為，連續數天凌晨 4 點才鑽進冰冷的被窩。項目經理的號召力和感染力有效促進了施工進度，終於提前 21 天完成了施工任務，獲抗滑樁施工、路面鋪裝等各種進度獎勵近 100 萬元，信譽評價中一舉奪得了 AA。他帶領建設者依靠智慧和汗水進一步展示了公司在陝西公路建設市場的品牌形象，贏得了各方讚譽。

2011 年 12 月 25 日，陝西省地震災區災後建設的首條高速公路——十（堰）天（水）高速公路漢中至略陽段建成通車。管理處領導感慨地說：「中鐵十七局集團具有較強的施工能力、較高的管理水平和不畏艱難的鐵軍精神，只要他們想幹的事情，就沒有幹不成的，他們無愧於『鐵老大』的稱號。」

讚揚的聲音還在空中飄揚，爆竹的喜慶彷彿就在昨日。這對於梁海靈來說，只是個階段性勝利，最殘酷的考驗還在後面。外欠款堆積如山，業主變更賠付還遙遙無期，他迎來了生平最嚴酷的炙烤。用他的一句話來說，在十天線把以前學的各種本領都使上了。因為收尾工作的複雜和千頭萬緒，延續時間較長，他組織了一個精幹的移交、驗收、資料歸檔小組，具體實施以移交驗收和竣工歸檔為主的收尾工作。為了緩解資金壓力，加快變更批覆進程，梁海靈一個人重新和設計院、監理、業主進行對接，缺少的資料，他一份一份地補充，有時候為了簽一個字，他可以站著等上四五個小時。他加大變更調差工作力度，及時跟蹤業主、設計的批覆，確保已形成的變更調差全部批覆計價到位，先後形成會議紀要 148 份，按照分析上報單價，變更共計增加建設費用約 7433 萬元。他想盡一切辦法使得業主撥付資金，發放職工工資，繳納三金，解決外欠款，避免法律風險，確保穩定。

時間飛速旋轉至 2013 年歲末，項目部計劃部部員調走了，就連辦公室最後一個工作人員都調離了，他依然待在那裡，一個人默默堅守，砥礪前進。他就是這麼一個天空出現碩大窟窿，卻用笑容去面對的人。歷經三載，他以常人無法理解的堅韌唱響了十天高速的最後一曲驪歌……

▋風凸嶺上的讚歌

　　林海杜鵑、奇峰怪石，千年冷杉，千山杜鵑，千米石瀑，木王國家森林公園濃縮了秦嶺風景的獨特精華，也成為鎮安縣旅遊業發展的重點，但惡劣的交通條件卻將這大自然的瑰寶深藏閨中。於是，一條通往景區的快捷通道開始快馬加鞭建設。

　　2013年5月13日早晨6時30分，經過600多名建設者400餘個日夜的艱苦奮戰，陝西商洛市目前最長的農村公路隧道——由十七局集團四公司參建的鎮安風凸嶺隧道工程勝利貫通，標誌著長期制約木王景區發展的交通「卡脖子」工程被全面攻克，直接縮短越嶺線路15公里，節省40分鐘車程，由縣城出發只需1個小時便可直達森林公園。同時，極大地改善了鎮安西部地區10個鎮15萬人的交通出行條件，有力地推動了縣域經濟發展。

　　風凸嶺隧道工程全長9.9公里，其中隧道長2.7公里，引線長7.2公里，全線按二級公路標準建設，設計時速40公里。項目概算投資2.3億元，是商洛市採取政府舉債建設與企業墊資施工相結合的全新探索。該工程分A、B兩個標段，分別於2012年2月、3月雙向動工修建。四公司擔負B標段線路總長5.511公里施工任務，主要構築物有1187米隧道出口端，6座小橋，14座涵洞，大南溝隧道管理站設施配套房等。

　　從十天高速29標到風凸嶺，越野車整整開了5個多小時。我一直在想，是什麼力量，讓一位項目經理為了每趟節約785元錢的過路費、油料費，常常穿梭於各個大巴車、小巴車，在十天和風凸嶺工程之間來來回回無數次奔波？

　　2012年3月，梁海靈帶著其他8名正式職工，懷揣著解決十天項目富餘職工工資及三金問題，滿載著建設優質高效生態環保公路的熱情，跑步進場，快速理順了外部環境，集中精力發揮特長，打了一場漂亮的工程建設仗。

　　風凸嶺隧道圍岩主要為千枚岩，節理裂隙發育，表層風化強烈，岩體破碎。遇水後毫無自承自穩能力，極易發生坍塌。在面對圍岩條件錯綜複雜、存在不同程度的塌方現象等不利因素下，隧道施工過程中未發生一起安全責

任事故，歸根結底，是因為從項目經理到一線施工人員大家心頭常懸一把安全生產的達摩克利斯之劍。

以橋梁施工技術著稱的梁海靈在項目管理、組織隧道施工中同樣表現了他非凡的才智。他根據隧道圍岩變化無常的特點，有針對性地頒布了一系列管理辦法，確定了「岩變我變」的隧道施工指導思想。根據不同的圍岩地質情況，靈活採用預留核心土環形開挖、三臺階法開挖法。

「中鐵十七局是不能背著炸藥包走路的，勞務隊想要利潤最大化，想方設法鑽空子，偷工減料以做到省時省事，這是絕對不允許的，我們也沒給他們這個機會！」梁海靈始終把安全質量管理擺在首位，建立了完整的安全保障體系，不定期進行安全隱患排查，及時整改閉合。對於隧道施工等高危環境，項目部成立安全巡查小組，及時掌握現場圍岩情況，並因地制宜確定防塌方及安全避險措施，確保了施工始終處於安全可控狀態。

2013 年 2 月，項目安質部長武旭東在巡查過程中發現，隧道上方泥土鬆動，立即要求施工全部停止，人員火速撤離現場。不一會兒，拱頂塌落一片，格柵鋼架被扭成了麻花狀，給他們來了個重重的下馬威。為妥善解決隧道地質條件差的問題，他們加大監控量測力度，對拱頂下沉和受力情況進行詳細記錄。經過多次現場踏勘和詳細論證，提出了一系列的施工措施。對三級到五級圍岩，嚴格遵守「保圍岩」「穩基腳」「固側壁」「早封閉」「快襯砌」「勤量測」的十八字方針穩步推進，先後妥善解決了大小塌方 10 餘次。

技術管理是否到位規範，質量監控是否有力，是能否實現整體創優的先決條件。在抓緊工程進度的同時，梁海靈十分重視工程質量控制，在每個分項工程開工前做好技術、質量標準交底，嚴格工中質量自檢、互檢，進行工後講評。上道工序不合格，不準進入下道工序施工，使工序操作始終處於受控狀態。由於安全質量措施到位，工程進度遙遙領先，比計劃工期提前 60 天打到分界點。期間，梁海靈還被業主聘為全線的技術專家，指導對口單位施工。

風凸嶺隧道工程採取的政府舉債建設與企業墊資施工相結合的管理模式，就意味著必須依靠 3300 萬的資金幹出近一個億的活來。而這兩年來，

建築施工領域受國家政策調整，許多鐵路、公路項目都出現了資金嚴重短板現象，建築企業也備受煎熬。如果資金短鏈，不能有效控制局面，那對於企業來說，面臨的將是被市場淘汰的命運。面對這個嚴峻的局勢，為保工期，又為了減少公司投入風險，梁海靈採取了一系列有效措施：多方募集資金4000多萬元，同時鼓舞士氣，明確分工，落實責任，清理剩餘工程量，倒排工期，任務落實到各作業隊及班組，加快工程進度，降低施工成本。

2013年11月4日上午8時，第一輛轎車順利駛過風凸嶺隧道。在地方政府、人民群眾的大力支持下，經過建設者奮勇苦戰，終於迎來了通車。兩年的櫛風沐雨，梁海靈成功地詮釋了肩上的責任和使命。然而，這來之不易的勝利凝聚著多少艱辛。他帶領職工們克服了道路崎嶇、圍岩破碎等重重困難，用智慧和真情在風凸嶺上譜寫了一曲動人的讚歌。

▎勇擔重責 砥礪奮進

英國著名小說家和戲劇家毛姆曾經說過，要使一個人顯示他的本質，叫他承擔一種責任是最有效的辦法。項目經理梁海靈從一個效益好的工程項目轉戰至一個已經超出概算的收尾工程，從米兜跳進了粗糠裡，三年只領了一萬元薪水。但他依然咬緊牙關創譽創效，維護企業形象不受損。他以實際行動為坐標，詮釋了一個有責任心、肯奉獻、能擔當的中鐵建人形象。

工程項目收尾管理涉及工程清理、竣工驗收、工程移交、辦理結算、收款付款、項目綜合考評，等等。紛繁複雜，千頭萬緒，忙活了半天也看不出成績。臨近結束，人心浮動，各方關係協調問題日益突出，和施工隊伍、材料供貨商、業主的關係也因為牽涉最後的結算，扯皮事兒多。加之近兩年來國家宏觀調控，緊縮銀根，業主資金匱乏，收尾工作更是燙手山芋。

然而這誰都不願意擔的工作卻是項目管理的重要組成部分，對於維護施工企業的經濟利益、市場信譽和社會聲譽，防止企業資產流失，都具有重要的現實意義，也是顯現公司實力，樹立良好形象的關鍵時刻。在施工企業經營規模日益擴大、經營領域不斷拓展和竣工項目逐年大增的情況下，搞好工程項目收尾工作，就顯得更為必要和迫切。

「在其位謀其政，司其職擔其責。」梁海靈踐行了他的人生格言。他積極樂觀地扛下了重擔，在團隊成員相繼調離的情況下，獨自承受各方壓力，積極謀劃，統籌協調，想方設法解決難題，每天細算柴米油鹽醬醋茶，以不足 5000 萬的資金先後完成了十天高速後期 7000 多萬的地質災害治理工程，並償還 4000 萬元的外欠款。守合約、重信用，樹立了企業在陝南地區的良好社會形象。

為什麼頻頻放棄高薪留在企業？為什麼頂著壓力接下了這攤子？為什麼面對各種危機和矛盾，他還能處理得當？為什麼在資金緊缺的情況下，職工工資還能發放到位，各種關係和諧穩定？因為他一事當前先替企業盤算，敢於擔當，從不考慮個人得失。為了節約成本，從勉縣到西安幾個小時的長途他不坐指揮車，而是坐大巴頻繁往返，支撐他的信念是什麼？無疑，是責任。把個人名利得失置之度外，把企業和職工利益放在首位，以捨我其誰的氣魄和一往無前的豪情，勇挑重擔，成為企業的一棵勁草。

「敢於擔當，勇挑重責」是選拔幹部的一條重要標準，也是新的歷史時期，企業選人用人的鮮明導向。當前，建築企業正處在改革發展的攻堅期和轉型升級的矛盾凸顯期。有些人圓滑世故、拈輕怕重、挑肥揀瘦，有功勞就搶、有責任就推，必將貽誤企業發展。只有樂於奉獻，敢於承擔，咬緊牙關，才能不辱使命，才能有所成就。企業賦予我們權利和職責，我們就必須盡心盡力、主動擔責、積極作為。能不能在矛盾、困難、問題面前勇擔重責，最能檢驗一個人的品行、作風，最能衡量一個人的胸襟、膽識。無疑，在這些標準面前，梁海靈都一路通行。

當我們被一個人、一件事感動之餘，不能只是評頭論足，更多的是需要在實際工作中去效仿，只有把推諉不想幹的難事，變成「自己應該做的事」，才能做到有所擔當。只要每位員工敢於擔當，做到守土有責、守土負責、守土盡責，每個單位、每個部門善於擔當，切實履行職責、發揮作用，企業何愁不能和諧、穩定、長遠發展呢？

風塵天涯路　峰迴路轉現真章

峰迴路轉現真章

——中鐵十七局集團四公司信茂高速公路 9 標扭虧增盈側記

2013 年 12 月 11 日，業主組織全線施工單位到中鐵十七局集團四公司信茂高速公路第 9 標進行路基、涵洞標準化施工現場觀摩學習。

2013 年 8 月，在業主組織的臨建設施標準建設評比中榮獲優勝單位。

2013 年，在業主年終全線信譽評價中，項目以安全、質量、進度、環保和廉政工程綜合考評名列前茅，斬獲獎金 205 萬元。

2014 年，業主組織的「大幹 100 天」勞動競賽活動中，項目再次名列前茅，獲得獎金 100 萬元。

同年 8 月，項目部被業主評為優秀項目經理部；項目經理梁丕東被評為優秀項目經理。

業主更是評價說：「中鐵十七局集團四公司為全線造成了引領作用，是信茂高速的一面旗幟。」

截至目前，項目已先後獲得進度獎、勞動競賽獎、標竿工程獎等 480 餘萬元。不僅實現了扭虧的初級目標，還盈利 1500 多萬元。

這個合約金額只有 1.7 億元、管段卻達到 11.02 公里、公司評估大額虧損 1490 萬元、先天不足的項目，不僅創造了扭虧增盈的奇蹟，而且實現了好評如潮的社會效益。他們依靠什麼手段讓一個瀕臨死亡的項目實現了如此完美的華麗轉身？這峰迴路轉的背後到底隱藏著怎樣的祕密？隆冬時節，筆者帶著任務、好奇和疑問，從山城重慶南下廣東，到信茂高速公路 9 標項目經理部，一探究竟。

隆冬的茂名，依然豔陽高照，溫暖如春。已是公司特級項目經理的梁丕東和項目黨工委書記陽智軍，帶領筆者從 2015 年 7 月 18 日已經轉場到雲（浮）湛（江）高速公路的 10 標出發，驅車一個多小時趕到即將於 2015 年 12 月 22 日驗交通車的信茂高速公路第 9 標。昔日 11 公里如火如荼的施工現

風塵 天涯路　　峰迴路轉現真章

場已悄無一人，映入眼簾的是一座座內實外光的大橋、一道道綠草叢生的路基邊坡和平穩整潔的瀝青路面，而其他標段，正在進行驗交前剩餘工程的突擊。當我們對準管段內的任意一處按下快門時，不禁感慨：那麼小的投資，那麼低的單價，他們是如何做到扭虧增盈的？

　　說到項目扭虧為盈，這對於施工企業來說既是老生常談，又是伴隨企業發展常抓常新的永恆管理主題。施工企業扭虧增盈，是一個集投標單價、施工方案、徵地拆遷、安全質量、工期管控、二次經營、竣工決算、人工費、機械費、管理費和材料費等諸多因素為一體的綜合體。但在項目經理梁丕東看來無非就是想出好點子、抓緊錢袋子、不搞花架子這麼簡單。梁經理深有感觸地說，透過各種手段達到降本增效目的，是項目的終極目標。成本管理因素眾多，項目一旦中標，投標階段成本控制的關鍵源頭就不復存在了，進而轉化成了準備階段、施工階段和竣工結算階段。項目中標單價超低，項目一上場就被公司劃定為虧損項目，就連業主都說這是個「見光死」的標段，誰幹誰虧。經公司初步測算僅混凝土這一項就要虧損650餘萬元。所以，我們只能在管理理念、方案優化和創新管理三個方面做文章。在他看來，沒有虧損的項目，只有虧損的管理。在廣東建築市場規則日益完善、競爭更加激烈的大環境下，僅僅依靠現有資源，能夠把一個以低標價中標的項目管理持平，就算是盈利了，公司給項目部提出的最高目標就是減虧持平，盈利是不可能實現的目標。但梁丕東並不就此死心。減虧、持平、盈利三部曲，減虧是手段，持平是底線，盈利是目標。為了實現這個目標，梁丕東有意將虧損額度加大，在公司原評估虧損額的基礎上又增加了2.5%，以更大的壓力強迫自己扭虧增盈。他說，取其上乎得其中，取其中乎得其下。調高的2.5個百分點，無疑是加大扭虧的難度。他的這一舉動一開始並未得到大多數人的認同。他解釋說，壓力越大反彈的動力就越大，這是作用力與反作用力的原理。在梁丕東的心中有一個隱藏的目標，那就是不僅僅要扭虧持平，而且必須盈利。至於盈利多少，他也心中無底，只有在過程中逐步調整，直至最終項目利益最大化。為將這種自我施壓的高度責任感層層傳遞到每個施工管理環節，梁丕東不僅圍繞成本規範了一系列管理制度，而且對項目的所有管理資源進行了優化配置。管理人員、技術人員、機械設備、物資採購、施工隊伍、

勞務承包，等等，進行逐一盤點優化，讓各項生產因素圍繞生產力和降本增效這個中心服務。也許正是基於這樣的理性思維和崗位職責要求，梁丕東在管控成本時才顯得特別用心和理性。效果如何，公司上下都在拭目以待。

依靠理念先行 實現扭虧增盈

「這是一個先天不足連雞肋也談不上的虧損項目，單價低得令人難以置信。從中標之日起就注定虧損，業主定義為『見光死』一點不為過。也正因為如此，從開工之日起，業主就給予了我們更多關注。關注的當然不是我們的虧盈，而是在如此超低單價的情況下，如何確保工程質量和施工進度。所以，我們必須理念先行，依靠先進的管理理念指導項目管理。只有看中責任、準確研判、超前謀劃、以快取勝、方案科學、精打細算、服務到位、守住底線，才能爬出這個眾所周知的虧損泥潭。」也許，就是這 8 條 32 字的管理理念，成為梁丕東帶領項目全體員工扭虧增盈的祕訣。

如何讓這些理念在現場發揮作用，梁丕東可謂駕輕就熟。1998 年畢業於石家莊鐵道學院的梁丕東，參加過合徐高速、海文高速、粵海鐵路、蘭新鐵路防風工程、內蒙古成大高速、內蒙古大東高速、南廣高鐵、三浙高速公路等重點工程的建設，從一名技術員，到工程部長，再到項目副經理、常務副經理、工區經理，一路摸爬滾打了 17 年，配合了 5 任項目經理，各具特色的項目管理經驗和各個時期的管理制度，他都爛熟於心。他在總結那些經驗教訓時得出一個結論：凡是思路清晰、制度合理、方案科學、執行有力，項目結局就一定良好，反之，則一敗塗地。有了這些底蘊做支撐，儘管這是他主管的首個項目，但依然信心滿滿。

包茂高速公路是國家高速公路網的縱線之一，起於內蒙古包頭市，途經陝西、四川、重慶、湖南、廣西、廣東，止於廣東茂名，全長 3130 公里。信宜至茂名高速公路位於包茂高速公路最南端，是全線最後開建的一段，管段貫穿茂名市全境。線路建成後，對進一步密切粵桂兩省的聯繫與合作，打通包茂高速公路連接鄂爾多斯大草原，貫通華北、西北、西南，直至廣東省南海之濱的大動脈具有十分重要的戰略意義，將成為中國大西南內陸省份的

一條重要出海咽喉通道，它將大大縮短廣東聯繫廣西及西南內陸的距離和通行時間。四公司擔負施工的11.02公里管段橫跨3鎮12個自然村，是全線12個標段中管段最長、單價最低、施工難度最大的標段。

梁丕東提出「永爭第一，永不落後」「高起點進入、高標準施工、高速度決戰、高質量取勝」和「把算盤掛在脖子上幹活」的指導思想，為實現扭虧增盈目標設置了一個更高的平臺。為規範成本管理，項目部先後製訂了《成本管理辦法》《驗工計價管理辦法》《雙目標管理考核辦法》《勞務計費管理辦法》《物資管理辦法》《財務管理辦法》《經費管理辦法》等各項以成本管控為中心的管理制度，實現了成本管理的規範化和系統化，為實現降本增效提供了制度保證。

俗話說，凡事預則立，不預則廢。準確研判形勢，超前謀劃布局，是梁丕東在信茂項目自始至終贏得主動的信條。

進場之初，梁丕東得知，參與信茂高速的12家建設單位中，有11家均以集團為單位出征，集中全集團之優勢資源在信茂122公里的戰線上展開決戰，代表集團公司出征的四公司，無異於以小博大。各標段都在使出渾身解數一搏高下。然而，梁丕東卻認為，如果為了博取虛名無端加大投入，只會讓項目雪上加霜。把「見光死」項目幹好了，公司一定會在廣東建築市場實現名利雙收，前景可觀。如何在這場不對稱的作戰中取勝？梁丕東首先抓住了以超前謀篇布局贏在起跑線、以標準化管理為核心、以一流的工程質量始終引領工程進度的這個關鍵。他根據自己多年擔任項目副經理的經驗從項目管理規律中判斷出，在施工初期資金寬裕，業主關注度高，反之工期越是滯後，資金越是緊張，如果不能按期履約，不僅影響到企業形象，並將直接導致各項成本的增加，扭虧目標只能是空談。因此，他決定採取透過縮短工期降低管理費用支出實現降本增效的策略，以快取勝勢在必行。

▎依靠快速施工 實現扭虧增盈

「『天下武功無堅不破，唯快不破。』這是《笑傲江湖》裡的一句話。要依靠進度降成本，唯有一個『快』字。依靠進度降成本，必須要有高昂的

士氣,否則,就沒有員工的主動性和施工高峰期的突擊性,必打敗仗。士氣是無形的生產力,對加快施工進度、提升成本的自覺意識十分有利。」梁丕東的獨到見解,讓筆者耳目一新。

「這個項目年輕人多,開工初期,一些年輕人認為小項目受不到大關注,鍛鍊的機會少,擔心單價太低工資可能都發不出來,積極性自然不高。如何提升士氣?比剛參加工作的年輕人年長不多的梁丕東和陽智軍,與他們溝通起來十分順暢。他們以會議和私下聊天的方式對年輕人說,項目是公司的,也是大家的。虧損項目幹好了才更顯大家的能力。項目不在大小,而在於盈利大小。只要我們看中責任,主動作為,再不好的項目也會有一個好的預期結果。對表現出色的,大會小會表揚嘉獎,人都有羞恥感,都想幹好,把想幹好的主要一面無限放大,就形成一個好的氛圍。對有缺點的員工要包容、引導,幫助他們樹立自信,讓大家朝著一個方向走。我們項目始終堅持業績導向,不講理由。敵人把你打倒了,你不能說我還沒準備好,對手是不會給你機會的。只為成功想辦法,不為失敗找理由。而且我們還同步實施工點績效考核,上不封頂,下不保底,獎優罰劣,雙管齊下,讓優秀員工既有面子又得實惠,反之,必然面子難看,囊中羞澀,激勵競爭機制得到了有效發揮。」梁丕東正是透過這一系列的思路和方法,統一思想,提振士氣。

「兄弟們太給力了!」梁丕東自豪地說。以項目領導團隊為首的突擊隊迅速成立,輪流值班,各負其責,利用黃金施工季節展開突擊。透過4個月的不懈努力,完成管段內的43座涵洞,220萬方挖方,188萬方填方,臨建工程率先第一家完工,路面標第一家驗交,安全、質量、進度均一路領先。業主說,中鐵十七局集團四公司利用雨季突擊臨建工程,旱季突擊主體工程,每天都在突擊,多少年了沒看到這麼讓人感動的場面了。由於受到業主高度評價,計價撥款更為快速,各項工作對接也更為快捷。以快速施工為抓手盤活了項目,全面推進一盤棋,促成了施工鏈條運轉的良性循環,以最快的施工時間大幅壓縮了虧損空間。

「我們之所以快,主要得益於五點。一是有個好的整體計劃。上場之初,項目部就甄選出了哪些是需要優先突擊的重點控制工程,哪些可以緩衝。我

們把涵洞作為優先突擊方向，為路基土石方施工提供了條件。二是優化配置各種資源。人員、設備、資金、隊伍等因素都根據不同時期不同工程特點進行強強配置，形成突擊條件。三是責任到人。自己該幹什麼，能幹什麼，配備什麼，幹到什麼標準，等等，都責任到人。四是高效的早會制度，每天早餐後開早會是雷打不動的制度。在會上，在消化昨天工作的基礎上，該調整的調整，同時注意輕重緩急搭配，適時變通，不誤工不窩工不返工。五是實行績效考核。」

依靠勞務管理 實現扭虧增盈

「依靠勞務管理實現降本增效，是我們管理項目的一個重點。」梁丕東在談到勞務管理時，強調的更多的是服務。過分依賴勞務隊，必然受制於人，就會失去大局管控的主動權，這是很多項目勞務使用管理中的慘痛教訓。

「主體工程和控制性工程施工必須由自己的專業隊伍承擔，勞務資源只能作為施工的輔助力量。」項目副經理賀真文說。這是項目上場之初梁丕東告誡大家的。項目共有大小12個勞務隊，在工程分配時按照肥瘦搭配的原則，不掙錢的大家平分先干，把利潤相對較好的工程留下，誰幹得好、幹得快，就把好工程給誰，這樣在勞務隊之間就形成了一個競爭態勢。

為了避免資金超付，對勞務隊計價付款，項目部嚴格執行了「優選勞務隊在先、單價預算在先、簽訂合約在先、驗工計價審核在先、預留質保金在先」的規定。各種勞務合約的簽訂必須經由項目工程、物資、財務、安質、設備等相關部門和現場技術負責人、項目主管領導聯審會簽，並報公司主管業務部門和主管領導審核，做到了公開透明。對同一類別的工程單價統一，驗工計價、撥付款項也必須由現場領工員、技術員按技術交底驗工收方，再由各施工隊伍、技術主管簽字後，才能到項目各部室進行會審會簽。只有前後經歷了10餘道關卡才能拿到一筆工程款，絕不會出現超撥款的現象。

「對勞務隊的管理既要嚴管，更要輔以善待。」陽智軍說。他告訴我們，項目部給予勞務隊的單價本來就不高，用他們的話說，我們摸準了他們的命脈，我們在算，他們也在算，稍有不慎就會虧損。項目部規定，項目所有管

理人員不得向勞務隊吃拿卡要，不得收取任何禮金或代金券，只有服務的職能，沒有高高在上的特殊，更不是謀取私利的渠道，一經發現將立即上報公司紀委予以查處。一旦授人以柄，在工程結算時，如果不能滿足人家的要求，必定組織勞務人員圍攻項目部，或者上訪、舉報，項目將蒙受意想不到的經濟損失，這樣的事件並不鮮見。因此，在開工之初，一些勞務隊先後給項目主管領導和有關業務部門送去了數萬元的紅包，他們都一一退還，實在不能退換的禮品，就交到財務部門登記保管，避免了受制於人帶來的經濟損失。

「善待對勞務隊來說不僅是幫助他們解決一些燃眉之急，也是理順生產關係而最終有利於加快施工進度、降低工程成本。」梁丕東說。這個理唸得到了項目部全體員工的擁護。

梁丕東說，項目部對勞務隊始終堅持款項晚支付的原則，但對資金壓力大的隊伍，項目部總是想方設法支付。對租賃的鋼管，為降低他們零星租賃的成本，由項目部統一租賃。進場初期，勞務隊需要租賃房屋，項目部就利用在徵地拆遷時與當地建立的良好關係的優勢，提前幫勞務隊談好價錢，避免了高價租賃，降低了他們安家設營的成本。在勞務隊資金短缺而項目又無法解決時，項目領導主動施以援手，先後自己籌款和向他人籌款為勞務隊拆借資金達到 10 餘萬元。平時在材料供給、物資運輸和周轉性材料、設備調度等諸多方面，都為勞務隊大開方便之門。透過以上服務，為勞務隊排出了一切外部干擾，贏得了他們的信任，讓他們一心撲在工程上。他們說，在這個項目雖然不掙錢，但是幹得痛快。

依靠方案優化 實現扭虧增盈

「方案決定成本，成本決定效益。這是我們多年來在實踐中總結出的成功經驗。在這方面我們可是下足了力氣。」梁丕東談起依靠方案優化實現降本增效，顯得很自信。從臨建開始，梁丕東以保證工程質量、安全、工期和提高勞動生產率、機械利用率為前提，根據各單項工程的施工特點、工期、環境，做好現場可利用資源調查，而後進行項目策劃，科學制訂施工組織方

案，逐項優化組織設計，充分發揮方案預控在成本管理中的主導作用。做到了技術上先進，經濟上合理，環節上均衡，確保了方案最優、成本最低。

項目組建初期，選址建設項目部首當其衝。按慣例，建項目部一般都得100多萬元，但他們首先想到的卻是租賃民房。經過實地考察，項目部在管段附近以一年2萬至4萬元的價格租賃了多棟居民樓供項目部和施工隊辦公、住宿、生產使用。不算新建房屋徵地費，一年半工期就節約成本近百萬元。按照項目工程規模，新建一座包括設備在內的混凝土拌和站需要近300萬元。項目書記陽智軍透過實地走訪調查，發現管段附近有一座設備完好、料倉及場地建設齊備的地方私人企業閒置的舊的洗沙場，經過再三協商，項目部以兩年4萬元的價格租賃到手，不算徵地費、沉澱池、水井、房屋、場地硬化等費用，就為項目節約成本60萬元以上。鋼筋加工場和4個機械隊駐地按常規至少需要100畝臨時用地，按駐地政府指導價需花費300萬元徵地，如果租用百姓的耕地，不僅困難重重，而且價格昂貴，還需復墾，加上場地硬化，需要150萬元才能打住。項目部再度走訪調查發現，駐地兩處廢棄的白碳場已經閒置。項目部立馬與當地政府協商，以1萬元的價格將場地和房屋租賃到手，經過比算，僅此一項就節約復墾費及其他成本30萬元，不僅節約了真金白銀，而且將臨建工期提前了45天，提前進入施工的隱形效益也大為可觀，主體工程還未開工，臨建工程就為項目節約成本250多萬元。在臨建階段已嘗到方案優化甜頭的梁丕東，並未就此罷手，而是圍繞依靠方案優化實現降本增效這個中心，將這一思路貫穿到了整個施工過程。項目主題工程即將完工後，透過議標方式新增加的3149萬元的仙塘代建工程，橋梁原來設計圖紙有6種不同模板，每種模板需要花費20萬元。項目部組織技術人員審核圖紙，透過設計院與業主、監理三方溝通，將模板從原先的6種減少到3種，同時對橋梁的樁標高進行優化，提高模板的周轉次數，避免了模板一次性多類型投入。透過一減一增，為項目增加利潤70萬元，這些都是方案優化帶來的結果。

說起邊坡防護設計的變更，項目總工王永掰著手指給筆者算了一筆帳。他說：「原邊坡設計為片石防護，取土取石填方需從3公里外調運，按每公裡每方運費1元計算，運到現場每方就得增加運費3.5元，加上爆破費、裝

車費、攤平碾壓費、徵地費，僅這一項每方就要虧 4 元，如果按照設計投入施工，項目僅此一項將預計虧損 800 多萬元。如此巨大的虧損額，壓得項目部上下喘不過氣來。嚴酷的現實，逼迫項目部不得不另外想轍。他們經過細緻的調查和計算，發現在保證施工安全的條件下，部分邊坡防護可將片石防護改為三維網植草防護，不僅節約造價，也不影響效果，且更加美觀環保。項目這一減少投資的負變更方案的提出，得到了業主的一致認可。僅此一項，項目就減虧 300 多萬元。」

陽智軍接過王永的話題說道：「11 公里臨時便道按設計需征 82.6 畝地。項目部再度進行了方案優化，他們採取在正線內修便道，所產生的土石透過檢驗許可，直接就地填築路基，一舉兩得，按每畝 2 萬元計算，僅徵地費用就節省 165.2 萬元。」

王永越說越激動：「嵌岩深度較深的樁基一根就得虧 3 萬元，項目部與設計院溝通後，在保證質量、滿足最短樁長與最小嵌岩深度要求的前提下，減少樁長 300 多公尺，又減虧 80 多萬元。」王永總結性地告訴我們說，在方案優化上，項目部在開工之初就對圖紙進行了詳細研究，按照工程清單逐條分析，看哪些方案能變能做實，透過篩選，項目共實現正變更 1400 萬元。至此，項目部利用方案優化環節，巧妙砍掉了所有能夠砍掉的虧損點，放大贏利點，來打贏這場提質增效合力攻堅的階段性戰役，並依靠方案優化，虧損空間得到了進一步壓縮。

依靠創新管理實現扭虧增盈。「面對無法逃避的成本壓力，我們迫切需要為項目利潤尋找新的方向。要走出依靠低價競爭的泥潭，必須引入新的創新機制。」這是梁丕東創新成本管理的變通理論。他說：「凡是有利於扭虧增盈的方法，我們都要大膽嘗試。」項目剛進場，梁丕東就將這種創新理念灌輸給了每一位管理者。作為物資部部長的黃偉強，自然比別人領悟得更快，執行得更到位。

面對著巨大成本壓力，黃偉強沒有退縮，他總說：「辦法是死的，人是活的，一切方法都沒有固有的模式。」能否在固有模式的基礎上另闢蹊徑，把成本管理引向一個新的途徑？黃偉強根據管段施工特點，開始透過上網搜

索查找和到兄弟單位學習借鑑的方式，逐步找出了創新物資材料管理的新路子。

▌依靠聚沙成塔 實現扭虧增盈

「集腋可成裘，聚沙能成塔。成本管理不能撿了西瓜丟了芝麻，點點滴滴都是錢，從粉末細節之處也能促進扭虧增盈。」梁丕東抓成本可謂滴水不漏。

為了抓好細微之處的成本管控，項目部從制度規範上和意識強調上著手。項目的《成本節超獎懲辦法》規定，凡是在滿足設計要求、確保安全質量前提下節約的成本，項目部與施工班組按三七比例分成。反之，則從當月工費中如數扣除。兌現一個月後，有人歡喜有人愁。看到項目部來真格的了，每個作業人員都處處留心，哪怕一捧水泥、一節廢鐵絲都不敢浪費。陽智軍說，在現場所用的標識牌展板，凡是通用的只做一套，哪裡需要就搬到哪裡。「五表一圖」項目部一張也沒做，為應對業主檢查，都是到相鄰標段臨時借用。

「項目部濃厚的成本意識，主要來自對虧損的恐懼和求生存的本能。」上場之初，梁丕東就告訴大家說，無論項目大小，單價高低，都要當成事業來做。梁丕東和陽智軍都告訴我們說，拌和站有一個叫張成利的職工，在近兩年的施工中，主動把洗罐車逐漸沉澱下來的混凝土廢料撈起曬乾，140多方全部用於涵洞的回填料或其他再利用，項目部並沒有要求他去做。陽智軍說，整個項目沒有浪費一方混凝土。有一次，他在便道上發現一小堆傾倒的混凝土，把張成利批評了一頓。他委屈地找到梁丕東申訴：「那料不是我們拌和站倒的，是地方做水利工程倒的，再說我也想進步，我也想讓項目盈利。」後來項目部透過調查，發現張成利所述屬實，陽智軍主動向張成利賠禮道歉。

一張辦公用紙不過一兩毛錢，但在信茂高速公路9標項目部如果浪費一張卻值50元。項目一上場就提出無紙化辦公，盡可能利用公司內網、業主網路系統平臺以及QQ群開展日常工作。如果發現浪費紙張情況每一張處罰50元，只有重要或留檔文件才打出來報送，而且必須要雙面影印。項目部還

取消了小食堂，項目領導與員工一起排隊打飯，招待酒改用自己泡的土酒，取消日常煙的發放。為了把水費降到最低，陽智軍與周邊百姓協商，拌和站利用地方灌溉水，做到了施工、辦公水費全免。經初步計算，兩年中僅辦公費就節省開支 50 萬元。成本管理無大小，集腋可成裘，聚沙可成塔。

回顧開工初期公司發來的成本測評報告，梁丕東、陽智軍、王永和黃偉強都感慨頗多。近兩年來，每一個日子他們都戰戰兢兢，巨大的成本壓力和扭虧重擔，壓得他們喘不過氣來。從虧損接近 1500 萬元到盈利 1500 多萬元，峰迴路轉的艱難過程，他們本該慶祝一番，但是他們知道，隨著建築市場的畸形發展和競爭的不斷白熱化，輕鬆盈利只是個例，扭虧增盈才是常態，沒有僥倖，只有艱辛。無論是現在，還是將來，不是虧得慘痛，就是贏得沉重。無論是企業還是個人，唯一要做的，就是時刻看中責任，被迫把自己架在火上燒烤，千方百計在骨頭裡榨油，在虧損的路上絕處求生。

創效才是硬道理

——中鐵十七局集團四公司大同市政二項目和長神項目管理創效側記

在中鐵十七局集團四公司 40 多個項目中，已完工的山西大同市慶新路下穿鐵路框架橋工程和已完成頂進施工、進入收尾的大同長神項目，每個項目投資不過數千萬，因為項目太小，幾乎被大多數人忽略。長久以來，包括筆者在內的不少人總以為，小項目難有大作為。最近出差到大同大張高鐵，抽空到只有半小時車程的長神項目瞭解情況，此行徹底顛覆了筆者早已形成的慣性思維。

大同市慶新路下穿鐵路框架橋工程，2014 年 8 月開工，工期 14 個月，總投資 5703 萬元；2015 年 9 月，四公司依靠在慶新路既有鐵路下穿框架橋施工中創下的信譽，再度中標了大同市陽高縣繞城公路下穿既有鐵路的長神線工程，工期 16 個月，總投資 4482 萬元。兩個項目有效施工時間 30 個月，合計投資一億元出頭，合計盈利保守估計超過 2000 萬元。這在當今建築市場競爭日趨白熱化、利潤空間幾乎觸底的形勢下，是不可想像的。

原來，小項目也能有大作為，創效才是硬道理。

我們總是特別關注那些動輒幾億、幾十億的大型工程項目，以為大項目不僅能集中展示企業形象，還預期會有大額的盈利空間。殊不知，現實總是不如預期，費盡九牛二虎之力，部分大型項目能夠持平或略有盈利，已經不易。更讓人唏噓的是，有的大型項目因為中標單價超低、工期制約和地形、地質、工藝複雜、安全風險大，以及勞務隊選擇失誤、業主管理模式的不同等諸多因素，導致項目運轉艱難，最終陷入巨額虧損境地的案例並不鮮見。大項目受到高關注無可厚非，可對小項目另眼相看就難免有失偏頗了。這大概是受到了「以產值論英雄」的傳統思維的影響。企業的本質是以盈利為最終目的，並盡可能追求利潤最大化，這並不是什麼標新立異的新潮理念，而是理所當然的正常思維。四公司在近幾年，可以說徹底摒棄了「以產值論英雄」的落後經營管理理念，積極倡導的「無論項目大小，盈利才是硬道理」的觀念早已深入人心。老母雞無論大小、漂亮與否，只要肯下蛋，就是好母

雞。近些年來，公司承攬的從幾百萬到幾千萬的小項目10餘個，無一虧損，且平均利潤率均超過了一些投資體量大的大型項目。在大同地區兩個小型項目的成功案例，再一次印證了公司經營管理理念的正確。而要將正確的理念付諸實施，自然要選正確的人做正確的事，才能實現預設的既定目標。毫無疑問，以馮向前為主的項目團隊成員，在既有線框架橋下穿施工中的出色表現，證明了小項目也有大作為、創效才是硬道理的經營思路的正確性。

看重責任，依靠精細管控創效

　　馮向前雖然參加工作近20年了，但我對他的瞭解，也是只知其名，不識其人，知之甚少。他先後參與了吉林松江河水電工程、吉林臨江老嶺隧道、內蒙古成大高速、同源高速、大同市南郊東韓嶺上跨大秦線危橋改造工程、雲岡同煤集團鐵路既有線下穿框架橋和最近3年擔負施工的兩項大同地區市政工程。其中大多數項目我都參與過採訪報導，但與馮向前從未謀面，自然所有文中也從未提及。此次採訪，算是順道湊巧，意外收穫。

　　在多年的一線施工摸爬滾打中，馮向前從基層工班長做起，在施工隊長、隧道施工技術負責人、機械隊長、測量工、項目物資部長、項目副經理等不同的崗位上，有了不同的歷練，積累了豐富的項目管理經驗和專業技術知識。在多年的工作中，他幾乎每年都被公司評為先進生產者，2011年被大同市評為重點工程建設先進個人，2015年被公司評為優秀項目經理和經營功臣。2014年8月，中標大同慶新路既有鐵路下穿框架橋工程後，因為框架橋下穿頂進施工專業技術性較強，公司決定從大同北環橋項目分離部分人組建新項目，馮向前和項目總工程師馮軍華自然成了項目經理和項目總工程師的首選，可謂厚積薄發。

　　在與項目黨工委書記鄧宏清的交流中得知，他與馮向前首次相識共事於長神項目，此前對他也不甚瞭解。在一個鍋裡攪食不到一年，配合了數名項目經理工作的鄧宏清，對馮向前卻有著較高的評價。

　　「馮經理這人特別務實，對他來說，責任重於一切。他思路清晰、管理精細、作風民主。我們四公司在大同片區受到了業主的高度關注度。正在施

工的長神項目,就是業主主動找到馮經理交給我們幹的。『以幹出攬』的經營思路在這裡得到了很好的體現。」

「管項目必須做到三負責,三確保:為業主負責,確保工程質量;為公司負責,確保名利雙收;為職工負責,確保職工利益。」這是馮向前擔任項目經理時一直秉承的指導思想。兩個項目的成功範例,證明了他堅守底線原則的正確。

「權力就是責任,也是雙刃劍,太集中會給自己和企業帶來後患,而且養成了獨斷專行的習慣就很難改。一個項目要想盈利,絕對不能個人武斷決策,否則就會帶來一連串的災難性後果。」馮向前對項目決策管理有著清醒的認識。他說:「一個人的視野、訊息來源渠道和思考問題、判斷問題的角度總是有限、有差異的,會受到個人情緒、綜合素質和專業技術的限制。做決策、抓管理,必須建立在集眾所長、避己所短的民主基礎上。」從擔任項目經理之日起,馮向前就時刻提醒自己,一切以盈利為中心,依靠大家的智慧管項目,竭盡全力實現「小項目大利潤」的目標。因此,從項目管理制度制訂、各種資源配置、單項勞務承包、對外關係協調,到管理崗位人員設定、專業勞務隊選用、職工工資發放、職工評功評獎、大額資金撥付,等等,都堅持團隊成員集體協商決策的原則。

「要想盈利,管理必須精細!」這是馮向前實現盈利目標的又一指導思想。兩個不起眼的小項目會有多大作為?不少人持懷疑態度,更何況這是風險極大的既有線施工。但馮向前卻認為,不怕小,就怕虧,一口吃不成大胖子,積小勝為大勝,集腋成裘有何不可?

項目副經理兼總工程師馮軍華告訴筆者:「既有線框架橋下穿頂進施工在山西業主只認兩家,一家是早已進入山西市場的另一家大型國企,我們是後來者。但是我們在這方面有絕活。在慶新路既有線框架橋下穿頂進施工中,我們與這家企業的施工點相距不到200公尺,都是同樣的工程,對方提前開工一星期,我們卻後來居上,不僅質量更勝一籌,而且工期比對方提前了兩個月。業主分別向公司和集團公司發函表揚,而對方單位卻受到了業主的嚴厲批評。長神線招標後,因為我們擁有既有線鐵路曲線下穿施工的絕技,自

然花落我家。」馮軍華繼續說道：「既有線鐵路曲線下穿施工的關鍵是在曲線上施工，安全風險特別高。載人載貨重達數千噸的列車，從掏空路基的曲線上呼嘯而過，一旦技術指導不到位，安全防護不到位，現場管控不到位，軌道加固不到位，就會造成特大安全事故。」他們在既有鐵路曲線上施工到底如何？這是後話，暫且不提。

因為城市路網規劃和大同旅遊經濟發展的需要，必須貫通從主城到雲岡南北的主幹道。一旦貫通，對發展大同的旅遊經濟和帶動主城區西部發展，以及提升城市競爭力，都具有十分重要的意義。而慶新路既有線框架橋，必須穿越北同蒲和同煤集團雲岡煤炭運輸專用線。框架橋下穿頂進施工是全線的關鍵節點，雖然投資不大，大同市委、市政府卻十分關注，特別是工期、安全問題，令各方神經緊繃。

▍先難後易，突破瓶頸，以工期確保創效

慶新路既有線兩座框架橋，一座 46.7 公尺，一座 44 公尺，分別下穿北同蒲和同煤集團專用的雲岡支線，是大同地區最大的框架橋頂進施工項目。兩座框架橋施工，太原鐵路分局一共給了 25 天施工計劃。北同蒲鐵路難就難在是以客運為主的國鐵，流量大，安全風險高，施工難度大，如果施工時間超過了太原鐵路分局批准的時間計劃，再申請延時將十分艱難。而流量較小的雲岡支線就不同了，即使超過計劃時間再申請就相對容易得多。為突破時間瓶頸，項目部經過通盤考慮，決定先難後易，率先施工北同蒲框架橋。項目部在時間上的明智選擇，贏得了工期上的主動，而且大大降低了工期成本。

▍敢於競爭，善於競爭，以勞動競賽創效

在慶新路既有線框架橋下穿頂進施工中，與另一家大型國有企業相鄰相伴。且不說為了確保工期，就這相同的工程在相同的地點幾乎同時展開施工，無形中就形成了競爭態勢。每天兩家的施工進展、所採用的施工工藝和配置的設備、人力，等等，沒有任何祕密可言。如何才能在這場競爭中領先對手？

馮向前可謂費盡了心思。按照工序的不同，項目部組建了5個突擊小組，每天進行考核點評，月底兌現獎罰。馮向前與馮軍華在不斷優化施工方案的同時，始終堅守在現場，認真觀察各工序間還有什麼可壓縮提速創效的空間，哪怕節約十分鐘也不放過，這不僅是加快施工進度贏得競爭的需要，也是縮短工期降低成本的需要。

因為相鄰施工，你來我往，免不了相互借用各類機具。馮向前告訴大家，要盡量為對方提供方便，比如施工機具、施工用電搭接等，都為對方提供方便，可謂有求必應。有人不解，這不是在支持對手超越自己嗎？他們哪裡知道馮向前的算盤。隨著時間的推移，對方對我們的大度、支持心存感激，雙方建立了良好的友鄰關係。

「看過電視劇《亮劍》的人都知道，李雲龍打仗總是不按常規出牌，不管採取什麼手段，取勝才是目的，施工也一樣。」馮向前的想法終於得以證實。透過觀察，馮向前發現對方的項目經理因為業主的信任，非常自信，很少到施工現場，晚上也很少加班突擊。有一天對方的勞務隊負責人過來借用機具時，馮向前抓住勞務隊想掙錢的心理，試探性地問道：「你們晚上能否給我們加班突擊？」並承諾待遇高於他們的加班費，每次加班結束發現金，沒想到對方竟然同意了。達成協議後，對方60多名勞務人員連續一個星期來到工地加夜班突擊。一星期就拉開了雙方的距離，直到有一天對方項目經理到現場驚奇地問道：「你們咋突然這麼快？」馮向前說：「我們每天晚上加班。」心中起疑的那位項目經理，回想起近段時間勞務隊人員晚飯後總是三三兩兩外出溜躂，三更半夜又三三兩兩回到宿舍，第二天上班無精打采，極不正常的情況。疑竇叢生的那位項目經理終於知道了真相，他勃然大怒，強行阻止了這種「吃裡爬外」的舉動。但為時已晚，經過對手的「幫助」，突擊任務已基本完成。從此，現場越來越順，進度越來越快，最終竟然比對手提前兩個月完工。在業主面前，一家表揚不斷，一家連連挨批，可謂有苦難言。進度加快促進了項目的降本增效。

▌整合優勢，育才用才，以資源配置創效

牽涉項目創效的因素方方面面，如何配置資源也是做好項目的關鍵一環。

人才是一切工作的根本，也是項目創效的關鍵，人力資源的合理配置，自然首當其衝。由於既有線框架橋下穿頂進施工工序繁多、工藝複雜、安全風險高，相應的人力資源配置也就更加凸顯。從項目領導分工，到現場負責人、技術負責人、工序負責人、關鍵崗位負責人，以及安全防護責任人，等等，馮向前都逐一排列，並將項目人員的脾氣秉性、專業技術、技能程度、綜合素質等方面逐一摸排篩選，用其所長，避其所短，進行優勢整合，分別對應安排到了相應的崗位上。在使用過程中根據效果再進行調整，使其達到最佳效果。

對出現的人才短板現象，項目部採取現場培訓速成的方法。理論培訓不定期，導師帶徒落實到人，出課題，勤考試，力求現場快速成才。2014年畢業的劉彥宏，愛崗敬業，工作細心，在工作中善於總結回頭看，進步很快，而且處事靈活，語言溝通能力強，綜合素質較高，不僅很快擔起了項目安質部部長的擔子，而且還負責月度計劃報表和部分對外協調任務。尤其是在與太原鐵路分局協調申請施工時間計劃審批中，表現出了獨當一面的工作能力。

一直從事測量工作的測量班長趙力華，工作日清日結，任勞任怨。用馮向前的話說，就是指到哪裡打到哪裡。項目部發現他在完成本職工作的同時，還在潛心鑽研技術。完成本職工作的同時，還承擔了路基的技術工作，而且幹得得心應手。一批新生人才的成長，補齊了項目人才資源短缺的短板，造成了人盡其才、才盡其用的效果，為做好項目打下了管理基礎。

設備物資的管控歷來是項目實現降本增效的關鍵環節。工欲善其事，必先利其器。馮向前深諳此理。雖然項目小，但各種配套的設備、機具依然不可或缺。為發揮好這些設備的突擊作用，項目部在兩個項目的機械設備管理中，根據工序前後秩序和工序的輕重緩急，或向公司相鄰項目調用，或部分購置，或部分適時短期租賃，按需按優配置。諸如挖掘機、裝載機、載重車等設備，一律推行單機單車核算，逐臺逐輛定時、定量、定油耗，按臺班考核，

設備使用率功效提高了將近 100%。一旦工序結束，租賃的設備立馬結帳退租，避免了設備閒置成本的發生。對完工後的部分自有設備，實行閒置一臺，保養封存一臺，確保了設備的完好率。

眾所周知，工程材料占工程成本的 70% 左右，是成本管控的大頭。在材料控管上，馮向前告訴筆者，材料管理要嚴把三關。一是設計數量種類關。首先要把圖紙吃透，按設計購料；二是市場採購關。大型材料採購，首先要熟悉市場行情，在執行公司物資採購指導價的前提下，按照就近、必須、價廉物美的原則進行公開招標採購；三是限額發料關。項目物資部門結合設計和現場實際需要，對每個工點的每道工序都制訂了詳細材料清單，一律按定額發料。如果出現超額用料，將在計價付款時在勞務費中足額扣除。這些「先說斷，後不亂」的制度的建立執行，有效堵住了各種材料採購、消耗中可能出現的漏洞，把住了材料管理的成本關。

▍擇優選用，嚴管善待，以社會資源創效

隨著企業發展規模的不斷擴大，自有的人力資源已經難以滿足規模需要，引用社會優秀的勞務資源作為補充，已是施工企業多年來慣用的做法。但是，任何事物都有兩面性，一旦選擇、管控不當，就會給企業帶來災難性後果，不僅會造成巨大的經濟損失，而且社會信譽受損，這類例子不勝枚舉。為吸取過往教訓，馮向前在勞務隊的使用管理中，嚴格遵守公司「嚴格考核、擇優選用和信譽、專業優先」的原則進行篩選。對入圍的勞務隊，按照公司指導價，並結合現場具體情況，核定勞務費承包單價，做到工程量、勞務單價、安全要求、質量標準、工期節點等公開透明，一律先簽合約後進場，避免了事後扯皮的後遺症。勞務隊計價撥款，必須經由現場技術負責人、試驗室、計劃部、物資部等部門現場集體驗工計價簽認，在安質部一票否決的基礎上集體研究，才能最終決定一筆款項是否撥付。為有效控制撥付款出現倒掛現象，每筆款項只撥付 70%，並且納入合約條款，最終根據工程質量和材料節超情況算總帳。

为確保農民工工資發放受控，項目部實行專人影像取證監督的方式發放到每個農民工手中，避免了農民工工資發放監管不到位而集體上訪的被動局面和因勞務隊監管不到位引發的成本風險。在管理中，馮向前提出，項目管理層必須樹立服務理念，在施工過程中牽涉的機械設備調度使用、材料供應、徵地拆遷等方面，都施以援手，為勞務隊排憂解難，絕不允許業務部門或管理人員吃拿卡要，一經發現將予以嚴處，為勞務隊創造了一個良好的外部施工環境。依靠項目整體的同步推進，加快了施工進度，實現了降本增效。

▎確保底線，平安施工，依靠安全管控創效

「既有線施工必須嚴謹，施工方案與實際施工工序必須嚴絲合縫，精細到人頭崗位和每一個分秒時間點，來不得半點疏忽。」馮向前清醒地認識到，安全是既有線施工必須確保的生命線，也是項目實現盈利目標的重要前提。他說，如果線路加固不到位，安全防護不到位，一旦出現事故，不僅會帶來經濟上的巨大損失，還將帶來不良的社會影響，做好項目就是一句空話，更談不上後期的滾動發展。

在兩公里處通知到現場的 1 分 45 秒內，60 名施工人員必須快速安全撤出警戒線，稍有疏忽就可能釀成重大安全事故。為確保安全施工，項目所有管理人員都經過了太原鐵路分局的安全培訓取證。馮軍華說，客運列車透過有規律，貨運列車透過卻無規律可循，安全防護就顯得特別重要。項目部培訓選拔了 18 名安全防護員，統一配發防護服、對講機、信號旗，定點、定位、定人、定時分散在施工點前後各兩公里內的各個點，隨時準確通報列車透過訊息。為確保各點防護人員不出任何紕漏，還專門安排了一名責任心強的正式員工對各點進行巡查。

框架橋頂進施工，從開挖涵洞預製基坑、框架橋預製、線路加固樁基施工，到線路加固、向太原鐵路分局申請施工時間計劃、頂進作業、線路恢復移交工務段，七個環節中線路加固、施工時間申請和頂進作業是關鍵，線路加固是確保頂進作業的首要前提。馮軍華告訴筆者，加固過程中，太原鐵路分局、分局總工室、太原通信段、大同火車站、大同工務段、大同電務段、

大西供電局等相關單位都要派人全程監控施工。在大家心裡有一種牢固的理念：既有線施工，安全比天還大。

　　一輛輛列車在軌道上面穿梭運行，下面卻要掏空加固，每一個細節都必須做到精細、謹慎，否則，後果不堪設想。線路加固過程中，人工將180根每根18公尺長、15噸重的工字鋼逐一穿過鐵路軌枕中間，把110公尺長的既有鐵路線架起抬空。僅這一道工序就出動了200人，經過四天的密切配合、緊張施工才完成。為鎖定線路，還必須用「3-5-3」扣軌在線路兩側和線路中間用鋼軌將線路鎖定，防止頂進施工時既有線路發生橫移。進入橋體頂進程序，必須24小時不眠不休。頂進過程中，必須把原有的路基挖空，為避免路基垮塌，他們嚴格控制挖土進尺，挖1公尺，頂進1公尺。為保持均勻頂進，利用儀器同步監控，隨時調整頂進動態，避免框架橋變形開裂。頂進速度十分緩慢，每3小時才能頂進1公尺。列車透過前，在工字鋼與滑車之間楔入木楔子加固，並停止頂進作業，待列車透過後再楔入木楔子加固然後繼續作業。一座框架橋頂進作業每天都要循環40多次。至此，項目依靠各個環節的精細控制，有效防範了安全事故的發生。

　　眾所周知，施工時間申請計劃審批，是既有線施工繞不過的一個重要流程。由於施工中鐵路還要繼續運營，施工時間的申請必須經由所在鐵路局審批，否則就不能展開施工，這是沒有任何理由可講的鐵律。因其關係到運營安全，所以申請時間計劃特別繁瑣艱難。馮向前告訴筆者，從施工方案評審，到鐵路土地使用手續辦理，再到各站段配合協議的談判簽訂，到最後批准時間計劃，一張審批表上要經由13個部門密密麻麻的簽章。即使抽出專人來跑這些手續，也是讓人焦頭爛額。馮向前說，這不是路局有意為之，而是既有線施工獨有的特點，也是眾多既有線施工以血的代價換來的安全程序。正因為如此，不少人對此都談之色變。沒有金剛鑽，攬不了這個瓷器活。何況這是直接在既有線原有的路基上傷筋動骨，虎口裡拔牙，難上加難，必須慎之又慎。所以，嚴格執行既有線施工安全規程就顯得特別重要。

　　「因原來的省道202線從陽高縣城穿城而過，從內蒙古、京津冀地區蜂擁而來的大型運煤車輛絡繹不絕，為避免擾民和增加流量，才增建了12公里

風塵天涯路　　創效才是硬道理

繞城長神線。但是，線路必須下穿軍用油庫專用既有線和京包鐵路既有線。」馮軍華向筆者介紹道，「特別是下穿京包鐵路的框架橋，因為京包鐵路為雙線電氣化鐵路，框架橋下穿頂進位於曲線段，上下行線路高差大，要分別下挖 50 公分和 90 公分，對路床破壞較大，導致線路加固安全風險極高。」馮軍華說，原設計為 1 孔 16 公尺的框架橋，採用工字鋼中橫梁線路加固體系。在評審方案時，項目部與太原鐵路分局幾乎同時發現，原加固體系對既有鐵路路床破壞比較大，將對鐵路運營安全造成較大威脅。雙方一致建議，原方案必須調整。經過包括業主在內三方多次協調論證，決定改變設計，將原來的 1 孔 16 公尺改為 2 孔 8 公尺的框架橋，採用 D16+D16 施工便梁加固體系。方案的改變，使工藝複雜了，安全係數提高了，成本增加了，總投資卻不變。儘管如此，項目部還是硬著頭皮在堅持。」

「設計改變後就不用整體穿越雙線了，只能進行單股線路單股加固，隨之增加了位於線路中間必須施做的 6 根線間樁。」馮軍華介紹說。支撐便梁的線間樁與橋墩具有相同功能，但施工起來卻非常艱難。線間樁上端的便梁與正在透過的火車皮邊沿只有 25 公分，安全風險之大可想而知。線間樁施工，只能在 2.8 公尺線間距內人工挖孔作業，場地十分狹窄。挖孔出土時，因為受到場地和列車通行的雙項限制，無法進行機械作業，只能採用傳統的手搖轆轤出土，再裝袋人工搬運，6 根線間樁施工了一個半月才完成，進度十分緩慢。原有的加固體系破壞道床進而影響運營安全，現有的加固體系卻增加了施工安全風險。馮軍華說，甘蔗沒有兩頭甜，只能顧全大局。這項設計的改變，項目部與太原鐵路分局、大同工務段，經歷了 5 個月的拉鋸戰協商，無形中又增加了工期成本和管理成本，這些損失是沒人買單的，既有線施工，一切都得為安全讓路。

▍率先垂範，奉獻為本，依靠主動作為創效

隨著 5 月 26 日長神線框架橋下穿最後一公分的頂進到位，四公司在既有線框架橋下穿曲線地段施工取得了決定性勝利。用太原鐵路分局總工室趙方清處長的話說，十七局四公司在既有線 2.8 公尺線間距曲線內進行挖空、

加固、頂進施工，創造了一項既有線精細化施工的新工藝。為了這一天的到來，參建員工們可是吃盡了苦頭。

在採訪施工隊長姬晉陽時，他只用了兩個字形容：太苦。姬晉陽說，在慶新路既有線框架橋下穿頂進施工中，線路加固難就難在要保持運營線路的平順，絕對不能有三角坑。為此，每過一趟車就要觀察一次，絕對不能憑經驗靠目測觀察，每次都必須專人用道尺觀察。如此循環了多少次，他自己也記不清。只要進入頂進作業程序，就不能停止，三天三夜不能眨眼。在每次120分鐘的加固時間裡，要在枕木間拔道砟，穿工字鋼，加木楔，等等，時間就像要吃人一樣緊張，連叫苦的時間都沒有。

在長神線既有線曲線框架橋下穿頂進施工中，線間樁在頂進正中央，頂進作業前必須去除才能繼續作業。因為是混凝土受力樁，要去除非常麻煩。姬晉陽帶領大家一邊觀察鐵路線的變化，一邊一點一點鑿除，一根樁要費時8小時才能完成。如果鑿除時間超過8小時，就會直接影響到頂進作業，而鐵路局給出的施工時間雷打不動，一旦延遲就要受到鐵路局的處罰，造成經濟損失。「為追趕進度，我們上班、吃飯、休息都在現場，毫無規律可言，每天都處於高度緊張狀態。不要說感冒了不能離崗，就是打雷下雨下刀子，也得堅持。」

在與項目黨工委書記鄧宏清聊天時瞭解到，在這個項目裡無論是誰都不容易，談起徵地拆遷，他總是搖頭。

鄧宏清說，長神線開工至今，12公里需要徵地324畝，到目前管段內還未交出一塊地，全靠項目部與地方縣、鄉政府和村委會，甚至是村民協商。青苗、樹木、果樹等沒有賠償標準。好不容易透過朋友協調做通了一些村民的工作，也只能出具附著物證明，等待標準頒布才能付款，徵地拆遷非常被動。可是工期後門是關死了的，進度上不去，追責的部門有的是。沒辦法，只能這樣整天來往於各級政府之間，走門串戶，到處求人。好在經過努力，目前12公里已全面開工，只是工期與原計劃推遲了很多，突擊搶工期已勢在必行。

在談到馮向前時，鄧宏清說：「馮經理做人姿態放得很低，做事卻雷厲風行。雖然他就是天鎮縣城人，從工地到家不到半小時，可他很少回家，現場就是他的家。2016年5月20日開始京包線框架橋下穿頂進施工，為了在太原分局給定的12天時間內完成頂進任務，馮經理連續三天三夜不眠不休，在工地與農民工在一個盆裡舀飯。」

說起馮向前來，似乎指揮車司機張宗景更有發言權。2014年項目組建時張師傅就給馮向前開車。他開玩笑說：「給馮經理開兩年車等於受了兩年罪。跑現場組織施工，跑業主溝通協調，跑太原與鐵路局申請施工計劃，不要說回近在咫尺的家，就是在項目部也待不住，經常半夜三更突然想起啥要緊事就跑到現場去。到太原分局要施工計劃，大熱天的經常一等就是一兩天，餓了一碗刀削麵了事。辦完事回到項目部都半夜了，我們還得四處找吃的，給他開車可真夠累的。但看到他經常這樣，我還有什麼好抱怨的。在慶新路頂進施工前期準備的那幾天，好幾次我早晨起來吃早飯都看不到人，原來他看我太累了，早早起床步行十幾里到了工地，在工地和農民工一起吃早飯去了。」

2014年5月長神線框架橋頂進施工期間，突然有一天火車來了，兩公里外的防護員用手機報警卻晚了兩分鐘。既有鐵路曲線施工，火車來了施工人員根本看不見，險些釀成重大事故。馮向前為搞清楚到底咋回事，步行兩公里把那位防護員狠狠地訓了一通。當得知是對講機壞了時，馮向前又陪同那位防護員站了一個多小時，以安撫他的情緒，並立即為他更換了新的對講機。

張師傅告訴筆者，2014年5月，慶新路既有線框架橋下穿頂進施工時，馮向前連續一個星期幾乎每天24小時蹲守在現場，經常是自己頂不住了還要求別人輪班休息。2014年9月，慶新路工點突然下暴雨，為防止洪水灌進樁孔裡，他立即組織大家搶險。搶險中他發現一個農民工光著腳，他立即把水鞋脫下給了那位農民工，自己卻赤腳上陣。搶險完畢，大家發現一身泥水、赤腳的馮向前時，都感動不已。

張師傅繼續說，2014年5月，長神線進入頂進施工程序，在車上正往工地趕的馮向前，突然接到朋友和妻子的電話，說妻子重感冒，孩子發高燒已

經住院,要他立即趕到醫院去。馮向前剛支支吾吾掛掉電話,電話聲又響起,他一看是妻子的電話,嘟噥了一句,一個感冒發燒至於嘛,馮向前說工地太忙走不開,那天再也沒接妻子的電話。這樣的話妻子聽得太多了,還以為是藉口。事後妻子好一頓埋怨,說他離家這麼近,大人小孩都病得住院了也不管,問他還要不要這個家了。面對妻子的哭訴,他只能一邊聽著,一邊再三解釋道歉。他說,妻子不瞭解頂進施工的重要性,埋怨是正常的,輪到自己也一樣。

有道是,大小不是理由,創效才是目的。正是他們堅守了盈利才是硬道理的項目管理底線,持續兩年無怨無悔的付出,兩個在別人眼裡不起眼的小項目,才為企業贏得了可觀的經濟效益和良好的社會效益,實現了名利雙收。

粵西大地樹標竿

——中鐵十七局集團四公司信茂高速公路 9 標施工紀實

6 月的粵西大地，陰雨連綿。初到茂名市，正趕上雨後天晴，難得一見的豔陽天，漫山遍野的林木沐浴在陽光下，串串淡黃色的龍眼掛在枝頭，預示著一個豐收之年。在這荔枝收罷龍眼將熟的時節，筆者前往中鐵十七局集團四公司承建的包茂高速公路信宜至茂名第九合約段項目部採訪。

包茂高速公路是備受當地政府和群眾關注，各施工單位也調集精兵強將，力圖在此一展企業風采。四公司在這場激烈的角逐中逆勢而上，脫穎而出，得到了業主和地方政府的高度認可，管段內的路基、涵洞、水溝和邊坡防護被業主評為標竿工程。企業的形象標竿在粵西大地冉冉升起。

▌突破重圍立潮頭

信茂高速全線在廣東省境內，沿海地區工程建設的管理模式和施工標準正逐步向歐美靠齊，質量要求高，管理更加專業化，各方面標準嚴格而細緻，且投標之時，在規定的範圍內業主對合約有一定的調價更改權，種種限制，對建築單位來說不啻為一項挑戰，更增加了成本壓力。

四公司管段全長 11.02 公里，9 座橋梁和路基，橫跨 3 鎮 12 個自然村，總造價 1.7 億元。「全線 12 個標段，我們標管段最長，單價低，工程沒有技術難度，但絕對有組織難度。」項目經理梁丕東介紹說，「這好比一百元錢，抓一張百元大鈔簡單，而抓一百個一元的硬幣卻很難。」面對點多線長、單價低的特殊情況，搶抓進度必然增加投入，抓成本勢必耽誤進度。兩難困境，考驗著這位 36 歲的年輕項目經理，但他的工作字典裡沒有知難而退，只有迎難而上。

面對資金、履約、社會環境複雜、建設標準高等重重壓力，梁丕東沒有茫然，他根據項目周邊環境，業主管理模式和工程特點，形成了一套適合項

目和自己的管理思路和理念：超前謀劃，搶占先機，優化資源，靈活應對，降本增效，內外和諧，管理標準化，施工精細化。

2013年6月23日，項目上場正值廣東省雨季，亞熱帶海洋性氣候的茂名市，大雨說來就來，幾乎一天三場。梁丕東未雨綢繆，以「徵拆為首，以快制勝」的原則，取得了進場、安家設營、徵地拆遷均全線領先的驕人成績。

眾所周知，工程施工，徵地拆遷是必備的先決條件。被公司欽點到此地負責徵拆工作的項目黨工委書記陽智軍感嘆：「想要在荔枝路上、龍眼樓下迅速完成徵拆，還真得費點心思。」茂名市歷來自然資源豐富，號稱「中國最大的水果生產基地」，道路從漫山遍野的荔枝林中穿林而過，民宅樓前樓後的龍眼樹前呼後擁，還有橡膠、劍麻、松香等經濟作物散居山野。由於氣候溫暖，田地四季農作物更迭不息，沒有絲毫閒置停歇。而項目管段道路都要穿越果園，昂貴的經濟作物一棵就需補償七八百元，而這僅僅是一棵果樹一年的收入，由此可見，徵拆工作不僅補償支出大，徵收更是艱難！如何在寸土寸金的地方打開施工局面，經驗豐富的陽智軍充分發揮了他湖南人足智多謀、敢於攻堅的優勢。他說，當地經濟較發達，群眾素質較高，要想徵地拆遷順利，必須堅持主動、和諧、務實三原則，必須要處理好與政府、村民之間的關係，特別是要處理好在當地有社會影響力人士的關係，方能順利展開。

陽智軍走馬上任，可首先擺在眼前的不是工作問題，而是萬萬想不到的語言問題。當地人不會說也聽不懂普通話，而當地的白話和客家方言他也聽不懂，哪怕年輕人也只會簡單的問候交流，甚至連當地一些基層政府官員也不會講普通話，每次協調溝通，陽智軍都不得不依靠翻譯。在與百姓交流溝通的過程中，他全面瞭解了當地民風習俗，多方拜訪，主動出擊，梳理關係，迅速贏得了當地政府和社會人士的大力支持。雖然堅持每天向當地政府匯報徵拆進展和問題，臨時用地和紅線用地得到了同時推進，但阻工依然時有發生。當管段內兩村之間因為引水的歷史遺留問題發生矛盾導致堵路時，他積極幫助解決，先後向包茂高速指揮部遞交了15份報告，在他的積極溝通下，問題得到了妥善處理。陽智軍說，與政府打交道是有技巧的。因為徵地拆遷

難以推進，高州市領導到現場召開推進會，不少單位在會上提出基層政府不作為，導致徵地拆遷受阻，工程難以推進，讓與會領導顏面掃地。而梁丕東和陽智軍發言時卻技巧性地說，徵地拆遷正在有序推進，地方政府正在積極協調。就這一句話，既肯定了基層政府的工作，也給他們施加了工作壓力。果然，在此後的工作中，徵地拆遷速度得到了優先推進，項目短期內一舉突破了徵拆瓶頸，最終取得了 15 天完成臨建徵地、45 天完成了紅線用地的好成績，成為全線第一家拿到兩項用地的單位，並大大降低了徵拆成本的支出。2013 年 8 月 8 日，廣東省高速公路有限公司總經理葉永成到四公司信茂項目檢查工作，對項目不等不靠搶修便道主動出擊的做法給予了高度讚揚，連說三個「想不到」：想不到跑步進場速度這麼快，效率這麼高；想不到這麼快就突破了徵拆難關，在數以萬計的橡膠、龍眼、荔枝林中清表伐林；想不到這是一支管理有序、積極進取、吃苦奉獻的實力型隊伍。徵地拆遷的迅速推進，為後期展開規模性突擊施工提供了前提條件。

運籌帷幄顯智慧

種種困難，並沒有壓倒四公司派出的這支強兵勁旅。由於工程單價偏低，不具備任何優勢，在他們的努力經營下，進度、安全、質量等各項指標一直穩居全線之首。到底是什麼使他們突破了重重障礙？是什麼原因催生一個預計虧損 900 萬的項目死裡逃生？

「嚴格執行公司規定，踏踏實實抓落實。」梁丕東的回答似乎過於簡單。工程中標後，業主依據對合約有一定的不平衡調價更改權規定，對較易變更盈利部分優化降低了，虧損部分的工程量施工圖修編卻增加了，雖然總的造價沒減少，但一增一減的價格結構導致了項目先天不足，虧損已成定局。如何扭轉虧損局面，成為梁丕東項目管理的中心工作。

針對業主不平衡調價堵塞變更的特點，「向質量安全要效益、向施工進度要效益、向成本管控要效益、向天時地利與人和要效益、向業主信譽評價獎勵要效益」的管理理念在項目部上下達成了共識。

風塵天涯路　粵西大地樹標竿

　　梁丕東知道，工期成本在這個項目顯得尤為重要，透過縮短施工時間降低管理費用支出是實現降本增效的手段之一。項目部早已做好突擊準備，只待旱季來臨。經歷兩個多月的陰雨連綿，9月份的廣東省終於迎來了久違的太陽，黃金施工季節隨之來臨，一場突擊施工的戰役即將打響。前期徵拆臨建已準備完善，以項目領導團隊為首的突擊隊迅速成立，輪流值班，各負其責。關鍵時期，項目部選派現場管理經驗豐富的副經理、老將賀真文坐鎮分管路基、土石方施工。點多線長，施工組織是成敗關鍵。賀真文說，以涵洞、路基土石方為突破口的施工組織方案已經敲定。管段內的43座涵洞，220萬方挖方，188萬方填方，是項目部決定在來年雨季到來之前必須完成的既定目標，它決定著整個項目的成敗，賀真文知道肩上擔子的份量。工期已經倒排，制度已制訂，所有的機械設備、4個土石方施工隊、14個涵洞施工隊都已配置到位，自己要做的就是在現場抓執行。從此，顯得過於消瘦的賀真文，整天搖晃著一副「排骨架」在10餘公里的管段內來回穿梭。哪支隊伍、哪個工班當天應該完成多少工程量，什麼時間完成了多少，哪道工序需要什麼設備需要多少人，哪裡需要協調，哪裡需要加班突擊，等等，他都一清二楚。為加快施工進度，工地實行兩班輪流制，人停機不停，項目領導輪換值守現場。項目部將獎優罰劣的措施落實在了每天的考核之中。透過一系列措施的有效實施，4個月之內，除設計變更新增的3座涵洞外，其餘全部完成，質量進度均獲各方好評。2013年12月11日，包茂高速公路公司組織全線各標段50餘人到項目路基、涵洞標準化施工現場觀摩學習。在業主組織的全線2013年度年終考核信譽評價中，四公司以總體施工進度，安全、質量、環水保、廉政得分等均名列前茅，斬獲獎金205萬元。在2014年上半年業主組織的「大幹100天」勞動競賽活動中，項目部再次名列前茅，獲得獎金100萬元。每每談起這些，賀真文那份自豪和喜悅溢於言表。

　　「這筆獎金為我們減虧貢獻了不少。」梁丕東高興地告訴筆者，這正是他向獎勵要效益的第一次體現。業主規定，從每個標段統籌一定的費用納入全線獎金池作為獎罰資金，根據信譽評價排名確立獎罰，排名靠前的單位，不僅可以拿回自己的那一份，而且還能獲得其他評價滯後標段的份額。無疑，梁丕東這一依靠獎金減虧的辦法造成了立竿見影的效果。截至目前，項目已

先後獲得進度獎、勞動競賽獎、標竿工程獎等 480 餘萬元,大大壓縮了虧損空間。當筆者問起這筆獎金如何分配時,梁丕東說,項目部效仿業主做法,對所屬施工隊實行了同樣的獎罰辦法,讓各施工隊形成競爭態勢,強者取,弱者罰。項目獲得的所有獎金除激勵施工隊伍部分外,一律填充虧損窟窿。

逆向變更,是項目降本增效的又一成功做法。在業主嚴格執行標準化管理的情況下,合約訂立規範細緻,投入巨大,先後進行了兩次地勘。項目不具備二次經營條件,如何實現改進設計方案創效,一直縈繞在梁丕東和總工程師王永的心頭。原邊坡防護設計為片石防護,如果按照設計投入施工,項目將預計虧損 800 多萬元。經過細緻的調查和計算,項目部發現在保證安全條件下,部分邊坡防護可將片石防護改為三維網植草防護,不僅節約造價,也不影響效果,且更加美觀環保。項目部這一減少投資的負變更方案的提出,得到了業主的一致認可。僅此一項,項目就預計減虧 300 多萬元。依靠方案改進,虧損得到了進一步壓縮。

抓住了西瓜,不忘撿芝麻。「圍繞小項目,做出大文章」是梁丕東的又一降本增效的法寶。項目部不斷加強內部管理,嚴格控制支出,兩手抓,兩手硬。在勞務單價確定上,資金撥付管理上,物資採購管控上,機械設備租賃上,對外招待標準上,等等,項目部都頒布了一系列管控措施。項目部堅持每月召開成本分析會,根據工程量、人力、物資、設備等各方面投入進行量本利分析,找出盈虧節點,制訂防範措施。所有費用均預算在先,開支在後,只可節約,不能突破預算,這是項目部對資金管理的一條底線。在物資管理中,項目部依據《物資管理辦法》,對物資材料實行招標、比價,成立了物資市場調查、物資採購、物資監督領導小組,詳細分清各小組的職責和工作程序,做到了市場考察到位、預測準確,合約條款規範清晰、公平公正。

在日常工作中,項目部從細微處著手,創新思路,強化節約無小事意識,提倡無紙化辦公,實行廢紙再利用,要求雙面影印。為加強對租賃車輛設備勞動狀態的監控和防止油料倒賣、丟失事件的發生,項目部引進先進訊息技術,投入資金為部分租賃車輛安裝了 GPS 定位系統,不僅可以隨時手機定位

车辆位置和工作状态，还能有效监控油料消耗动态，避免了管段点多线长和人力资源有限带来的管理弊端，有效降低了成本。

以人为本促和谐。项目部务实重行，团队成员率先垂范，严格执行规章制度，要求员工做到的，自己首先要做到，绝不允许行使特权，脱离群众。项目领导每天早上和员工一起点名考勤，每餐一起在食堂排队打饭。

包括项目领导在内，项目部人员一律按照考勤发薪，谁也不例外。

项目部注重为人才搭建施展智慧的平台，大胆启用大学生工程技术干部，给他们压担子，促进其成长成才。项目部成立了职工培训学校，定期组织管理人员及技术、业务人员为新员工和劳务队员工讲解各类管理办法、专业技术和业务知识；严格实行了导师带徒制，为每位新分配到项目的大学生配备经验丰富的专职师傅，在「传帮带」中挖掘潜力，实现了帮中带，带中用，用中考核，确保了人才的成才率。

凝聚力是一个团队发展的必要因素，项目部在注重员工技术能力培养的同时，对员工的思想工作也丝毫不放松。项目部用大家认同的企业文化和价值观来管理人员和队伍，物质奖励和精神奖励同步推进。在生活上多关心，思想上多沟通，领导和员工或饮酒趣谈，或个别交流沟通，工作中有制度有标准，生活中有情趣有默契，项目团队团结务实，年轻人充满活力，可以说，项目部上下和谐，犹如一个大家庭，大家围绕一个目标共同前行。也许正是这种亲如兄弟般的家庭温暖凝聚了大家，所有的新员工在自己的岗位上都表现出色，而且始终没有一名员工因为工作原因离开团队。

对内团结协作，对外和谐共处。上场之初，项目部就确立了处理好路地关系的工作原则，并在工作中坚持践行。对待当地百姓，项目部成员以诚相交，真心待人，力所能及地帮助他们解决困难。移栽林木、迁移坟地、平整地面、维修道路等，项目部都主动帮忙，提供便利。每逢村民家办喜酒，项目党工委书记阳智军都会亲自登门拜访，送上祝福。逢年过节回家，他也会带点土特产等小礼物与他们分享。日久见真情，在项目部不断的努力和付出下，当地百姓日渐感动，主动配合项目部做好征地拆迁工作，为工程快速推进带来了极大便利。

在採訪中，項目兩位主管不止一次感觸到，項目取得一些成績不容易，真正辛苦的是各個部門。總工程師王永跑變更，改方案，找業主、設計院，沒少受委屈；安全總監韓明奎從來沒把自己當成項目領導，大幹期間畫夜不停地奮戰在工地上；計劃部長羅祥、物資部長黃偉強、財務部長杜娟攜手做到了工程量日清月結，各種帳務銜接交叉毫無差錯；安質部長曹宗杰、測量隊長馬文明、試驗室主任許衛華帶領部員們一人頂倆，白天跑工地，晚上做內業。由於各部門的團結協作和艱辛付出，才有了項目今天的局面。

「主動被動都要做，與其被動難受，不如主動作為。很多事情只要堅持就能解決。」梁丕東貌似輕描淡寫的幾句話，在結束採訪後，一直縈繞在筆者耳邊。也許正是有了這種積極的心態和指導思想，四公司在強手如林的信茂高速建設的決戰中，才能在逆境中崛起，才能一次又一次領先，一遍又一遍獲贊，才能成為業主樹為標竿的唯一理由吧。

風塵天涯路　締造萬古速度

締造萬古速度

——中鐵十七局集團四公司萬古工業園區施工紀實

5月的重慶，依舊涼爽，頻頻造訪的雨水，使之成為18年來重慶最涼爽的5月。在難得的一個豔陽天裡，筆者有幸前往以「大足大豐」而得名的重慶市大足區採訪。

大足區歷史悠久，是馳名中外的「石刻之鄉」「五金之鄉」和「魚米之鄉」。作為地處成渝經濟腹心地帶，成渝合作的重要戰略支點，大足區具有多方面優勢。位於重慶「1小時經濟圈」內，成渝複線高速和重慶三環高速穿越而過，便捷的交通網路，為其發展提供了得天獨厚的條件。為加快大足區經濟社會的發展，大足區抓住優勢，在距離重慶主城區最近的萬古鎮規劃建立萬古工業園。該園區規劃面積20平方公里，將圍繞高端裝備製造、現代機械製造、電子訊息、休閒食品加工等主導產業，打造多個百億級產業集群，努力建設成為集約、高效、綠色的「現代工業新區、活力產業新城」。中鐵十七局集團四公司的建設者們，便是這座新型的特色產業園區的參建單位之一，他們承建的大足區萬古工業園區一期基礎設施工程，包括2458公尺的園區工業大道、1130公尺的次幹道和2700畝土地整治，挖方量約500萬方。就是在這片充滿歷史底蘊和時代活力的土地上，建設者們發揮他們的聰明才智，揮灑他們的辛勤汗水，締造了讓人驚奇的「萬古速度」。

「你們不愧是鐵軍，不愧是央企，進場速度快，設備調遣快，施工組織能力強，兩個多月就創造了令人難以置信的奇蹟！」大足區委原常委蔣牧宸如是說。

在採訪中瞭解到，這項只有2700畝土地挖填方整治和兩條道路施工的工程，在技術上並不複雜。只有工期和拆遷是制約項目的兩大瓶頸。但在公司副總經濟師毛永剛兼項目經理和項目黨工委書記吳萬勤帶領下，硬是把這項簡單的工程做成了不簡單，令各方嘖嘖稱奇。

只有事前預謀，科學組織，方能胸有成竹、遇事不躁。2013年10月，毛永剛接到公司上馬萬古項目的通知後，帶領他在奉溪高速項目創下纍纍戰果的一隊人馬，風塵僕僕趕到大足區。組建項目、查勘現場、對外銜接、組織隊伍、徵地拆遷，等等，一切都進展順利。如此浩大的工程量要在一年工期內竣工，並非易事。面對2014年春天即將到來的漫長雨季，如何抓住有利時機，毛永剛已心中有數：「首先要抓住雨季來臨前的施工黃金時間，搶占時間先機。」他立即對項目領導進行分工，由經驗豐富的項目書記吳萬勤分管徵地拆遷工作，成立徵地拆遷辦公室，由劉朝明擔任徵拆辦主任，主要負責協調落實。兩名副經理李大榮和楊家校皆為久戰沙場的老將，分別負責場平和園區大道施工，總工陳偉則負責工程技術。分工明確，責任到位，項目迅速吹響了衝鋒號。

隊伍已蓄勢待發，但是徵地拆遷卻成為前進的絆腳石，為此，吳萬勤常常徹夜難眠。他從成渝複線高速公路項目調到大足項目，對重慶地區的徵拆工作有著自己的一套辦法，多年擔任黨工委書記，能力和責任心有口皆碑。萬古工業園區2700畝的徵地拆遷任務，包括80多萬平方公尺的房屋拆遷，3000多戶的拆遷戶，1萬多座墳地，拆遷重擔擺在眼前。「絕不能讓徵地拆遷拖後腿！」他暗下決心。他和劉朝明兩人每天走家串戶，給百姓做工作，但堵路阻工的事情依然時有發生，最多的一次人數達60餘人。由於萬古鎮一些百姓房屋在臨近道路的兩旁，住戶要求按照門面房來進行補償，但實際卻不符合相關規定。要求得不到滿足，住戶便千方百計阻撓施工，他們圍堵施工現場，在工地搭建臨時帳篷，吃飯靠人送，輪換值守，做好了打持久戰的準備。甚至扣押機械設備，導致被迫停工，最長的一次達半個多月，給項目造成了直接經濟損失40多萬元，間接經濟損失上百萬元，嚴重影響了施工計劃和工程進度。項目部透過多方做工作，積極與政府配合，採取法律手段，對那些惡意阻工者進行了懲戒，方才偃旗息鼓，施工得以恢復。

「徵拆工作中，形形色色的人都能碰到，總有扯不完的皮，一定要有耐心。」公安出身的劉朝明跟筆者說道。為了瞭解每家每戶的情況，他每天翻山越嶺，挨家挨戶做工作，一雙鞋穿不到一個月就壞了。村裡一位75歲高齡的孤寡老頭，無兒無女，對徵拆提出無理要求：房屋可以拆遷，但是政府

必須解決其百年之後的後事問題。這種不符合政策規定的要求,當然無法滿足。劉朝明就時常提上營養品去看望他,陪他聊天,給他講解政策。老人家被劉朝明的誠心打動,順順利利地配合拆遷。

徵拆協調工作到位與否,直接影響到施工進度。吳萬勤和劉朝明,在各方的協調配合下,在短短三個月時間裡,徵拆任務就完成了70%。

時間就是效益。從號稱「重慶天路」「地質博物館」的奉溪高速轉戰至此,毛永剛明白,在這個沒有技術難題的戰場上,把握住了時間這個關鍵,就把握住了工期和效益, 就把握住了整個項目的主動權。進場之時,正值2013年冬季,只有短短三個月的黃金施工時間,在雨季來臨之前,場平和園區大道必須完工,這是項目部雷打不動的目標。金戈鐵馬、施工隊伍已整裝待發,如何科學組織突擊施工成了重中之重。經過深思熟慮,項目部成立了以他為主的架子隊,由經驗豐富、責任心強的李上宏擔任隊長。到2014年3月初,短短兩個多月的時間,一座座山嶺、一道道溝壑就變成了坦途,讓眾人見證了奇蹟。

「我們一個架子隊15個人,高峰期管理著機械設備60多臺、運輸車輛100多輛,忙得我們團團轉。那段時間整夜燈火通明,車水馬龍,十分壯觀!」李上宏自豪地介紹說。重慶的冬季,潮濕陰冷,大干期間,早出晚歸,每天工作十五六個小時,員工們的耳朵、手腳都長滿了凍瘡。三餐不保,胃病復發,睡眠嚴重不足,本來就瘦弱的李上宏,兩個多月瘦了14斤,結滿汗花的工作服罩住的身體猶如一副排骨架,不分白天黑夜,在機聲隆隆的施工現場跑來跑去。艱苦的條件和超負荷的勞動強度,使得很多司機都罷工,哪怕支付高額工資也不幹,最多的時候一臺挖掘機一個月換了3個司機,有時候實在人手不夠,機械老闆就得自己上陣。透過各方的配合和到位的施工組織安排,項目圓滿完成了挖方310萬方、場平1900畝、園區大道完成路1.7公里,進度、安全、質量、形象遠遠超出業主預期。重慶大足區委原委常委蔣牧宸慰問工地時驚嘆道:「你們不愧是鐵軍,不愧是央企,進場速度快,設備調遣快,施工組織能力強,兩個多月就創造了令人難以置信的奇蹟!」

「一流的施工隊伍，一流的組織管理，一流的質量進度，證明了你們中鐵十七局集團四公司是一家實力雄厚的一流央企！」大足區委原常委蔣牧宸再次高度評價。

眾所周知，低標價中標在建築市場已是不爭的事實，如何在骨頭上啃下一星半點肉，再熬出一碗湯來，確實是為難了現在的項目經理。但現實誰也沒法改變，只能根據實際情況精打細算，不漏掉每一個利潤環節。為此，毛永剛將與成本相關的各種要素細化到了每個崗位、每道工序，甚至細緻到了機械設備的類別、臺數、型號、單位時間完成工作量等具體環節上。施工過程中，隨時有問題和困難隨時通報，隨時商議拿出解決方案，避免問題擴大或沉積。進場之前，毛永剛帶領項目主要管理人員對現場的地形地貌進行了仔細踏勘，對合約和圖紙進行了仔細研讀剖析。根據實際情況，毛永剛確定了先算後幹，邊算邊幹，過程考核，完工核算的控管原則。

不謀全局者，不足以謀一役。要想達到預期目的，就必須站在全局的角度進行把握，優化施工組織方案。項目開工之時，毛永剛便根據地勢高低以及地質情況，將園區分為七大塊，堅持挖填方就近的原則，針對性組織隊伍、設備進入區塊。並對電子圖紙進行了細化，選出最優方案，使整個園區土石方施工同時展開大規模突擊施工，形成了會戰之勢，100多臺機械設備連續同時張開作業，氣勢恢宏，不僅節約了工期成本，而且彰顯了企業超強的施工能力，給當地政府和群眾留下了深刻印象。

「先算後幹，幹算結合，以幹促快，以快出效，把算盤掛在脖子上幹活」是毛永剛在大足萬古工業園區項目成功的主要祕訣。一個項目的成功，不僅僅要出色地完成任務，還要實現創效創譽，既要有票子，也要有面子。擔任過多年項目財務主管的毛永剛，抓起成本管理來自然得天獨厚。業主單位重慶鐵發遂渝高速公路有限公司常務總經理張澤感慨：「毛總不愧為財務行業出身，會算帳、算得精，算出了高水平的施工進度和安全質量，也算出了企業形象！」能夠得到如此評價並非易事，除了得益於毛永剛對企業強烈的責任心，更得益於毛永剛多年的項目管理經驗和前衛的管理理念。

「精細管理出效益」是毛永剛管理項目的首要管理理念。「成本管控必須形成閉合體系，否則一旦出現漏洞，必定導致效益流失。」為了掌控成本管控主動權，項目部建立健全了一套考核辦法，成立了以項目經理為組長，領導團隊其他成員、各部室負責人為成員的成本考核、勞務招標、物資採購等領導小組，精細化管理從制度和機制上得到了保證。

「最佳資源配置必定發揮出資源最大效能」是毛永剛管理項目的又一管理理念。在對所有與成本有關的因素進行綜合分析後，再以工期為突破口、最優配置為原則、成本管控為目的、考核兌現為抓手，對管理人員、施工隊伍、物資採購、設備租賃等進行資源優化配置，形成了工期目標、成本目標的最佳資源配置方案，所有資源元素都在這個方案內發揮出了最佳潛能。

「內部管理市場化」是毛永剛管理項目的第三大管理理念。在做了大量管理優化之後，毛永剛結合現場工程特點，大膽推行了承包機制。他將所有工程核算出勞務單價，將安全、質量、工期、油料消耗等內容打包在內，進行承包制合約管理，將內部管理市場化，變過去行政隸屬關係為甲乙方經濟合約契約關係。這種關係確定後，內外施工隊伍同時站在同一個起跑線上，在同一個大區域展開角逐。

雖然沒有高風險的施工作業，可安全施工項目容不得一絲馬虎。「只要一出安全事故，一切付出都等於零。」項目副經理楊家校如是說。

「上百臺的機械設備作業、車輛運輸，至今未發生任何一起大小安全事故。這不是因為僥倖，而是因為項目全過程緊繃安全之弦不放鬆。我們項目不僅從制度規範上，還從思想教育上、施工過程中，從嚴從細持久不懈抓安全。」楊家校說，「開工初期，項目就建立完善了安全管理體系，明確了責任分工。每個隊伍上場之前，首先進行安全教育培訓，確保機械操作人員持證上崗，並隨時抽查操作人員的安全駕駛技能，一旦發現違規，立即停止施工，責令整改。項目特別強化了對自有員工和農民工的安全技術交底和安全操作培訓，加強檢查監控，認真做好機械設備的檢修維護，確保了設備運轉和車輛運行安全。」與此同時，項目部十分注重標準化工地建設，在現場設

置安全警示標牌，並設專門安全員對重點安全隱患環節和項目進行監控，嚴密的安全網路，為項目的健康穩定運作奠定了良好基礎。

2014年3月20日，中國鐵建股份公司副總裁扈振衣視察萬古產業園區工程時，大足區委原常委蔣牧宸向其介紹道：「大足區委、區政府與中鐵建合作進展順利，非常愉快，讓人放心。中鐵十七局集團四公司是一支非常優秀的隊伍，項目施工組織是一流的，管理是一流的，隊伍是一流的，與我們配合最好，我感到非常滿意。項目開工以來施工速度快，工期、安全、質量得到了保證，在較短時間裡，完成了現有條件下的大部分工程任務，令人難忘，充分體現了公司較強的施工實力。」

「項目和諧，管理民主，人員素質高，執行能力強，是我們項目最大的特點。」項目書記吳萬勤如是說。

一個成功的項目，離不開一個優秀的團隊，一個優秀的團隊，必然是以人為本的優秀管理造就的。「幹好項目有兩個目的，一是創效創譽，完成公司的上交任務，二是確保職工們的收入和福利。」毛永剛一再強調他的出發點。

在管理上，毛永剛堅決杜絕「一言堂」，用他的話說就是避免決策失誤和影響團結。在他的堅持倡導下，凡是關係到勞務隊伍擇錄、施工成本測算、施工計劃確定、施工方案調整、物資招標採購、大額資金撥付、員工工資福利，等等，都將透過民主決策集體決定。

項目部成員大多數都是從奉溪高速項目調到大足項目的，有的甚至跟隨毛永剛先後轉戰了三個項目。項目部成員和諧相處，儼然一個大家庭。他對待青年員工更是關愛有加，詮釋了他以人為本的管理理念。項目人員構成80%以上都是年輕人，管理人員平均年齡不超過30歲，可以說這是一個充滿活力的團隊。為更好發揮出年輕人的作用，項目部在場地不足和條件受限的情況下，盡量為職工創造良好的工作生活環境。隨著物價不斷上漲，項目食堂給職工的生活補助由每天12元漲到了18元，同時為職工租住套房作為宿舍，並配備空調和熱水器。這些舉措的持續實施，自然增強了項目部上下的凝聚力和向心力。

人才是企業發展的基礎和源泉，項目部高度重視人才培養。派導師、給機會、壓擔子、重考核等採用的一系列措施，已培養出一批能獨當一面的人才。項目總工陳偉，這個即將跨入30歲行列的「80後」，一路從太中銀項目、奉溪項目做到大足項目，6年做了3個項目，跟著毛永剛成長，已從腼腆愛笑的重慶小男孩，蛻變成了一名經驗豐富的項目總工。

　　「在項目部工作心情非常舒暢，年輕人尊重我們，我們也關照他們。」項目副經理李大榮告訴我們，「我和吳書記是少數從其他項目調入大足項目的，但我們融入得非常好，項目部非常和諧，在這樣的氛圍下工作，我們非常開心。」不僅是李大榮，從項目部輕鬆和諧的氛圍和員工們開心的表情皆可以看出，項目以人為本管理的成功。

　　吳萬勤書記對此也深有體會，以至於他在公司的一次黨委討論會上，發出如此感言：「項目和諧，管理民主，人員素質高，執行能力強，是我們項目最大的特點。」在他的心目中，人人都是高素質的優秀員工。他說：「項目上的年輕人執行能力非常強，只要任務下去不需重複第二遍，執行過程中遇到阻力都會盡最大努力自行想辦法解決，矛盾不上交，給項目領導減輕了很多壓力。除了個人素質外，更多的是毛總長期管理養成習慣的結果。」

　　規範外部勞務管理，確保隊伍穩定。借用社會優勢資源彌補自有資源的不足，是長久以來大多數施工企業的通用做法。但是在使用管理過程中，企業因為管理不善造成的勞務糾紛給企業帶來損失的案例也不勝枚舉，但在萬古工業園區項目卻風平浪靜。首先，毛永剛主導在選擇勞務隊時必須把住信譽好、業績好、資質硬、沒後臺四個環節，在此基礎上擇優錄用。在承包方式上堅守工費承包的底線，並將工期目標、安全目標、質量標準、工程總量、承包單價、付款方式等內容一律公開透明，避免了大包帶來的風險。為預防勞務隊負責人侵吞勞務人員工資，項目部採取優先將工資直接支付給民工，再支付勞務隊利潤的支付方式，不讓勞務隊參與民工工資發放。這種分離式的方法，不僅保證了民工工資切實發放到位，同時確保了隊伍的穩定，創造了和諧的隊伍關係。

我們乘車離去時，道路兩旁的老舊房屋不斷消失在視線之中，遠處平坦寬闊的萬古工業園場地上，少數的幾臺機械依然在忙碌著，早已不見了昔日那種機聲隆隆、突擊施工的恢宏場面。這種寧靜，只有以毛永剛、吳萬勤、李大榮、楊家校為主的全體員工和經歷過日夜喧囂的建設者們才能真切體會到他們締造「萬古速度」過程中酣暢淋漓的快感！

兩江飛巨龍　天塹變通途

——中鐵十七局集團四公司重慶兩江新區龍門大橋施工紀實

2013 年 10 月 25 日，久霾的山城豔陽高照，萬里無雲。午後的陽光如九霄雲外的仙女，穿過層雲霧靄折射在金黃色的龍門大橋上。一橋飛架南北，天塹變通途。至此，重慶市兩江新區的發展大事記上重重寫下了里程碑的一筆，而對於中鐵十七局集團四公司來說，這一天更是一個充滿喜悅和驕傲的日子。龍門大橋正式通車了，它猶若騰飛在竹溪河上的一條巨龍，一改「水復出行難，難於上青天」的歷史，完美勾勒了兩岸人們的嶄新生活和新區發展的美好未來。

自 2012 年 4 月正式破土動工以來，參建員工打破水、路、電、網的重重禁錮和工藝複雜、技術含量高、安全風險大、工期要求緊的諸多制約，在眾多施工單位中獨立潮頭，展現了中國鐵軍的風采。在經歷汗水和淚水交織的歲月洗禮後，他們在業主 70 多家參建單位考核中，成為唯一一家獲得通報表彰的單位，且頻頻在勞動競賽、信譽評價中拔得頭籌，成為兩江新區水土高新園僅有的三家優秀施工單位之一。業主力推其參加重慶市政金盃獎評選，並簽下合約承諾一旦獲評將給予工程總造價百分之一的高額獎金。

寶劍鋒從磨礪出，梅花香自苦寒來。項目經理田學林帶領員工們破繭成蝶，以「技術領先、管理先進、質量優良」安全優質全面按期履約，為四公司實施「立足重慶、輻射西南」的戰略定位目標，樹立起了良好的企業形象和品牌信譽。

▍重抓責任落實 力保險中折桂

重慶兩江新區水土高新園龍門大橋全長 222 公尺、寬 33 公尺，橫跨竹溪河，主橋為鋼筋混凝土箱形拱橋，淨跨徑 135 公尺，左右幅共 20 肋，每肋由 7 片預製箱梁組成，需要預製 140 片箱梁、338 片空心板橋梁，均採用纜索吊懸空吊裝。施工難度大，交叉干擾多，對資源配置、施工組織及施工技術要求較高。龍門大橋是連接水土高新技術產業園區大興東、西兩段的重

難點工程，更是打通竹溪河兩岸路網，加快園區建設的重中之重。建成後，將大大改變高新產業園區的交通狀況，加快推動重慶兩江新區建設發展速度，因此備受各級領導和當地群眾的關注。

在參加工作的 16 年裡，屢建奇功的四公司內部橋梁專家田學林，在三座跨黃河特大橋施工中立下了赫赫戰功，先後為企業捧回了「山西汾水杯」「內蒙古草原杯」等無數榮譽。然而龍門大橋單價偏低、地質地貌複雜、工期緊張、安全風險極高，又是企業首次組織大跨徑預製吊裝法施工拱橋，這在他的職業生涯中是一個全新的挑戰。

凡事預則立，不預則廢。因受種種不利因素的影響，項目運行風險層出不窮。諸如安全質量風險、工期信譽風險、勞務使用風險，等等，綜合起來就是兌現承諾、履約能力風險，這些危機成為項目管理中的一種常態。如何化解危機、有效規避風險，已經成為項目第一責任人無法迴避的現實。

「若橋梁不能順利合龍，就會影響公司在重慶市場的聲響，砸了企業的招牌。」田學林深知肩上責任重大。為了降低履約風險，項目部聘請重慶交通大學、石家莊鐵道大學、重慶交通科學研究設計院等單位橋梁專家，踏勘了施工現場、研究施工圖紙，對大橋拱箱吊裝技術方案進行專題研討，不斷細化工藝以及安全、質量措施。

龍門大橋預製構件類型和數量多，工序多，需科學的策劃、組織、管理以及高效的協調、有效的控制，才能確保工程按照業主的要求如期高質量完成。為此，項目部加強對全體施工人員質量教育和培訓，抓住每個分項工程的質量關鍵細節，實施分項工程首件指導、檢查、旁站制度。對橋臺、樁基、墩柱、蓋梁、拱座和拱箱、空心板、纜索吊繫統等，實施書面交底與現場專題指導相結合的方式，從而實現了「以工序保分項、以分項保分部、以分部保單位、以單位保總體」的質量創優法則。

「首件制」的關鍵在於抓好各個環節的細節管控。每項工程開工時田學林和總工程師都堅守現場，發現問題及時糾正。空心板第一次運輸過程中，兩件空心板從跑車往牽引車上移動時，田學林發現支墊位置沒有調整，60 噸

的重壓之下會導致下面那片空心板斷裂，造成損失 10 多萬元，他立即進行了糾正，避免了質量事故和安全事故的發生。

拱箱弧度控制是大橋施工中的關鍵技術，每肋分七段吊裝，全橋共 140 個吊裝段。而拱箱每段採用分件預製後再組裝，利用纜索吊起吊安裝，單肋合龍，主拱圈形成後，施工拱上橫、縱縫現澆層施工，立牆、立柱、蓋梁等結構物。這猶如搭積木，不能無縫對接，便會出現形狀迥異的拱圈，為了保證精度，他們在吊裝前不斷覆核跨徑、起拱線標高、對拱腳預埋件進行檢查和校正、反覆檢測吊裝段拱箱的幾何尺寸。同時，在主拱圈吊裝施工過程中，他們採用應力傳感器等進行全程應力監控和線型控制，利用計算機模擬預算，再根據實際工作經驗，準確控制合龍誤差，避免了因為技術問題出現的質量問題。經檢查，20 片拱箱梁完美對接，橫向和縱向誤差嚴格控制在了 5 毫米以內。而項目部由此總結的「深谷大跨鋼筋混凝土箱形拱橋預製吊裝施工技術研究」被十七局集團公司評為 2013 年度科技成果二等獎。

▎強化細節管理 有效化解風險

「細節定成敗，安全無小事。安全工作覆蓋面廣、涵蓋內容多，稍有疏忽就容易造成漏洞和閃失，強化細節，做實做細安全工作，是一項系統性工程，而要做到這一點沒有什麼捷徑，唯一的法寶就是緊控全過程的每一個環節，把點點滴滴抓嚴、抓實、抓細、抓深、抓全，把每一件事做細緻、做到位。」多年施工一線的摸爬滾打，讓田學林總結了一套安全管理心得。

龍門大橋拱頂距離竹溪河河面高達 80 多公尺，跨度 262 公尺，空中纜索垂度達到 9 公尺，東西兩岸兩個塔架高達 34 公尺，整個施工過程都是在懸空完成，安全風險是項目必須緊控嚴管的首要風險。為確保各個環節安全可控，項目部實施全員、全過程管理施工安全制度，抓住每個分項工程的安全關鍵細節，建立健全安全源，對爆破、挖樁、高空、用電、消防、交通和纜索吊裝、龍門吊裝等作業安全實施嚴格管理。

在整個吊裝系統中，對塔架造成安全保障作用的後錨樁基的堅固性十分重要。原方案為就地石頭回填，現場的石料易風化成土，加上基坑底滲水，

在大噸位吊梁過程中，可能造成基礎沉降開裂、塔架傾覆、拱箱報廢的特大安全事故，損失的不僅是施工成本，還有難以估計的企業信譽成本。田學林果斷決定調整方案，採用混凝土澆築，這樣一來塔架的垂直度和地基沉降滿足了要求，為後續工程施工打下了一劑定心針。而在吊裝的過程中，田學林更是謹慎、細緻，他隨身攜帶的筆記本中密密麻麻地寫著各個環節需要關注的重點。鋼絲繩磨損、斷絲情況如何？穿索是否正確？塔架螺栓的緊固、桿件安裝是否正確？線形順直、初始位移能否達到設計要求？起重、牽引、跑車、卷揚機、轉向滑車等各部位運行情況如何？每次起吊前他都要求對整套纜索系統進行全面檢查驗收。主管領導的帶頭作用，引發了安全管理的蝴蝶效應，項目部形成了人人抓安全、人人管安全、人人都是安全員的良好氛圍。或者這就是在安全隱患眾多、險象環生、步步驚心的情況下，項目部圓滿完成「安全零事故」責任目標的制勝法寶。

重慶市委常委、兩江新區黨工委書記凌月明調研時稱讚道：「龍門大橋工程交給中鐵十七局集團施工，我們非常放心，你們為兩江新區以及重慶直轄市建設做出了很大的貢獻。」

▍全面創優創譽 追求精品工程

「大橋的旁邊就是中國科學院重慶產業技術創新與育城中心，我們建設了一座與其相匹配的裝飾實用性大橋。」看著裝修一新的龍門大橋，田學林自豪感油然而生。然而給這條碩大的巨龍穿上「裙子」，抹上「胭脂」，對於從未涉足裝修工程的他來說絕非易事。

抓住每一個施工細節，是落實質量保證的具體措施。大橋主體建設自不必說，就是裝飾工程這樣的非主體施工，田學林也是一絲不苟。橋梁裝飾作為大橋最後一道關鍵環節涉及人行道係鋪裝及欄杆裝飾、兩側裝飾掛牆、橋梁下部結構塗刷。為了確保大橋裝修質量，項目部根據報價、業績等嚴格篩選有經驗的勞務隊伍，並選擇耐髒、抗氧化、色澤好的氟碳漆作為塗裝材料，保證大橋 10 年不褪色，而人行道一律採用花崗岩鋪墊，欄杆使用多彩漆，既美觀大方又經久耐用。

大橋的藝術造型、複雜的結構都給施工帶來了難題。如何將10噸重的裝飾板一片一片鑲在立柱上，再與拱圈形成整體，而且經得起惡劣天氣和歲月的考驗？ 專業技術出身的田學林費了不少腦筋。經過不斷實地調查研究，再根據多年的施工經驗，一套完整的施工方案呼之欲出。他將每個拱圈的裝飾板分成4段，再加工34公尺長的吊籃作為空中作業平臺。當裝飾板吊至指定位置後，工人們立刻懸空立模，澆築混凝土。由於施工難度極大，拱圈內側的模板拆卸費用遠遠大於模板本身的價值，而且安全風險極高，易發生傷亡事故，因此田學林果斷決定，放棄拆模，讓它永遠留在橋上。

2013年11月20日，經過建設者日夜加班加點，終於完成了造型安裝及其他裝飾工程任務，塗裝的平整度、厚度、顏色都達到了規範要求。當地的老百姓稱讚道：「十七局就是厲害，這麼難幹的大橋在短短一年多的時間裡就建成通車，方便了大家出行，造福了一方百姓。」在群眾讚嘆之餘，又一喜訊傳來。2013年12月25日，經過嚴密的監測試驗，龍門大橋工程獲得了兩江新區管委會、建設管理局、監理、施工、設計、質監、地勘、監控、跟審等單位的一致好評，順利透過了竣工驗收。

在重慶兩江新區施工的一年多時間裡，中鐵十七局集團四公司施工的每個細節都得到了業主的高度讚揚，而龍門大橋也成為兩江新區的一條視覺走廊，是四公司創譽西南的又一張有份量的「名片」。長風破浪會有時，直掛雲帆濟滄海。在挑戰市政市場的道路上，在挑戰特殊結構橋梁施工的基礎上，他們邁出了堅實的一步，成績只屬於過去，項目部全體員工會再接再厲，在西南區域擦亮企業的牌子，占領更廣闊的市場，掙得更大的榮譽。

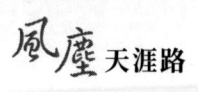

風塵天涯路　雄師勁旅譜新篇

雄師勁旅譜新篇

——中鐵十七局集團四公司安平高速公路 8 標施工紀實

陝西安康平利縣地處大巴山北翼，相傳是女媧故里，境內女媧山一峰獨立，傲視群巒，巍峨蒼茫，有「女媧雲海、女媧日出、中皇雪晴、松林聽濤」。

四絕，是一座文化聖山。然而女媧娘娘留下了秀美的自然風光和補天、造人的美麗傳說，卻沒有使得平利人民脫下貧困的帽子。

為了加強陝鄂兩省經濟文化交流、促進西部大開發和中部崛起、構建陝鄂生態文化旅遊圈等特色產業，一條快速通道——安康至平利的高速公路建設提上日程。這不僅是平利縣東進西出的高速大通道，更是溝通陝、鄂兩省的省際公路運輸主通道，對於實現「西三角經濟區」內重點城市的高速直達，加快陝南經濟的突破發展具有十分重要的作用。

安平高速起點位於安康市，途徑平利縣，全長約 61 公里，全線雙向四車道，設計時速 80 公里。十七局集團四公司憑藉在陝西區域良好的信譽和雄厚的綜合實力，一舉中標第八合約段，擔負全長 2.59 公里的施工任務，主要工程有隧道 1313 公尺，大橋兩座共 1151 公尺，路基 126 公尺，總投資 2 億元，工期 18 個月。

攬下「瓷器活」，必須要找好「金剛鑽」。四公司主管領導果斷決定透過公開競聘，挑選具有優秀施工管理經驗的人擔當重任。年輕有為的曹正杰一舉奪魁，和黨工委書記王先紅、總工程師秦昊斌、副經理趙修平、杜仕高、安全總監王春利，組成了一支善打硬仗的隊伍，火速奔赴建設工地。

進場不到 4 個月，他們在業主組織的機械設備進場、預製梁場場坪、隧道進洞、橋梁樁基等各類專項考核中，名列前茅，累計獲得獎金 39.2 萬元，以科學的管理，扎實的工作作風，一流的工程質量，在全線 14 家參建單位中獨領風騷，譜寫了四公司這支鐵軍隊伍在陝西市場的又一華章。

▌謀略篇：金剛鑽攬下瓷器活

　　冬季，陝西的天氣已經清冷，然而在四公司安平項目工地上，卻是一派熱火朝天的施工場面。這支平均年齡僅為 28.5 歲的年輕隊伍在面對困難和壓力時，充分展示了不畏艱難、頑強拚搏的企業精神，在陝南大地上樹立了良好的企業形象。

　　2013 年 7 月才進場，卻要在 2014 年 12 月 31 日以前完成主體工程，18 個月總工期減去冬季和兩個月雨季後所剩無幾。在施工場地狹窄、環境保護要求嚴、徵地拆遷緩慢等眾多不利因素下，要完成 1 座隧道，2 座分離式大橋，1 座涵洞，10 多萬方土石方施工，向業主交出 2.59 公里優質路段，其難度令人難以想像。更為嚴峻的挑戰是，管段內隧道四五級圍岩占 61.3%，橋樑墩身最高達 50.3 公尺，道路、供電、供水等設施不足，地材、勞務單價迅速上漲。如何攻堅克難，順利打開施工局面？如何確保高墩及高空架樑的施工安全？如何安全順利透過不良地質？他們能否衝破各種枷鎖，逆勢騰飛？人們拭目以待。

　　工欲善其事，必先利其器。2000 年從西南交通大學土木工程專業畢業的曹正杰，先後參與東北引水洞、水電站、臨江公路、臨吉高速公路等多項重點工程建設。在 13 年的實際工作中，他不僅在項目工程部長、總工程師的崗位上得到了鍛鍊，專業技術水平得到了昇華，而且長期在生產一線與各種類型的優秀項目主管領導配合過程中，吸取了大量的行政管理和施工管理經驗。面對巨大壓力，首次擔當項目經理的他沒有退縮，而是胸有成竹，摩拳擦掌，蓄勢待發。

　　2013 年 7 月，項目部領導團隊和技術、管理幹部跑步進場，快速到位。進場後，曹正杰和秦昊斌等人針對業主提出的高標準建家建線要求，馬上進行周密調查，選用工地駐地村委會作為項目部辦公場所，新蓋活動板房輔助使用，員工宿舍則分散在各居民出租屋內。經過不斷比選、反覆論證，他們將拌和站選在了全村最完整的一塊耕地上，試驗室則就近建設。工程組織設計、驗樁交樁、徵地拆遷等工作隨即展開，有條不紊，同步進行。挖掘機、

吊車、裝載機等各種施工機械物資設備按序進場，施工便道很快開通。臨建快、建設好、標準高，得到了業主和監理單位的一致好評。

項目管理必須有管控的依據和理論作為保障，必須有統一的目標和思想作為方向，必須有制度的約束和激勵作為鞭策，這樣才能確保現場管理有力、有序、有章法，不打亂仗。曹正杰和領導團隊成員結合項目實際情況，理清思路，剝繭抽絲，形成了「科學管理，規範施工，以人為本，降本增效，實現安全、質量、進度、效益大滿貫」的指導思想，「現場布局規範化、項目管理精細化、資源配置合理化、施工組織科學化」的管理思路，以及「凝練人文精華，鑄就企業品牌」的管理理念。同時，會同各業務部門負責人分別制訂頒布了《項目部綜合管理辦法》《技術管理辦法》《財務管理辦法》《物資管理辦法》等一系列的規章制度，從而構建起了結構清晰、職責分明的制度體系，形成了制度健全、管理有效、運行順暢的管理機制。

和諧篇：人文關懷融洽路地

「工程項目是施工企業發展的基石，企業形象的窗口，經濟效益的源頭，培養人才的搖籃。因此，構建和諧項目，真心關愛職工，是實現長遠健康發展的必由之路，而只有用人本關懷理念激發和調動參建員工的積極性，發掘員工的聰明才智和蘊藏的潛能，才能事半功倍，保證項目的高效運行。」曹正杰如是說。

由於員工來自 10 多個不同的項目，有專業技術經驗的只有 3 人，人員構成複雜，技術力量薄弱，如何加快人才培養步伐，凝聚人心，是曹正杰考慮的一個重要問題。他對項目 8 名技術人員進行了全面摸底調查。針對大多數技術人員都是剛分配來的畢業生，從學校到社會有一個適應過程的實際情況，決定實行導師帶徒制，以老帶新，及時指出問題，積極鼓勵成績，以便盡快成才。首先由總工程師秦昊斌以會代培，組織集中學習，再根據他們個人所學專業、工作責任心等情況，結合工程性質的不同進行分點分片上崗。同時，為給員工創造一個良好的工作、生活環境，曹正杰要求項目達到拎包入住標準，從基本生活用品到拖鞋、防寒服配備等都一一到位。為保障職工

生活，先後換掉了4個不稱職的廚師，以確保員工飲食營養、健康、衛生、味美。為了盡快凝聚人心，讓人心往一處想，勁往一處使，他和書記王先紅利用節日、業餘時間，和大家座談，讓員工們閒話家常，聯絡感情，並一起探討解決項目管理中存在的問題和難處，從而形成了黨工委搭平臺，職工群眾出主意，行政領導出思路，技術幹部出方案，一線領導帶著幹的良好局面。

內和而外不順，一切仍然是步履維艱。施工用電、民爆物品是開工必備的先決條件，然而專用電線遲遲不架設，炸藥庫建好驗收完畢卻不能啟用，地方一些惡勢力強賣地材、強攬工程。這些不僅嚴重干擾了正常的施工秩序，而且加大了成本投入。

「開弓沒有回頭箭，狹路相逢，勇者勝。沒有條件創造條件也要打開施工局面。」曹正杰給領導團隊成員下了最後通牒。為了達到「快施工、爭效益、創信譽」的目標，項目一班人按照「嚴分工、密協作、出成效」的運作機制，不等不靠，及時調整思路，打破常規，逐一化解矛盾。他們一邊租賃12臺發電機，一邊和爆炸物品管理公司聯繫配送炸藥，啟動部分樁基、隧道作業面施工，一邊主動出擊和相關單位協調，爭取早日滿足施工大幹條件。對於那些強賣地材、強攬工程行為，則一律將其引入市場競爭模式，以規範準入機制公開競標。經過不懈努力，他們突破重重阻力，使諸多棘手問題逐步得到瞭解決，為快速啟動大規模施工贏得了寶貴時間。

徵地拆遷工作能否順利開展，往往是制約工程項目能否按期開工的瓶頸性因素。安平高速是省政府合力辦交通新模式下的廳市共建項目，由省政府提供建設款，市縣區政府負責徵地拆遷及賠付工作。然而，平利縣是有名的省級貧困縣，拆遷資金到位緩慢，徵地協調難度大。項目管段紅線用地涉及12戶房屋拆遷，卻只拆了1戶，嚴重影響了工程推進。項目領導團隊深刻認識到了問題的嚴重性，制訂了富有針對性的拆遷方案。他們注重與當地政府和群眾溝通，深入鄉村，走家串戶，與群眾面對面交流，主動幫助當地村民平整道路、維修場院，提供使用臨時機械車輛並動之以情、曉之以理地耐心解釋，不斷融洽感情，最終贏得了政府和群眾的理解和支持。在全線14家

施工單位中，他們率先拿到部分永久性用地權，受到了業主和監理的高度評價，為全面完成各項施工生產任務打下了堅實基礎。

▎創效篇：開源節流力降成本

「追求企業效益最大化，是每個生產經營企業的最終目的。不僅要達到工程進度和工程質量雙贏，還必須獲得良好的經濟效益，增強企業實力。」在投標單價過低的情況下，曹正杰在項目上場初期，便將降本增收、管理創效作為頭等大事來抓。他從項目前期布局規劃、工程材料採購、加快進度壓縮工期、機械有效利用、減少非生產性開支等方面全方位控製成本。

曹正杰提倡建設節約型、高效型項目，要求以精細化管理為手段，從一點一滴做起，做好經濟活動分析，抓好責任成本管理。他嚴格控制招待費用和差旅費報銷，要求節約水、電、紙張等辦公耗材。對大型機械設備及大宗物資採取公開招標方式，定額發料，定期核算分析成本，並設專職調度人員，統籌調配使用機械設備，規範臺班簽認程序，加強監督核查，提高機械使用效率，有效控制了機械費用的支出。同時，實行訊息化管理，拌和站、料場、項目部等安裝視頻監控系統，不僅保障了安全，也避免了因被盜竊而造成的財產損失。

平利縣地處陝、鄂、渝三省交界處，地貌為「八山一水一分田」。地質複雜，山高坡陡，溝壑縱橫，由於受地理條件的限制，拌和站選址、便道選線、梁場建設成了一大難題，這是成本管控的首要關口。項目部根據工程特點，多次實地考察，分析難點及控制性工程，按照工期要求，科學規劃施工關鍵線路。他們將鋼筋加工廠放在混凝土拌和站內進行集中加工，以路基、棄渣場作為梁場場地，既能滿足工期要求，又能減少臨時用地投入。

公路施工工序複雜，單項工程零散，工期緊迫，需要大量外部勞務補充施工力量。項目部對各工點逐一進行預算，根據工程性質的不同，材料運輸距離的不同，結合中標單價靈活掌握預算定額，找準單項工程承包單價的臨界點。然後採取招標或議標方式選擇勞務隊伍，簽訂用工承包合約，完善用工手續，每月從安全、質量、進度、環保等方面對勞務隊進行量化考核，確

保施工不扯皮，保證勞資雙方效益。而項目部則作為工程管理的龍頭，將大量精力用於總量控制、成本核算、安全質量監督、內外關係協調、工程資金到位等宏觀控制管理工作，為生產一線創造了一個良好的施工環境。

▌攻堅篇：運籌帷幄滿載榮譽

　　工程安全質量是一個建築企業形象的重要標誌，更是參與市場競爭的決定性砝碼，對「安全零事故、質量零缺陷」的追求，是四公司多年來的立企之本，而這必然要有靈活、睿智的管理為前提。

　　安全是施工企業的重要脈門，一旦出事，不僅經濟損失嚴重，而且社會影響惡劣，企業形象必定受損。項目部從成立的第一天起，便將安全放在重要位置。他們貫徹落實全員安全生產責任制，簽訂安全生產責任狀，嚴格考核與兌現。對重大危險源實施動態控制，編制安全專項方案10個，應急救援預案11個；舉辦安全培訓12期，受訓人數460多人次，共投入專項安全措施費90多萬元，有效推動了項目安全生產有序可控。

　　為確保工程質量，奪取信譽評價AA，項目部構建了嚴格的質量管理體系，實行「誰主管誰負責」的領導負責制，從項目經理、總工程師到各部門、技術主管和作業層各工序負責人，層層抓質量。在施工過程中，他們嚴格把好「圖紙關、測量關、試驗關、監測關」四道關口。每道工序先由班組自檢，再由專職質檢員檢查，施工監理正式驗收，簽字後方可進入下一道工序。

　　「必須強化科技攻關力度、依靠自主創新，才能突破複雜的地質條件帶來的重重障礙。」曹正杰準確地抓住了決定質量優劣、施工安全的關鍵環節。

　　開工前期，他連同秦昊斌深入施工一線，掌握第一手資料，多次組織優化變更設計。採用動態的施工工藝和方法，對管段內每一項工程的每一個施工環節，都制訂了詳細的高於業主質量要求的創優標準細則，做到了技術交底更細更明確。

　　左線長1307公尺、右線長1319公尺的女媧山3號隧道，是管段的重難點工程，部分圍岩節理裂隙發育、自穩能力差。為保證施工安全和隧道整體

質量，他們動腦筋，想辦法，在施工中採用大管棚注漿、掛網，及時噴錨支護等措施，利用鑽探、TSP 超前地質預報系統做好超前地質預報，加強圍岩監控量測，及時反饋訊息，調整支護參數，儘早封閉岩面，促使工程安全、快速推進。

由於項目起點定位高、執行標準高、規範現場、精細管理、超前預控、攻關有效，曹正杰帶領隊伍鳴響了開工第一炮。2013 年 9 月 20 日，項目率先樁基開鑽，實現了全線施工生產零的突破。隨後，優秀戰績不斷傳來，他們先後取得了鑽孔、灌樁、成樁，隧道進洞均第一的好成績。在陝西省交通廳外資辦安平高速建設管理處 5 天一小考、半月一大考的高密度檢查中，項目各項任務指標均超額完成，累計獲得獎金 39.2 萬元。他們在陝南地區以一流的員工素質、一流的隊伍形象、一流的現場管理、一流的工程質量，為企業續寫了新篇章……

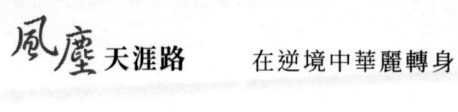

風塵天涯路　在逆境中華麗轉身

在逆境中華麗轉身

——中鐵十七局集團四公司大廣高速公路 S03 標施工紀實

被譽為東江河畔「綠色明珠」的廣東省河源市，山清水秀，環境優美，素有「客家古邑」之稱。如今，中鐵十七局集團四公司參建的國家主幹道大（慶）廣（州）高速公路，又將為這片美麗的土地帶來新的生機與活力。

大廣高速公路為國家幹線公路網規劃的 9 條南北縱向線中的第 5 縱，在國家高速公路網、泛珠江三角洲公路網和粵贛兩省公路網中均具有十分重要的地位，對促進廣東、江西兩省及沿線地區的社會、經濟可持續發展和增強廣州及周邊城市的綜合競爭力都具有十分重要的意義。四公司承建的粵境連平至從化段 S03 合約段，是廣州市規劃的「四環十八射」主骨架公路網中的第五射的重要組成部分。自上場以來，各家施工企業暗中角逐，力圖在此一展風采。在前期的競爭中，因為徵地拆遷和雨季的影響，四公司一直處於下風。但在項目經理翟爭光的勵精圖治下，項目部上下精誠團結，決心要絕地反擊，改變企業在華東地區的負面形象。經過近一年的努力，項目終於在逆境中崛起。在 2013 年四季度業主綜合評比中名列前茅，斬獲 30 萬元大獎；在 2014 年一季度業主綜合評比中再度領先，再次斬獲 70 萬元大獎；項目經理翟爭光榮獲「優秀項目經理」稱號；在 2014 年 4 月省質檢站抽檢中，項目再獲優秀；在 2014 年上半年業主舉行的綜合評價中，安全、質量、工期等各項指標終於名列前茅；在大廣線 11 個後續進場的標段中，項目綜合成績排第一，他們用實力在逆境中實現了華麗轉身。

為實現這個目標，項目部上下可謂歷盡艱難，每一名參建員工都付出了超常的艱辛。

重重束縛難推進

走進項目部，院落中間工期倒計時電子牌上書的「距合約工期還剩 187 天」的字眼特別引人注目，一股工期緊張的氣氛迎面起來。

2013 年 6 月 5 日，翟爭光帶著一班人馬從位於廣東梅州市的梅大高速公路項目匆匆趕到大廣 S03 標，接手了 6.6 公里的施工任務。他們信心滿滿，決心在此再為企業增光添彩，可現實卻給了他們當頭一棒。

項目位於連平縣上坪鎮，距離江西省僅十幾公里，為江西進入廣東的第一鎮，民風彪悍。且連平縣為廣東省省級貧困縣，經濟相對落後。翟爭光說，由於徵拆一直無法推進，堵路阻工事件頻繁發生。2013 年 6 月初進場，10 月初才全面開工，嚴重影響了工程進度。項目總工王世保無奈地說：「我們是老牛掉進枯井裡，有勁使不上，真憋屈！去年八九月份，我們每月只有臨建計價一兩百萬，而其他標段是我們的十倍多！」

為獲取更多額外賠償，不少村民在未徵地段加速搶種果樹，高額索賠無果後，便惡性阻工。2013 年 9 月 3 日，連平服務區發生數百名村民集體阻工事件，他們以索賠補償款為由堵路堵設備，大批設備停留在現場無法運轉，便道施工無法展開。項目部成員勸阻無果，只好報警，直到公安人員介入才得到解決。至此，項目紅線徵地才得到全面突破，閒置的機械設備方才開始運轉。

「甲魚塘徵拆才是我們項目的『心頭之痛』。」總工王世保介紹說，項目架設的第一座大橋——洋飛坑大橋，必須跨越一處規模較大的甲魚養殖基地，基礎施工必須填築甲魚塘。由於 105 國道緊鄰洋飛坑大橋，上場之時項目團隊綜合多方因素考慮，梁場選址只能在此橋旁邊，否則不僅大大增加運輸距離，且山高路陡雨季長，機械車輛根本無法負重行駛。

只有洋飛坑大橋首先架通，所生產的橋梁才能從此運出架設其他橋梁，這是一個決定工期進度的咽喉工程。可沒想到，完美的計劃卻因甲魚老闆的漫天要價而破滅。業主和地方政府多次協調，項目部也多方努力做工作，依然無效，導致工期嚴重滯後。眼看春節臨近，項目部不敢放假，以防萬一徵地成功，人員設備就可隨時突擊。結果希望落空，期間投入支出的 50 多萬元打了水漂。直到 2014 年 3 月問題才得到解決，前後耽誤工期 8 個多月。就這一個點導致了項目整個戰略計劃的流產，後續所做的一切都是亡羊補牢。

困難似乎有意要跟隨 S03 標，甲魚塘成功拿下後，放手大干沒幾天，雨季又接踵而至。廣東的雨季，持續時間長，甚至創造了連續一個月下雨不停的記錄，為本就緊張的工期雪上加霜。

「緊張的工期猶如一座大山壓在身上，讓人喘不過氣來，我們只能見縫插針組織施工。由於廣東省工程建設實行『標準化、標竿化』的『雙標』管理，除紅線內用地，其他土地一律嚴格控制使用，如要徵用，高昂的價格根本承受不起。」從翟爭光口中，我們得知了項目的種種艱辛。

徵拆、雨季、阻工和嚴格的「雙標」管理模式等重重困難考驗著他們。當初的目標和夢想似乎離他們越來越遙遠，他們會就此放棄嗎？答案是否定的！

▍後來居上顯實力

開局落後，並不代表一直落後。不服輸的翟爭光帶著弟兄們開始追趕進度。在領導團隊的商議下，項目部迅速調整施工組織方案，確立了「趕超為主，靈活應變，創造機會，拚搶工期」的總體思路。項目部上下形成共識，一定要用實力捍衛企業榮譽！

為全面實現華麗轉身，項目領導層進行了再次精細分工。項目經理翟爭光總管全局，項目黨工委書記高鋒主管徵拆，總工王世保負責技術全面管理以及對上對下計價，安全總監兼副經理彭明金主管路基和防護，副經理文華斌主管橋梁和涵洞施工。並對施工方案進行了進一步優化，主抓資源調配，合理加大設備、人力資源投入，嚴格勞務管理。透過多措並舉，管段綜合效果得到了進一步顯現。

「由於前期工期滯後過多，重新排工期後發現依然無法滿足合約工期要求，且受地形地勢限制，導致原投建的一個梁場生產規模不夠。2014年3月，項目部果斷決定再投建一個梁場，確保製梁架梁速度。」副經理文華斌告訴我們，「若不是受甲魚塘的徵拆影響，項目工期其實非常寬裕，結果逼迫我們不得不進入工期倒計時。」洋飛坑大橋是整個項目的咽喉要塞，直接決定

著後續四座大橋的進度，甲魚塘徵下後，項目部充分調配人力、物力主抓洋飛坑大橋進度。實行24小時輪班制，人休機不歇。項目部將大橋樁基施工由原來的衝鑽施工改為人工挖孔，每公尺增加40多元的投入。透過多方努力，270公尺的洋飛坑大橋下部結構已全部結束，7月25日前已全部架設完畢，徹底打通了這個制約項目半年之久的咽喉要道。

「項目一直形成不了規模施工，讓人乾著急。」踏實敬業的彭明金無奈地說道，「由於紅線內的房屋清表工作未徹底完成，嚴重影響了土石方的施工，且紅線內路段也未全部徵拆，只能見縫插針、邊徵邊建、即徵即建，好不容易到2014年基本具備了規模施工條件，雨季又不期而至。項目部只能搶晴天，戰雨天，採取地面覆蓋薄膜等方式冒雨施工。路基防護施工採取同步跟進的方式，建好一段防護一段。截至7月底，涵洞、路基已全部完工。」

大橋位置相對分散，如何科學合理調配各類資源，保證工序銜接，成為項目管理的關鍵。以快為中心，是目前抓好資源調配的指導思路。「山高坡陡，道路不便，給機械作業帶來了極大困難。大塘面大橋，本應和其他大橋同時推進，因為坡陡，加上雨季路滑，之字形的盤山路，徒步行走都很吃力，更不用說車輛運輸物資了。為了物資運輸到位，不得不用大型設備前拖後推。」由於長期風吹日曬，皮膚黝黑的機械隊隊長姜寶祥談起機械施工來，叫苦不迭。

「為加快橋梁樁基施工進度，項目部決定在雨季結束後集中優勢力量打突擊。我們橋梁隊在這次突擊中確實付出了很多辛勞，但是為項目拼搶工期做出了貢獻，非常值得。到7月底，項目大小8座橋共325根樁基已全部完工。」橋梁隊隊長陳代俊談及此事無比喜悅。

2014年4月，廣東省質監站實行抽籤制大檢查，S03標被抽中為備檢標段。各方並不看好這個「後進生」，甚至擔心給大廣高速抹黑，但隨機抽查，業主也無可奈何，只是暗暗叫苦。但翟爭光並沒手忙腳亂，他知道自己的優勢在哪裡，知道自己所幹的工程經得起檢查。他既沒有積極表態保證沒問題，也沒有叫苦推遲，反倒是心中暗暗高興，窩囊幾個月了，項目部上下需要一次權威檢查來肯定成績，更需要一次肯定來進一步提振士氣。

「證明我們S03標不是孬種的時候到了！讓人刮目相看的機會來了！」翟爭光在動員會上擲地有聲地告訴弟兄們。

項目部迅速召開備檢會，調整方案，精細分工，突出優勢，強化整改。檢查時刻來臨之際，項目部並沒有像其他標段一樣特意停工整理現場備檢，依然在從容有序地正常施工。業主、監理見狀很是著急，業主電話一個接一個，現場督導天天到。短短六天的突擊，檢查結果讓所有人大跌眼鏡，全線受檢標段中，S03標工程整體優質，質量問題最少，扣分最少，好評最多。項目路基更是備受稱讚，檢查組形容其規範美觀，如繡花一般精細，完全符合「雙標」標準。

「S03標簡直就是一匹黑馬！」業主中一位領導感嘆。透過這次檢查，該項目完美實現了一百八十度大轉變，證明了「S03標不是孬種」，也徹底改變了項目部在業主、監理心目中的固有形象。

▍科學管理促和諧

「項目管理的最終落腳點就是對人、財、物的管理。」翟爭光一語道破管理玄機。

項目部年輕人居多，技術力量薄弱，除總工和工程部部長外，其他幾乎都是2013年分配到來的大學生。為了培養他們迅速成才，項目部給他們壓擔子，壯膽子，讓他們每人分管一段現場。同時，嚴格執行公司導師帶徒制，指派兩位沙場老將的副經理在現場手把手地教。一旦有新的分項工程，就召集所有新員工在現場共同學習。每星期由總工組織一次從理論到實踐的針對性培訓。此外，項目部根據個人性格、水平的差異，除了合理安排崗位外，還讓他們進行輪崗，以促使他們全面系統把握各個工序技術特點和技術要求。透過理論和實踐雙管齊下，以及現炒現賣、臨陣磨槍的特色培訓，新員工的技術水平進步非常快，不到半年就能獨當一面。

「人才培養，不僅僅是技能，更重要的是思想。」翟爭光非常重視氛圍的營造，為了加強項目人員的責任意識，提高思想素質，他安排人員在項目

部的過道、辦公室等顯著位置，貼上一句項目經理溫馨提示：刻苦認真就是能力，高度負責就是水平。翟爭光說，這是項目對人才的要求，也是項目管理的特色文化。

和諧的勞務關係，也是決定項目管理成敗的關鍵因素之一。在其他標段勞務隊相繼發生停工事件的情況下，S03標卻在「嚴管善待、獎勵為主」的思想指導下，顯得風平浪靜。項目部規定，對勞務隊的管理除了執行制度、合同外，要以善待為主，以服務、獎勵為主，有不同意見以溝通對話為主。只要完成計劃的80%就有獎勵，每月計價款準時支付，絕不拖欠。此外，領導團隊以身作則，不吃拿卡要，開工程例會時，還請勞務隊吃飯。由於建立了和諧的勞務關係，高峰期30多支勞務隊500多名勞務人員，全部都有序運轉，始終沒有出現停工要挾的鬧劇。

創效是最終目的，時刻擰緊成本閥門是項目管理的一個重要方向。項目部每月都要召開成本分析會，嚴格控制各類材料消耗和設備租賃價格。大宗材料一律實行招標採購，比價擇優購入，並實行定額供料。由於砂石料需從江西省購入，運距遠，單價高。經過多方調查，項目部決定採用相鄰標段的隧道棄渣自行加工，節約成本近百萬元。

依靠科技手段推進施工進度、提升工程質量，是S03標的一項成功之作。

項目部推行的自動化鋼筋加工場、智慧張拉系統等數字化管理，有效控制了預應力，提高了鋼筋加工精度。項目工程以橋梁為主，梁體養護的到位與否直接影響梁體的質量。傳統的人工噴淋和高壓噴淋，不是耗費人力，就是噴淋不均勻影響梁體強度。項目技術人員受到公園綠地養護的啟示，設計發明了自動噴淋養護系統，霧狀噴霧使噴淋均勻持續，梁體養護質量得到了保證。此項發明，被推廣到全線各標段使用。

採訪結束了，大廣高速依然在如火如荼的建設之中。S03標由一名「後進生」，一躍進入「優等生」行列，在逆境中實現華麗轉身，值得項目管理者學習。

我在橋上

——記中鐵十七局集團四公司中南通道 5 標橋梁分部經理史洪濤

他是一名年近花甲的白髮蒼蒼的老人。

他是一名擁有 34 年黨齡的老共產黨員。

他是一名幹了 20 年基層黨務工作的項目黨工委書記。

他是一名只有兩年項目經理工作經歷的建橋人。

他是一名在各種媒體發表過 100 多篇詩歌、散文、通訊報導的文人。

但他更看重的，還是 20 多年的建橋經歷——自己是一名與橋有緣的建橋人。多少年來，只要在施工現場，只要有人問他在哪裡，他都會回答：「我在橋上。」他，就是中鐵十七局集團四公司中南通道 5 標橋梁分部經理史洪濤。

2013 年 11 月 18 日，他主管的中南通道 5 標屈產河特大橋順利合龍時，他激動得熱淚盈眶，心情久久不能平靜。當得知 2014 年 7 月業主發往集團公司要求對其進行表彰的請求函時，他感慨萬端，在大橋上的 200 多個提心吊膽的日子，一起湧上了他的心頭。

在屈產河大橋工地，有人說他是功臣，有人說他是突擊隊長，也有人說他是救火隊長。

這位一百八十幾公分的山東大漢，足跡遍布大江南北，一路逢山鑿路，遇水架橋。榮獲世界吉尼斯紀錄的晉焦高速公路丹河特大石拱橋和跨越黃河的磴口、烏海、中寧黃河特大橋，是他參與修建的得意之作。30 多年來，史洪濤不僅是一名優秀的基層黨務工作者，更是一名工程建設的優秀管理者，抓工程，管黨務，兩手抓兩手都優秀，被人譽為「工程書記」。先前多次獲得公司本級、集團公司、股份公司和省部級以上的先進生產工作者、優秀共產黨員、優秀黨務工作者、優秀思想政治工作者等榮譽。或許正是他的這些建橋經歷，才會在屈產河特大橋面臨工期告急之時被公司領導臨危點將。

全長 1300 多公尺、24 個墩臺的屈產河特大橋，最高墩 76 公尺，加上梁體高度 80 多公尺，因其科技含量、質量要求高和安全風險大等諸多因素，被業主定性為全線的重難點控制性工程，是關係到全線鋪軌計劃工期的咽喉要道，從業主到地方領導和集團公司都十分關注。大橋建設期間，山西省原省長李小鵬和呂梁市、石樓縣黨政一把手和業主主要領導、集團公司領導前來檢查工作，集團公司中南通道 5 標指揮部打電話問他在哪裡，他都會在 80 多公尺的橋面上次答說：「我在橋上。」

是的，「我在橋上」已經成了史洪濤在屈產河大橋上的常用語，因為，他每天都忙碌在橋上。

▎臨危受命 年近花甲挑重擔

屈產河特大橋原屬四公司擔負施工的中南通道咽喉控制工程，因高墩大垮制約性極強，由於施工圖紙嚴重滯後一年多和材料緊缺等諸多因素，工期一再告急。到了 2012 年 10 月，眼看離全線鋪軌日期只有 7 個月的有效時間，業主下達命令，到 2013 年 11 月，大橋必須合龍！

2012 年 11 月初，史洪濤突然接到公司黨政主管的決定：出任大橋分部經理！毫無思想準備的他，沒等緩過神來就表態說：「好！必須拿下！」

一位多年的摯友曾勸他說：「為啥接手這個燙手的山芋？都快 60 歲的人了，身體最重要。不幹，沒人說你什麼，還能保住一世英名，幹好了，是應該的，幹不好就是晚節不保，何苦冒這個風險？何況你還有高血壓，高空作業萬一有個不測，多不划算。」甚至有人背後冷嘲熱諷說：「一個老頭子，還想提個一官半職嗎？」他卻說：「有所圖也不是現在，五十而知天命，從未想過提拔不提拔，領導把任務交給我，我必須做好，待遇是領導考慮的，服從就是我本人的習慣，堅決完成任務就是唯一的目標。」困難，總得有人來擔當，他曾經是名軍人，習慣了聽從命令；他是名老黨員，必須服從大局。愛好寫作、書法和拉二胡、吹笛子、打羽毛球的史洪濤，做夢也沒想到即將退休了還能過上一把項目經理的癮。他覺得，這是公司對他的信任和認可，關鍵時刻，救火要緊。其實，他早就知道這個癮不好過，他可見多了那些項

目經理度日如年的滋味。他知道，接手這個半拉子工程，說是橋梁分部項目，其實就是一個突擊隊，說是項目經理，其實就是一名突擊隊長。不管怎麼樣，已經領命了，不管多少坎坷，都要走下去。

此時此刻，史洪濤開始盤算大橋剩餘工程量。大橋大部分墩身都已完成，連續梁施工剛剛進入梁體，剩餘工程量達到50%，從4號墩到13號墩連續梁全長822公尺最長的還有22個塊段未動，而且連續梁懸灌施工科技含量高，質量標準高，高空作業安全風險大。剩餘工期減去雨季、冬季，有效施工時間不到7個月。在如此短暫的時間內要完成如此浩大的工程量，無異於天方夜譚。相鄰分部一位書記和史洪濤打賭說，要是按期完成了，請他喝酒，飯店隨便挑。史洪濤微笑著說：「你就等著掏錢吧！」

無論是臨危受命的果斷，還是與人打賭的自信，史洪濤心裡都沒底。但他知道，決心是成功的前提，責任是成功的關鍵，思路是成功的根本，行動是成功的保證。這場充滿政治意味的決戰，只能勝，不能敗！沒有第二選擇！更沒有退縮的餘地。

「有條件要上，沒有條件創造條件也要上！幾十年來，四公司從來沒打過敗仗！」史洪濤在2013年開工前的首次職工大會上的動員講話，擲地有聲，「你們受得了業主那審視質疑的眼光嗎？你們知道有多少雙眼睛在看著我們嗎？你們知道集團公司和公司領導對我們寄予了多大的希望嗎？我們絕不能在這大橋工期上翻船，這是一場必須打勝的遭遇戰！是一場維護公司榮譽的保衛戰！哪怕脫一層皮，掉一身肉，吐一攤血，也不能趴下！勝利一定是屬於我們的！」充滿激情的動員，引起了員工們的熱烈掌聲。

▋科學管理，重組資源一盤棋

史洪濤知道，軸重30噸的中南鐵路是我國第一條重載鐵路，在全國尚屬首例，許多施工規範和驗收標準都處於探索階段。因此，業主提出了高起點準備、高標準建設、高質量驗收的「三高」要求和建設精品工程、技術創新型工程、環保友好型工程、資金節約型工程、和諧工程的「五大」建設目標。為應對業主提出的高標準要求，集團公司又針對性地提出了管理制度、現場

管理、過程控制、人員配置四個標準化。大跨徑、高墩連續現澆梁懸灌施工，將為中國重載鐵路橋梁施工領域制訂出新的施工工藝、新的施工規範和新的驗收標準，世界鐵路建設歷史也將因此翻開新的一頁。可謂責任重大，使命光榮。面對屈產河特大橋這項沒有退路的半拉子工程，史洪濤沒有時間躊躇。他根據各級領導要求，結合自己多年參與項目管理和橋梁施工的經驗，以科學管理為指導，以展開突擊為抓手，迅速展開了謀篇布局，全力向工期後門衝刺。

各種資源配置和工期計劃安排是否科學合理，是實現拚搶工期目標的基礎條件。史洪濤知道，當項目經理和當書記大不相同，既要考慮生產，還得操心資金保障。項目管理涉及方方面面，哪一個環節薄弱了，就可能造成被動。史洪濤根據現有的施工隊伍和設備、資金等情況，從建立24小時值班制度到補充設備、材料、人員、劃分責任、任務落實等環節進行資源優化重組，精心謀劃總體方案。並按照超前謀劃、留有餘地的原則，按照月、旬、周、日進行工期倒排。任務明確了，人員定位了，責任分清了，設備就位了，需要做的就是在現場人盯人抓落實。就在萬事俱備不欠東風準備展開冬季攻勢之時，2012年11月8日突然一場延綿不斷的大雪鋪天蓋地而來，橋梁施工被迫停止，人員全部回家過年。石樓所在的呂梁山區，地處黃土高原，零下20多度的漫長冬季，要綿延到次年3月才能破土動工。2012年，產值為零，史洪濤無話可說。然而，工程進入了休眠期，史洪濤卻進入了忙碌期，他和幾個同事在天寒地凍的黃土山區，與風雪、塵暴、焦慮為伴，整天四處奔忙，為來年展開施工做一切準備工作。

資金是工程運轉的血液，大橋單獨核算，帳上資金為負債。因為資金短缺，2014年3月，人員都聚集到大橋下面卻無法開工，本就十萬火急的工期，又白白耽誤了20多天。公司拿出的200萬元也只能是杯水車薪。困難之時，連職工的生活費都沒有，史洪濤不得不召集幾名團隊成員私人集資解決肚皮問題。從4月到11月，還有多少有效時間？史洪濤雖然心急如焚，但他沒有失去信心。沒有資金購料，就派人四處出擊說好話賒欠，沉寂了一個冬季的大橋，再度沸騰起來。

資金是導火索，可能引發諸多潛在的風險，這一點史洪濤早有思想準備。開工不久，原有的兩家勞務隊因擔心大橋分離出來單獨核算後會對他們不利，採取消極怠工，有的甚至有以停工相威脅的打算。早有預案的史洪濤，此刻發揮了他多年當書記的優勢，採取各個擊破的辦法，逐一溝通交流，告訴他們按照既有合約條款執行，給他們分別吃下了定心丸。就在他們揭不開鍋的時候，原來一家施工墩柱的勞務隊負責人，操著菜刀衝進了史洪濤的工棚，威脅索要質量保證金，問他是給錢還是卸腿。史洪濤說：「質量保證金的期限是兩年，你把我腦袋砍下來也不能給你，何況我現在分文沒有。你覺得有理，可以去法院起訴。要腿有兩條，左右隨便挑！」史洪濤一邊說，一邊端上一杯茶，遞上一支煙。那人見狀也軟了下來，在史洪濤的好言相勸下離開了。此後不久，又專程前來向史洪濤賠禮道歉。藉此機會，史洪濤再度召集各勞務隊的頭頭們坐下協商，向他們講清工程的特殊性。告訴他們，工程啟動初期帳戶為零，計價撥款需要一個月的週期循環，有了產值才有資金撥付，只有加快施工，資金才會好轉。與此同時，他四處籌款，首先解決了農民工的燃眉之急。令史洪濤感到欣慰的是，內部員工卻報以了極大的支持理解，在工資分文未發的情況下，依然奔忙在工地，沒有任何怨言。即使後來發放工資，包括史洪濤在內的所有正式員工，工資都遠遠低於農民工，低於周邊相鄰工點和標段。這些先人後己、厚人薄己的點點滴滴，都被勞務隊頭頭們和農民工看在眼裡，他們不僅為史洪濤的言語和行動所感動，也為這個企業員工的凝聚力而折服，不再停工待款，主動籌資共渡難關，大橋在艱難中有序推進。

「工程質量就是企業的生命線，來不得半點含糊。」史洪濤對此保持著高度的警惕。據項目總工程師蔣科介紹說，高墩連續三跨，單跨120公尺鋼構橋梁，目前在國內也是屈指可數，特別是線性控制非常艱難。線性澆築的時候從外向裡，要精確計算預拋高值。考慮地心引力和張拉技術要求，每段都要以精確測量來確定下一段預拋高值的大小。史洪濤強調說，不管工期多緊張，也不能在張拉環節上省時間，否則就會造成重大質量事故，給橋梁埋下重大安全隱患。為防止混凝土在張拉時開裂，必須等到實驗室出具了合格報告才能進行張拉作業，保證齡期與強度達標。為了拿到超額任務獎，一味

追求進度的施工隊常常與史洪濤發生爭執,甚至以完不成施工計劃相威脅。史洪濤說,搶進度絕不能違背規範,否則就會付出血的代價。忽視質量就是忽視生命,沒有質量的進度就是零,就是災難,絕不能把工期矛盾轉嫁到質量上來,這是底線。在史洪濤鐵一般的質量原則下,分部工程部、安質部底氣十足,施工隊只有按照質量規範作業。

為加快施工進度,史洪濤從 2013 年 5 月開始,在 6 個作業面展開了百日勞動競賽。成立了 6 個突擊隊,任務指標、質量標準、安全要求等,逐一細分到各施工隊。還成立了生活、設備、物資保障組,自己親自任總指揮,一場熱火朝天的會戰在 80 多公尺的高空就此打響。史洪濤透過一系列資源優化重組和對各項重點環節的把控,形成了一盤完整的管理棋局。

「有錢把活幹好不算本事,沒錢也要把活幹好才是真本事!史經理做到了這一點。業主佩服,地方政府領導和群眾佩服,連斤斤計較的勞務隊也佩服,我們更佩服!」十七局集團四公司中南通道 5 標橋梁分部副經理郭發明深有感觸地說。

▎設備鏗鏘 夢伴節奏好入眠

人生沒有如果,只有結果和後果。毫無疑問,史洪濤只想有好的結果。為此,他真可謂衣帶漸寬終不悔。不要說摯友的好言相勸,也不要說個別人的冷嘲熱諷,他通通撇在一邊,心中只有一個念頭:按期合龍。

自從搬到橋下工棚,到大橋合龍,史洪濤就沒睡過一個安穩覺。80 多公尺高的連續梁施工,牽涉的工序眾多,質量要求嚴,安全風險大,稍不留意就可能造成窩工或質量、安全隱患,史洪濤每天都如履薄冰。「白加黑」「五加二」,24 小時不眠不休,沒有節假日,現場就是他和弟兄們的戰場。為調動員工的積極性和加強現場協調,史洪濤每天都要爬到 80 多公尺高的掛籃主構件上檢查安全,全橋 6 個 T 構,12 個掛籃,每爬一組,都上下各兩次,他說關鍵部位,如不親自看,總是不放心。不要說年近花甲之人,就是身強力壯的小夥子,也有些吃不消。手臂、腿腳發軟,他就爬一段,歇一會兒再爬。有一次,史洪濤爬掛籃時,突然手腳發軟,一隻腳踏空,險些墜落下來,

咚咚直跳的心臟逼出一身冷汗。他不敢向下看，只能緊閉雙眼，死死抱住鋼架……好不容易爬下橋墩，如一攤爛泥坐下後一言不發，半天起不來。工人們見他面如土色，汗水濕透了上衣。因為驚嚇和勞累，他實在是沒有力氣說話了。這時人們才想起，患有高血壓的史洪濤昨晚值班通宵未眠。可是，6個T構、10個橋墩、12個作業面，這一爬就是幾個月。說不害怕那是假的，他只能把這種恐懼藏在心裡。

因為工期形成的巨大挑戰，2013年組織冬季施工勢在必行，史洪濤為此傾注了大量心血。史洪濤說，在零下20多度的高寒氣候條件下，在高空建立保溫系統非常艱難，投入大幅增加。從混凝土生產運輸、80多公尺高空泵送，到梁體混凝土澆築、結構物養護和施工人員保溫等，都必須全程保溫，每一個環節都必須滿足質量要求。他們採取燒水拌和混凝土、添加速凝劑、包裹混凝土輸送設備、高空搭帳篷生火爐、熱風機吹模板、設置溫控系統和為施工人員購買冬裝等措施，硬是在一個天寒地凍的空間裡營造了一個滿足質量要求的施工環境。那段時間，史洪濤每天都寢食難安，剛端碗就飽了，常常兩眼一睜到天明，毫無睡意，有時就在轟隆隆的設備聲中勉強睡去。史洪濤說，輸送泵機的聲音聽著很舒服，能催眠。但聲音一停，他就會驚醒，立馬披上棉大衣前去查看究竟，他幾乎成了條件反射的神經質。在夜間遇上輸送泵堵管，最為痛苦，堵管就是堵心。上百米的輸送管不知道堵在哪一段，常常要逐節拆卸檢查，被堵住的混凝土還得一點一點往外掏。由於長期生活、工作無規律，加上巨大的壓力，一米八幾的史洪濤瘦得就像一副排骨架，架著一身結滿汗霜的藍色工裝，整天在橋上橋下奔走。他患上了嚴重的失眠症，晚上熬至12點，早晨不到5點就起床。家屬為了照顧他的起居，將家臨時搬到工地，看在眼裡，疼在心裡幾次流著淚水勸他不要乾了，他嚴厲地說：「那樣就是軟骨頭！只要有決心，敢擔當，就沒有過不去的坎。」

2013年6月28日，屈產河特大橋十六號承臺施工到最後階段，一場始料未及的傾盆大雨突然降臨，大橋周圍的黃土被洪水捲起，向地勢低窪的十六號承臺洶湧而去，更糟糕的是，如果山體滑坡，承臺將被黃土覆蓋而報廢。

我在橋上

夜色襲來，暴雨依然在肆虐。大雨模糊了視線，史洪濤大聲對分部總工程師唐俊林喊道：「馬上搶險！」

要挽救這個承臺，必須完成剩餘部分承臺上層鋼筋綁紮，加固模板，再澆築上混凝土。然而，要完成這些程序起碼需要三天時間。大雨讓時間凝固。三天！三天！鬼知道雨什麼時候能停，根本沒法施工。

夜雨中，一群穿了雨衣又如同沒穿的人，圍在十六號承臺周圍，沒人願意舉步向前，大雨正消退著大家的意志……

「史總，雨太大，工人們不願意幹哪！」唐俊林喊道。

「我們先上！」說時遲，那時快，史洪濤挽起袖子衝了上去。

唐俊林、高波、馬建利、蔣科……人們紛紛投入了搶險之中。

深挖排水溝，把鋼筋綁紮到承臺上，搭上彩條布，為施工作業建一個無雨的平臺。

雨鞭穿過碘鎢燈的強烈燈光，抽打著他們的脊背和面孔，呼叫聲、號子聲，在夜空此起彼伏。泥水包裹中的史洪濤，忘記了雨夜……7個小時過去了，東方的天空，悄然亮起魚肚白。

「史經理，你回去休息吧！」唐俊林懇求他。

「我沒問題。雨不停，我們絕不能停！」暴雨中傳來了史洪濤堅定的回答。人們看到雨中史洪濤那瘦長疲憊的身影，敬佩之情油然而生。經過30多個小時的連續奮戰，十六號承臺保住了。那一夜，史洪濤帶著疲憊，睡得特別香。

「我們這些人，一輩子都愧對家人。」30多年來，史洪濤和公司所有的員工一樣，長期忙碌在生產一線，與妻兒老小離多聚少。妻子長期在老家替他贍養雙親，養育孩子。幾年前，妻子把老父親送上山後，來到公司家屬基地和他團聚，可史洪濤依然在生產一線。妻子心中有怨氣，但從來不說，因為她每次打電話，丈夫不是在路上，就是在橋上，干的都是修橋修路的善事，

都是國家重點工程，一個人漂泊在外更不容易。每當談起這些，史洪濤的眼睛總是濕潤的。

　　因為屈產河特大橋，史洪濤的兒子意見特別大。春節前後辦婚事是史洪濤山東老家的傳統。當兒子把 2012 年年底結婚的決定告訴他時，剛剛接手屈產河特大橋施工任務的史洪濤哪有時間給兒子操辦婚事，只好推遲到 2013 年「五一」。到了五月又是大橋突擊階段，又推遲到 2013 年年底。史洪濤剛回到家，還沒來得及給孩子舉行婚禮，業主就把電話打到公司主管那裡去了。兒子說：「到你的橋上去吧，你不要這個家，我要。」史洪濤無言以對，只能含淚離家，又回到了他牽腸掛肚的橋上。

風塵天涯路　決戰在紅岩

決戰在紅岩

——中鐵十七局集團四公司成渝客專6標二分部施工紀實

2010年9月，巴蜀人民期盼已久的全長308.59公里、設計時速350公里的成渝鐵路客運專線動工了。它既是成渝經濟圈綜合交通網的骨幹，也是滬漢渝蓉快速客運通道的重要組成部分。六十年一甲子，成渝兩地鋼鐵大動脈60年變遷史怎能不令世人感嘆：1952年，實現了第一次變遷，成渝兩地朝發夕至；2006年遂渝鐵路通車，4個半小時即可穿越；2009年達成鐵路改造工程開通，和諧號動車組在2小時內即可穿越巴山蜀水。而隨著人文社會和成渝兩地經濟發展的進步，人們渴望兩地往來更舒適、更快捷。即將開通的成渝客運專線，1小時15分鐘即可抵達，可與空中直線穿越的飛機賽跑。成渝「1小時經濟圈」的形成，將給兩地人們的生活方式和社會經濟發展帶來顛覆性改變，到那時，「蜀道難，難於上青天」只能成為遙遠的嘆息。

然而，蜀道難絕非徒有虛名，要建成成渝客專，建設者們面臨著重重艱險與考驗。成渝客專公司總經理張國力早就預言：成渝客專能不能按時通車，關鍵在6標。中鐵十七局集團勇敢地接過了這項令各方擔憂的艱巨任務。2010年9月，該集團調集3支鐵甲勁旅開赴山城重慶，在紅岩舊址、中梁山下排兵布陣，一場曠日持久的攻堅戰就此打響。以隧道施工聞名於世的四公司首當其衝，作為集團公司第二分部，主攻新紅岩隧道。人們期待著這支逢山鑿路、遇水架橋、屢建奇功的穿山勁旅，在鏖戰紅岩的戰鬥中雄風不減，再建奇功。

苦心人——臥薪嘗膽顫紅岩

習慣了在大山裡修鐵路的員工們，突然間要來到這座直轄了10多年的美麗山城，頓時興奮不已。他們遐想著在工作之餘，能夠三五結伴，或登高望遠，或徜徉街頭，或憑欄臨江，或江邊垂釣，或訪紅岩舊址，或攀越歌樂山，或在一棵樹觀夜景、朝天碼頭游兩江、解放碑前賞美女、洪崖洞裡嘗美食、休閒茶樓品新茶、紅岩村裡看展覽……然而，想像很豐滿，現實太骨感，

這種愜意似乎天生注定不屬於他們，接踵而至的重重困難，就像一隻隻猛然竄出的攔路虎，阻擋了他們信心滿滿的腳步，擾亂了他們瞭解、欣賞這座歷史名城的心情。

千難萬難，徵地拆遷第一難。對於施工單位來說，徵地拆遷，進場之時就不得不與之正面交鋒。然而，在城市施工，尤其是在一座具有悠久歷史的老城進行徵拆，無異於難上加難。成渝客專6標，既是標頭，也是標尾。四公司擔負施工的全線控制性工程——新紅岩隧道，被深深地嵌入了這座古老城市心臟的兩大區域：渝中、沙坪壩兩大主城區。隧道進口位於原沙坪壩火車站舊址，隧道上方為1950、1960年代建的土磚混合蓋板房年久失修，隨處可見的裂縫無不昭示著它的歷史。隧道附近的市重點中學、多家企業更是橫亙在必經之路上。更要緊的是，國家級文物保護單位——《新華日報》社舊址也在其中，加上徵拆資金缺口過大，安置房源緊缺，沒錢、沒房，居民搬遷到哪裡去？徵拆難題可謂層出不窮。怎麼辦？那段時間，負責徵拆的項目書記賈建民幾乎徹夜難眠。他深知，被動只能挨打，辦法總比困難多，必須絞盡腦汁積極應對。賈建民的腿從此不停地在現場、業主、政府各相關部門、居民、學校和各家大小企業間奔跑協調溝通，竭盡所能尋找突破口。

直轄市的老百姓，素質自然高出一籌，他們不會在徵地拆遷中無理取鬧，更不會大打出手，惡性阻工，卻頻頻採用上訪、投訴、曝光等手段維護自己的合法利益。以賈建民為主組成的徵拆小分隊，唯一能用的手段，也是利用法律與之周旋。「只要一上工地，我都隨身帶著發改委、鐵建辦等政府部門的會議紀要和其他文件，它有法律性、權威性，不僅是老百姓想吃的定心丸，也是我們宣傳和解決問題的重要手段。」賈建民談起自己的做法，頗為滿意。他說，居民一看到這些紅頭文件，就明白政府一定會依法行事，不會糊弄老百姓的。加上他動之以情、曉之以理的耐心溝通，逐漸得到了百姓的理解。

居住在隧道上方陳舊的土坯房裡的一家，老太太60多歲，尚能活動自如，而她的老伴卻癱瘓在床，兒女也沒和他們居住在一起。有一天，老太太找到項目部，非說是隧道放炮把她家房子震裂了。賈建民趕緊帶人到現場排查，結果發現是山石滾落把房子砸了個窟窿，還壓破了沙發和衣櫃，明顯是

山體滑坡導致的。為防止隧道施工對居民住房造成傷害，項目部按照設計在隧道左右各 30 公尺處設置了爆破監控點，在淺埋地段，採用機械掏槽和數碼電子雷管爆破相結合的方式進行開挖作業，震速得到了有效控制，有充分的依據證明房屋受損與施工方沒有任何關係。然而，找上了門又不能坐視不理。賈建民代表項目部前去慰問，並出資一萬元，帶隊前去修葺，得到了當地街道辦、居委會和居民的讚揚和信任，為其他協調工作奠定了良好的基礎。記得又是一個雨天，項目部長期監控的一淺埋段上方的一戶居民屋內漏雨，接到居委會反映，賈建民立即帶領相關人員冒雨進行處置。他帶頭衝上二樓房頂鋪設防雨布，年久的石棉瓦突然斷裂，他雙腳瞬間踏空，幸虧兩隻手臂掛住了兩邊的椽子，才倖免受傷。房子修好了，心中有愧的房東提著水果來到項目部，老淚縱橫，連連感謝。

俗話說，屋漏偏逢連夜雨，行船又遭頂頭風。就在李世奇帶領該項目艱難、緩慢地向前推進之時，更大的困難又不期而至。從 2011 年 8 月開始，新紅岩隧道施工三次改線輪番上演。第一次因隧道原設計方案穿越紅岩村紀念館、周總理一百週年紀念碑等國家級文物，文物局提出改線；第二次因新紅岩隧道出口有《新華日報》社舊址、重慶第 29 重點中學，教職工拆遷淺埋過度搬遷和隧道走向與重慶市軌道交通 5 號線、9 號線 4 次交叉等一系列問題，渝中區政府、軌道交通公司提出改線；第三次因該線路穿越影響化龍橋街道辦重慶國際社區的整體開發規劃，且途徑人防工程和原戰時地下軍事用地，等等，渝中區政府、發改委、鐵二院、軌道交通公司共同提出改線。該隧道斜井 2011 年 5 月剛開工，8 月便夭折停工。改線方案遲遲批覆不下來，工期嚴重滯後，沒有施工進度就沒產值……本來徵地拆遷就十分艱難，如此一來無異於雪上加霜。所有難題的聚集，打亂了原有的施工計劃，前期的艱辛付出化為泡影。項目經理李世奇失眠了，項目全體員工都陷入了不安。沒有先決優勢，建設者們只有依靠堅強的意志和決心，另闢蹊徑，艱難地走過每一步。

▌有志者——刀刃之上奏樂章

　　俗話說，巧婦難為無米之炊。隧道施工改線方案批覆讓員工們望眼欲穿，項目部一直等米下鍋。沒有施工圖紙，就沒有施工進度，沒有進度就沒有產值，沒有產值就沒有資金來源，沒有資金來源，項目就無法運作，而且越往後拖，工期壓力就越大，期間所發生的成本難以估算，這些簡單的道理誰都知道，但誰也沒辦法改變。半死不活被拖著的滋味，令項目部上下煩躁不安，士氣低落。

　　「十七局這塊招牌，四公司的招牌，不能在這裡砸了！」李世奇暗下決心，絕不能坐以待斃，他做好了背水一戰的準備。突破口在哪裡？如何扭轉被動局面？李世奇首先讓總工程師帶隊，在集團公司指揮部和業主的大力支持下，項目部從設計院拿到一些確定可以施工的臨時圖紙。進出口因為徵地拆遷不能打開洞門，就從隧道中間打斜井開闢掌子面，就這樣見縫插針，艱難推進。

　　毫無疑問，前期完成的臨建工程由於改線已經廢棄，只能另尋出路。便道走向、混凝土拌和站、鋼筋加工場、施工隊駐地等均要重新規劃。而前期的投入至今沒能計價到位，形成了巨大的資金缺口和成本壓力。為減輕因改線帶來的成本壓力，項目部上下可謂煞費苦心。按照原設計建設的三號混凝土拌和站，因為改線還沒開始大規模生產就已停產，建站投入的設備和停工帶來的損失不可估量。為將損失減少到最低限度，項目部主動找市場，尋找混凝土需求單位，最大限度減少損失。物資部長張國棟精打細算，每一臺機械費用，每一種物資哪裡最便宜他都瞭然於胸，和供應商們說好話、做解釋，選擇多家供應商分擔資金風險，每每項目施工無米下鍋之時，他總能採購所需的材料，解項目的燃眉之急。計劃部長陳嬌嬌，面對改線前期留下的後遺症，她不敢有絲毫怠慢，帶領幾名部屬收集資料、尋找證據，為將來可能挽回的損失做好準備。雖然他們的每一步都走得很艱難，但都很堅實。

　　改線後，原來的 3 座隧道合成了 1 座，起點沙坪壩車站，終點菜園壩車站，全部穿山而過。然而，隧道淺埋段施工帶來的一系列難題卻沒有因為改線而得以解決。隧道進出口、斜井均位於主城區，徵地拆遷困難多、文明施

工要求嚴、外部協調任務重；隧道多次上跨下穿重要市政設施和居民樓，穿越小龍坎 A、B 匝道、小龍坎商業廣場、地鐵一號線、竹園小區高層住宅樓等重要建築物；進口 50 公尺以下淺埋段大量分布著老舊居民房屋，建築結構簡單，多數已成危房，施工期間，爆破振動、噪音控制要求嚴格；外部協調壓力大，隧道進口與沙坪壩交通樞紐、隧道出口與菜園壩交通樞紐需同時建設；施工期間，設計方案不穩定，嚴重影響施工組織。說起新紅岩隧道的難點，李世奇能搬出一籮筐，每一個難點的攻克，都如同在刀刃上奏樂舞蹈。

李世奇已經習慣了壓力，習慣了承受，習慣了將壓力轉變為動力的艱辛過程。首先，他把淺埋隧道施工這一難題分解給了項目總工程師范登雲。范登雲身經百戰，當初接過這個燙手的山芋時，也頗感棘手。他知道，技術難題還需依靠科學研究這把鑰匙來打開。項目採用先進的單臂掘進機和數碼電子雷管控制爆破相結合進行開挖。根據實際淺埋變化，以變應變，不停調整施工工藝，將振速始終控制在每秒 0.5 公尺的安全範圍內，終於克服了淺埋難題，並順利掘進了 900 多公尺。在隧道開挖等關鍵環節上，一批諸如臺階法、大管棚超前支護和護拱托換方案、雙層拱架濕噴砼支護、加強襯砌、車輛限速通行、加強監測等一系列舉措的綜合運用，為安全透過淺埋段罩上了層層金剛罩。他們以科學為利器，為刀刃上的樂舞譜寫了一段序曲。

光陰荏苒，轉眼間已是 2014 年 3 月。天道酬勤，好消息傳來，鐵路總公司正式批覆的新紅岩隧道一類變更設計施工方案正式下發，這一消息，在項目部上下迅速掀起了大乾熱潮，這曲在刀刃上的樂舞也迎來了高潮。

勞務管理歷來是項目管理中的重點，李世奇抓住了這個要害。在公司的勞務選用、管理等制度上，李世奇沒有靈活性。他說，一旦靈活執行公司規定，就可能出現偏差，特別是勞務選用、使用、管理，稍有不慎就會造成被動。因此，在確定勞務隊伍後，李世奇建立了與勞務管理相關的進度、安全、質量、材料和驗工、計價、付款等一系列考核機制，從制度上進行管控。為防止勞務隊做大失控，李世奇還建立了完全由項目自我控制的兩個架子隊，關鍵時刻一旦出現勞務隊扯皮威脅，架子隊作為預備隊立刻填補。架子隊就像一把達摩克利斯之劍，無形中時刻懸掛在勞務隊的頭頂，造成了威懾作用。

在對勞務隊進行嚴管過程中，李世奇還將善待運用其中。他說，對勞務隊的管理，要無情執行制度，有情做好服務。特別是，在勞務隊碰上突然的資金短缺，項目部拿不出資金的情況下，李世奇總是與其負責人面對面交流溝通，講清困難，理順關係，消除矛盾點，等到外部條件改變，資金狀況改善後，矛盾點自然得到延緩或消失。在機械需要、人工配合等方面，項目部竭盡全力予以支持，免去了他們的後顧之憂。

如果說架子隊是項目的關鍵支點，那麼架子隊長就是這關鍵點的靈魂人物。李世奇經過精心考察並參考團隊成員的集體意見，決定讓項目副經理胡廷華、趙攀分別兼任兩個架子隊的隊長。項目以架子隊為管理單元，推行內部管理工序承包模式，在確定承包單價、節點工期、安全質量標準、定額材料消耗等標準後，一律實行工費承包，在扣除實際發生成本後，按完成的實物工程量計發薪酬。凡事預則立，不預則廢。為防範架子隊內控管理虛化，項目部還推出了日小結、周分析、月總結制度，以此推進月施工計劃、績效考核激勵約束機制的落實。兩位隊長果然不負眾望，在架子隊管理中造成了關鍵作用。他們在管理中，按照項目要求，對所有工序一律實行帶班作業制，每道工序都有責任人。從隊長到技術員、安全員、工班長，都帶著責任分工、技術交底、質量標準、安全提示等指標跟班作業。為提升標準化作業水平，李世奇以標準化為抓手，將隧道開挖、鋼架加工、濕噴混凝土、矮邊牆施工、防水排水作業、二襯澆築等環節都制訂了明確的作業標準，並做好作業班組技術交底和現場指導，重點卡控現場作業標準的落實和檢查驗收。同時，為發揮作業班組積極性，以過程控製為手段，以工序質量保工程整體質量，提高自覺執行標準化作業的內在動力。針對隧道施工，項目部制訂了超前支護、開挖循環、鋼架支護、噴射混凝土、監控量測、防排水、仰拱、二襯澆築、工序均衡、拱部注漿等 10 個重點卡控點，每道工序都有明確卡控責任人，從工序負責人到現場負責人、現場技術員，再到架子隊分工負責人，形成了閉合成環的管控體系，確保了各工序各項指標的實現。

傳統經驗走不通的路，用科技來走。這是李世奇和范登雲在項目管理中的共同理念。為向標準化作業提供技術支撐，項目部先後成功開發了格柵鋼架「八字結」加工機具，矮邊牆移動模板施工專利技術，結合隧道淺埋段開

展了全數碼電子雷管、數碼電子雷管與普通導爆管雷管結合、單臂掘進機掏槽加數碼電子雷管控爆結合等多種方式控爆試驗，並取得了較好的減震效果。在2號橫洞施工中，李世奇和總工程師范登雲根據傳統採用的固定式銲接式簡易搭接式鋼便橋出現的跨度短、行車受限、拆除困難、安全係數低、車輛通過容易側翻等弊端，決定對其進行設計改進，成功設計了兩臺移動式棧橋，大大提高了仰拱施工功效，確保了機械設備安全通行。

天不負——百二秦關終屬楚

　　上天不負有心人，有超常規的付出，自然會得到超常規的回報，他們最終將贏來千樹萬樹梨花開的局面。

　　早在上場之初，項目部就制訂了把項目作為培養隧道施工人才的「搖籃計劃」。因為改線時間長，施工進展緩慢，項目化劣為優，乘此機會培養人才。他們將技術員和架子隊混編，實行工序跟班作業，新員工有了更多理論聯繫實踐的機會，技術水平在實踐中得到了快速提升。2011年加入四公司的石新華和康雄就是項目「搖籃計劃」中的傑出代表。剛從象牙塔出來、帶著滿腔熱血的他們，總想以事業成就人生。但是，現實是殘酷的，與理想相去甚遠。但他們在項目領導的關懷下，很快適應了艱苦、繁忙的生產一線，快速融入了施工生活。尤其是項目部對人才的重視和渴望，打消了他們的顧慮，他們得出了「選擇扎根十七局沒有錯」的結論。項目部採取的請進來授課、派出去受訓和現場一對一結對子導師帶徒的培訓方法，以及以會代訓的培訓模式，使他們很快找到了在學校找不到的感覺。他們說，是項目領導提供的成才環境，老一代技術人員的無私引領，才使他們從似懂非懂到能得心應手，獨當一面。而讓他們感受更深的是，在這個具有光榮傳統的企業團隊，領略到了做一名鐵建員工的光榮和自豪，優秀的企業文化，讓他們受到了薰陶。「逢山鑿路，遇水架橋，鐵道兵前無險阻；風餐露宿，沐雨櫛風，鐵道兵前無困難」的鐵道兵精神，他們牢記心中。或許正是獨特的企業文化和項目部上下的人文關懷，讓他們在項目最為困難的三年中，不離不棄，終於熬到了春暖花開的一天，也終於迎來了可以施展才華的一天。

千淘萬漉雖辛苦，吹盡狂沙始到金。經過三年多的堅守，項目部迎來了初期曙光。項目部自主創新的多項科技成果，在實際中得到了有效應用，推動了工程進展，提升了工程質量。四公司在山城大地，以百折不撓的精神，克服了三次改線帶來的危機，收穫了一批施工管理經驗，獲得了一批科技成果，鍛鍊了一支施工隊伍，成熟了一批人才，迎來了一次百人觀摩，贏得了陣陣掌聲，項目部榮獲重慶市渝中區 2014 年「工人先鋒號」殊榮。因貢獻突出，2012 年李世奇獲得了山西省「五一」勞動獎章。紅岩決戰還未結束，但人們有理由相信，李世奇帶領他的團隊在紅岩決戰中，彰顯出了這支鐵軍輝煌的過去，也必將彰顯其輝煌的未來！

後記 抒寫有擔當的文字

張天國

　　第五本報告文學集就要出版了，翻閱之前的集子，我發現了一個共性，就是那些文字雖然粗糙，但都是嘔心瀝血之作，更為重要的是，每篇文章對當事人、對企業、對時代都具有了責無旁貸的擔當。

　　眾所周知，我們這個思想多元化、訊息碎片化的時代，各種媒介，尤其是網路媒介，有意無意灌輸給我們一些負能量的訊息，同一件事情眾說紛紜，讓人不知所措，甚至被導向歧途。但我對這些負能量的訊息，大多置之不理。愚以為，置之不理還遠遠不夠，一名作家，尤其是一名報告文學作家，更應該抒寫富有正能量的作品。2014年秋，我有幸在魯迅文學院第二十四屆中青年作家高研班學習，期間學習了習近平關於文藝座談會上的講話，認真思考後，寫了一篇《作家要為社會輸送正能量》的文章，就是談作家對社會責任應有的擔當。

　　首先，作家要透過有擔當的優秀的作品助推誠信價值體系的完善。中華民族自古以來就是一個誠實守信的民族，來自孔孟先賢的論述和秉筆直書、拾金不昧、忠厚不欺、言而有信等典故不勝枚舉，在此不做贅述。

　　那麼，在當今形勢下，我們的作家該做什麼？是和那些人同流，還是應該勇敢地站出來？我以為，作家應該更有危機感和責任感。作為思想的先驅者，作家要用三隻眼睛看世界，看到常人看不到的潛在危機，對那些意欲改變我們民族特性和社會制度以及意識形態的外來文化潮流，要保持高度的敏感，要率先覺醒。要用我們經典的傳統文化占領文化陣地。對少數國民的盲目追從，要用創新的便於人們喜聞樂見的富有正能量的文化產品，置換出他們精神上的灰色地帶。告訴國民，講誠信不僅是一個公民基本的道德標準，更是一個國家在世界上的道德標籤。這些既要有社會的共同努力，也要有作家們的時代擔當，從而推動社會誠信體系的完善。

其次，要透過優秀的有擔當的作品倡導仁者愛人的傳統美德。中華民族的道德傳統和深厚博大的仁愛正是今天互幫互助、助人為樂和為維護社會利益、人民利益而不惜犧牲個人利益的精神源泉。用我們現代人的話來說，就是要創造一種相互關心，相互包容，對周圍的一切心存感恩的心態。愛心，是人類最珍貴的情感，最高尚的情操，是人類良知的生動展現，是社會文明的重要標誌，也是中華民族傳統美德的集中體現。

所以，我們的作家們不能麻木不仁，要以高度的危機感和社會責任感，果斷拿起筆鞭笞那些變態的社會現象。但口誅筆伐是遠遠不夠的，還要善於發現和讚美那些俠肝義膽的熱心人，他們身上蘊藏著的正能量，正在溫暖、改善我們這個社會。

總有一種力量讓我們熱淚盈眶，總有一種感動讓我們刻骨銘心，我們絕不能忽視普通人中那些樸素美好的情感，他們正在自覺不自覺地凝聚著我們這個社會的稀缺資源。中華見義勇為基金會的設立，證明國家已經開始行動，我們作家要主動配合國家行為，加強正能量的建設。

無論是以前的幾本集子，還是現在出版的新書，200餘萬字的文章，可以說每篇都體現了時代的擔當。我以為，不管是這個為民修路的企業，還是那些四海為家、終身遷徙、長期和家人兩地分居的普通工人，都是極具正能量、為社會發展提供了大量公共產品的一個英雄群體。他們面對競爭激烈的市場經濟，殫精竭慮，躬耕前行，一生都在背井離鄉，行走在沒有路的路上。為了國家路網建設，「獻了青春獻終身，獻了終身獻子孫」，常年在野外施工，不能膝前盡孝，無法堂前教子，更少夫妻肌膚之親。都市的燈紅酒綠、花前月下，都被連綿起伏的高山、湍急奔流的江河代替了……難道他們不需要，不痛苦嗎？非也！他們也是有七情六慾的血肉之軀。但是，要命的工期，通車的最後通牒，總是讓他們不敢懈怠，所有的青春歲月，都留給了萬水千山的溝溝嶺嶺，他們所經歷的身心痛楚，是我們都市人難以想像的。他們有的終身殘疾，有的得了嚴重的矽肺病，甚至有的在隧道塌方中喪失了生命。蹉跎的築路歲月，將那些曾經煥發青春的小夥子變得步履蹣跚。我們都是人，為什麼差別就那麼大呢？難道他們就命中注定該吃苦受累受罪？當然不是，

他們有使命在身，要靠微薄的收入養家餬口……難道他們不是最有擔當的人嗎？他們終身無怨無悔地付出，不正是表現了這個民族甘於奉獻的人性光輝嗎？不正是以無數個「小我」聚集成了一個富有強大正能量的「大我」嗎？不正是最值得作家們去認真抒寫的正能量嗎？

　　當作家光榮，可是，也應該牢記肩上的責任。就是要透過富有擔當的文字，從道德的高度出發，用自己的悲憫之心和愛人之心去愛人，把我們更多更優秀的傳統文化挖掘整理出來，聚集生活中的正能量，透過文學的形式轉化、溫暖那些麻木了的人心，以博大的悲憫情懷去勸化、喚醒那些變異了的人性；以仁者愛人的博大胸懷懷柔天下，讓人性的光芒照射到那些陰暗的角落，用強大的正能量震懾假惡醜，使其無處遁逃，這就是一位作家應有的擔當。

國家圖書館出版品預行編目（CIP）資料

風塵天涯路 / 張天國 著 . -- 第一版 .
-- 臺北市：崧燁文化，2019.07
　　面；　公分
POD 版

ISBN 978-957-681-859-2(平裝)

857.85　　　　　　　　　　　　　　108009066

書　　名：風塵天涯路
作　　者：張天國 著
發 行 人：黃振庭
出 版 者：崧燁文化事業有限公司
發 行 者：崧燁文化事業有限公司
E-mail：sonbookservice@gmail.com
粉 絲 頁：　　　　網　址：
地　　址：台北市中正區重慶南路一段六十一號八樓 815 室
8F.-815, No.61, Sec. 1, Chongqing S. Rd., Zhongzheng Dist., Taipei City 100, Taiwan (R.O.C.)
電　　話：(02)2370-3310　傳　真：(02) 2370-3210
總 經 銷：紅螞蟻圖書有限公司
地　　址：台北市內湖區舊宗路二段 121 巷 19 號
電　　話:02-2795-3656　傳真:02-2795-4100　網址：
印　　刷：京峯彩色印刷有限公司（京峰數位）

本書版權為西南師範大學出版社所有授權崧博出版事業股份有限公司獨家發行電子書及繁體書繁體字版。若有其他相關權利及授權需求請與本公司聯繫。

定　　價：450 元
發行日期：2019 年 07 月第一版
◎ 本書以 POD 印製發行